W0239969

Originaire de Dublin, **Cecelia Ahern** publie son premier roman, *P.S. : I Love You*, à l'âge de vingt et un ans. Le succès ne se fait pas attendre et ce best-seller est adapté au cinéma. *Postscriptum* en est la suite.

Pour plus d'informations sur ses publications, rendez-vous sur son site Internet à l'adresse suivante : www.cecelia-ahern.com

De la même autrice, chez Milady :

Les Jours meilleurs (Prix des Lectrices, 2018)
Le Joueur de billes
L'année où je t'ai rencontré
Postscriptum

De la même autrice, chez d'autres éditeurs :

P.S. : I Love You, Albin Michel, 2008
Un cadeau du ciel, Flammarion, 2009
Merci pour les souvenirs, Flammarion, 2010
La Vie et Moi, Flammarion, 2012
Tombée du ciel, Flammarion, 2014

Ce livre est également disponible
au format numérique

www.milady.fr

Cecelia Ahern

POSTSCRIPTUM

Traduit de l'anglais (Irlande) par Fabienne Vidallet

Milady

Milady est un label des éditions Bragelonne

Titre original : *Postscript*

ISBN : 978-2-8112-2868-2

Bragelonne – Milady
60-62, rue d'Hauteville – 75010 Paris

E-mail : info@milady.fr
Site Internet : www.milady.fr

Pour les fans de P.S. : I Love You *du monde entier,*
avec ma plus profonde gratitude.

Prologue

« Vise la Lune car même en cas d'échec, tu atterriras dans les étoiles. »

Cette phrase est gravée sur la tombe de mon mari. Il la prononçait souvent. Il adorait les expressions de développement personnel qu'il enchaînait d'un ton optimiste et enthousiaste comme s'il s'en nourrissait. Ce genre de mots positifs n'avait aucun effet sur moi, du moins jusqu'à sa mort. C'est quand il s'est mis à me parler depuis sa tombe que je les ai vraiment entendus, ressentis et crus. Je m'y suis cramponnée.

Pendant l'année qui a suivi sa mort, mon mari Gerry a continué à vivre en m'offrant des lettres mensuelles inattendues. Je ne possédais plus que ses mots ; ils avaient beau ne plus être articulés, c'étaient quand même les siens, transcrits de ses pensées, de son esprit, d'un cerveau qui contrôlait un corps dont le cœur battait. Ces mots, c'était la vie. Et je les ai agrippés, les mains étroitement serrées autour de ses lettres jusqu'à ce que mes phalanges blanchissent et que mes ongles s'enfoncent dans mes paumes. Je m'y suis accrochée comme à une bouée de sauvetage.

Il est 19 heures, le 1er avril, et ce jour de plaisanterie se délecte de son nouvel éclat. Les soirées rallongent et la gifle cuisante et brève de l'hiver est guérie par le printemps. Jadis, je redoutais cette époque de l'année ; je préférais l'hiver où tout se transforme en cachette. L'obscurité me donnait l'impression d'être dissimulée sous de la gaze, floue, presque invisible. Je m'en délectais et fêtais la brièveté des jours et la longueur des nuits ; le ciel sombre était le compte à rebours de mon hibernation. Je fais face à la lumière à présent pour qu'elle m'évite d'être aspirée en arrière.

Ma métamorphose a ressemblé au choc que le corps expérimente quand on le plonge dans l'eau froide. L'impact donne envie de hurler et de bondir hors de l'eau mais plus longtemps on reste submergé, plus on s'habitue. Le froid, comme les ténèbres, peut devenir un réconfort trompeur dans lequel on veut se lover à jamais. Mais je l'ai repoussé ; j'ai battu des pieds et des bras et j'ai regagné la surface. J'ai émergé, les lèvres bleues, en claquant des dents, j'ai fait fondre la glace et pénétré de nouveau dans le monde.

Du jour à la nuit, de l'hiver au printemps, dans un lieu transitoire. Le cimetière, que l'on considère comme le dernier endroit où reposer, est moins paisible sous sa surface que dessus. Sous le sol, embrassés par les cercueils en bois, les cadavres subissent l'épreuve du temps. Même au repos, le corps est en perpétuelle transformation. Un rire clair d'enfants fait voler le silence en éclats : ils n'ont pas conscience ou se moquent du monde intermédiaire sur lequel ils marchent. Les endeuillés sont silencieux, contrairement à leur chagrin. La blessure est interne mais on peut l'entendre, la voir, la sentir. La souffrance les accompagne comme un manteau invisible ; elle ajoute un poids, elle affaiblit le regard et ralentit le pas.

Dans les jours et les mois qui ont suivi la mort de mon mari, j'ai cherché un lien insaisissable et transcendantal avec lui. Je voulais désespérément me sentir complète de nouveau, j'éprouvais une soif inextinguible qu'il fallait absolument étancher. Les jours où je fonctionnais à peu près normalement, sa présence surgissait dans mon dos pour me tapoter l'épaule et je ressentais soudain un vide insupportable. Un cœur asséché. Le chagrin est à jamais incontrôlable.

Il a choisi d'être incinéré. Ses cendres reposent dans une urne placée dans une niche dans un columbarium. Ses parents ont réservé la niche adjacente. Il y a un creux pour moi aussi. J'ai l'impression de contempler la mort en face, ce que j'aurais volontiers accepté quand il nous a quittés. J'étais prête à tout pour le rejoindre. J'aurais grimpé avec joie dans cette alcôve, me serais repliée comme une contorsionniste pour enlacer ses cendres.

Il est dans le mur. Mais il n'est pas ici ni là. Il est mort. Son énergie est ailleurs. Des particules de matière dissoutes et dispersées autour de moi. Si je le pouvais, je déploierais une armée pour traquer le moindre de ses atomes et lui redonner vie, mais tous les chevaux et tous les hommes du roi ne pourraient réunir nos deux cœurs… On le sait depuis le début mais on ne comprend réellement ce que ça veut dire qu'à la fin.

Nous avons eu la chance de bénéficier non pas d'un mais de deux adieux : une longue maladie suivie par une année de lettres. Il est mort en sachant que je pourrais me raccrocher à autre chose de lui que des souvenirs ; même après sa mort, il a trouvé le moyen de nous fabriquer de nouveaux souvenirs ensemble. De la magie. Au revoir, mon amour, au revoir encore. Ça aurait dû suffire. Je le pensais sincèrement. C'est peut-être pour ça que les gens se rendent au cimetière. Pour d'autres adieux. Ce n'est peut-être pas du tout pour dire bonjour – c'est le réconfort de l'au revoir, une séparation tranquille et apaisée, sans culpabilité. On ne se souvient pas toujours de la façon dont on s'est rencontrés, mais on se rappelle souvent comment on s'est séparés.

Je suis surprise d'être de retour ici, à la fois dans cet endroit et dans cet état d'esprit. Sept ans se sont écoulés depuis sa mort. Six depuis que j'ai lu sa dernière lettre. J'ai tourné la page, mais de récents événements m'ont déstabilisée, voire perturbée au plus profond de moi. Je devrais avancer mais je suis submergée par une marée au rythme hypnotique, comme si sa main m'attirait en arrière.

Je contemple la stèle et lis de nouveau la phrase.

« Vise la Lune car même en cas d'échec, tu atterriras dans les étoiles. »

Ça doit ressembler à ça, alors. Parce que c'est ce qu'on a fait, lui et moi. On a visé la Lune. Et on l'a ratée. Et ce que je possède, ce que je suis, la nouvelle vie que j'ai construite sans Gerry au cours des sept années qui viennent de s'écouler, ça doit être les étoiles.

Chapitre premier

Trois mois plus tôt.

— PATIENTE PÉNÉLOPE. FEMME D'ULYSSE, LE ROI d'Ithaque. Personnalité sérieuse et diligente, femme et mère dévouée ; certains critiques refusent de voir en elle le symbole de la fidélité maritale mais Pénélope est une femme complexe qui tisse ses intrigues aussi habilement que sa tapisserie.

Le guide laisse planer un silence mystérieux tout en scrutant l'assemblée intriguée. Gabriel et moi sommes en train de visiter une exposition au National Museum. Nous sommes au dernier rang de la foule, un peu à l'écart comme si nous n'étions pas à notre place ou comme si nous n'avions pas envie de nous mêler aux autres tout en n'étant pas assez cool pour risquer de manquer quelque chose. J'écoute le guide tandis que Gabriel feuillette la brochure à mes côtés. Il sera capable de répéter mot pour mot les paroles du guide. Il adore ce genre de truc. J'adore qu'il adore ce genre de truc plus que le truc en lui-même. Il sait comment occuper le temps et, quand je l'ai rencontré, c'est ce qui m'a le plus plu chez lui, parce que j'ai rendez-vous avec le destin. Dans soixante ans maximum, je retrouverai quelqu'un de l'autre côté.

— Ulysse, le mari de Pénélope, est parti combattre pendant la guerre de Troie, qui a duré dix ans, et il lui a fallu encore dix ans pour rentrer chez lui. Pénélope se retrouve alors dans une situation très dangereuse lorsque cent huit prétendants au total demandent sa main. Mais elle est intelligente et trouve un moyen de les faire tous patienter : elle les mène tous en bateau en leur faisant croire qu'ils obtiendront peut-être quelque chose sans jamais rien leur donner.

Je me sens soudain mal à l'aise. Le bras que Gabriel a posé légèrement sur mon épaule me paraît trop lourd.

— L'histoire du métier à tisser de Pénélope que nous voyons ici symbolise l'une des ruses de la reine. Pénélope travaillait sur une tapisserie, un linceul pour l'enterrement de son beau-père, Laërte, et elle avait affirmé qu'elle choisirait un mari lorsque sa tâche serait achevée. Le jour, elle tissait dans la chambre royale et la nuit, elle défaisait en secret ce qu'elle avait accompli le jour. Elle a agi ainsi pendant trois ans en attendant le retour de son mari et en trompant ses prétendants jusqu'à ce qu'ils soient enfin réunis.

Ça m'agace.

— Est-ce qu'il l'a attendue ? demandé-je.

— Pardon ? répond le guide en scrutant l'assemblée pour deviner d'où vient la voix.

La foule s'écarte et pivote pour me regarder.

—Pénélope est l'incarnation de la fidélité conjugale, mais qu'en est-il de son mari ? Est-ce qu'il lui a été fidèle pendant la guerre, pendant vingt ans ?

Gabriel glousse.

Le guide sourit et évoque brièvement les neuf enfants qu'Ulysse a eus de cinq autres femmes et le long voyage de retour de Troie à Ithaque.

—Non, donc, marmonné-je à l'intention de Gabriel tandis que le groupe avance. Pénélope est une idiote.

Je me tourne de nouveau vers le tableau de Pénélope qui attend tandis que Gabriel feuillette la plaquette. Suis-je la patiente Pénélope ? Est-ce que je tisse le jour et détisse la nuit, trompant ce fidèle et beau prétendant en attendant que la mort me permette de retrouver mon mari ? Je lève les yeux vers Gabriel. Son regard bleu est espiègle et il ne peut lire dans mes pensées. Il est incroyablement dupe.

—Elle aurait pu coucher avec tous ses prétendants en attendant Ulysse, déclare-t-il. Elle n'était pas très marrante, la prude Pénélope.

J'éclate de rire et enfouis la tête contre sa poitrine. Il enroule un bras autour de moi, me serre contre lui et embrasse le sommet de mon crâne. Il est bâti comme une maison et je pourrais vivre dans son étreinte ; il est grand, large et fort et passe ses journées dehors à escalader des arbres. C'est un élagueur ou, pour utiliser le terme qu'il préfère, un arboriculteur. Il a l'habitude de la hauteur, il aime le vent et la pluie et tous les éléments. C'est un aventurier, un explorateur et, s'il n'est pas au sommet d'un arbre, c'est qu'il est dessous, plongé dans un livre. Le soir après le travail, il sent le cresson poivré.

On s'est rencontrés il y a deux ans à un festival du poulet à Bray ; il était à côté de moi au comptoir et commandait un cheeseburger. Il m'a parlé au bon moment, j'ai aimé son humour, ce qui était son intention ; il avait essayé d'attirer mon attention. C'était sa façon de draguer, je suppose.

« Mon pote veut savoir si vous accepteriez de sortir avec lui. Un cheeseburger, s'il vous plaît. »

J'adore la drague débile mais j'ai un goût sûr pour les hommes. Des hommes bien, des hommes super.

Il commence à s'éloigner et je l'attire dans la direction opposée, loin du regard de la patiente Pénélope. Elle me surveille et croit reconnaître en moi une femme qui lui ressemble. Mais ce n'est pas le cas. Je ne suis pas comme elle et je ne veux pas l'être. Je ne mettrai pas ma vie entre parenthèses comme elle l'a fait pour un avenir incertain.

— Gabriel.

— Holly.

Son ton est aussi sérieux que le mien.

— À propos de ta proposition.

— De manifester pour que le gouvernement n'installe pas les décorations de Noël aussi tôt dans l'année ? On vient juste de les enlever, je suis sûr qu'ils ne vont pas tarder à les remettre.

Il est tellement grand que je dois me cambrer et renverser la tête pour le regarder. Son regard est rieur.

— Non, l'autre. La proposition que tu m'as faite de vivre avec toi.

— Ah.

— C'est oui.

Il brandit le poing en poussant un hourra.

— Si tu me promets d'acheter une télé et que tu me jures que tous les matins quand je me réveillerai tu ressembleras à ça.

Je me mets sur la pointe des pieds pour me rapprocher de son visage. Je pose les mains sur ses joues et je sens son sourire sous le bouc qu'il laisse pousser, taille et entretient comme un pro ; l'homme aux arbres qui cultive son propre visage.

— C'est un prérequis pour être ma colocataire.

— Sex-locataire, le corrigé-je.

Et nous rions, puérils.

— Tu as toujours été aussi romantique ? demande-t-il en m'enlaçant.

Je l'ai été. J'ai été très différente. Naïve, peut-être. Mais je ne le suis plus. Je le serre étroitement contre moi et pose la tête sur sa poitrine. Je croise le regard désapprobateur de Pénélope. Je redresse le menton. Elle croit me connaître. Mais c'est faux.

Chapitre 2

— Tu es prête ? demande ma sœur, Ciara, à mi-voix, alors que nous nous installons sur les poufs à l'entrée de la boutique.

L'assistance bavarde en attendant que le spectacle commence. Nous sommes assises dans la vitrine de son magasin vintage et d'occasion, *La Pie collectionneuse*, où je travaille avec elle depuis trois ans. On a de nouveau transformé l'espace pour accueillir l'enregistrement en public de son podcast : *Comment parler de...* Ce soir, cependant, je n'ai pas endossé mon rôle habituel, derrière la table sur laquelle sont disposés le vin et les cupcakes. J'ai cédé aux demandes répétées de ma petite sœur, à la fois téméraire et insistante, en acceptant de participer à l'épisode de cette semaine, « Comment parler de la mort ». À peine avais-je accepté que je le regrettais déjà et quand je me suis assise face aux spectateurs, ce regret a atteint une intensité astronomique.

Les portants et les étagères de vêtements et d'accessoires ont été poussés contre les murs et cinq rangées de six chaises pliantes emplissent l'espace. On a aussi vidé la vitrine afin que Ciara et moi puissions nous installer sur l'estrade tandis que les passants qui se hâtent de rentrer chez eux jettent des regards aux mannequins vivants assis sur des poufs.

— Merci d'avoir accepté, dit Ciara en pressant ma main moite.

Je lui adresse un faible sourire en me demandant quelles seraient les conséquences si je fuyais à la dernière minute, mais je sais que ça n'en vaut pas la peine. Je dois honorer mon engagement.

Elle ôte ses chaussures et ramène ses pieds nus sur le pouf, parfaitement à l'aise. Je toussote et le bruit, répercuté par les enceintes, résonne dans la boutique où trente visages curieux et attentifs m'observent. Je presse mes mains moites l'une contre l'autre et baisse les yeux sur les notes que j'ai rédigées avec frénésie comme une étudiante lessivée avant un examen. Ces pensées parcellaires gribouillées sous l'effet de l'inspiration me paraissent absurdes à présent. Elles n'ont ni queue ni tête.

Maman est assise au premier rang, à quelques sièges de mon amie Sharon qui s'est installée sur le bord, où elle a plus de place pour sa poussette double. Une paire de minuscules pieds, une chaussette à moitié ôtée, l'autre tombée, dépasse de la couverture de la poussette et Sharon tient son bébé de six mois dans les bras. Son fils de six ans, Gerard, est à ses côtés, les yeux rivés sur son iPad, les oreilles recouvertes d'un casque et son garçon de quatre ans déclare d'un ton théâtral qu'il s'ennuie ; il s'est tellement affalé sur sa chaise que seule sa tête repose sur le dossier. Quatre garçons en six ans : j'apprécie sa présence aujourd'hui. Je sais qu'elle est debout depuis l'aube. Je sais aussi le temps qu'il lui a fallu pour quitter sa maison avant d'y revenir trois fois parce qu'elle avait oublié quelque chose. Elle est là, mon amie battante. Elle me sourit, épuisée mais encourageante comme toujours.

— Bienvenue dans le quatrième épisode du podcast de *La Pie collectionneuse*, commence Ciara. Certains d'entre vous sont des habitués – Betty, merci pour tes délicieux cupcakes ; et merci à Christian pour le fromage et le vin.

Je cherche des yeux Gabriel dans le public. Je suis certaine qu'il n'est pas là ; je lui ai bien demandé de ne pas venir, même si c'était inutile. C'est un homme qui garde sa vie privée pour lui et qui contrôle ses émotions : l'idée que je puisse discuter de ma vie privée avec des inconnus le dépasse. On en a longuement débattu mais en cet instant, je suis entièrement d'accord avec lui.

— Je m'appelle Ciara Kennedy, je suis la propriétaire de *La Pie collectionneuse* et j'ai décidé il y a peu que ce serait une bonne idée d'enregistrer une série de podcasts intitulés *Comment parler de…* avec les œuvres caritatives qui reçoivent un pourcentage des bénéfices de cette boutique. Cette semaine, nous allons parler de la mort – et surtout du chagrin et du deuil – en compagnie de Claire Byrne, de l'association « Irlande en deuil », et de quelques personnes qui bénéficient du travail incroyable accompli par cette association. Les fonds récoltés grâce à la vente des tickets et les généreux dons seront intégralement reversés à « Irlande en deuil ». Je parlerai plus tard avec Claire du travail important et acharné fourni pour assister ceux qui ont perdu des êtres chers, mais je vais commencer par vous présenter mon invitée d'honneur, Holly Kennedy, qui est aussi ma sœur. Tu es enfin là ! s'exclame Ciara avec enthousiasme.

Le public applaudit.

— Mais oui, réponds-je avec un rire nerveux.

— Depuis que j'ai débuté ce podcast l'année dernière, je harcèle ma sœur pour qu'elle y participe. Je suis tellement contente que tu aies accepté. (Elle se penche pour me prendre la main.) Ton histoire a profondément changé ma vie et je suis certaine que tout ce que tu as vécu pourra aider de nombreuses personnes.

— Merci. Je l'espère.

Je me rends compte que mes notes tremblent dans ma main et je lâche celle de Ciara pour les tenir plus fermement.

— « Comment parler de la mort » – voilà un sujet épineux. Nous trouvons si facile de discuter de nos vies, de nos fonctionnements, de la façon de les améliorer, que la mort est un sujet de discussion embarrassant et peu exploité. Je ne connais personne avec qui j'ai envie de parler de deuil plus qu'avec toi. Holly, s'il te plaît, explique-nous comment la mort t'a affectée.

Je m'éclaircis la voix.

— Il y a sept ans, mon mari, Gerry, est mort d'un cancer. Une tumeur au cerveau. Il avait trente ans.

Quel que soit le nombre de fois où je le dis, ma gorge se serre. Cette partie de l'histoire est toujours vraie, elle me consume toujours. Je jette un rapide coup d'œil à Sharon, en quête de soutien : elle lève les yeux au ciel et bâille ostensiblement. Je souris. Je peux y arriver.

— Nous sommes là pour parler de deuil. Qu'est-ce que je peux vous en dire ? Je ne suis pas unique, la mort nous affecte tous et comme nombre d'entre vous le savent, le deuil est un voyage compliqué. On ne peut pas contrôler son chagrin, la plupart du temps c'est plutôt lui qui vous contrôle. La seule chose sur laquelle on a une prise, c'est la façon de le gérer.

— Tu dis que tu n'es pas unique, rebondit Ciara, mais chaque expérience personnelle l'est et nous pouvons apprendre les uns des autres. Aucune perte n'est plus facile qu'une autre, mais ne crois-tu pas que parce que Gerry et toi avez grandi ensemble, tu as vécu sa mort de manière plus intense ? Depuis que je suis enfant, je ne t'ai jamais vue sans Gerry.

J'acquiesce et je raconte comment Gerry et moi nous sommes rencontrés. J'évite de regarder l'assistance pour me rendre les choses plus faciles ; c'est comme si je me parlais à moi-même, comme quand j'ai répété sous la douche.

— Je l'ai rencontré au collège quand j'avais quatorze ans. À partir de ce jour, je suis devenue Gerry *et* Holly. La petite amie de Gerry. La femme de Gerry. Nous avons grandi ensemble et appris l'un de l'autre. J'avais vingt-neuf ans quand je l'ai perdu et que je suis devenue la veuve de Gerry. Mais ce n'est pas seulement lui et une partie de moi que j'ai perdus ce jour-là. Je me suis perdue *moi-même*. J'ignorais qui j'étais. J'ai dû me reconstruire.

Quelques personnes hochent la tête. Ils savent. Ils savent tous ou, s'ils l'ignorent encore, ils ne vont pas tarder à l'apprendre.

— Caca, dit une voix dans la poussette avant de se mettre à rire.

Sharon fait taire son bébé. Elle plonge une main dans un gigantesque sac et en sort une galette de riz recouverte d'un glaçage à la fraise qu'elle donne à son garçon. Le rire s'éteint.

— Comment t'es-tu reconstruite ? demande Ciara.

C'est bizarre de raconter à Ciara quelque chose qu'elle a traversé avec moi, aussi je me tourne vers le public, vers les gens qui n'étaient pas là. Et quand je vois leurs visages, un déclic se produit en moi. Tout ça ne me concerne pas. Gerry a accompli quelque chose de spécial et je vais le partager en son nom, avec des gens impatients de le découvrir.

— Gerry m'a aidée. Avant de mourir, il avait un plan secret.

— Tadam ! s'exclame Ciara en riant.

Je souris et observe les visages attentifs. Je ressens l'excitation de la révélation, un rappel renouvelé de l'année qui a suivi sa mort et qui a été profondément unique même si depuis, sa signification s'est affadie dans ma mémoire.

— Il m'a laissé dix lettres à ouvrir dans les mois qui ont suivi sa mort. Elles se terminaient toutes par : « P.S. : *I love you.* »

Le public est visiblement ému et surpris. Les gens échangent des regards et des murmures ; le silence est rompu. Le bébé de Sharon se met à pleurer. Elle le berce en tapotant sa tétine, le regard lointain.

Ciara hausse la voix pour se faire entendre par-dessus les plaintes du nourrisson.

— Quand je t'ai demandé de participer à ce podcast, tu as clairement dit que tu ne voulais pas parler de la maladie de Gerry. Tu voulais expliquer quel cadeau il t'avait offert.

Je hoche la tête avec fermeté.

— Oui. Je refuse d'évoquer son cancer et ce par quoi nous sommes passés. Si vous voulez un conseil, ne vous focalisez pas sur l'obscurité. Elle est déjà bien assez présente comme ça. Je préfère parler d'espoir.

Ciara m'adresse un regard brillant de fierté. Maman serre plus étroitement les mains.

— J'ai décidé de me concentrer sur le cadeau que Gerry m'a fait et que *sa perte* m'a donné : me trouver moi-même. Je ne me sens pas diminuée et je n'ai pas honte de dire que sa mort m'a brisée. Ses lettres m'ont aidée à me trouver. Il a fallu que je le perde pour découvrir une partie de moi dont j'ignorais l'existence. (Je suis lancée à présent et je ne peux plus m'arrêter. Il *faut* qu'ils sachent. Si j'avais été assise dans ce public sept ans plus tôt, j'aurais eu *besoin* de l'entendre.) J'ai trouvé en moi une force nouvelle et surprenante, au fond d'un endroit sombre et solitaire. Malheureusement, c'est là que nous découvrons la plupart des trésors de la vie. Après avoir creusé avec peine dans les ténèbres et la crasse, on finit par atteindre quelque chose de concret. J'ai appris que quand on a touché le fond, on a aussi trouvé un tremplin.

Menée par une Ciara enthousiaste, l'assemblée applaudit.

Les pleurs du bébé de Sharon se transforment en hurlements perçants, comme si on venait de lui scier les jambes. L'enfant dans la poussette lance sa galette de riz sur le bébé. Sharon se lève et nous lance un regard confus avant de s'éloigner en poussant la poussette double d'une main tout en portant le bébé en larmes, laissant ses deux aînés avec ma mère. Tout en manœuvrant maladroitement la poussette vers la sortie, elle heurte une chaise, entraîne des sacs posés dans l'allée dont les bandoulières se retrouvent coincées dans les roues et se confond en excuses.

Ciara attend qu'elle soit sortie pour me poser une dernière question.

Sharon percute la poussette contre la porte dans un effort pour l'ouvrir. Mathew, le mari de Ciara, se précipite pour l'aider en lui tenant la porte mais la poussette double est trop large. Paniquée, Sharon écrase plusieurs fois la poussette contre la porte. Le bébé hurle, la poussette fait du bruit et Mathew lui ordonne d'arrêter le temps qu'il déverrouille le bas de la porte. Sharon nous regarde, mortifiée. Je lève les yeux au ciel et bâille comme elle l'a fait un peu plus tôt. Elle m'adresse un sourire reconnaissant avant de fuir.

— On coupera cette partie au montage, plaisante Ciara. Holly, mis à part les lettres que Gerry t'a écrites avant de mourir, as-tu senti sa présence d'une autre manière ?

— Tu veux savoir si j'ai vu son fantôme ?

Certaines personnes gloussent, d'autres attendent désespérément que je réponde par l'affirmative.

— Ou son énergie, propose Ciara. Quel que soit le nom que tu lui donnes.

Je prends le temps de réfléchir, de retrouver la sensation.

— Étrangement, la mort possède une présence physique ; on peut avoir l'impression que la personne est dans la pièce. Le vide que laissent les êtres chers, leur *absence*, est visible et il y a eu des moments où Gerry me paraissait plus vivant que les gens autour de moi. (Je songe à ces jours et ces nuits solitaires où j'étais prisonnière entre le monde réel et mon esprit.) Les souvenirs peuvent être très puissants. Ils peuvent constituer une échappatoire bienheureuse et un endroit à explorer parce qu'ils m'ont rendu Gerry. Mais attention, ils peuvent aussi vous emprisonner. Je suis reconnaissante à Gerry de m'avoir laissé ces lettres parce qu'il m'a tirée de ces trous noirs dans lesquels j'étais enlisée et il a vécu de nouveau pour me permettre de nous créer de nouveaux souvenirs.

— Et maintenant ? Sept ans plus tard ? Est-ce que Gerry est toujours avec toi ?

Je marque une pause. Je la regarde, les yeux écarquillés comme un lapin pris dans les phares d'une voiture. Je patauge. Rien ne me vient. Est-il là ?

— Je suis sûre que Gerry sera toujours une partie de toi, dit Ciara à voix basse en devinant mon état. Il sera toujours avec toi, affirme-t-elle comme pour me rassurer, comme si je l'avais oublié.

La poussière retourne à la poussière, les cendres aux cendres. Des particules de matière dissoutes et éparpillées autour de moi.

— Absolument, affirmé-je avec un sourire forcé. Gerry sera toujours avec moi.

Le corps meurt mais l'âme et l'esprit demeurent. Certains jours, durant l'année qui a suivi la mort de Gerry, j'avais l'impression que son énergie était en moi, qu'elle me construisait, me rendait plus forte, me transformait en forteresse. Rien ne me résistait. J'étais intouchable. D'autres jours, je sentais son énergie et elle me brisait en mille morceaux. Elle me rappelait ce que j'avais perdu. Je ne peux pas. Je ne le ferai pas. L'univers avait volé la meilleure partie de ma vie et j'avais peur qu'il me vole le reste. Et je me rends compte que tous ces jours étaient précieux parce que, sept ans plus tard, je ne sens plus du tout Gerry.

Perdue dans le mensonge que je viens de raconter, je me demande s'il semble aussi vide que moi. Mais j'ai presque terminé. Ciara invite le public à poser des questions et je me détends un peu en constatant que la fin est proche. Troisième rang, cinquième personne, un mouchoir froissé en main, le mascara étalé autour des yeux.

— Bonjour Holly, je m'appelle Joana. J'ai perdu mon mari il y a quelques mois et j'aurais aimé qu'il me laisse des lettres comme votre époux l'a fait. Est-ce que vous pourriez nous dire ce que contenait la dernière ?

— Je voudrais savoir ce qu'elles contenaient toutes, lance quelqu'un.

Des murmures d'assentiment parcourent l'assemblée.

— Nous avons le temps de toutes les évoquer si Holly n'y voit pas d'inconvénient, assure Ciara en m'interrogeant du regard.

Je prends une profonde inspiration et exhale lentement. Ça fait longtemps que je n'ai plus pensé à ces lettres. En tant que concept, oui, mais pas individuellement ni dans l'ordre, enfin, pas exactement. Par où commencer ? Une nouvelle lampe de chevet, une nouvelle tenue, une sortie au karaoké, des graines de tournesol, un voyage d'anniversaire avec des amies… Comment ces gens pourraient-ils comprendre l'importance pour moi de ces choses apparemment insignifiantes ? Mais la dernière lettre… Je souris. C'est une réponse facile.

— Sa dernière lettre disait : « N'aie pas peur de retomber amoureuse. »

Ils s'accrochent à ça, à cette fin magnifique et courageuse de la part de Gerry. Joanna n'est pas aussi émue que les autres. Je lis de la déception et de la confusion dans son regard. Du désespoir. Elle est tellement malheureuse que ce n'est pas ce qu'elle voulait entendre. Elle se cramponne encore à son mari, pourquoi le lâcherait-elle ?

Je sais ce qu'elle pense. Qu'elle ne pourra plus jamais aimer. Plus comme ça.

Chapitre 3

Sharon réapparaît dans la boutique qui se vide, écarlate, le bébé endormi dans la poussette et Alex, son petit garçon, à la main, les joues rouges.

— Salut, mon gars, dis-je en me penchant vers lui.

Il m'ignore.

— Dis bonjour à Holly, ordonne gentiment sa mère.

Il ne lui prête pas plus attention qu'à moi.

— Alex, dis bonjour à Holly, gronde-t-elle d'une voix démoniaque tellement inattendue qu'Alex et moi sursautons tous les deux.

— Salut, dit-il.

— Bon garçon, commente-t-elle d'un ton tendre.

Je la dévisage, éberluée. Je suis toujours ahurie et perturbée par la double personnalité que le rôle de mère fait ressortir chez elle.

— Je suis tellement gênée, déclare-t-elle à voix basse. Je suis désolée. Je suis une catastrophe.

— Inutile. Je suis très contente que tu sois venue. Et tu es fabuleuse. Tu dis toujours que la première année est la plus difficile. Encore quelques mois et ce petit bonhomme aura un an. Tu y es presque.

—Il y en a un autre en route.

—Quoi ?

Elle lève vers moi des yeux noyés de larmes.

—Je suis encore enceinte. Je sais, je suis débile.

Elle se redresse pour donner l'impression d'être forte mais elle a l'air brisée. Elle est abattue, épuisée. Je ressens une immense compassion pour elle : cette émotion a augmenté au fur et à mesure de ses grossesses de manière inversement proportionnelle à la joie.

Nous nous enlaçons et disons en même temps :

—Ne le dis pas à Denise.

Je me sens stressée juste en voyant Sharon s'éloigner avec ses garçons. Je suis aussi exténuée par la tension nerveuse de la journée, l'absence de sommeil de la nuit précédente et la discussion très personnelle qui vient d'avoir lieu pendant une heure. Je suis vidée mais Ciara et moi devons attendre que tout le monde soit parti pour ranger la boutique et la fermer.

—C'était merveilleux, dit Angela Carberry, interrompant le fil de mes pensées.

Angela est un grand soutien pour le magasin : les vêtements de couturier, les sacs et les bijoux qu'elle nous donne sont l'une des raisons pour lesquelles *La Pie collectionneuse* est toujours ouverte. Ciara dit en plaisantant qu'elle pense qu'Angela achète des choses dans le seul but de nous les donner. Elle est habillée avec élégance comme toujours, son carré est d'un noir profond avec une frange au cordeau, elle a une silhouette d'oiseau et porte un collier de perles par-dessus le nœud papillon de sa robe en soie.

— Angela, c'est si gentil d'être venue.

Je suis sidérée quand elle se penche vers moi pour me prendre dans ses bras.

Ciara écarquille les yeux derrière elle, ébahie par la démonstration d'affection de cette femme d'ordinaire austère. Je sens les os d'Angela sous ses vêtements quand elle me serre étroitement contre elle. Elle n'est pas du genre à se comporter de manière impulsive ou tactile, elle m'a paru inabordable les fois où elle a apporté en personne des cartons de vêtements, des chaussures dans leur emballage d'origine et des sacs à main dans leurs sacs de protection en nous disant où les mettre et combien on devrait les vendre sans attendre un seul centime en retour.

Elle s'écarte, les yeux humides.

— Vous devriez faire ça plus souvent. Il faut que vous racontiez cette histoire à d'autres personnes.

— Oh, non, lâché-je en riant. C'était exceptionnel, et plus pour faire taire ma sœur qu'autre chose.

— Vous ne vous rendez pas compte, n'est-ce pas? demande Angela, surprise.

— De quoi?

— Du pouvoir de votre histoire. De ce que vous avez fait aux gens, de la façon dont vous les avez atteints et dont vous avez touché le cœur de chacun.

Gênée, je regarde la queue qui s'est formée derrière elle, une queue de gens qui veulent me parler.

Elle m'attrape le bras et le serre trop fort à mon goût.

— Vous devez recommencer.

— J'apprécie vos encouragements, Angela, mais j'ai vécu cette histoire une fois, je l'ai racontée, et j'en ai fini avec tout ça.

Mes paroles ne sont pas sèches mais mon ton, si, et j'en suis la première surprise. C'est comme une couche extérieure nerveuse et épineuse qui s'éveille en une fraction de seconde. Et comme si mes épines avaient percé sa main, elle relâche aussitôt son étreinte sur mon bras. Puis elle se rappelle où elle est et que d'autres veulent me parler et me lâche à regret.

Une fois sa main écartée, le picotement disparaît mais quelque chose de sa poigne s'attarde sur moi, comme un bleu.

Je me couche près de Gabriel. La pièce tangue : j'ai bu trop de vin avec Ciara et maman dans l'appartement de Ciara au-dessus de la boutique jusqu'à une heure indue.

Il s'agite, ouvre les yeux, m'examine un instant et sourit en voyant mon état.

— Tu as passé une bonne soirée ?

— Si jamais il me prenait l'envie de recommencer... empêche-moi, murmuré-je en fermant les yeux pour tenter d'ignorer mon tournis.

— D'accord. Bravo. Tu es la sœur de l'année ; tu auras peut-être une augmentation.

Je ricane.

— C'est fini à présent.

Il se rapproche de moi et m'embrasse.

Chapitre 4

— Holly ! (Ciara m'appelle de nouveau. Son ton est passé de la patience à l'inquiétude puis à la colère pure.) Mais où es-tu, bon sang ?

Je suis dans la réserve, derrière les cartons, peut-être accroupie derrière eux, peut-être sous des vêtements drapés sur eux comme une petite tanière. Peut-être que je me cache.

Je lève les yeux et vois Ciara qui me regarde.

— Qu'est-ce que tu fous ? Tu te caches ?

— Non. Ne sois pas ridicule.

Je vois bien au regard qu'elle me lance qu'elle ne me croit pas.

— Ça fait des heures que je t'appelle. Angela Carberry te cherchait, elle a insisté pour te parler. Je lui ai dit que tu étais allée prendre un café. Elle a attendu un quart d'heure. Tu la connais. C'est quoi ce bordel, Holly ? À cause de toi, je lui ai donné l'impression d'ignorer où était mon employée, ce qui était le cas.

— Oh. Eh bien, maintenant, tu sais. Je suis désolée de l'avoir ratée.

Un mois s'est écoulé depuis l'enregistrement du podcast et le plaidoyer d'Angela en faveur du partage de mon histoire s'est transformé en harcèlement. Je me lève et étire mes jambes avec un grognement.

— Qu'est-ce qui se passe entre Angela et toi ? demande Ciara, inquiète. Ça a un rapport avec la boutique ?

— Non, pas du tout. Rien à voir avec le magasin, ne t'inquiète pas. Elle ne t'a pas apporté un carton de fringues ?

— Du Chanel vintage, répond Ciara en se détendant, soulagée. (Puis la confusion la reprend.) Quel est le problème, alors ? Pourquoi l'évites-tu ? Ne crois pas que je n'aie rien remarqué – tu as agi de la même manière quand elle est passée la semaine dernière.

— Tu t'y prends mieux avec elle que moi. Je ne la connais pas. Je la trouve très autoritaire.

— C'est vrai mais elle en a le droit ; elle nous donne des marchandises qui valent des milliers d'euros. Je serais prête à porter son collier nue sur un taureau mécanique si elle l'exigeait.

— Personne ne veut voir ça, répliqué-je en la contournant.

— Moi, si, s'écrie Mathew depuis la pièce voisine.

— Elle m'a demandé de te donner ça.

Elle me tend une enveloppe. Quelque chose me gêne. Les enveloppes et moi avons un passif. Ce n'est pas la première fois en six ans que j'en ouvre une, mais celle-là me paraît de mauvais augure. Je m'attends à ce que ce soit une invitation à parler du deuil à un déjeuner de dames organisé par Angela ou un truc du genre. Elle m'a demandé à plusieurs reprises si je comptais continuer à en parler ou écrire un livre. Chaque fois qu'elle est venue à la boutique, elle m'a donné le numéro de téléphone d'un agent qui organise des conférences ou qui travaille dans l'édition. Les premières fois, je l'ai poliment remerciée, mais la dernière fois, je l'ai rembarrée de telle manière que je n'étais pas certaine qu'elle revienne. Je prends l'enveloppe des mains de Ciara, la plie et la fourre dans la poche arrière de mon pantalon.

Ciara me lance un regard noir. Nous sommes dans une impasse.

Mathew se tient au niveau de la porte.

— Bonne nouvelle. Les statistiques de téléchargement révèlent que « Comment parler de la mort » est l'épisode qui a le mieux marché à ce jour ! Il a été plus téléchargé à lui seul que tous les autres épisodes réunis. Félicitations, les sœurettes.

Il lève les mains, enthousiaste, pour que nous puissions toutes deux lui faire un *high five*.

Ciara et moi continuons de nous dévisager, furieuses : moi parce que son podcast a fait de moi la cible de l'attention presque obsessionnelle d'Angela, elle parce que j'énerve sa bienfaitrice la plus importante pour une raison inconnue.

— Ah, allez, ne me faites pas attendre.

Ciara frappe sa paume sans conviction.

— Je m'attendais à un autre genre de réaction, déclare-t-il en me dévisageant, préoccupé, et en abaissant la main. Je suis désolé, est-ce que c'était déplacé de ma part ? Je ne faisais pas un *high five* parce que Gerry… tu sais…

— Je sais, assuré-je en lui souriant. Ce n'est pas ça.

Je ne peux pas célébrer le succès du podcast ; j'aimerais que personne ne l'ait écouté. J'aurais préféré ne pas l'enregistrer. Je ne veux plus jamais parler ni entendre parler des lettres de Gerry.

La maison de Gabriel à Glasnevin, un cottage victorien mitoyen et de plain-pied qu'il a patiemment et amoureusement restauré, est un foyer éclectique qui, contrairement au mien, déborde de caractère. Allongés sur le sol, sur un énorme pouf en velours mou posé sur un tapis à poils longs, nous buvons du vin rouge. Le salon est au beau milieu de la maison et la lumière, bien que ce soit une lumière terne de février, se déverse sur nous depuis le Velux. Les meubles de Gabriel sont un mélange d'antiquités et de contemporain, des choses qu'il aime et collectionne. Tous les objets ont une histoire, même si elle n'est pas émouvante ou qu'elle n'a aucune valeur, mais tout vient de quelque part. La cheminée est le point d'orgue de la pièce ; il ne possède pas de téléviseur et se distrait avec de la musique obscure qu'il écoute sur sa platine ou de la lecture tirée de son impressionnante bibliothèque. En ce moment, il compulse *Vingt-six stations-service*, un recueil de photos en noir et blanc de stations-service américaines. On écoute Ali Farka Touré, un chanteur et guitariste malien. Je contemple la nuit par le puits de jour. C'est merveilleux, vraiment. Gabriel est exactement ce dont j'ai besoin quand j'en ai besoin.

— Quand aura lieu la première visite ? demande-t-il.

La lenteur du processus depuis que nous avons pris la décision il y a plus d'un mois le rend impatient. Depuis le podcast, ma distraction m'a détournée de ma trajectoire.

Ma maison n'est pas officiellement à vendre, mais je ne me résous pas à le lui avouer.

— J'ai rendez-vous avec l'agent immobilier demain. (Je me redresse un peu pour siroter une gorgée de vin avant de me blottir de nouveau contre son torse.) Et ensuite, tu seras à moi, tout à moi, dis-je en riant comme une maniaque.

— C'est déjà le cas. Ah, au fait, j'ai trouvé ça.

Il pose son verre et sort une enveloppe froissée d'une pile de livres désordonnée posée près de la cheminée.

— Oh, oui, merci.

Je la plie et la glisse derrière mon dos.

— Qu'est-ce que c'est ?

— Un type m'a entendue parler à la boutique. Il trouve que je suis une veuve sexy et il m'a donné son numéro.

Je bois une gorgée de vin, sérieuse. Il fronce les sourcils et j'éclate de rire.

— Une femme qui a assisté à l'enregistrement du podcast veut que je continue à raconter mon histoire. Elle n'arrête pas de me harceler pour que je participe à d'autres événements du même genre ou que j'écrive un livre. (Je m'esclaffe de nouveau.) C'est une femme riche et pénible que je ne connais pas bien et je lui ai répondu que ça ne m'intéressait pas.

Il me lance un regard curieux.

— Je l'ai écouté dans la voiture l'autre jour. Je t'ai trouvée très émouvante. Je suis certain que ton témoignage a aidé beaucoup de gens.

C'est la première fois qu'il parle du podcast de manière positive. Je suppose que le contenu de mon intervention ne l'a pas surpris – durant les premiers jours et mois de notre relation, nous nous sommes dévoilés en apprenant à nous connaître – mais je voudrais bien laisser tout ça derrière moi.

—Je l'ai fait pour rendre service à Ciara, répliqué-je en ignorant son compliment. Ne t'inquiète pas, je ne vais pas me mettre à parler de mon mari défunt pour gagner ma vie.

—Ce n'est pas le fait que tu parles de lui qui m'inquiète, mais les conséquences que pourrait avoir le fait de revivre sans arrêt ce deuil.

—Ça n'arrivera pas.

Il bouge un peu et enroule un bras autour de moi. Je crois qu'il veut m'enlacer, mais il glisse la main dans mon dos et s'empare de l'enveloppe.

—Tu ne l'as pas ouverte. Est-ce que tu sais ce qu'elle contient ?

—Non. Et je m'en fiche.

Il m'observe attentivement.

—C'est faux.

—Non. Sinon, je l'aurais ouverte.

—Si. Sinon, tu l'aurais ouverte.

—Ça ne doit pas être important, de toute façon ; elle me l'a donnée il y a des semaines. J'avais oublié son existence.

—Je peux voir, au moins ?

Il déchire le rabat. J'essaie de la lui arracher des mains et ce faisant, je renverse du vin sur le tapis. Je m'extrais de ses bras, me lève en maugréant et me dépêche d'aller chercher un torchon mouillé à la cuisine. Je l'entends finir d'ouvrir l'enveloppe tandis que je passe le chiffon sous l'eau. Mon cœur bat la chamade. Le picotement s'empare de nouveau de mon cœur.

— « Mme Angela Carberry. Le club P.S. : I Love You », lit-il à haute voix.

— Quoi ?!

Il brandit la carte et je m'approche pour la lire. Le torchon humide goutte sur son épaule.

— Holly, dit-il avant de s'écarter, agacé.

Je lui prends la carte des mains. C'est une petite carte de visite professionnelle à la graphie élégante.

— « Le club P.S. : I Love You », lis-je à voix haute à mon tour, à la fois intriguée et furieuse.

— Qu'est-ce que ça signifie ? demande-t-il en s'essuyant l'épaule.

— Je n'en ai aucune idée. Je sais ce que veut dire « P.S. : I Love You », mais… l'enveloppe contient autre chose ?

— Non, uniquement cette carte.

— J'en ai assez de ces histoires. C'est du harcèlement. (J'attrape mon téléphone posé sur le canapé et m'éloigne de lui pour avoir un peu d'intimité.) Ou du plagiat.

Il éclate de rire devant mon brusque changement d'humeur.

— Pour que ce soit considéré comme du plagiat, il faudrait que tu l'aies écrit quelque part. Essaie de lui dire d'aller se faire foutre courtoisement, Holly.

Il reporte son attention sur son livre d'art.

La sonnerie retentit longtemps. Je pianote sur le plan de travail en imaginant impatiemment un dialogue ferme dans ma tête pour lui dire qu'elle doit me laisser tranquille, me foutre la paix, aller voir ailleurs si j'y suis et arrêter immédiatement tout ça. Quel que soit ce club, il ne me concerne pas et j'insiste pour qu'il ne concerne personne.

J'ai fait ça pour aider ma sœur et je me suis ensuite sentie épuisée et utilisée. Et ces mots appartiennent à mon mari, à mes lettres ; elle n'a pas le droit de s'en servir. Ma colère augmente à chaque sonnerie et je suis sur le point de raccrocher quand un homme finit par décrocher.

— Allô ?

— Pourrais-je parler à Angela Carberry, s'il vous plaît ?

Je sens le regard de Gabriel posé sur moi. Il articule en silence : « Sois sympa. » Je lui tourne le dos.

La voix de l'homme est assourdie comme s'il avait éloigné le téléphone de sa bouche. J'entends des voix derrière lui et je ne sais pas très bien si c'est à moi qu'il parle.

— Allô ? Vous êtes toujours là ?

— Oui, oui. Je suis là. Mais pas elle. Angela. Elle est morte. Elle est décédée. Ce matin.

Sa voix se brise.

— Ils sont avec moi, les gens des pompes funèbres. Nous sommes en train de planifier l'enterrement. Je n'ai donc pas encore d'information à vous donner à ce sujet.

Je sens soudain ma colère disparaître en fumée. J'essaie de reprendre mon souffle.

— Je suis désolée, je suis vraiment désolée, dis-je en m'asseyant tout en remarquant que Gabriel ne perd pas une miette de la conversation. Qu'est-ce qui s'est passé ?

Sa voix va et vient, se fait faible puis forte, tremblante, loin puis près du combiné. Je sens sa confusion. Son monde est sens dessus dessous. J'ignore qui est cet homme mais sa perte est palpable et pèse sur mes épaules.

— C'est allé très vite à la fin, ça nous a pris par surprise.

Ils pensaient qu'il lui restait davantage de temps. Mais la tumeur s'est répandue et c'était… eh bien.

— Un cancer ? murmuré-je. Elle est morte d'un cancer ?

— Oui, oui, je croyais que vous le saviez… Pardon, mais qui est à l'appareil ? Vous vous êtes présentée ? Je suis navré, mes pensées sont très confuses…

Il poursuit, désorienté. Je pense à Angela, maigre et impatiente, cramponnée à mon bras et le serrant avec tant de force que c'en était douloureux. Je l'avais trouvée étrange et pénible, mais elle était en réalité désespérée, elle attendait que je lui rende visite à tout prix – et je ne l'ai pas fait. Je ne l'ai même pas appelée. Je lui ai à peine accordé du temps. Bien sûr que mon discours l'avait émue, elle était en train de mourir d'un cancer. Elle s'agrippait à mon bras ce jour-là comme à la vie.

J'ai dû faire un bruit ou quelque chose, parce que Gabriel est agenouillé à côté de moi et l'homme à l'autre bout du fil dit :

— Oh, je suis vraiment désolé. J'aurais dû vous l'annoncer autrement. Mais je n'ai pas… tout ça est très nouveau et…

— Non, non. (J'essaie de me ressaisir.) Je suis navrée de vous avoir dérangé en pareil moment. Mes plus sincères condoléances pour vous et vos proches, dis-je rapidement.

Je raccroche.

Et je fonds en larmes.

Chapitre 5

Je n'ai pas tué Angela, je le sais bien, mais je pleure comme si c'était quand même le cas. Je sais bien qu'un coup de fil, une visite ou la participation à un de ses événements n'auraient pas prolongé sa vie, et pourtant, ça ne m'empêche pas de sangloter. Je pleure pour toutes les croyances irrationnelles qui cavalcadent dans ma tête.

Comme Angela a toujours été une contributrice généreuse, Ciara se sent obligée d'assister à son enterrement et, malgré la désapprobation de Gabriel, j'ai l'impression de devoir l'accompagner. J'ai évité Angela pendant des semaines avant qu'elle ne disparaisse et je l'ai rembarrée à de nombreuses reprises. On oublie souvent comment on s'est rencontrés, on se souvient surtout de la façon dont on s'est séparés. Je n'ai pas donné une bonne impression à Angela quand on s'est rencontrées et je veux lui dire adieu convenablement.

Ses funérailles ont lieu à l'église de l'Assomption de Dalkey, une église pittoresque située dans la rue principale, juste en face du château. Ciara et moi passons devant la foule qui attend devant et entrons directement dans l'église. Nous nous installons au fond. Les gens et la famille suivent le cercueil à l'intérieur et les bancs se remplissent. Un homme mène la procession, son mari, à qui j'ai parlé au téléphone. Il est suivi par la famille en larmes et les amis. Je suis soulagée de voir qu'il n'est pas seul, que les gens sont tristes, qu'Angela est regrettée et qu'il y avait de l'amour dans sa vie.

Il est évident que le prêtre ne la connaissait pas bien mais il fait de son mieux. Il a réuni des informations essentielles sur elle, comme une pie rassemble des objets scintillants, et il les égrène gentiment. Quand vient le moment de l'éloge funèbre, une femme monte sur l'estrade. On apporte alors dans la vieille église un téléviseur sur un meuble roulant avec les câbles et tout le reste.

— Bonjour, je m'appelle Joy. J'aurais bien aimé dire quelques mots sur mon amie Angela mais elle me l'a interdit. Elle voulait avoir le dernier mot. Comme d'habitude.

L'assemblée s'esclaffe.

— Tu es prêt, Laurence ? demande-t-elle.

Je ne vois ni n'entends la réponse de Laurence mais la télévision s'allume et le visage d'Angela emplit l'écran. Elle est maigre – la vidéo a clairement été tournée durant ses dernières semaines – mais rayonnante.

— Bonjour tout le monde, c'est moi !

La foule pousse un petit cri de surprise et les larmes coulent autour de moi.

— J'espère que vous passez un moment horrible sans moi. La vie est parfois terriblement pénible. Je suis navrée d'être morte mais qu'y pouvons-nous? Nous devons avancer. Bonjour mes chéris. Mon Laurence et mes garçons, Malachy et Liam. Bonjour mes bébés, j'espère que Mamie ne vous fait pas peur. Je voudrais vous rendre les choses un peu plus faciles. Allons-y. Nous sommes dans ma perruquerie.

Elle fait pivoter la caméra pour montrer ses perruques. Il y en a de toutes formes, de toutes couleurs et de tous styles, posées sur des têtes en bois alignées sur des étagères.

— Voilà à quoi ressemble ma vie depuis quelque temps, comme vous le savez tous. Merci Malachy de m'avoir rapporté celle-ci il y a peu d'un festival de musique, dit-elle en zoomant sur une crête.

Elle la soulève et la pose sur sa tête. Tout le monde rit. Les mouchoirs volent, tirés des sacs à main et passés de banc en banc.

— Donc, mes garçons chéris, poursuit-elle, vous êtes les trois personnes les plus importantes de toute ma vie et je ne suis pas prête à vous dire adieu. J'ai caché des enveloppes sous toutes ces perruques. Je veux que tous les mois, vous preniez une perruque, que vous l'enfiliez et qu'ensuite vous ouvriez l'enveloppe. Vous lirez son contenu et vous vous souviendrez de moi. Je serai toujours là. Je vous aime tous et je vous remercie de m'avoir donné la vie la plus heureuse et la plus merveilleuse dont une femme, une mère et une grand-mère puisse rêver. Merci pour tout. P.S. – elle envoie un baiser en l'air : *I love you*.

Ciara m'empoigne le bras et se tourne lentement vers moi.

— Oh…, murmure-t-elle.

L'écran devient noir et tout le monde, absolument tout le monde, sanglote. Je ne peux pas imaginer ce que sa famille ressent après ça. Je suis incapable de regarder Ciara. Je me sens mal. J'ai le vertige. J'étouffe. Personne ne me prête la moindre attention mais je me sens quand même mal à l'aise, comme si tout le monde me connaissait et savait ce que Gerry a fait pour moi. Serait-ce mal élevé de ma part de partir ? Je suis si près de la porte. J'ai besoin d'air, de lumière, de m'éloigner de cette scène suffocante. Je me lève, m'appuie brièvement sur le dossier du banc puis me dirige vers la porte.

— Holly ? chuchote Ciara.

Une fois dehors, j'aspire l'air à pleins poumons mais ça ne suffit pas. Il faut que je bouge, que je m'enfuie.

— Holly ! s'écrie Ciara en se hâtant vers moi. Ça va ?

Je m'immobilise pour la regarder.

— Non. Ça ne va pas, pas du tout.

— Merde, c'est ma faute. Je suis tellement désolée, Holly. Je t'ai demandé de participer au podcast alors que tu ne le voulais pas et je t'ai pratiquement obligée, pardon, tout est ma faute. Pas étonnant que tu aies évité Angela. Je comprends tout, à présent. Pardon.

Ses paroles me rassérènent, ce n'est pas ma faute si je ressens ce que je ressens. Ça m'est arrivé. Je n'y peux rien. Elle m'offre sa compassion. Elle me prend dans ses bras et je pose la tête sur son épaule. Je suis de nouveau fragile, vulnérable et triste et ça ne me plaît pas. Je m'ordonne de me calmer. Et lève brusquement la tête.

— Non.

— Non, quoi ?

Je m'essuie les yeux avec violence et me dirige vers la voiture au pas de course.

— Je ne suis plus cette femme-là.

— Comment ça ? Holly, regarde-moi, s'il te plaît, me supplie-t-elle en essayant de croiser mon regard.

Mais je regarde autour de moi, frénétique, pour affûter ma concentration et remettre les choses en perspective.

— Ça ne m'arrivera pas une deuxième fois. Je retourne à la boutique. À ma vie.

Le talent que je me suis découvert en commençant à travailler avec ma sœur, après que le magazine pour lequel je bossais a mis la clé sous la porte, c'est que je suis douée pour le tri. Alors que Ciara est incroyable quand il s'agit de gérer l'esthétique, de magnifier le magasin et de mettre en valeur chaque objet, je peux aisément et avec grand plaisir passer de longues journées dans la réserve à vider des cartons et des sacs-poubelle contenant les choses dont les gens ne veulent plus. Je me perds dans ce rythme. Ces gestes sont particulièrement thérapeutiques les jours qui suivent l'enterrement d'Angela Carberry. Je déverse tout sur le sol, m'assieds et passe en revue le contenu des sacs à main et des poches pour séparer le bon grain de l'ivraie. Je polis les bijoux et les chaussures jusqu'à les faire briller. J'époussette les vieux livres. Je jette tout ce qui est inutilisable : sous-vêtements sales, vieilles chaussettes, mouchoirs usagés. Selon l'ampleur de ma tâche, je suis parfois curieuse et me perds dans l'étude des tickets et des notes pour essayer de dater la dernière utilisation de l'objet et comprendre la vie de la personne qui a vécu avec. Je lave les vêtements et les défroisse à l'aide d'un fer à vapeur. Je chéris tout ce qui a de la valeur : l'argent, les photos, les lettres qui devraient être retournées à leurs expéditeurs. Je rédige des notes aussi détaillées que possible sur les propriétaires et leurs possessions. Parfois, ces objets ne retrouveront jamais leur propriétaire ; ceux qui ont déposé des cartons et des sacs sans laisser leurs coordonnées sont contents de se débarrasser de leur bazar. Mais il m'arrive de rendre à César ce qui lui appartient. Et si on sait qu'on ne pourra pas vendre l'objet, s'il ne correspond pas à l'image souhaitée par Ciara, alors on le remballe et on le donne à une association caritative.

Je transforme le vieux en neuf et je suis récompensée par l'idée que mon travail a de la valeur. Aujourd'hui est un bon jour pour se perdre dans un carton plein de possessions qui se sont transformées en objets dès qu'elles ont été fourrées dans un sac. Je soulève un carton de livres et le transporte de la réserve à la boutique. Je m'assieds de nouveau sur le sol pour nettoyer les couvertures, déplier les pages cornées et feuilleter les livres à la recherche de marque-pages de valeur. Je trouve parfois de vieilles photographies utilisées comme tels ; la plupart du temps, je fais chou blanc mais chaque trouvaille est importante. Je suis perdue dans le monde du tri lorsque le carillon de la porte d'entrée retentit.

Ciara est de l'autre côté du magasin, en train de batailler avec un mannequin sans tête et sans bras à qui elle essaie d'enfiler une robe à pois.

— Bonjour, dit-elle chaleureusement.

Elle est plus douée avec les clients que moi. Si j'ai le choix, je préfère m'occuper des produits et lui laisser les gens.

Mathew et elle ont ouvert cette boutique il y a cinq ans après avoir acheté cette maison sur St George Avenue, à Drumcondra, un quartier de Dublin. L'avant de la maison possédait déjà une baie vitrée, vestige d'une vie antérieure de magasin de bonbons. Ils vivent dans l'appartement à l'étage. En tant que magasin d'occasion dans une rue pavillonnaire tranquille, on n'attire pas beaucoup de passants mais les gens viennent de loin et les étudiants de l'université locale sont aussi nos clients réguliers, attirés par les prix attractifs et le facteur de coolitude qui accompagne le vintage. Ciara est la star de la boutique ; elle organise des soirées, se rend aux salons, écrit des articles pour des magazines et participe parfois à des émissions télévisées matinales pour présenter les dernières arrivées. Si elle est le cœur du magasin, Mathew en est le cerveau : il tient les comptes, gère les réseaux sociaux et l'aspect technique du podcast. Quant à moi, je suis l'estomac.

— Bonjour, lance la personne qui vient d'entrer, une femme.

Je ne la vois pas, cachée derrière un présentoir, assise par terre. J'écoute d'une oreille distraite, permettant à Ciara de faire son job.

— Je vous reconnais, dit ma sœur. Vous avez pris la parole à l'enterrement d'Angela.

— Vous étiez là ?

— Bien sûr. Angela était une fantastique contributrice de la boutique. Ma sœur et moi avons assisté aux funérailles. Elle va nous manquer ; c'était une femme extrêmement dynamique.

Je suis tout ouïe à présent.

— Votre sœur était là aussi, vous dites ?

— Oui. Holly est… occupée en ce moment.

Ciara est maligne et devine que je ne souhaite pas parler à cette femme, tout comme j'ai refusé d'évoquer l'enterrement depuis qu'il a eu lieu deux semaines plus tôt.

J'ai fait exactement ce que j'avais dit. Je suis revenue au magasin, j'ai repris le cours de ma vie et j'ai essayé de ne pas penser du tout à ce qui s'était passé à l'église même si je n'ai évidemment pas pu m'en empêcher. J'y songe tout le temps. Angela s'est clairement inspirée des lettres de Gerry et l'a imité avant de mourir, ça je le comprends très bien. En revanche, ce qui m'échappe, c'est sa carte de visite. Que diable voulait-elle faire avec ce club P.S. : I Love You ? Je me pose la question depuis des semaines, je veux savoir tout en ne voulant pas savoir et me voilà à ne pas vouloir être vue tout en écoutant.

— Est-ce que Holly… (La femme n'achève pas sa question.) Je m'appelle Joy. Je suis ravie de vous rencontrer. Angela adorait cette boutique. Savez-vous qu'elle a grandi dans cette maison ?

— Non ! Elle ne me l'a jamais dit. Jamais. C'est incroyable.

— Oui. Ça lui ressemble tellement de vous l'avoir caché. Nous étions amies d'école, j'habitais au coin de la rue. On s'est retrouvées il y a peu mais je sais qu'elle aurait aimé voir ses affaires à l'endroit où elle a grandi – même si à l'époque, on ne possédait rien d'aussi beau que maintenant. C'est toujours mon cas, d'ailleurs.

— Je n'y crois pas, lâche Ciara.

Sentant que sa visiteuse n'est pas là pour jeter un œil à la boutique, elle fait preuve de sa merveilleuse, et, dans ce cas, agaçante, hospitalité.

— Voudriez-vous un thé ou un café ?

— Oh, un thé, avec plaisir, merci. Avec un nuage de lait, s'il vous plaît.

Ciara disparaît dans la réserve et j'entends Joy errer dans la boutique. Je prie pour qu'elle ne me voie pas mais je sais que c'est peine perdue. Ses pas s'approchent. Ils s'arrêtent et je lève les yeux.

— Vous devez être Holly, dit-elle.

Elle s'appuie sur une canne.

— Bonjour, dis-je comme si je n'avais pas entendu sa conversation avec ma sœur.

— Je m'appelle Joy. Je suis une amie d'Angela Carberry.

— Toutes mes condoléances.

— Merci. C'est allé très vite à la fin. Elle a décliné rapidement. Je me demande si elle a eu le temps de discuter avec vous.

Si j'étais polie, je me lèverais pour éviter que cette femme avec une canne se penche pour me parler. Mais je n'ai pas envie d'être courtoise.

— À quel propos ?

— Du club.

Elle glisse une main dans sa poche et en sort une carte de visite. La même que celle que Gabriel m'a montrée.

— J'ai reçu cette carte de visite mais je ne sais pas du tout de quoi il s'agit.

— Elle a réuni – nous avons réuni, elle et moi – un groupe de gens qui sont fans de vous.

— « Fans » de moi ?

— On a écouté votre podcast et on a tous été très émus.

— Merci.

— Accepteriez-vous de nous rencontrer ? Je voudrais continuer la tâche entreprise par Angela… (Ses yeux se remplissent de larmes.) Oh, pardon, je suis désolée.

Ciara revient avec le thé.

— Vous allez bien, Joy ? demande-t-elle en la voyant pleurer alors que je suis toujours assise par terre, un livre entre les mains.

Elle me lance un regard à la fois perplexe et horrifié. Je suis sa sœur sans cœur.

— Oui. Merci. Je suis navrée de m'imposer comme ça. Je vais juste… me ressaisir.

— Ne partez pas, asseyez-vous là. (Ciara la guide vers un fauteuil à côté de la cabine d'essayage, un simple rideau au drapé théâtral et un miroir installés dans le coin de la boutique, juste dans mon champ de vision.) Restez là jusqu'à ce que vous vous sentiez mieux. Voici votre thé. Je vais vous chercher un mouchoir.

— C'est très aimable à vous, répond faiblement Joy.

Je reste à ma place. J'attends que Ciara ait disparu avant de dire :

— C'est quoi ce club ?

— Angela ne vous l'a pas expliqué ?

— Non. Elle m'a laissé sa carte de visite mais on n'a jamais eu l'occasion d'en discuter.

— Je suis navrée. Laissez-moi tout vous raconter. Angela rayonnait après vous avoir écoutée ; elle est venue me voir avec une idée. Quand Angela Carberry avait quelque chose en tête, elle s'y cramponnait. Elle pouvait se montrer très persévérante et pas toujours comme il fallait. Elle avait l'habitude d'obtenir ce qu'elle voulait.

Je songe à la main d'Angela sur mon bras et à ses ongles plantés dans ma chair. L'insistance que j'avais mal interprétée.

—Angela et moi allions à l'école ensemble mais on s'était perdues de vue, comme ça arrive souvent. Nous nous sommes croisées il y a quelques mois de ça et nos maladies nous ont rapprochées plus que jamais. Après vous avoir entendue, elle m'a appelée pour tout me raconter. Comme elle, votre histoire m'a beaucoup inspirée. J'en ai parlé à d'autres qui auraient pu en tirer avantage aussi.

Joy reprend sa respiration et je me rends compte que je retiens la mienne. Je me sens oppressée, le corps raide.

—Nous sommes cinq – enfin, quatre à présent. Votre histoire nous a emplis de joie et d'espoir. Vous voyez, chère Holly, nous nous sommes rencontrés parce que nous avons quelque chose en commun.

Je me cramponne au livre avec tant de force que la couverture est presque pliée.

—Nous avons tous une maladie incurable. Nous ne nous sommes pas uniquement trouvés parce que votre expérience nous a donné de l'espoir mais parce que nous partageons le même but. Nous voulons écrire des lettres à nos proches comme votre mari l'a fait avec vous. Nous avons désespérément besoin de votre aide, Holly. Nous sommes à court d'idées et… (Elle inspire comme pour mobiliser de l'énergie.) Et tous à court de temps.

Un silence. Je me fige en essayant de digérer ça. Je suis sans voix.

—Je vous ai mise dans l'embarras et j'en suis navrée, déclare-t-elle, mal à l'aise.

Elle essaie de se lever, la tasse de thé dans une main et la canne dans l'autre. Je ne peux rien faire d'autre que la regarder ; je suis trop abasourdie pour ressentir quoi que ce soit face à la tristesse de Joy et des membres de son club. Et je suis irritée que tout ça envahisse ma vie.

—Laissez-moi vous aider, dit Ciara en se précipitant pour lui prendre la tasse des mains et lui tenir le bras.

—Je peux peut-être vous laisser mon numéro de téléphone, Holly. Comme ça, si vous voulez…

Elle me regarde en espérant que j'achève sa phrase à sa place mais je ne le fais pas. J'attends, cruelle.

—Je vais chercher un papier et un crayon, intervient Ciara.

Joy lui donne ses coordonnées et je lui dis au revoir quand elle s'éloigne vers la porte.

Le carillon retentit, la porte se ferme et les pas de Ciara cliquètent sur le parquet. Ses chaussures vintage à talons et à bouts ouverts style années 1940, qu'elle porte avec des bas résille, s'immobilisent près de moi. Elle me dévisage et m'observe : je suis certaine qu'elle a entendu toute la conversation. Je détourne les yeux et range le livre sur l'étagère. Oui, il ira bien ici.

Chapitre 6

—Pas trop de sauce, Frank, dit ma mère en prenant la saucière des mains de mon père.

Il s'y cramponne, résolu à achever l'anéantissement par noyade de son rôti et, dans la lutte acharnée qu'ils se livrent pour le contrôle de la saucière, des gouttes jaillissent du bec verseur et se répandent sur la table. Mon père adresse un regard appuyé à ma mère avant d'essuyer les taches sur la nappe du bout des doigts, qu'il lèche en signe de protestation.

—Il n'y en aura pas assez pour tout le monde, prévient maman en tendant la sauce à Declan.

Ce dernier rattrape ce qui coule du bec et se lèche le doigt.

—On ne se sert pas deux fois, dit Jack en volant la saucière des mains de ma mère.

—Je n'en ai pas encore eu, se plaint Declan en essayant de la récupérer.

Mais Jack la retient prisonnière et verse de la sauce sur sa nourriture.

— Les garçons, les réprimande maman. Vous vous comportez comme des enfants.

Les enfants de Jack éclatent de rire.

— Laisse-m'en, ordonne Declan en surveillant Jack. Il n'y a pas de sauce à Londres ?

— Il n'y a pas la sauce de maman, réplique Jack avec un clin d'œil à l'intention de ma mère avant de servir ses enfants et de passer la saucière à sa femme, Abbey.

— Je ne veux pas de sauce, proteste l'un des enfants.

— Je la prends, s'écrient en chœur Declan et mon père.

— Je vais en faire d'autre, soupire ma mère avant de gagner rapidement la cuisine.

Ils commencent tous à manger comme s'ils étaient privés de nourriture depuis des jours : mon père, Declan, Mathew, Jack, Abbey et leurs deux enfants. Mon frère aîné, Richard, est retenu à la chorale et Gabriel passe la journée avec sa fille adolescente, Ava. Comme, la plupart du temps, elle n'a pas envie de le voir, ces rares visites sont précieuses. Ils sont tous concentrés sur leur assiette sauf Ciara, dont l'attention est rivée sur moi. Elle détourne la tête quand je croise son regard et s'empare de la cuillère à salade au milieu de la table. Ma mère revient avec deux saucières supplémentaires. Elle en pose une au centre et l'autre près de Ciara. Jack fait semblant de vouloir s'en emparer, comme un faux départ, et Declan panique et bondit vers la saucière.

Jack éclate de rire.

— Les garçons, proteste maman.

Ils se calment.

Les enfants gloussent.

— Assieds-toi, maman, dis-je gentiment.

Elle examine la tablée, sa famille affamée en train de dévorer avec enthousiasme, et elle finit par s'asseoir en bout de table.

— Qu'est-ce que c'est ? demande Ciara en contemplant la saucière.

— De la sauce vegan, répond fièrement ma mère.

— Ah, maman, tu es la meilleure.

Ciara se sert et une substance trouble et aqueuse comme de la soupe se répand dans son assiette. Elle me regarde, hésitante.

— Miam, dis-je.

— Je ne suis pas certaine de l'avoir bien réalisée, s'excuse ma mère. C'est bon ?

Ciara goûte.

— Délicieux.

— Menteuse, déclare ma mère en riant. Tu n'as pas faim, Holly ?

Mon assiette est presque vide et je n'ai pas entamé mon repas. Je ne peux pas avaler autre chose que des brocolis et des tomates.

— J'ai pris un solide petit déjeuner, mais c'est fabuleux, merci.

Je commence à manger. Du moins j'essaie. La nourriture de maman, sauce vegan mise à part, est vraiment délicieuse et elle tente de rassembler les troupes le plus souvent possible le dimanche midi pour un déjeuner en famille que nous adorons tous. Mais aujourd'hui, comme c'est le cas depuis plusieurs semaines, je n'ai pas faim.

Ciara observe mon assiette puis moi, inquiète. Maman et elle échangent un regard et je devine aussitôt que ma sœur a lâché le morceau à propos du club P.S. : I Love You. Je lève les yeux au ciel.

— Je vais bien, dis-je d'un air de défi avant d'enfourner un brocoli entier pour prouver mon équilibre mental.

Jack pose son regard sur moi.

— Qu'est-ce qui ne va pas ?

J'ai la bouche pleine. Je ne peux pas répondre mais je lève à nouveau les yeux au ciel, irritée.

Il se tourne vers ma mère.

— Qu'est-ce qui se passe ? Pourquoi Holly fait-elle semblant d'aller bien ?

Je grommelle en essayant d'avaler le plus vite possible pour mettre fin à cette conversation.

— Holly va très bien, affirme ma mère d'un ton calme.

Ciara intervient et déclare à toute allure, d'une voix aiguë :

— Une femme qui est décédée d'un cancer a créé un club baptisé P.S. : I Love You avant de mourir ; ses membres sont uniquement des gens gravement malades et ils veulent que Holly les aide à écrire des lettres à leurs proches.

Elle semble immédiatement soulagée d'avoir tout déballé, puis effrayée par ce qui va suivre.

Je manque de m'étouffer avec mon brocoli.

— Putain, Ciara !

— Pardon, mais il fallait que je le dise ! s'exclame Ciara en levant les mains, sur la défensive.

Les enfants rient de mon juron.

— Excuse-moi, dis-je à leur mère, Abbey. Les garçons, poursuis-je après m'être éclairci la voix. Je vais bien. Vraiment. Changeons de sujet.

Mathew lance à sa femme cafteuse un regard désapprobateur. Ciara s'affaisse sur sa chaise.

— Est-ce que tu vas aider ces gens à écrire leurs lettres ? demande Declan.

— Je ne veux pas en parler, réponds-je en coupant une tomate.

— Avec qui ? Eux ou nous ? s'enquiert Jack.

— Avec tout le monde !

— Donc, tu ne vas pas les aider ? insiste ma mère.

— Non !

Elle hoche la tête. Son expression est indéchiffrable.

Nous mangeons en silence.

Je déteste quand ma mère est impassible.

J'abandonne, frustrée.

— Pourquoi ? Tu crois que je devrais le faire ?

Tout le monde, à l'exception des enfants et d'Abbey, qui sait qu'il vaut mieux qu'elle ne s'en mêle pas, répond en même temps et je ne comprends rien.

— Je posais la question à maman.

— Mon opinion ne t'intéresse pas ? demande mon père.

— Bien sûr que si.

Il reporte son attention sur son assiette, blessé.

— Je pense..., déclare ma mère pensivement, que tu devrais faire ce qui te paraît bien pour toi. Je n'aime pas interférer mais comme tu me l'as demandé : si ça te... – son regard passe de mon assiette à moi – bouleverse autant, alors ce n'est pas une bonne idée.

— Elle dit qu'elle a pris un solide petit déjeuner, intervient Mathew pour ma défense.

Je lui lance un regard reconnaissant.

— Qu'est-ce que tu as mangé ? demande Ciara.

Je lève les yeux au ciel.

— Un énorme petit déjeuner anglais, Ciara. Avec du porc, du boudin, des œufs et toutes sortes de morceaux de viande dégueulasses baignant dans le beurre. Du beurre de vache.

Ce n'est pas vrai. Ce matin, je n'avais pas faim non plus.

Elle me lance un regard meurtrier.

Les enfants s'esclaffent de nouveau.

— Si tu les aides, je peux filmer ? demande Declan, la bouche pleine. Ça pourrait faire un bon documentaire.

— Ne parle pas la bouche pleine, Declan, le gronde maman.

— Non. Parce que je ne les aiderai pas, répliqué-je.

— Qu'en pense Gabriel ? s'enquiert Jack.

— Je n'en sais rien.

— Elle ne le lui a pas encore dit, intervient Ciara.

— Holly, me réprimande ma mère.

— Inutile de lui en parler puisque je ne vais pas le faire, protesté-je.

Mais je sais que j'ai tort. J'aurais dû en discuter avec Gabriel. Il n'est pas idiot, il sent bien que quelque chose cloche. Sans parler de la visite de Joy, depuis que j'ai raccroché après la conversation avec le mari d'Angela il y a des semaines de ça, je ne suis plus moi-même.

Tout le monde se tait.

— Tu ne m'as toujours pas demandé mon avis, dit mon père en scrutant la tablée comme si nous l'avions tous blessé individuellement.

— Qu'en penses-tu, papa ? demandé-je, exaspérée.

— Non, non. Il est clair que tu ne veux pas le savoir, déclare-t-il en attrapant la saucière et en noyant sa deuxième assiette sous la sauce.

Je transperce violemment un bout de brocoli avec ma fourchette.

— Papa, dis-le-moi.

Il ravale sa susceptibilité.

— Je pense que ce serait un geste attentionné et gentil pour ces gens dans le besoin et que ça te ferait certainement du bien.

La réponse de mon père paraît irriter Jack. Ma mère arbore de nouveau une expression impassible ; elle réfléchit et examine le problème sous tous les angles avant de partager son opinion.

— Elle ne mange plus, Frank, déclare-t-elle doucement.

— Elle est en train d'inhaler son brocoli, commente papa en me faisant un clin d'œil.

— Et elle a mis six tasses ébréchées en rayon cette semaine, ajoute Ciara. Elle est distraite rien que de savoir que ce club existe.

— Certaines personnes aiment les tasses ébréchées, rétorqué-je.

— Qui ça ?

— La Belle et la Bête, répond Mathew.

Les enfants éclatent de rire.

— Que ceux qui pensent que c'est une bonne idée lèvent la main, dit Ciara à la cantonade.

Les enfants lèvent aussitôt la main et leur mère leur fait signe de la baisser.

Mon père brandit sa fourchette. Declan aussi. Mathew a l'air de partager leur avis mais Ciara lui lance un regard noir, qu'il lui rend mais sans lever la main.

— Non, affirme Jack. C'est une mauvaise idée.

— Je trouve aussi, renchérit Ciara. Et si ça tourne mal, je ne veux pas en porter la responsabilité.

— Ça ne te concerne pas, réplique son mari, agacé.

— Je sais. Mais c'est ma sœur et je ne veux pas être celle qui…

— Bonjour tout le monde, dit la voix de Richard depuis l'entrée. (Il fait son apparition et nous regarde, sentant qu'il se trame quelque chose.) Que se passe-t-il ?

— Rien, répondons-nous tous en chœur.

Je suis seule dans la boutique derrière le comptoir. Assise sur un tabouret, je contemple le vide. Ciara et Mathew sont sortis pour récupérer les dons d'une famille voisine qui déménage. Il n'y a pas de clients et je n'ai vu personne depuis une heure. J'ai vidé autant de sacs et de cartons que possible, j'ai mis de côté les objets précieux et j'ai appelé leurs propriétaires pour organiser notre passage. J'ai épousseté tous les portants et déplacé des choses cinq centimètres plus à droite ou plus à gauche. Je n'ai plus rien à faire. Le carillon retentit et une adolescente pénètre dans le magasin. Elle est grande et porte un turban noir et doré spectaculaire.

— Bonjour, dis-je d'un ton que j'espère enjoué.

Elle m'adresse un sourire timide et gêné et je détourne les yeux. Certains clients aiment qu'on leur prodigue toute notre attention, d'autres préfèrent qu'on les laisse tranquilles.

Je l'observe à la dérobée. Elle porte un bébé dans un porte-bébé. Le nourrisson, qui n'a que quelques mois, est positionné dos à la jeune fille et ses jambes replètes vêtues d'un legging s'agitent spontanément. Sa mère – si c'est bien sa mère, parce qu'elle semble bien jeune, mais après tout, qu'en sais-je – maîtrise à merveille l'art de se tenir de côté afin que le bébé ne puisse rien attraper sur les étagères. L'adolescente ne cesse de me jeter des coups d'œil en douce. Elle regarde les vêtements mais elle n'est pas concentrée, son attention est posée sur moi. Je me demande si elle envisage de voler quelque chose ; parfois les voleurs ont cette expression et ils examinent les environs plutôt que la marchandise. Le bébé crie, il s'entraîne à moduler sa voix et l'adolescente lui prend la main ; les petits doigts s'enroulent autour de son index.

Je voulais un bébé, il y a longtemps. C'était il y a dix ans et j'en avais tellement envie que mon corps me suppliait quotidiennement de lui en fournir un. Ce désir impérieux a cessé quand Gerry est tombé malade. Il s'est transformé en une envie d'un autre genre : je voulais qu'il survive. J'ai mis toute mon énergie là-dedans et quand il est mort, mon désir d'enfant est mort avec lui. Je voulais avoir un enfant avec lui et il n'était plus là. En contemplant le magnifique bébé plein de vie, quelque chose vibre en moi, un rappel d'une envie passée. J'ai trente-sept ans, je pourrais encore essayer. Je vais emménager avec Gabriel mais je ne pense pas que nous en ayons vraiment envie. Il est trop occupé à essayer d'améliorer sa relation avec sa fille.

— Je ne vais rien voler, dit-elle sèchement, me tirant de mes pensées.

— Pardon ?

— Vous n'arrêtez pas de me regarder. Je ne compte pas voler quoi que ce soit, répète l'adolescente, sur la défensive.

— Excuse-moi, je n'étais pas... je n'avais pas l'intention de... Je rêvassais, la rassuré-je en me levant. Je peux t'aider ?

Elle me dévisage longuement, comme si elle essayait de prendre une décision, qu'elle me jaugeait.

— Non.

Elle gagne la porte, le carillon retentit, elle se referme. Les yeux rivés sur la porte, je me souviens de l'avoir déjà vue. Quelques semaines plus tôt, la semaine dernière peut-être, elle était là avec son enfant. Je m'en souviens parce que Ciara l'a complimentée sur son turban, puis elle s'en est inspirée et a porté un foulard rouge à pois blancs pendant une semaine. La jeune fille n'a jamais rien acheté. Ce n'est pas grave, les gens flânent souvent dans les boutiques d'occasion, ils aiment voir ce que les autres ont possédé puis donné et découvrir comment ils vivaient. Les objets qui ont déjà appartenu à quelqu'un ont un petit quelque chose en plus. Certains pensent qu'ils sont plus précieux, d'autres les trouvent sales, d'autres encore ont envie de s'en entourer. Mais elle a raison, je me suis méfiée d'elle.

La camionnette de Mathew et de Ciara se gare devant le magasin. Ciara en descend d'un bond : elle porte une combinaison à paillettes très 1980 et des baskets. Ils ouvrent les portes arrière de l'utilitaire et commencent à décharger la marchandise.

— Salut, David Bowie.

Elle me sourit.

— On a déniché des trésors, tu vas adorer. Il s'est passé des trucs excitants à la boutique ?

— Non. Ça a été très calme.

Mathew file devant moi, deux tapis roulés sous le bras.

— On va posséder plus de tapis que la maison d'un chauve, comme on dit chez moi, déclare-t-il avec son accent australien prononcé.

« *Chauve.* » Je songe à l'enterrement d'Angela, à son étalage de perruques, aux lettres qu'elle y a cachées pour sa famille.

Ma sœur m'observe.

— Ça va ?

— Oui, Ciara.

Elle me pose la question toutes les dix minutes.

Elle attend que Mathew ait disparu dans la réserve.

— Je voulais juste m'excuser encore une fois. Je me sens vraiment responsable de tout ce qui s'est passé.

— Ciara, arrête…

— Non. Si à cause de moi tu as régressé, si j'ai tout gâché, je suis vraiment désolée. S'il te plaît, dis-moi ce que je peux faire pour arranger les choses.

— Tu n'as rien fait de mal, les choses arrivent, c'est tout. Ce n'est pas ta faute. Mais si Joy ou une autre personne du club passe, dis-lui que je ne suis pas intéressée, d'accord ?

— Oui. Bien sûr. J'ai dit au type d'hier de ne pas revenir.

— Quel type ?

— Il a dit qu'il appartenait au club. Il s'appelle… son nom n'a pas d'importance. Il ne reviendra pas, je lui ai clairement ordonné de te laisser tranquille, surtout au travail, ce n'est pas bien.

Mon cœur bat plus vite sous l'effet de la colère.

— Ils viennent ici, donc.

— « Ils » ?

— Les membres du club. Il y avait une fille un peu plus tôt. Elle est déjà venue, elle me regardait bizarrement. Elle m'a accusée de la prendre pour une voleuse. Elle doit faire partie du club elle aussi.

— Non… (Ciara a l'air inquiet.) Il ne faut pas que tu penses que tout le monde appartient au club.

— Joy a dit qu'ils étaient cinq, quatre à présent. Mes fantômes des Noëls passés, présents, et aujourd'hui futurs m'ont rendu visite. Ils ne me ficheront jamais la paix, n'est-ce pas ? (La fureur se déverse en moi, provoquée par l'invasion de mon agréable vie normale et stable.) Tu sais quoi ? Je vais les rencontrer. Je vais aller voir les membres de ce petit club pour leur dire de me laisser tranquille. Où est le numéro de cette femme ?

J'ouvre les tiroirs et me mets à fouiller.

— Tu parles de Joy ? demande Ciara, préoccupée. Tu devrais peut-être laisser tomber, Holly, elle finira par comprendre le message.

Je trouve le petit morceau de papier et m'empare de mon téléphone.

— Excuse-moi.

Je me précipite vers la porte ; je dois passer cet appel de l'extérieur.

— Holly ? s'exclame Ciara dans mon dos. Souviens-toi qu'ils sont malades. Ils ne sont pas méchants. Sois sympa.

Je sors, ferme la porte et m'éloigne de la boutique en composant le numéro de Joy. Je vais ordonner à ce petit club de me ficher la paix une bonne fois pour toutes.

Chapitre 7

Le club P.S. : I Love You est réuni dans la serre de Joy, et le soleil matinal de ce 1er avril réchauffe la pièce vitrée. Son labrador couleur sable dort, étendu sur le carrelage chaud, dans le rayon lumineux au milieu de la pièce. Il faut le contourner pour se déplacer. Je regarde les membres du club assis devant moi, mal à l'aise et irritée. J'ai demandé à voir Joy pour lui délivrer en personne mon refus bien répété, poli, mais ferme d'avoir quoi que ce soit à voir avec eux, mais je ne m'attendais pas à ce qu'ils soient tous là. Elle a manifestement compris tout de travers et doit penser que je suis là pour les aider. J'aurais mieux fait de me contenter du téléphone au lieu d'opter pour une honorable rebuffade en personne.

— Tu es un lourdaud paresseux, mon vieil ami, dit Joy en observant le chien avec amour tout en posant une tasse de thé et une assiette remplie de biscuits sur la table près de moi. On l'a adopté quand on m'a donné mon diagnostic. On pensait qu'il nous tiendrait compagnie et nous distrairait et c'est un bon compagnon. Il a neuf ans, annonce-t-elle d'un air de défi. J'ai la sclérose en plaques.

Bert, un homme baraqué qui a une bonne soixantaine d'années et qui a une canule dans le nez par laquelle il reçoit de l'oxygène, prend la parole à son tour.

— Moi, ma maladie, c'est d'être trop beau, dit-il avec un clin d'œil.

Paul et Joy gloussent et Ginika lève les yeux, en adolescente obligée d'entendre de mauvaises blagues. J'avais raison à propos de la jeune fille de la boutique. Je ne suis pas paranoïaque après tout. Je souris poliment.

— Les poumons. Emphysème, se corrige-t-il en riant de sa plaisanterie.

Paul est le suivant. Il est plus jeune que Bert et Joy, plus proche de mon âge. Il est beau et a l'air étonnamment en forme. C'est la deuxième personne à s'être présentée à la boutique et c'est lui que Ciara a repoussé.

— J'ai une tumeur au cerveau.

Homme jeune, beau garçon, tumeur au cerveau. Exactement comme Gerry. Ça me touche de trop près. Je devrais m'en aller mais quel est le bon moment pour se lever et partir quand un jeune homme vous parle de son cancer ?

— Mais ma situation est un peu différente, ajoute-t-il. Je suis en rémission.

Je sens un léger poids en moins sur mes épaules.

— C'est une excellente nouvelle.

— Oui, répond-il, mais il n'a pas l'air enthousiasmé outre mesure. C'est la deuxième fois que ça m'arrive. Les tumeurs au cerveau récidivent souvent. Je n'étais pas prêt à mourir, la première fois. Si elle récidive une deuxième fois, je veux être préparé pour ma famille.

J'acquiesce. Je suis un peu plus oppressée ; même en rémission, il prépare sa mort de peur que la tumeur ne revienne.

— Mon mari avait un cancer du cerveau, ressens-je le besoin d'ajouter.

Mais aussitôt que les mots ont franchi mes lèvres, je me rends compte que c'est une information inutile. Tout le monde sait comment est mort mon époux.

Je suis venue ici pour mettre fin à tout ça mais à peine ai-je franchi la porte et vu le petit groupe que j'ai senti que le sablier avait été retourné. Maintenant que les grains de sable tombent, je me demande si cette seule visite ne pourrait pas suffire. Je me sentirais moins coupable, j'essaierais d'aider un peu puis je reprendrais le cours de ma vie. Ça ne me prendrait qu'une heure.

Je pose les yeux sur l'adolescente assise à côté de moi, Ginika. Peut-être qu'elle arrêtera de me harceler. Elle sera bien obligée, vu que je vais leur dire de manière ferme et définitive de cesser de venir. Son bébé, Jewel, est installé sur ses genoux, satisfait, et il joue avec les bracelets autour du poignet de sa mère. Sentant l'attention posée sur elle, Ginika prend la parole sans lever les yeux.

— Cancer du col de l'utérus, annonce-t-elle d'un ton ferme, les dents serrées.

Elle est en colère.

Bon, bon. Dis-le-leur, qu'on en finisse. Dis-leur que tu ne veux pas être là, que tu ne peux rien pour eux. Le silence s'installe.

— Comme vous pouvez le voir, nous en sommes tous à des stades divers de nos maladies, constate Joy, la porte-parole du groupe. La sclérose en plaques n'est pas une maladie mortelle mais incurable et depuis peu, mes symptômes empirent. Angela avait l'air réceptive aux traitements mais elle a décliné rapidement. Paul va bien mais… aucun d'entre nous ne peut vraiment savoir – nous avons des hauts et des bas, n'est-ce pas, déclare-t-elle en regardant ses camarades. Je pense que je peux parler au nom de tous en disant que nous ne savons pas combien de *moments privilégiés* nous avons encore devant nous. Mais nous sommes là et c'est le principal.

Ils hochent tous la tête sauf Ginika, pour qui être là n'est pas le principal.

— Certains d'entre nous ont des idées pour leurs lettres, d'autres pas. On apprécierait beaucoup vos lumières.

J'ai une possibilité de partir. Ils sont humains, ils comprendront et même si ce n'est pas le cas, qu'y puis-je s'ils ne se préoccupent pas de mon équilibre mental ; je dois me placer en premier. Je me redresse.

— Je dois vous expliquer…

— J'ai une idée, intervient Bert. (Il est à bout de souffle mais ça ne semble pas limiter le nombre de mots qu'il utilise.) C'est une chasse au trésor pour ma femme, Rita, et j'ai besoin de votre aide pour cacher les indices dans tout le pays.

— Dans tout le *pays* ?

— C'est comme un quiz. Par exemple, première question : « Où Brian Boru perd-il la vie dans sa bataille finale ? » Et Rita se rend à Clontarf où l'attend l'indice suivant.

Une quinte de toux s'empare de lui.

Je cille. Ce n'est pas du tout ce à quoi je m'attendais.

— Tu es radin, le taquine Paul. Tu devrais envoyer Rita à Lanzarote comme Gerry l'a fait avec Holly.

— Oh, arrête ton char, ricane Bert. (Il croise les bras et me regarde.) Pourquoi vous a-t-il envoyée là-bas ?

— C'était la destination de leur voyage de noces, répond Paul à ma place.

— Ooooh, mais oui ! s'écrie Joy en fermant les yeux d'un air rêveur. Et c'est là que vous avez vu des dauphins, n'est-ce pas ?

J'ai la tête qui tourne en les entendant parler de ma vie comme si c'était un épisode d'une télé-réalité. C'est une discussion de machine à café.

— Il avait laissé les billets à l'agence de voyages, explique Ginika à Bert.

— Ah, c'est vrai, répond-il, la mémoire rafraîchie.

— Quel est le rapport avec les dauphins ? Je ne pense pas que vous l'ayez expliqué dans le podcast, dit Paul en attrapant un biscuit au chocolat.

Ils ont tous les yeux rivés sur moi et ça me fait tout drôle de les entendre parler des lettres de Gerry comme ça. Je sais que je les ai brièvement évoquées avec Ciara dans la petite boutique devant trente personnes mais j'avais oublié que ça allait plus loin que ça, que le podcast serait téléchargé et écouté par des gens comme un divertissement. Leur façon de parler de manière décontractée d'un des moments les plus importants, profonds et sombres de ma vie me donne l'impression d'être très loin, comme si j'avais quitté mon corps.

Je pose les yeux sur eux tour à tour en essayant de suivre le feu roulant de leurs questions. Ils m'assaillent de demandes comme si j'étais la participante chronométrée d'un quiz télévisé. J'ai envie de leur répondre mais je suis incapable de penser assez vite. Ma vie ne peut pas être résumée en un mot, elle a besoin de contexte, de mise en situation, d'explications et de réactions émotionnelles, pas de questions rapides. Les entendre évoquer le processus d'écriture des lettres de manière aussi cavalière me paraît surréaliste et fait bouillir mon sang. J'ai envie de les secouer et de leur dire de s'écouter un peu.

— La lettre dont je voudrais vraiment parler est celle avec les graines de tournesol. C'est vraiment votre fleur préférée ? demande Joy. Est-ce que Gerry vous a demandé de les planter ? J'aime cette idée. J'aimerais demander à Joe de planter un arbre en mon nom, puis que ma famille le regarde tous les jours en pensant...

— À toutes les années qui se sont écoulées depuis votre mort, l'interromps-je sans réfléchir.

Ma voix est plus sèche que prévu.

— Oh, lâche-t-elle, surprise, puis déçue. Je n'avais pas pensé à ça. Je voudrais juste qu'ils se souviennent de moi.

Elle reporte son attention sur les membres du club, à la recherche de soutien.

— Mais ils se souviendront de vous. Ils se rappelleront de vous chaque seconde de chaque jour. Ils ne pourront pas vous oublier. Tout ce qu'ils diront, tout ce qu'ils sentiront, goûteront, entendront, absolument tout ce qu'ils vivront sera lié à vous. D'une certaine manière, vous les hanterez. Vous serez perpétuellement dans leurs pensées même quand ils ne le voudront pas, parce qu'ils auront parfois besoin que vous disparaissiez pour avancer alors que d'autres fois, au contraire, votre présence leur sera nécessaire pour survivre. Parfois, ils feront n'importe quoi pour ne pas penser à vous. Ils n'auront pas besoin de plantes ni d'arbres pour vous voir, ni de quiz pour se rappeler de vous. Vous comprenez ?

Joy hoche rapidement la tête et je me rends compte que j'ai élevé la voix.

J'ai l'air en colère alors que ce n'était pas mon intention. Je me ressaisis. Je suis surprise par ma propre réaction et par la dureté de mon ton.

— Holly, vous avez aimé les lettres de Gerry, n'est-ce pas ? demande Paul, rompant le silence stupéfait.

— Oui, bien sûr !

Je suis sur la défensive. Évidemment que j'ai aimé ses lettres. Je ne vivais que pour elles.

— Pourtant, ça a l'air un peu…, commence Paul.

Mais Joy l'interrompt en posant la main sur son genou.

Il baisse les yeux vers sa jambe.

— Ça a l'air quoi ?

— Rien.

Il lève les mains comme pour se défendre.

— Vous avez raison, Holly, déclare Joy lentement, de manière réfléchie, sans me quitter des yeux. Peut-être que ma famille verrait ça comme un souvenir de ma mort plutôt qu'une façon de célébrer ma vie. Est-ce que c'est ce que vous avez ressenti avec les tournesols ?

Je suis en nage. J'ai chaud.

— Non. J'ai aimé les tournesols. (Mes mots sont tellement prudents qu'ils ont l'air blindés.) Je les plante chaque année à la même date. Ce n'est pas Gerry qui me l'a demandé. J'ai décidé que c'était quelque chose que je voulais continuer à faire.

Joy est impressionnée par cette idée et elle note quelque chose dans son carnet. Je ne leur raconte pas que c'était une idée de mon frère, Richard, qu'il les a semés et les a gardés en vie. Mais je les regardais. Je les admirais tout le temps. Parfois, leur vue m'était insupportable, parfois, ils m'attiraient ; les bons jours, je remarquais à peine leur présence.

Joy continue à réfléchir tandis que je m'agite, mal à l'aise.

— Planter quelque chose tous les ans à la même date. Peut-être le jour anniversaire de ma mort. Ou, non. (Elle se tait et me regarde en tendant son stylo dans ma direction.) Plutôt le jour de mon *anniversaire*. C'est plus positif.

J'acquiesce faiblement.

— Je n'ai pas beaucoup d'imagination pour ce genre de choses, soupire-t-elle.

— Moi, si, constate Bert. (C'est à son tour d'être sur la défensive.) J'ai tout planifié. C'est le bistro du coin qui m'a donné l'idée : j'adore les soirées quiz. Elle s'amusera bien. Ça fait longtemps qu'on n'a pas voyagé à cause de ce truc, explique-t-il en désignant sa bouteille d'oxygène.

— Et si elle ne connaît pas toutes les réponses ? demandé-je.

Ils me dévisagent.

— Bien sûr que si. Ce sera un questionnaire de culture générale. Où a perdu Brian Buru ? Quel groupe d'îles a donné son nom à un pull-over ? Où est né Christy Moore ? Et ça la conduira à Limerick pour le dernier indice.

— Christy Moore est né à Kildare, dis-je.

— Quoi ? Non, bien sûr que non. Je le sais, je l'écoute tout le temps.

Paul sort son portable pour faire une recherche Google.

— Kildare.

— Nom d'un chien, Bert, dit Ginika en levant les yeux au ciel. Ça ne risque pas de marcher si tu ne connais pas les réponses à tes fichues questions. Et dans quelle île d'Aran est-elle censée se rendre ? Dans quel bâtiment ? Elle trouvera ta lettre sur le sol en descendant du bateau ? Elle sera dans une bouteille en train de danser sur les vagues près de la plage ? Il faut que tu sois plus précis que ça.

Paul et Joy s'esclaffent. J'en suis incapable. C'est surréaliste. Comment me suis-je retrouvée partie prenante de cette conversation ?

— Oh, ça suffit, arrêtez, ordonne Bert, qui commence à s'agiter.

— Heureusement que Holly est là pour nous guider, déclare Joy en me regardant, l'air dérouté, comme pour dire : « Vous voyez ? C'est pour ça qu'on a besoin de vous. »

Elle a raison d'être inquiète. Tout ça est très sérieux, il faut qu'ils cessent ces singeries. Je dois les aider à se recentrer.

— Bert, et si votre épouse ne connaît pas les réponses ? Elle sera en deuil. Ça retourne le cerveau, croyez-moi. Elle se sentira peut-être sous pression, comme si c'était un test. Vous devriez écrire les réponses et les lui laisser quelque part.

— Mais c'est de la triche ! s'écrie-t-il. La raison pour laquelle je fais ça, c'est pour qu'elle voyage en réfléchissant.

Il est de nouveau secoué par une quinte de toux.

— Donne tes réponses à Holly, suggère Joy. Comme ça, si Rita est coincée, elle pourra lui téléphoner.

Mon estomac se soulève. Mon cœur fait un salto. Je ne suis là que pour une heure. *Une* heure, pas plus. Dis-le-leur, Holly, allez, dis-le-leur.

— Holly, vous pourriez être la gardienne de nos notes, si vous le voulez bien, dit Bert avec un petit salut militaire à mon intention. Comme si on partait en guerre.

Ce n'est pas ce que j'avais prévu. Je m'étais convaincue que je pouvais rester assise là pendant une heure, écouter leurs idées pour leurs lettres, les guider puis me retirer de leurs vies. Je ne veux pas m'investir. Si Gerry s'était fait aider par quelqu'un pour rédiger ses lettres, j'aurais pressé cette personne de questions. J'aurais voulu en savoir toujours plus, je l'aurais assiégée pour connaître les moindres détails de ces moments secrets passés loin de moi. J'avais pratiquement invité le guide de voyage, Barbara, à venir prendre un verre à Noël pour essayer de l'intégrer dans ma vie, avant de me rendre compte que c'était importun de ma part. Elle ne pouvait me fournir aucune information supplémentaire et pourtant je l'avais harcelée et suppliée de partager encore et encore sa brève interaction avec Gerry.

Et voilà que ces étrangers veulent que je sois leur gardienne après leur mort. Ils seront morts et les conseils que je leur donnerais affecteraient leurs proches à jamais. Je devrais m'en aller tout de suite avant d'être trop impliquée, avant qu'il soit trop tard. Je devrais m'en tenir à mon plan. Je suis venue jusqu'ici pour leur dire « non ».

— Oh, ça alors, fait remarquer Joy en versant ce qui reste de thé dans sa tasse, de telle sorte qu'il déborde dans sa soucoupe. Nous avons fini le thé. Holly, ça ne vous ennuie pas ?

Je m'empare de la théière dans un état second, enjambe le chien et quitte la pièce. Alors que j'attends que l'eau bouille tout en essayant de trouver un moyen de fuir ce cauchemar, envahie par un sentiment de panique, j'entends la porte arrière de la cuisine s'ouvrir et un homme entre après s'être essuyé les pieds sur le paillasson. Je me prépare à le rencontrer.

— Oh, dit l'homme. Bonjour. Vous devez faire partie du club de lecture.

Je ne réponds pas tout de suite.

— Oui, oui, le club de lecture, répliqué-je en retirant la bouilloire du feu et en essuyant mes mains moites sur mon jean.

— Joe, le mari de Joy.

— Holly.

Il me serre la main tout en m'examinant.

— Vous avez l'air… en forme… Holly.

— Je suis très en forme.

J'éclate de rire et ne comprends ce qu'il veut dire qu'après coup. Il ignore peut-être la véritable raison derrière le prétendu club de lecture, mais il a compris que ses membres n'étaient pas en bonne santé du tout.

— Je suis content d'entendre ça.

— J'étais sur le point de m'en aller, en fait. Je prépare juste le thé avant de partir. Je suis en retard pour un rendez-vous. Je l'ai déjà annulé deux fois et je ne peux plus l'annuler sinon je ne pourrai jamais en reprendre un, jacassé-je.

— Allez-y donc, vous ne pouvez pas le rater une fois de plus. Je vais m'occuper du thé.

— Merci. (Je lui tends la théière.) Ça ne vous ennuie pas de leur transmettre mes excuses ?

— Pas du tout.

Je recule en direction de la porte d'entrée. Je peux facilement m'enfuir. Mais quelque chose dans ses gestes m'arrête et je l'observe.

Il ouvre un placard, puis un autre. Se gratte la tête.

— Du thé, vous avez dit ? demande-t-il en ouvrant un tiroir. (Il se gratte de nouveau la tête.) Je ne suis pas sûr…, marmonne-t-il en cherchant.

Je m'approche de lui et ouvre le placard au-dessus de la bouilloire où se trouve une boîte de thé.

— Le voilà.

— Ah, répond-il en refermant le tiroir qui contient les casseroles et les poêles. Il est là. C'est toujours Joy qui prépare le thé. Ils voudront probablement du sucre. (Il ouvre d'autres placards. Puis me regarde.) Allez-y, vous allez manquer votre rendez-vous.

J'ouvre de nouveau le placard. Le sucre est rangé à côté du thé.

— Trouvé.

Il pivote brusquement et renverse un vase plein de fleurs. Je me précipite pour l'aider et éponge l'eau avec un torchon. Quand j'ai fini, il est inutilisable.

— Où est votre machine à laver ?

— Oh, je dirais qu'elle est…

Il regarde de nouveau autour de lui. J'ouvre le placard en bois près du lave-vaisselle et trouve la machine à laver.

— La voilà, constate-t-il. Vous connaissez mieux cette cuisine que moi. Si vous voulez savoir la vérité, c'est Joy qui fait tout, admet-il d'un air coupable comme si je n'avais rien deviné. J'ai toujours dit que je serais perdu sans elle.

C'est quelque chose qu'il a peut-être toujours dit, sauf qu'à présent, ça a du sens. La vie avec Joy comme il l'a connue tire à sa fin. C'est réel.

— Comment va-t-elle ? demandé-je. Elle a l'air très positive.

— Joy est toujours optimiste, avec les autres du moins, mais c'est de plus en plus difficile pour elle. Elle a traversé une période stable pendant laquelle ses symptômes n'ont pas empiré. On a cru que c'était bon et puis la maladie a flambé de nouveau – et c'est dans ces périodes-là que le corps décline.

— Je suis désolée, dis-je à mi-voix. Pour vous deux.

Il pince les lèvres et hoche la tête.

— Mais je sais où est le lait, constate-t-il en se redressant.

Il ouvre une porte. Un balai tombe.

On éclate de rire tous les deux.

— Vous devriez partir, répète-t-il. Je les connais. Liste d'attente après liste d'attente, la vie n'est qu'une immense liste d'attente.

— Ce n'est pas grave. (Je ramasse le balai. L'envie de fuir m'a abandonnée. Je soupire.) Ça peut attendre.

Lorsque je rejoins le groupe avec une théière pleine, Bert a décliné. L'énergie fournie par son traitement a diminué, le laissant épuisé. Comme s'il l'avait anticipé, son aide à domicile est venue le chercher.

— Et si on parlait de tout ça en détail la prochaine fois qu'on se voit ?

Bert se tapote le nez d'une manière qu'il pense discrète mais qui est terriblement évidente et tourne la tête en direction de la voix de son aide-soignante qui discute avec Joe dans l'entrée. Son menton tremblote quand il parle.

— Mais pas chez moi, sinon Rita se doutera de quelque chose, ajoute-t-il.

— Ici, propose Joy. On peut se retrouver de nouveau ici.

— Ce n'est pas juste pour toi, Joy, déclare Paul.

— Je peux reprendre les choses à l'endroit où Angela les a laissées. Il est hors de question de faire autrement, affirme-t-elle.

Il est clair, du moins pour moi, qu'elle préfère rester chez elle.

— Ça me va, dit Bert. Si on disait après-demain à la même heure ? Si on se voit demain, Rita sera jalouse de Joy. (Il glousse et fait un clin d'œil.) Vous reviendrez nous voir, Holly ?

Tous les regards se tournent vers moi.

Je ne devrais pas m'impliquer dans ce club. Je ne veux pas m'investir. C'est malsain.

Mais ils me dévisagent tous, pleins d'espoir. Jewel, la petite fille de Ginika, émet un petit bruit, comme si elle se joignait aux autres pour essayer de me convaincre. Elle fait des bruits de bulle heureux. Elle a six mois et elle aura peut-être un an quand sa mère mourra.

Je les contemple tous, dans cette drôle de bande. Bert a du mal à respirer, Joy à se tenir debout. Je suis passée par là, je sais que six mois, c'est court, que tout peut changer très vite, que la santé peut se détériorer en deux semaines, que vingt-quatre heures peuvent tout changer.

J'ai lu un article qui expliquait que, certaines années, on immobilise les horloges pendant une seconde pour que le temps reste synchronisé avec l'univers. On appelle ça la seconde intercalaire : un ajustement d'une seconde appliqué au temps universel coordonné parce que la vitesse de la rotation de la Terre change de manière irrégulière. Une seconde additionnelle est insérée entre vingt-trois heures cinquante-neuf minutes cinquante-neuf secondes et minuit, nous offrant une seconde supplémentaire. Des articles de journaux et de magazines ont posé la question : que peut-il se produire en une seconde ? Que pouvons-nous réaliser dans ce temps supplémentaire ?

En une seconde, presque deux millions et demi de mails sont envoyés, l'univers se dilate de quinze kilomètres, trente étoiles explosent, une abeille peut agiter les ailes deux cents fois, l'escargot le plus rapide avance d'un centimètre virgule trois, des objets peuvent tomber d'une hauteur de cinq mètres et un « Veux-tu m'épouser ? » peut changer une vie.

Quatre bébés naissent. Deux personnes meurent.

Une seconde peut faire toute la différence entre la vie et la mort.

Leurs visages pleins d'espoir sont rivés sur moi. Ils attendent.

— Laissons-lui le temps de réfléchir, dit doucement Joy.

Mais sa déception est évidente.

Ils reculent tous.

Chapitre 8

La fureur est revenue et elle court dans mes veines. Je suis en colère, je bouillonne. J'ai envie de hurler. J'ai besoin de crier, de pleurer, d'exorciser cette rage avant de rentrer chez moi en vélo. Ma bicyclette ne peut pas supporter ce poids supplémentaire, elle ne peut pas faire face à ce déséquilibre émotionnel en perpétuelle agitation. Une fois que la maison de Joy est hors de vue, je descends du vélo que j'abandonne sur le sol et m'accroupis contre un mur couleur pop-corn qui me pique le dos. Les membres du club P.S. : I Love You ne sont pas Gerry mais ils le représentent, avec son parcours, ses luttes, son intention. J'ai toujours senti dans mon cœur que les lettres de Gerry étaient là pour me guider mais la motivation de ces gens est la peur d'être oubliés. Ça me brise le cœur et me met en colère. Parce que Gerry, mon amour, comment as-tu pu penser un seul instant que je t'oublierais, que je le *pourrais* ?

Peut-être que je suis furieuse parce que j'ai menti à Ciara quand j'ai dit que je sentais toujours sa présence. Je ne pourrai jamais l'oublier mais Gerry devient flou. Même s'il vit dans les histoires qu'on a partagées et dans ma mémoire, il m'est de plus en plus difficile de convoquer dans mon esprit le Gerry net, mobile, fluide et animé qu'il a été. Je ne veux pas l'oublier mais plus j'avance et plus mes nouvelles expériences repoussent mes vieux souvenirs. Vendre la maison, m'installer avec Gabriel… La vie m'interdit de rester immobile et de me souvenir. Non. C'est moi qui ai décidé de ne pas me permettre de rester immobile et de me souvenir. Attendre… attendre quoi ? De le retrouver après ma mort ? Je ne suis même pas sûre que ça se produira.

— Hé.

J'entends une voix près de moi et je bondis sur mes pieds, surprise.

— Ginika, tu m'as fait peur.

Elle observe mon vélo puis l'endroit où je me trouve et ma posture. Elle reconnaît peut-être une cachette quand elle en voit une.

— Vous n'avez pas l'intention de revenir, pas vrai ?

— J'ai dit que j'y réfléchirais, réponds-je faiblement.

Je suis furax et perturbée. J'ignore ce que je veux, bon sang.

— Non. C'est tout vu. Et ce n'est pas grave. C'est un peu bizarre, de toute façon, pas vrai ? Nous autres ? Mais ça nous occupe. Ces lettres nous permettent de nous concentrer sur quelque chose.

Je pousse un lent soupir. Je ne peux pas être en colère contre Ginika.

— Tu sais ce que tu veux faire ?

— Oui. (Elle ajuste sa prise sur la cuisse de Jewel, le bébé étant calé contre sa hanche.) Mais ce n'est pas aussi intelligent que les idées des autres.

— Ça n'a pas besoin d'être intelligent, juste personnel. Quelle est ton idée ?

Elle est embarrassée et évite mon regard.

— C'est une lettre, c'est tout. De moi à Jewel.

— C'est adorable. C'est parfait.

Elle semble sur le point de dire quelque chose et je me prépare à ce qui va suivre. Elle est solide, forte de ce bébé qu'elle a fabriqué et qui est solidement calé contre sa hanche.

— Vous vous êtes trompée tout à l'heure, quand vous avez dit que tout le monde se souviendra de nous quand on sera morts. Elle ne se rappellera pas de moi. (Elle affermit sa prise sur son bébé.) Elle ne se rappellera rien de moi. Ni mon parfum ni rien des choses que vous avez dites. Rien ne lui rappellera ma présence. Que ce soit bien ou mal. Jamais.

Elle a raison. Je n'avais pas pensé à ça.

— C'est pour ça que je dois tout lui dire. Tout depuis le début, toutes les choses me concernant qu'elle sait maintenant mais qu'elle oubliera, et toutes les choses qui la concernent elle en tant que bébé parce qu'il n'y aura personne pour les lui raconter. Parce que si je n'écris pas tout ça, elle ne saura jamais. Tout ce qui lui restera de moi, ce sera une lettre pour le reste de sa vie et cette lettre doit être de moi. Sur elle et moi. Tout ce que nous sommes seules à savoir et dont elle ne se souviendra pas.

— C'est une idée magnifique, Ginika, c'est parfait. Je suis certaine que Jewel la chérira.

Ce sont des mots bien légers en réponse au poids de sa réalité mais il faut bien que je dise quelque chose.

— Je ne peux pas l'écrire.

— Bien sûr que si.

— Non, je veux dire que je ne sais pas écrire. Je sais à peine lire. Je ne peux pas le faire.

— Oh.

— J'ai laissé tomber l'école. Je n'y arrivais pas. (Elle jette un regard autour de nous, mal à l'aise.) Je ne peux même pas lire le panneau là-bas.

Je lève les yeux sur le panneau de signalisation. Je suis sur le point de lui dire qu'il y a marqué « Impasse » mais je me rends compte que ça n'a aucune importance.

— Je ne peux pas lire d'histoires à mon bébé. Ni les instructions de mon traitement. Ni les papiers de l'hôpital. Ni les adresses. Ni les horaires de bus. Je sais que vous êtes super intelligente et vous ne comprenez probablement pas.

— Je ne suis pas du tout intelligente, Ginika, lui dis-je avec un rire amer.

Si j'étais maligne, je ne serais pas allée chez Joy aujourd'hui et je ne me retrouverais pas dans cette situation. Si j'étais intelligente, si je parvenais à penser correctement malgré la bouillie et le brouillard, alors je saurais exactement quoi faire après au lieu d'être émotionnellement handicapée. Je suis une adulte soi-disant expérimentée incapable d'aider ou de guider une adolescente. Je tente de saisir des pépites d'or de conseils et d'inspiration mais mes mains s'agitent inutilement dans le vide. Je suis trop occupée à essayer de nettoyer la merde collée sur mes ailes pour aider une femme plus jeune à voler.

— Je ne demande pas d'aide, dit Ginika. J'ai toujours été capable de me débrouiller toute seule. Je n'ai besoin de personne. (Elle déplace un peu le bébé sur sa hanche gauche.) Mais j'ai besoin d'aide pour écrire cette lettre, dit-elle à travers ses dents serrées, comme si c'était difficile à admettre.

— Pourquoi tu ne demandes pas à un membre du club de l'écrire pour toi ? suggéré-je pour me défiler. Je suis certaine que Joy serait géniale. Tu peux lui dire exactement tout ce que tu veux dire et elle l'écrira. Tu peux lui faire confiance.

— Non. Je veux l'écrire moi. Je veux apprendre à écrire pour elle. Comme ça, elle saura que j'ai fait quelque chose de bien pour elle, grâce à elle. Et je ne veux rien leur demander à eux. Ils ont bon fond mais ils ne comprennent rien. Je vous demande à *vous* de m'aider.

Je la regarde, abasourdie et paralysée par l'ampleur de sa requête.

— Tu veux que je t'apprenne à écrire ? demandé-je lentement.

— Vous le pouvez ?

Ses grands yeux marron sont suppliants.

Je sens que je devrais accepter, mais je sais que c'est une mauvaise idée.

— Est-ce que je peux..., commencé-je, nerveuse. (Puis je coupe mes émotions parce que le désir de me protéger est trop grand.) J'aimerais prendre le temps d'y réfléchir.

Les épaules de Ginika s'affaissent aussitôt, son attitude se relâche. Elle a ravalé son orgueil pour me demander de l'aide et, lâche égoïste que je suis, je ne parviens pas à accepter.

Je sais que c'est prosaïque, je sais que c'est pénible à dire après tout ce temps, alors que tout va bien et que je suis bien davantage qu'une femme en deuil, mais parfois quelque chose se déclenche et tout se désaxe. Je le perds de nouveau et je ne suis plus qu'une femme en deuil.

Quand son mug *Star Wars* préféré s'est brisé. Lorsque j'ai jeté nos draps. Quand ses vêtements ont cessé de sentir son parfum. Lorsque la machine à café s'est cassée, ce soleil autour duquel on tournait tous les jours comme deux planètes désespérées. De petites pertes qui sont en fait énormes. Nous avons tous quelque chose qui nous fait dérailler de manière inattendue quand nous roulons avec aisance, béatement, ardemment. C'est ce qui s'est produit lors de cette rencontre avec le club. Et ça me fait mal.

Mon instinct me pousse à me replier sur moi-même, à reculer, à me rouler en boule comme un hérisson, mais jamais à me cacher ou à fuir. Les problèmes sont d'excellents chasseurs aux narines frémissantes et aux dents acérées ; leurs capteurs sensoriels garantissent qu'ils vous trouvent partout. Ils n'aiment rien tant que vous contrôler et se comporter en prédateurs devant leur proie. Si on se cache, on leur donne du pouvoir, on nourrit leur force. Un face-à-face est nécessaire, mais selon vos propres conditions, sur votre propre territoire. Je vais où je peux digérer et comprendre ce qui se passe. Je demande de l'aide ; je me la demande à moi. Je sais que la seule personne qui peut me guérir, finalement, c'est moi. C'est dans notre nature. Mon esprit troublé fait appel à mes racines pour creuser en profondeur et me stabiliser.

Je remonte sur mon vélo et m'éloigne de Ginika, le cœur battant et les jambes tremblantes, mais je ne rentre pas chez moi. Comme si j'étais un pigeon voyageur, une boussole intérieure prend le dessus et je me retrouve au cimetière, devant le mur du columbarium. Je lis les mots familiers d'une des phrases préférées de Gerry et je me demande comment et quand le passé s'est mis à me poursuivre, quand j'ai commencé à courir et à quel moment il m'a rattrapée. Je me demande comment tout ce que j'ai mis tant d'ardeur à construire a pu s'effondrer aussi vite.

Maudit sois-tu, Gerry. Tu es revenu.

Chapitre 9

Je regarde le panneau « À vendre » que l'on enfonce dans le jardin de devant.

— Je suis ravie que nous en soyons enfin là, déclare l'agent immobilier, interrompant le fil de mes pensées.

J'ai pris la décision de vendre la maison en janvier et nous sommes en avril. J'ai annulé notre rendez-vous plusieurs fois ; j'avais l'impression qu'un pendule hésitant se balançait dans mon esprit même si je mentais à Gabriel en affirmant que c'était l'agent immobilier qui ne cessait de reporter notre rendez-vous. J'ai dû lui arracher le téléphone des mains quand il a menacé de l'appeler pour lui dire sa façon de penser. En réalité, je n'avais pas changé d'avis. J'avais juste perdu la capacité de me concentrer sur des tâches ordinaires. Sauf qu'en regardant le panneau « À vendre » perturber la quiétude des plates-bandes de jonquilles, je comprends que ce n'est pas du tout une tâche ordinaire.

— Je suis désolée, Helen, mais mon emploi du temps ne cessait de changer.

—Je comprends. Nous sommes tous débordés. La bonne nouvelle, c'est que j'ai une liste d'acheteurs potentiels – c'est la maison idéale pour un premier achat. Je vous contacte très vite pour organiser les visites.

Un «*premier* achat». Je contemple le panneau par la fenêtre. Le jardin me manquera, non pas le jardinage en lui-même que j'ai de toute façon délégué à mon frère Richard, mais la vue et l'évasion qu'il me procure. Il a créé un havre pour moi, dans lequel je pouvais disparaître quand j'en mourais d'envie. Richard aussi regrettera ce jardin, et le lien qu'il représente entre nous me manquera également. La maison de Gabriel possède un jardin à l'arrière avec un splendide cerisier rose solitaire. Je l'admire quand je suis assise dans la véranda, captivée quand il est en fleur; j'aimerais que ça dure en hiver. Je me demande si je devrais planter d'autres fleurs, ce que penserait Gabriel d'une jardinière de tournesols pour perpétuer la tradition annuelle depuis que Gerry m'a envoyé des graines dans l'une de ses dix lettres. Si c'est ma première maison, alors celle de Gabriel sera-t-elle ma maison principale? Ou y aura-t-il une troisième demeure avec lui ou un autre?

Helen me regarde.

—Je peux vous poser une question? À propos du podcast. C'était merveilleux et incroyablement émouvant. J'ignorais ce qui vous était arrivé.

Je suis désarçonnée. Je ne suis pas prête à subir cette brusque plongée dans ma vie et mes pensées personnelles au beau milieu d'un moment banal.

—Le mari de ma sœur est mort. Crise cardiaque. Sans prévenir. Il n'avait que cinquante-quatre ans.

Vingt-quatre ans de plus que Gerry. J'avais pris l'habitude de faire ça : calculer de combien d'années supplémentaires les gens avaient bénéficié avec leurs proches par rapport à moi. C'est dur mais ça m'aidait à nourrir l'amertume qui jaillissait parfois et dévorait toute la joie. On dirait bien que ça me reprend.

— Toutes mes condoléances.

— Merci. Je me demandais… avez-vous rencontré quelqu'un d'autre ?

Je suis surprise.

— Dans sa dernière lettre, votre mari vous a donné son consentement, sa permission pour que vous refassiez votre vie. Ça paraît tellement… inhabituel. Je ne peux pas imaginer mon beau-frère faire une chose pareille. Je ne peux pas imaginer ma sœur avec un autre homme. Xavier et Janine. Même leurs prénoms sont assortis.

Pas vraiment, mais c'est toujours comme ça, n'est-ce pas ? Des gens mal assortis sont soudain faits l'un pour l'autre et ensuite on ne parvient pas à les imaginer avec quelqu'un d'autre. Les circonstances et le hasard se percutent pour synchroniser deux personnes qui jusque-là se repoussaient et elles se retrouvent attirées dans un champ électrique défini. L'amour est aussi naturel que la tectonique des plaques et ses séismes.

— Non.

Elle semble gênée d'avoir posé la question et commence à rétropédaler.

— Je suppose qu'on ne connaît qu'un seul véritable amour. Vous avez de la chance de l'avoir rencontré, lâche-t-elle. Du moins, c'est ce que dit ma sœur. Bon, je vais m'occuper de cette vente et je vous appelle dès que j'ai programmé des visites.

Ça pourrait paraître mensonger, on pourrait me prendre pour Judas vis-à-vis de Gabriel, mais je n'ai pas l'intention de lui dire que j'ai retrouvé l'amour. Je n'ai pas aimé sa façon de paraphraser la dernière lettre de Gerry. Je n'ai pas reçu son consentement, je n'avais pas besoin de sa permission pour retomber amoureuse ; en tant qu'être humain, j'ai toujours eu le droit de choisir qui j'aime et quand. Gerry m'a donné sa bénédiction et cette bénédiction a retenti avec fracas dans le chœur antique effrayé et excité de mon esprit lorsque j'ai recommencé à fréquenter des hommes. Sa bénédiction a nourri un désir que j'avais toujours abrité en moi. L'être humain possède un désir insatiable de richesse, de standing social et de puissance mais ce qu'il veut plus que tout, c'est l'amour.

— Dans quelle pièce ça s'est produit ? demande-t-elle.

— Sa mort ? demandé-je, stupéfaite.

— Non ! s'écrie-t-elle, horrifiée. La pièce où il a écrit les lettres, ou celle où vous les avez découvertes ou lues ? Je pense que ça aiderait à vendre la maison. C'est toujours bien d'avoir une histoire à raconter. La pièce dans laquelle les merveilleuses lettres « P.S. : I Love You » ont été écrites, conclut-elle avec un grand sourire, son cerveau de commerciale tournant à vive allure.

— Dans le salon.

J'invente. J'ignore où Gerry se trouvait quand il a rédigé ses lettres et je ne le saurai jamais. Je les ai lues dans toutes les pièces de la maison, tout le temps, encore et encore.

— C'est aussi là qu'il est mort. Vous pouvez le raconter aux acheteurs.

Son souffle chaud contre mon visage. Ses joues creusées, sa peau pâle. Son corps est en train de mourir mais son âme est toujours là.

— Rendez-vous de l'autre côté, murmure-t-il. Dans soixante ans. Celui qui ne sera pas là aura perdu.

Il essaie d'être drôle, c'est sa seule façon d'affronter tout ça. Mes doigts sur ses lèvres, ma bouche sur la sienne. J'inspire son souffle, je respire ses mots. Puisqu'il parle, c'est qu'il est en vie.

Pas encore, pas encore. Ne pars pas tout de suite.

— Je te verrai partout.

Ma réponse.

On ne s'est plus jamais parlé.

Chapitre 10

J'OBSERVE DENISE POUR DEVINER À QUOI M'ATTENDRE. Elle a l'air calme mais impassible et c'est toujours comme ça qu'elle communique ces choses-là. Je me souviens de son expression quand elle nous a annoncé ses fiançailles, l'obtention de son appartement, de sa promotion, des chaussures tant convoitées dénichées en solde ; chez elle, toutes les bonnes nouvelles sont précédées par cet air solennel pour nous faire croire qu'elle va nous annoncer une catastrophe.

— Non.

Elle secoue la tête et se décompose.

— Oh, ma chérie, dit Sharon en la prenant dans ses bras.

Je n'ai pas vu la pétillante Denise depuis des années. Elle est devenue plus mesurée, plus silencieuse, plus distraite. On se voit moins souvent. Elle est épuisée et met son corps à rude épreuve. C'est la troisième FIV qui échoue en six ans.

— Je n'en peux plus. J'arrête.

— Tu peux continuer à essayer, assure Sharon, apaisante. Je connais une femme qui en a subi sept.

Les sanglots de Denise redoublent.

— Je ne peux pas faire ça encore quatre fois. (Son ton est douloureux.) On n'a pas les moyens. Ça nous a ruinés. (Elle s'essuie brusquement les yeux et sa tristesse se transforme en colère.) J'ai besoin d'un verre. (Elle se lève.) Du vin ?

— J'y vais, déclaré-je en me levant à mon tour.

— Non, riposte-t-elle sèchement. J'y vais, moi.

Je me rassieds aussitôt.

— Tu en prends un toi aussi, Sharon, dis-je en espérant qu'elle comprendra le message.

Je veux qu'elle commande un verre de vin et fasse semblant de le boire pour ne pas attirer l'attention sur le fait que ce que Denise espère le plus au monde est en train de grandir dans son ventre. Mais Sharon ne comprend pas. Elle croit que j'ai oublié. Elle écarquille les yeux de manière ridicule pour me rappeler en secret qu'elle est enceinte mais Denise comprend tout de suite que cette pantomime cache quelque chose.

— Une eau pétillante pour moi, finit par dire Sharon à Denise.

Je soupire. Elle n'avait qu'à commander un fichu verre de vin et Denise n'aurait rien remarqué. Cette dernière pose les yeux sur le ventre de Sharon, comme si elle avait le pouvoir de voir à travers elle.

— Félicitations, dit-elle platement avant de s'éloigner vers le bar.

— Merde, lâche Sharon.

— Tu n'avais qu'à commander de l'alcool. C'était tout.

— Je sais, je le comprends maintenant mais je n'avais pas pigé ce que tu essayais de faire – je pensais que tu avais oublié. Oh, putain, déclare-t-elle en portant la main à son front. Pauvre Denise.

— Pauvre toi.

Denise revient. Elle pose les verres puis se penche pour embrasser Sharon. Leur étreinte dure longtemps.

J'avale une rasade de vin qui me brûle la gorge.

— Je peux vous demander votre avis ?

— Bien sûr, répond Denise, ravie d'être distraite.

— Après le podcast avec ma sœur, une femme dans le public a été tellement émue par ce que j'ai dit qu'elle a fondé un club, le club P.S. : I Love You. Les membres sont des gens malades qui veulent écrire des lettres aux gens qu'ils aiment, comme l'a fait Gerry.

— Oh là là…, commente Denise en me regardant avec de grands yeux.

— Ils m'ont contactée pour me demander de les aider à rédiger leurs lettres.

Sharon et Denise échangent un regard inquiet. Chacune essaie de deviner ce que pense l'autre.

— Soyez sincères. J'en ai besoin.

— Est-ce que tu veux les aider ? demande Denise.

— Non, réponds-je fermement. Mais quand j'y réfléchis, je mesure la valeur de ce qu'ils veulent faire et je me sens un peu obligée de leur filer un coup de main.

— Tu n'es pas du tout obligée, affirme Sharon.

Elles restent pensives un instant.

— Faut voir le bon côté des choses, constate Denise. Leur requête est belle.

On ne peut pas le nier.

— Faut voir le côté *réaliste* des choses, poursuit Sharon. Ça te forcerait à vivre tout ça encore une fois. C'est un retour en arrière.

Ses inquiétudes sont les mêmes que celles de Gabriel et de la moitié de ma famille à ce sujet. Je les regarde tour à tour comme si c'était un match de tennis : mes deux meilleures amies rejouent la même conversation que celle que j'ai tenue dans ma tête toute la semaine.

— À moins que ça lui permette au contraire d'avancer. Elle a tourné la page, proteste Denise. C'est une Holly différente maintenant. Elle a une nouvelle vie. Elle travaille. Elle se lave. Elle vend sa maison pour emménager chez le sexy homme-arbre.

Plus Denise parle, plus je sens la nervosité me gagner. J'ai bossé dur pour en arriver là. Je ne peux pas tout perdre.

Sharon m'observe, préoccupée.

— À quel point sont-ils malades ?

— Sharon, la gronde Denise en lui donnant un coup de coude. Malade, c'est malade.

— Non. Il y a malade et...

Elle tire un peu la langue et ferme les yeux.

— Mourant ? achève Denise.

— Ils ne sont pas tous en phase terminale, admets-je d'un ton que j'espère gai. Paul est en rémission et Joy a une maladie... incurable au long cours.

— C'est merveilleux, commente Sharon, sarcastique.

Tout ça ne lui plaît pas du tout. Elle me lance un de ses regards de mère à qui on ne la fait pas.

— Holly, il faut que tu sois prête. Ces gens sont malades et ils vont mourir. Tu devras à nouveau faire des adieux, et à plusieurs reprises.

— Mais imagine à quel point ça pourrait être beau, intervient Denise d'un ton différent, à notre grande surprise. Quand ils écriront les lettres. Quand ils mourront en sachant qu'ils y sont parvenus. Lorsque leurs proches les liront. Pense à ça. Tu te souviens de ce qu'on ressentait, Sharon, quand Holly ouvrait l'enveloppe chaque premier jour du mois ? On était impatientes de savoir ce qu'elle contenait. Holly, Gerry t'a fait un cadeau et tu as le pouvoir de le transmettre. Si tu t'en sens capable, si tu sens que c'est bon pour toi, tu devrais le faire ; si tu penses que ça te ferait replonger, alors ne le fais pas et ne te sens pas coupable.

C'est un sage conseil mais j'aurais préféré un oui ou un non.

— Qu'en pense Gabriel ? demande Sharon.

— Je ne lui en ai pas encore parlé, mais je sais très bien quelle sera sa réponse. Il dira non.

— « Non » ? répète Sharon, agacée. Tu ne lui demandes pas la permission.

— Je sais mais… moi-même je pense que ce n'est pas une bonne idée.

— Tu connais donc la réponse, assène Sharon.

Pourquoi est-ce que je pose encore la question, alors ?

La conversation se poursuit sur autre chose et je décroche. J'évalue mes options pour tenter de prendre une décision. Je sens que je devrais, je sais que je ne devrais pas.

Nous nous séparons et retrouvons nos vies et nos problèmes respectifs.

Tisser et détisser, détisser et tisser.

Chapitre 11

IL EST 2 HEURES DU MATIN ET JE FAIS LES CENT PAS AU rez-de-chaussée de ma maison. Il ne contient pas beaucoup de pièces. Un salon, une salle à manger, une petite cuisine en U dans laquelle on ne rentre qu'à deux, des toilettes et une salle d'eau sous l'escalier. C'est parfait pour moi, vu que je vis seule et que Gabriel ne vient qu'occasionnellement. Sa maison est plus agréable et j'y passe plus de temps. Cette maison était un premier achat : une maison neuve dans la banlieue de Dublin pour que nous puissions commencer notre vie à deux. Tout était brillant, neuf et propre : nous étions les premiers à utiliser la douche, la cuisine, la salle de bains. Nous étions tout excités de quitter notre appartement en location pour habiter dans cette maison avec un étage.

Je gagne l'escalier et lève les yeux.

— Holly ! m'appelle Gerry.

Il se tient à l'endroit où je me trouvais un instant plus tôt, au pied des marches, la main sur la rampe.

— Oui ! crié-je depuis l'étage.

— Où es-tu ?

— Dans la salle de bains !

— Où ? En haut ?

— Gerry, notre salle de bains est en haut.

— Oui, mais on a une salle d'eau en bas.

Je ris.

— C'est vrai mais je suis à l'étage. Et toi ? Tu es en bas ?

— Oui ! Oui, je suis en bas.

— Super, à tout de suite, quand je serai descendue, vu que je suis en haut !

— D'accord. (Un silence.) Sois prudente dans l'escalier. Il y a beaucoup de marches. Tiens-toi à la rampe.

Ce souvenir me fait sourire. Je caresse la rampe, je touche tous les endroits qu'il a touchés, je voudrais les frotter contre moi pour récupérer des bouts de lui.

Ça fait des années que je n'ai pas fait ce tour nocturne. La dernière fois, c'était quelques mois après sa mort, mais j'ai l'impression que la maison mérite mon adieu attentif. Mon esprit vrombit, envahi de pensées. Le quiz de Bert, la lettre de Ginika, les arbres et les fleurs de Joy ; je n'ai pas demandé à Paul ce qu'il voulait faire. Ils avaient plus de questions à me poser que je n'en avais pour eux, à propos des dauphins, du voyage, des tournesols. Les tournesols. La lettre d'octobre de Gerry. Un tournesol pressé entre deux cartes et un sachet de graines, pour « illuminer les sombres jours d'octobre que tu détestes tant », avait-il écrit.

Quand Gerry était en vie, je haïssais l'hiver. Lorsqu'il est mort, je me suis mise à l'aimer à la folie.

Ces derniers temps, je l'accepte comme une partie du cycle naturel des saisons. Les graines étaient dans la huitième lettre de Gerry. J'avais dit à tout le monde que c'était parce que les tournesols étaient mes fleurs préférées. C'était faux. Je ne suis pas du genre à avoir une fleur préférée ; les fleurs sont des fleurs et elles sont presque toutes belles. Mais les tournesols avaient une signification, une histoire. Elles permettaient d'entamer la conversation. Gerry était parvenu à lancer une discussion depuis son lit de mort, ce qui était un cadeau.

Le premier mois dans notre maison, nous avions peu de meubles. La plupart des meubles de notre appartement appartenaient aux propriétaires et nous avons donc dû partir de zéro. Non seulement nous n'avions pas les moyens de tout acheter d'un coup mais en plus nous n'étions pas très doués pour gérer les horaires de livraison ; on s'attendait à ce que les canapés soient disponibles dès qu'on les avait choisis en boutique et autres erreurs de débutant. Nous avons donc passé trois mois sans canapé ni table basse. On s'installait sur les poufs dans le salon et on buvait du vin en utilisant les cartons encore pleins comme tables d'appoint.

— Chéri, dis-je un soir alors qu'on est blottis l'un contre l'autre sur un pouf avec une bouteille de vin rouge après avoir mangé du steak et des frites pour dîner.

— Oh, oh, répond Gerry avec un regard en biais.

Je ris.

— Ne t'inquiète pas, ce n'est pas grave.

— D'accord, dit-il en tendant une main vers son assiette posée sur le sol pour harponner son reste de steak.

— Quand est-ce que tu veux qu'on fasse un enfant ?

Il écarquille les yeux d'une manière comique et pour toute réponse, enfourne une bouchée de steak qu'il se met à mâcher lentement.

Je m'esclaffe.

— Allez. Qu'est-ce que tu en penses ?

— J'en pense, répond-il la bouche pleine, qu'on devrait faire mariner nos steaks.

— Bon, si tu ne veux pas te comporter en adulte, je dirai ce que j'en pense. On est mariés depuis deux ans et à part un été affreux et les deux semaines où on s'est séparés parce que je t'ai surpris en train d'embrasser Jennifer O'Brien, on est ensemble depuis…

— Je n'ai pas embrassé Jennifer O'Brien.

— Elle t'a embrassé.

Je souris. Cela fait longtemps que j'ai tourné la page. Nous avions quatorze ans au moment des faits.

— Elle ne m'a même pas embrassé. Elle s'est penchée et a *effleuré* mes lèvres parce que j'ai *détourné* la tête. Lâche l'affaire, ordonne-t-il, moqueur.

— Mmm. Bref. Laisse-moi poursuivre.

— Je t'en prie.

— On est mariés depuis deux ans.

— Tu l'as déjà dit.

Je l'ignore.

— Et on est ensemble depuis douze ans. Plus ou moins.

— Plus. Toujours plus.

— Et on s'était dit que dès qu'on aurait quitté cet appartement infesté de rats…

— Une souris. Une seule fois.

— … et acheté notre première maison, on discuterait bébé. On vient d'acheter notre maison, qui ne sera à nous que dans cent ans, mais le temps de cette discussion est venu, non ?

— Et le timing ne pourrait être meilleur, vu que Manchester United a mis une pâtée à Arsenal. C'est le moment rêvé.

J'éclate de rire.

— Tu as un emploi stable.

— Oh, tu n'avais pas fini.

— Et quand je bosse, mes jobs sont stables.

— Entre deux instabilités, acquiesce-t-il.

— Oui. Mais j'occupe en ce moment un emploi que je déteste et qui ne me manquera pas quand je serai en congé maternité.

— Je ne pense pas que les intérimaires aient droit au congé maternité. Tu remplaces quelqu'un qui est lui-même en congé.

Il me lance un regard rieur.

— Bon, je n'aurai peut-être pas de congé maternité, mais j'aurai le droit de donner mon *congé*, raisonné-je. Donc, il ne me reste plus qu'à tomber enceinte et à *prendre congé…*

Il éclate de rire.

— Et tu es beau, et je t'aime, et tu as un sperme super puissant dont on ne devrait pas priver le monde en le laissant caché ici, tout seul dans un endroit sombre.

Je fais grise mine. Il glousse de plus belle.

— Il est prêt à créer une super espèce. Je le sens.

— Toujours pas fini.

—Et… je t'aime. Et tu ferais un père extraordinaire.

Il me regarde, enfin sérieux.

—Tu as terminé ?

Je réfléchis un instant.

—Et je t'aime.

Il sourit.

—Je veux avoir un enfant avec toi, dit-il.

Je couine et il gâche tout.

—Mais… et Gepetto ?

—Non ! (Je m'écarte de lui, renverse la tête en arrière, agacée, et fixe le plafond.) Ne me parle plus de Gepetto.

—Gepetto était un membre adoré de cette famille et toi… il faut voir les choses en face, Holly, tu l'as tué. Tu nous l'as retiré.

—Gerry, pourrait-on parler entre adultes pour une fois ?

—C'est ce qu'on fait.

—Gepetto était une plante.

—Gepetto était une forme de vie qui respirait et qui avait besoin d'air, de lumière et d'eau, comme nous. Il se trouve que c'était aussi un bonsaï hors de prix qui avait exactement l'âge de notre relation. Dix ans. Sais-tu quelles difficultés j'ai eues à trouver ce bonsaï ? J'ai dû aller jusqu'à Derry pour lui.

Je gémis et m'extrais du pouf. Je rapporte les assiettes à la cuisine, mi-irritée, mi-amusée par la conversation. Gerry me suit, impatient de vérifier qu'il ne m'a pas vraiment énervée mais incapable de s'arrêter une fois qu'il s'est mis en tête de me taquiner et de me pousser à bout.

—Je pense que tu es plus ennuyé d'avoir dû rouler jusqu'à Derry pour te rendre chez un vendeur de bonsaïs louche que par le fait que je l'ai tué.

Je jette les restes dans la poubelle et pose les assiettes dans l'évier. Nous n'avons pas encore de lave-vaisselle, ce qui est le fondement de presque toutes nos disputes.

— Ah ! Tu admets donc que tu l'as assassiné.

Je lève les mains en signe de reddition.

— Oui, je l'ai tué. Et je le ferais de nouveau s'il le fallait.

Gerry s'esclaffe.

Je pivote pour assener la grande révélation.

— J'étais jalouse de l'attention que tu accordais à Gepetto, je me sentais exclue. Alors, quand tu t'es absenté pendant deux semaines, j'ai tout planifié. Je l'ai laissé près de la fenêtre, à l'endroit où il y a le plus de soleil et… je ne l'ai pas arrosé. (Je croise les bras. Gerry se plie en deux de rire.) Bon, sérieusement, si cette discussion sur Gepetto est une distraction parce que tu n'es pas prêt à avoir un bébé, ça me va. Je peux attendre. J'ai mis le sujet sur le tapis uniquement pour faire la conversation.

Il s'essuie les yeux et cesse de sourire.

— Je veux faire un bébé avec toi. Je n'ai aucun doute, *moi*.

— Je suis prête.

— Tu changes souvent d'avis.

— Quand je me demande quelle robe mettre ou si je ferais mieux d'acheter des tomates en morceaux ou pelées entières. Sur le boulot. Sur la couleur des murs et du carrelage de la salle de bains. Pas sur les bébés.

— Tu as rendu le chien au bout d'une semaine.

— Il a mangé mes chaussures préférées.

— Tu changes de job tous les trois mois.

— C'est le propre de l'intérim. Je suis censée le faire. Si je reste plus longtemps, ils me délogeront par la force.

Il garde le silence. Les coins de sa bouche frémissent.

— Je ne changerai pas d'avis, affirmé-je, troublée par cette conversation, perturbée par le fait de devoir faire mes preuves – moi, une adulte – devant mon propre mari. Ça fait trois mois que j'attends d'avoir cette discussion avec toi.

Parce qu'il a raison, c'est vrai que je change souvent d'avis. En dehors de mon engagement auprès de Gerry, toutes les décisions qui impliquent des changements à long terme m'effraient. Signer l'emprunt immobilier m'a terrifiée.

Il tend un bras pour m'empêcher de m'éloigner et m'attire à lui. Je sais qu'il ne fait pas exprès de m'énerver. Il veut juste vérifier que je suis sérieuse, de la seule manière possible sans qu'on se querelle. Nous nous embrassons tendrement et je sens que le moment de prendre une décision est venu. C'est un instant qui va tout changer dans nos vies.

— Mais, dit-il au beau milieu du baiser.

Je gémis.

— Je ne peux pas m'empêcher de penser qu'on doit tous deux le prouver.

— Je dois te prouver que dalle. Je veux un bébé.

Il rit.

— D'abord, dit-il en brandissant théâtralement le doigt (je lève les yeux au ciel en essayant de me dégager et de m'éloigner du plan de travail auquel je suis adossée), pour Gepetto et pour l'avenir de notre futur super bébé, tu feras une chose. Tu dois me prouver que tu peux faire pousser et garder une plante en vie. Si, et seulement si tu y parviens, on fera un bébé.

— Gerry, réponds-je en riant, je crois que c'est ce qu'on dit aux gens qui sortent de cure de désintox et qui veulent rencontrer quelqu'un.

— Oui, les gens instables dans ton genre. C'est un bon conseil. Au nom de Gepetto.

— Pourquoi es-tu toujours aussi dramatique ?

— Et pourquoi tu ne l'es… pas ?

Ses lèvres frémissent.

— D'accord, déclaré-je en entrant dans son jeu. Je veux un enfant, donc j'accepte ton défi idiot et je double la mise. Nous devons tous les deux faire pousser et entretenir une plante pour prouver qu'on saura s'occuper d'un bébé. Je te surprendrai.

— Il me tarde, réplique-t-il avec un grand sourire. La partie a commencé.

— Maman, chuchoté-je au téléphone.

— Holly ? Tu vas bien ? Tu es aphone ? Tu veux que je te fasse livrer du bouillon de poulet ?

— Non, je n'ai pas mal à la gorge, réponds-je avant de me raviser. Mais j'aimerais bien de la soupe. Je t'appelle parce que Gerry et moi avons décidé de faire un truc. Une espèce de compétition.

— Sincèrement, vous deux, dit-elle en gloussant.

— Quelle est la fleur que je peux faire pousser le plus vite ? demandé-je en vérifiant que Gerry n'est pas à portée de voix.

Ma mère éclate de rire.

Je vide un pot de confiture. Gerry me regarde faire tout en buvant son café avant de partir au travail. Je bourre le bocal de coton puis je pose deux haricots de Lima dessus. Ensuite, je verse de l'eau, juste assez pour humidifier le coton.

Gerry rugit de rire.

— Tu es sérieuse ? Si c'est comme ça que tu crois qu'on fait pousser des fleurs, je me demande si tu sais comment on fait les enfants.

— Tu verras bien, répliqué-je en plaçant le pot sur l'appui de la fenêtre. Mes petits haricots de Lima fleuriront là où Gepetto a péri.

Il met la main sur son cœur comme s'il avait reçu une balle.

— J'espère juste que la vache que tu as vendue valait ces haricots magiques.

— Je suis déjà en train de gagner. Où est ta plante ?

— Je suis surpris par ta réactivité. Certains d'entre nous doivent acheter du *terreau* et des *graines*. Même si je n'ai rien planté, c'est moi qui gagne parce que tu t'es contentée de poser des graines dans du coton, riposte-t-il en hurlant de rire.

— Attends de voir. Je veux être mère et je ferai donc pousser ces haricots à la seule force de ma détermination, dis-je en souriant.

J'aime ces mots. « Je veux être mère ! » Gerry a raison, certains mots de ma part sont rares et c'est excitant d'être celle qui sait ce qu'elle veut pour une fois. Mais je suis aussi têtue et je choisis souvent de ne pas changer d'avis même si je ne crois pas moi-même ce que je raconte. Mais dans ce cas, c'est différent.

Deux jours plus tard, quand je descends, le matin, je remarque que l'un des haricots a commencé à faire une petite racine, que j'aperçois contre le verre. Je m'empare du bocal et me précipite à l'étage. Je saute sur le lit, réveille Gerry, l'agace et fais des bonds sans lâcher mon haricot florissant.

Il se frotte les yeux et jette un regard maussade au pot de confiture.

— C'est impossible, comment ça peut pousser dans du coton ? Tu as fait quelque chose ?

— Non ! Je ne suis pas une tricheuse. Je l'ai *arrosé.*

Gerry n'aime pas perdre. Ce soir-là, il rentre du travail avec un sachet de graines de tournesol mais il a oublié d'acheter un pot et du terreau.

Le quatrième jour, alors qu'il vient juste de planter ses graines, mon haricot fait de petites vrilles.

Gerry se met à parler à ses graines de tournesol, il leur lit un livre. Il leur raconte des blagues de graines. Il leur tient de grandes discussions, ce qui me fait rire. Deux jours plus tard, alors que les graines de Gerry sont toujours dans la terre, mes haricots font des pousses. Gerry déplace le pot de tournesols près du pouf sur lequel il s'assied pour jouer aux jeux vidéo sur son ordinateur et il va même jusqu'à placer un thermomètre devant le pot.

Un matin, quand je rentre dans la salle de bains, je trouve le pot de tournesols sur l'abattant fermé des toilettes, un magazine porno ouvert posé devant lui.

Après dix jours de ce manège, je décide que ça suffit.

— Bon, admets-le ; j'ai gagné.

Mes haricots ont germé et un large réseau de pousses s'étale depuis la racine principale, avec une tige robuste et toute droite qui sort du coton.

Mais évidemment, il refuse d'abandonner.

Le lendemain matin, il se lève et descend préparer le café avant moi, ce qui arrive très rarement, et je devine qu'il mijote quelque chose. Il se met soudain à hurler comme un possédé et j'ai peur qu'on ait été cambriolés. Je tombe du lit, me précipite au rez-de-chaussée et le trouve en train de danser en caleçon, le pot contenant un tournesol de soixante centimètres de haut pressé contre son cœur.

— C'est un miracle ! s'écrie-t-il, les yeux écarquillés.

— Tu es un tricheur.

— J'ai réussi ? (Toujours dansant avec le tournesol, il me suit dans la cuisine et tend un index vers moi d'un geste accusateur.) Tu pensais pouvoir m'enterrer, pas vrai ? Tu ignorais que j'étais une graine.

— Très mignon, acquiescé-je. (La partie est terminée.) Bon, maintenant, on peut faire un bébé ?

— Absolument, répond-il, sérieux. C'est ce que j'ai toujours voulu.

Surexcités par notre décision, nous buvons notre café, lui dans son mug *Star Wars*. On se sourit comme des fous, comme si cet enfant était déjà en route. Le courrier atterrit sur le sol de l'entrée.

Gerry ramasse les enveloppes, les rapporte dans la cuisine et les feuillette. L'une d'entre elles retient son intérêt. Il la déchire et je le regarde, souriant à mon bel époux qui veut faire un enfant avec moi dans ma nouvelle maison avec un escalier qui va du rez-de-chaussée à l'étage et de l'étage au rez-de-chaussée. J'ai l'impression que ma vie ne pourrait être plus parfaite.

J'observe son visage.

— Qu'est-ce que c'est ?

Il me tend la lettre.

— Le rendez-vous pour l'IRM.

Je lis le courrier et quand je lève les yeux, je constate qu'il est nerveux.

— C'est une procédure standard. Ça permet juste d'éliminer des trucs.

— Oui, je sais, répond-il en m'embrassant rapidement, distrait. Mais je déteste quand même ça. Je vais me doucher.

— Où ? En haut ? Dans notre douche du haut ?

Il s'arrête au pied des marches et sourit mais tout entrain l'a quitté.

— Celle-là-même. Prends soin d'Esmeralda. Elle aime le porno et les jeux vidéo.

— « Esmeralda » ? (Je regarde le tournesol en riant.) Ravie de faire ta connaissance, Esmeralda.

Esmeralda ne vivra pas longtemps : notre sens de l'humour a eu des ratés après les résultats de l'IRM. Mais on ne le savait pas encore, ce matin-là. Ce matin-là, nous étions occupés à planifier la vie.

Gerry monte l'escalier en courant puis j'entends couler l'eau de la douche.

Il a vingt-sept ans.

Je termine mon tour des pièces devant la porte de ma chambre. Je la balaie du regard. Ce n'est plus du tout la même. Nouveau lit, nouvelle tête de lit, nouveaux rideaux, nouvelle peinture. Nouveau corps fort et protecteur sous la couette. Gabriel bouge et tend une main vers mon côté du lit. Il tâtonne. Il lève la tête de l'oreiller, scrute la pièce et m'aperçoit sur le seuil.

— Tout va bien ?

— Oui, murmuré-je. Je suis allée chercher un verre d'eau.

Il baisse les yeux sur mes mains vides ; il n'est pas dupe. Je grimpe dans le lit et l'embrasse. Il soulève un bras, je lui tourne le dos et me blottis contre son corps tiède. Il referme le bras sur moi et je me sens instantanément en sécurité. Il peut me protéger du passé qui me poursuit et construire une bulle autour de moi où les souvenirs et les marches arrière émotionnelles ne peuvent pas m'atteindre. Mais que se passera-t-il quand il me lâchera, quand la lumière du petit jour le fera bouger et que la sécurité du sommeil glissera, dévoilant la vérité ? J'ai beau le vouloir très fort, je ne peux pas me cacher en lui pour toujours.

Chapitre 12

Gabriel et moi nous levons tôt pour aller travailler. Il fait nuit, la maison est froide et humide, impossible à chauffer parce qu'il faut changer le chauffage central, et nous sommes tous deux fatigués. On ne se parle pas beaucoup, on s'affaire dans la petite cuisine en se bousculant pour préparer nos cafés comme on les aime et notre porridge. J'aime mettre du lait dans le mien, alors que Gabriel préfère l'eau. Des myrtilles sur le mien. Du miel pour lui. Gabriel est trop épuisé par les récents événements familiaux et franchement, je suis trop exténuée pour écouter dans quel nouveau drame s'est embarquée Ava, sa fille de seize ans, qui lui apporte autant de satisfactions que de soucis. Il avoue lui-même qu'il a été un mauvais mari et un mauvais père et il a passé ces dernières années à essayer de recréer du lien avec sa fille. Il s'investit à fond. Sa fille est son monde, il s'est autoproclamé sa lune et elle le sait : plus vite elle vrille, plus grande est la force de gravité. Mon cerveau tourne au ralenti, il s'échauffe pour la journée. Nous ne sommes pas du matin et nous gardons le silence ensemble.

Je m'adosse au plan de travail en attendant que la première gorgée de café alimente mon cerveau et je rassemble mes pensées pour lui parler du club P.S. : I Love You. C'est le bon moment parce que c'est un mauvais moment. Nous devons quitter la maison d'ici quelques minutes si on veut éviter d'être en retard et ça laissera peu de temps pour discuter ou se disputer. Je pourrai tâter la température et me préparer pour la conversation plus longue qui aura lieu plus tard. J'essaie de m'entraîner dans ma tête à dire une phrase d'introduction qui ne donne pas l'impression d'avoir été répétée.

— Pourquoi c'est là, ça ? demande Gabriel en regardant le placard qui contient les mugs.

Je sais déjà de quoi il parle mais je feins l'ignorance.

— Mmm ? (Je pivote et vois le mug *Star Wars* fendu.) Oh, oui, je l'ai cassé.

— Je vois ça, dit-il en le considérant plus longtemps que nécessaire.

Étonnée par l'intérêt qu'il manifeste, je me concentre sur mon café. Je souffle dessus pour le refroidir tout en réchauffant mes mains sur la tasse.

Le placard se referme, heureusement, mais il me dévisage. Pendant trop longtemps.

— Veux-tu que je le répare ?

Je ne m'attendais pas à ça.

— Oh, chéri, c'est très attentionné de ta part, merci. Mais non. Je vais finir par le jeter.

Un silence pour tout ce qui devrait être dit.

— D'accord.

Un silence pour tout ce qui ne sera pas dit.

Je devrais lui parler du club P.S. : I Love You. Lui dire que j'ai rencontré les membres. Que je ne les aiderai pas. Je devrais le lui dire maintenant. Il attend quelque chose.

— Holly, déclare-t-il, si tu n'as pas envie d'emménager avec moi, dis-le-moi, s'il te plaît.

— Quoi ? (Je suis sidérée. Je ne m'attendais pas à ça.) Bien sûr que si. Je n'ai pas changé d'avis. Pourquoi dis-tu une chose pareille ?

Il semble soulagé puis perplexe.

— Parce que je te trouve... Je ne sais pas, distante. Et distraite. Il t'a fallu un temps fou pour mettre la maison en vente, par exemple.

— Je n'ai aucun doute sur le fait que je veux vivre avec toi, affirmé-je. (Et je le pense vraiment.) Je suis désolée d'avoir traîné.

Hier, j'avais prévu d'attendre au café pendant que l'agent immobilier faisait visiter la maison. Mais je voulais quand même savoir qui était chez moi, alors j'ai regardé par les fenêtres, comme une espionne, et j'ai aperçu des silhouettes dans le salon. C'était tellement bizarre de voir des étrangers dans ma maison, se promener dans les pièces en évaluant de quelle manière ils pourraient changer les fondations de ma vie et les modifier pour coller à la leur. Abattre des murs, effacer mes traces, la preuve de mon existence étant une tache sur leur nouveau départ. Mais je me suis rendu compte que j'étais prête à en faire autant.

— Tout va bien, alors ? demande Gabriel.

— Oui, acquiesçai-je avec enthousiasme.

— D'accord. (Il m'embrasse.) Désolé d'avoir mal interprété. À cause d'Ava, je suranalyse tout.

Je ferme les yeux. Je m'en veux terriblement de le tromper. J'ai l'impression d'avoir une liaison adultère avec le souvenir de mon mari décédé.

— Ce soir, chez moi ? finit-il par demander.

— Oui, parfait, réponds-je, excessivement soulagée.

Je lui dirai tout ce soir. Je ne sais juste pas quoi, exactement.

Je suis en train de traverser la boutique à la fin de la journée, vélo en main, depuis la réserve jusqu'à la porte d'entrée, lorsque Gabriel me téléphone. À son ton, je sais tout de suite que quelque chose ne va pas.

— Je suis désolé, je dois annuler pour ce soir, dit-il en soupirant. (J'entends des cris et des coups derrière lui.) Taisez-vous ! hurle-t-il.

Il a éloigné son portable, mais ça suffit pour m'effrayer.

Gabriel est rarement en colère. Maussade et irrité, oui, mais la rage n'est pas un sentiment dont il fait souvent preuve et jamais envers moi ; en général, il est mesuré ou il se contient et réserve sa colère pour les jours où on ne se voit pas. Une compétence en autonomie est une subtilité que l'on adopte après sa première relation importante, une force bénéfique.

— Désolé, reprend-il dans le téléphone.

— Que se passe-t-il ?

— Ava. Elle a des problèmes avec sa mère. Elle est venue me trouver. Kate l'a suivie. Elles ont décidé que c'était le bon endroit pour s'engueuler.

J'entends un cri strident de Kate suivi d'un hurlement d'Ava. Et une porte qui claque.

— Mon Dieu, commenté-je, les yeux écarquillés.

— Je pense que la nuit va être longue.

— Oh, Gabriel, je suis désolée.

— Moi aussi. Mais je suis content qu'elle soit venue me trouver. C'était ce que je voulais.

Je raccroche.

— Il faut faire attention à ce qu'on souhaite, murmuré-je à l'intention de mon téléphone.

— Qui souhaite quoi ? demande Ciara.

Elle rôde derrière moi, espionnant ma conversation. Je range mon portable dans mon sac à dos.

— Rien ni personne.

— Tu viens dîner chez nous ? Il y a du chili con carne vegan, si tu peux supporter l'absence d'animal torturé.

— Je fais griller du steak ! s'écrie Mathew depuis l'arrière-boutique.

— C'est tentant, réponds-je en souriant. Merci, mais je préfère rentrer. Il faut que je trie avant de déménager, c'est le bon moment pour commencer.

— Tout va bien entre Gabriel et toi ? Tu lui en as parlé ?

— Tout va bien, je ne lui ai encore rien dit mais je vais le faire. (Je frissonne à l'idée de la conversation qui m'attend.) Pourquoi est-ce que ça me rend aussi nerveuse ?

— Parce que…, soupire-t-elle, tu ne veux pas qu'il dise non.

Ses paroles me frappent parce que c'est la vérité.

Casque sur la tête, visière en place, j'enfourche mon vélo et me prépare à m'échapper, non pas du magasin, mais de ma tête.

J'ai commencé à faire du vélo après la mort de Gerry. Avant, je pouvais à peine me traîner à la salle de sport, même si mon corps plus jeune encaissait mieux le manque d'exercice. Maintenant, j'adore ça. J'en ai besoin. Ça ne m'aide pas à réfléchir, ça m'empêche de le faire. Tout ce qui pouvait arrêter mon cerveau était et est toujours un cadeau. Me pousser au maximum me procure une libération que je ne trouve nulle part ailleurs. Le mouvement est un baume. Je peux choisir un trajet différent chaque fois, même quand ma destination est la même. Je n'ai pas besoin de compter sur la circulation pour arriver à l'heure. Mon trajet ne dépend que de moi, j'écris mon propre destin. Je découvre des statues et des rues que je n'avais jamais remarquées en voiture, j'observe la façon dont la lumière frappe les immeubles d'une façon nouvelle. Je remarque tout, je sens le vent dans mes cheveux, la pluie et le soleil sur ma peau. C'est le genre de mouvement qui m'aide à voir les choses, pas celui qui fait caler mon esprit et y emprisonne tout.

Je me sens libre.

Il y a tellement de choses chez moi que Gerry ne reconnaîtrait pas. Je suis plus vieille qu'il ne l'a jamais été, je sais des choses qu'il ignorait et qu'il n'apprendra jamais. Et ce sont les détails qui m'arrêtent net. Il n'a pas connu le mot « *hangry* », contraction de « *hungry* », affamé, et « *angry* », en colère. Chaque fois que je l'entends, je pense à lui, il aurait à la fois adoré et détesté ce mot. Il aurait apprécié certaines inventions. Les nouveaux téléphones. Les nouvelles technologies. Les nouveaux leaders politiques, les nouvelles guerres. Les cronuts. Les nouveaux films *Star Wars.* Son équipe de foot préférée remportant la coupe d'Angleterre. Quand il est mort, il m'a transmis sa soif de savoir pour les choses qui l'intéressaient et dans les années qui ont suivi son décès, je voulais les découvrir pour lui. Je cherchais sans arrêt de nouvelles façons de me connecter à lui, comme si je faisais le lien entre sa vie et sa mort. J'ai arrêté, à présent.

J'ai survécu à mon mari, et maintenant je l'ai dépassé. La beauté et la difficulté des relations longues, c'est qu'on change plusieurs fois, on emprunte des routes différentes, côte à côte sous le même toit. La plupart du temps, ces changements sont subtils et on s'adapte inconsciemment tout le temps au mouvement constant mais léger de l'être humain à qui nous sommes reliés ; comme deux métamorphes luttant pour s'accorder, pour le meilleur et pour le pire. Rester qui on est tandis que l'autre change ou changer avec lui. L'inspirer à prendre une autre direction, le pousser gentiment, le tirer, le mouler, le déchirer, le nourrir. Attendre.

Si Gerry était en vie, il aurait certainement adapté sa forme pour accepter la femme que je suis aujourd'hui et lui faire de la place dans son cœur. Mais au cours des sept dernières années, ma forme s'est modifiée sans avoir besoin de l'assentiment de quelqu'un d'autre. Si Gerry revenait et rencontrait cette femme-là, il ne la reconnaîtrait pas. Peut-être qu'il ne l'aimerait pas. Je ne sais même pas si Holly aurait la patience de supporter Gerry. Mais en dépit du fait que je sais qui je suis à présent et que je m'aime, je serai toujours désolée que Gerry n'ait pas la possibilité de rencontrer la personne que je suis devenue.

Le lendemain, Gabriel et moi sommes assis à la terrasse d'un café. Le temps est plus clément mais nous sommes toujours emmitouflés malgré le soleil de mai.

— Que s'est-il passé hier soir ?

— Ava a pris deux jours d'exclusion.

— Pourquoi ?

— Elle a fumé du shit au lycée. La prochaine exclusion sera définitive.

— Avec un peu de chance, ça la dissuadera. Le pire qui me soit arrivé au lycée, c'est d'avoir été surprise en train d'embrasser Gerry, dis-je en souriant.

Il me dévisage. D'ordinaire, il se moque que j'évoque Gerry, aussi suis-je peut-être paranoïaque.

— Tu étais sage, finit-il par conclure.

— Oui. Et toi ? Tu étais comme Ava ?

— Malheureusement, oui. J'espérais qu'elle me ressemblerait, mais pas dans ce domaine-là, avoue-t-il en se frottant la barbe d'un air fatigué. Mais au moins, elle vient me trouver quand elle a des problèmes.

— Mmm, dis-je d'un ton dubitatif que je regrette aussitôt.

— Qu'est-ce que tu veux dire ?

Je me pose des questions sur le timing d'Ava. Elle ne voulait pas entendre parler de son père avant de commencer à avoir des ennuis. Plus elle se dispute avec sa mère et son beau-père, plus elle échoue sur le paillasson de Gabriel. Et il est sympa avec elle. Il a tellement envie de lui faire plaisir, de la ramener dans sa vie.

— Je ne voudrais pas qu'elle exploite ta générosité, c'est tout.

— Comment ça ?

Il est sur les nerfs aujourd'hui.

— Ça veut dire… ce que ça veut dire, Gabriel. Calme-toi.

J'attends un instant avant de changer de sujet.

— Bon, tu as remarqué que j'étais distraite récemment. J'ai quelque chose à te dire.

J'ai son attention pleine et entière.

— Le club P.S. : I Love You, dit-il.

— Tu es au courant ?

— Tu as changé dès que tu as vu la carte de visite. J'aurais préféré ne jamais ouvrir cette fichue enveloppe, maugrée-t-il, irrité.

— Oh.

Son ton et son humeur rendent les choses plus difficiles.

— Tu as découvert de quoi il s'agissait ? me presse-t-il.

— Oui. C'est un vrai club. Composé de quatre membres malades, dont un au moins en phase terminale. Ce que j'ai raconté dans le podcast sur les lettres de Gerry leur a d'abord donné de l'espoir, puis une idée. Ils veulent écrire leurs propres lettres « P.S. : I Love You ».

— C'est un peu tordu, non ?

Il m'agace. Je suppose que c'est un prêté pour un rendu à cause de ma remarque sur Ava.

— Je les ai rencontrés.

Il se penche vers moi, intimidant, accusateur.

— Quand ?

— Il y a quelques semaines.

— Merci de me l'avoir dit.

— Je te le dis maintenant. J'avais besoin de réfléchir toute seule d'abord. Et puis je craignais que tu réagisses exactement comme ça.

— Je réagis comme ça parce que tu as mis un temps fou à me le dire.

Nous tournons en rond.

— Ils veulent que je les aide à rédiger leurs lettres. Que je les guide.

Il me scrute. Ses yeux bleu pâle me transpercent. Je soutiens son regard.

— J'allais te demander ce que tu en pensais, mais j'ai déjà la réponse.

Il termine son café et se carre dans sa chaise.

— Je trouvais déjà que le podcast était une mauvaise idée, et ça aussi.

Il a l'air prêt à partir.

— Tu es pressé ? On peut en discuter ? J'ai besoin d'en parler. Ça te met en colère, manifestement. Dis-moi pourquoi tu trouves que c'est une mauvaise idée.

— Parce que tu as tourné la page et que tu ne devrais pas revenir en arrière. Je pense que voir des gens mourir va te ramener à une époque où tu étais tellement malheureuse que tu avais du mal à sortir de ton lit.

J'opine en réfléchissant. Je comprends son inquiétude mais je suis désarçonnée par sa colère. C'est peut-être difficile quand la personne qu'on connaît se fait rattraper par la personne qu'elle a été. Nous sommes ensemble depuis deux ans, deux années intenses pendant lesquelles nos vies respectives ont subi de profondes transformations et au cours desquelles ce qui se passait autour de nous était suffisamment important pour nous séparer et où pourtant nous n'avons cessé de revenir l'un vers l'autre. Mon chagrin, mon deuil, sa solitude auto-imposée, nos craintes et notre manque de confiance. Nous avons tout surmonté, nous continuons à le faire, pour que notre couple fonctionne. Au départ, emménager ensemble nous paraissait impossible à tous les deux. Lui, parce qu'il ne voulait plus jamais vivre avec une femme, moi parce que je pensais que je n'aimerais jamais aucun autre homme avec la même intensité.

— Tu as passé ces dernières semaines à faire des cachotteries comme si tu avais un amant. Je savais que quelque chose clochait – tu aurais dû me le dire, Holly.

— Je n'ai fait aucune cachotterie, rétorqué-je, agacée. Et si ça doit te mettre dans cet état, c'est bon, je ne les aiderai pas.

— Oh non, non, ne me mets pas ça sur le dos, réplique-t-il en sortant de l'argent de sa poche pour payer l'addition. Tu as enregistré le podcast pour faire plaisir à Ciara et maintenant, tu refuses d'aider les membres de ce club pour me faire plaisir. Prends tes responsabilités, Holly.

Il balance la monnaie sur la table et s'en va.

En revenant chez moi à vélo, la pression s'est intensifiée. Si je choisis de ne pas aider le club, je n'aurai plus à subir le stress permanent de penser à lui, mais je me sens incapable de cesser de songer à Joy, Bert, Paul et Ginika. Je ne pourrai m'empêcher de me demander ce qu'ils font et comment ils vont. Sans parler de Jewel. Ginika ravalera-t-elle de nouveau son orgueil pour demander à quelqu'un d'autre d'écrire sa lettre ? Je l'ignore.

J'entends soudain un coup de klaxon coléreux. Je sens un coup violent contre ma jambe droite et je ne peux plus contrôler ma bicyclette. Je bascule et heurte le sol.

Des cris, des hurlements, des clameurs, un coup de klaxon long et sonore qui résonne dans mes oreilles. La voiture s'est arrêtée, moteur toujours tournant. Le klaxon finit par se taire. Je suis allongée sur le sol, le cœur battant, la jambe douloureuse. J'aperçois une chaussure solitaire près de moi sur le sol. Ma basket. Un poids me maintient à terre et je pense que c'est la voiture, que je suis prisonnière dessous. Il me faut un moment avant de comprendre que c'est mon vélo.

Après la cacophonie plane un silence sidéré.

Une portière se referme en claquant. Les cris reprennent ; coléreux, cette fois. Je me tiens prête. Mon corps est tordu, mais je n'ose pas bouger. Je ferme les yeux. Mon nez touche le ciment froid. J'essaie de respirer de manière plus égale, d'empêcher mon cœur de s'échapper de ma cage thoracique, je me sens toute chiffonnée.

Je connais la mort. La mort me connaît. Pourquoi continue-t-elle à me suivre ?

Chapitre 13

Le taxi qui m'a percutée s'était dangereusement déporté sur la gauche pour éviter de heurter la voiture devant lui qui avait freiné sec pour tourner à droite sans mettre le clignotant. Il avait réussi à ne pas emboutir la voiture mais n'avait pas pris la peine de regarder dans son rétroviseur, aussi ne m'avait-il pas vue sur la piste cyclable. Dans ma chute, je me suis fracturé la cheville gauche, et mon corps est recouvert de bleus. Grâce à mon casque, ma tête va bien. J'ai aussi récupéré ma chaussure.

— Je t'aime, je t'aime, je t'aime, me murmure Gabriel à l'oreille à l'hôpital.

Il enchaîne les chuchotements réconfortants et chauds, au creux de mon oreille, sur mes lèvres, il dépose des baisers papillons sur mon visage et mon corps tandis que je sombre dans le plus profond des sommeils qui apporte avec lui le même rêve, inlassablement.

Je suis étendue sur le béton dur, autour de moi il y a du verre brisé, une voiture accidentée et une bicyclette tordue et déformée. Je parviens à me relever et le verre crisse sous mes semelles. Je trouve une chaussure esseulée. La route est envahie de voitures vides. Où est passé tout le monde ? Je fais le tour d'un véhicule, puis d'un autre, une chaussure à la main, à la recherche de sa jumelle. Mais je trouve toujours la même chaussure unique. Je suis exténuée ; je cherche depuis des heures. Je poursuis mes recherches, voiture après voiture ; c'est vertigineux, les baskets que je trouve sont toutes identiques, c'est toujours le même pied. Je ne parviens pas à former une seule paire.

Je me réveille en nage, haletante, le cœur battant à tout rompre, déroutée par mon environnement. Ma mère est là, elle se met à me parler calmement, à voix basse, mais mon esprit est toujours à moitié prisonnier de mon récent cauchemar. Je regarde autour de moi pour tenter de m'orienter. Je suis à la maison. La maison de mon enfance, celle dans laquelle j'ai grandi. Je suis dans mon ancienne chambre, où j'ai pleuré, rêvé, intrigué, planifié et surtout attendu, attendu que l'école se termine, que l'été arrive, que les garçons m'appellent, que ma vie commence. Mes parents ont insisté pour que je reste chez eux pendant quelques nuits après ma sortie de l'hôpital.

— Ça va ? demande maman.

— J'ai cru que j'étais morte.

— Tu es en sécurité, ma chérie, me rassure-t-elle doucement en repoussant gentiment mes cheveux de mon front avant de m'embrasser légèrement.

— Pendant un moment, quand le chauffeur s'est penché sur moi pour me demander en boucle si j'allais bien, j'ai gardé les yeux fermés comme si je faisais semblant d'être morte.

— Oh, ma puce.

Elle me serre contre elle et je pose la tête sur sa poitrine. Avec une cheville plâtrée, je ne peux pas adopter beaucoup de positions pour dormir.

— Opossum, dit mon père en surgissant de nulle part.

Je lève les yeux : il se tient dans l'encadrement de la porte, les cheveux emmêlés par le sommeil. Je ne l'ai pas vu comme ça depuis des années. Il essuie ses lunettes avec le bas de son tee-shirt avant de les poser devant ses yeux ensommeillés qui s'agrandissent aussitôt sous l'effet des verres. Il entre dans la chambre et s'assied au pied du lit. Mes parents, dans une scène identique à celle de mon enfance, quand ils me rassuraient après un cauchemar. Il y a quelque chose de réconfortant là-dedans ; le monde a beau changer, nos relations avec les autres aussi, ils sont et seront toujours les mêmes pour moi.

— Jouer les opossums, c'est-à-dire faire le mort, est un comportement assez fréquent chez les animaux, explique mon père. C'est une forme de duperie animale aussi appelée immobilité tonique, durant laquelle les animaux semblent temporairement paralysés et inconscients. Ça se produit en cas de menace extrême, comme la capture par un prédateur. La même chose peut arriver aux humains en proie à un trauma intense au cours duquel ils se figent en réponse à une situation mettant en jeu leur survie. J'ai vu un documentaire là-dessus.

— Oh.

— Frank, intervient ma mère, ennuyée par sa réponse.

— Quoi ? C'est parfaitement naturel, c'est tout ce que je dis.

— Eh bien, pourquoi tu n'as pas dit ça alors ? Je ne pense pas qu'elle ait besoin d'écouter une leçon sur les opossums en un moment pareil.

— D'accord, d'accord, admet-il en levant les mains pour sa défense.

Je souris puis j'éclate de rire et je me rallonge en les écoutant se quereller.

Mais mon père a peut-être soulevé quelque chose.

Même si je veux reprendre le travail tout de suite, Ciara me donne la semaine. Les antalgiques me rendent un peu vaseuse et comme Gabriel travaille, mes parents insistent pour que je reste chez eux jusqu'à ce que la douleur ait diminué, que je sache me servir des béquilles et que ma peur se soit calmée. Je passe parfois la journée au lit à rêvasser et regarder la télévision. Parfois je fais la même chose, mais sur le canapé. Je passe du temps avec ma famille : je peins avec ma mère, je regarde des documentaires animaliers et historiques avec mon père, qui commente tout de A à Z, j'écoute les idées de Declan concernant son nouveau documentaire, j'ai le temps de guider, écouter et conseiller, je supervise les plantations dans le jardin de mes parents avec Richard, je m'intéresse à la vie de mes neveux et nièces, je joue aux cartes avec Jack, je me laisse réconforter par Gabriel.

Je cherche la consolation, la solitude, la compagnie, je me cherche. Je me languis de faire une balade en vélo et je me rends compte que j'ai utilisé le mouvement et l'*action* pour éviter de penser. J'étais l'amie que j'évitais parce que je n'aimais pas le sujet de ma conversation ; trop déstabilisant.

Ça avait peut-être été nécessaire pour me jeter un sort et me sortir de ma propre tête, mais il faut que j'y entre de nouveau, que je m'y sente à l'aise. Il y a des pensées à traiter, des actions à analyser et des décisions à prendre. Pour une fois, je ne peux pas me fuir.

Un jeudi matin, je descends l'escalier sur les fesses. Depuis que mon père a pris sa retraite, le jeudi ressemble à un jour de week-end. J'attrape mes béquilles en bas des marches et je gagne la cuisine en me balançant. Mes parents sont tous les deux assis à la table de la cuisine. Maman essuie ses yeux humides mais elle sourit et papa a l'air ému.

— Qu'est-ce qui ne va pas ?

— Rien, répond ma mère de son ton rassurant en tirant une chaise pour moi. Assieds-toi. Ton père a trouvé quelque chose.

J'obéis et remarque alors plusieurs boîtes à chaussures ouvertes sur la table. Elles sont toutes remplies de feuillets pliés.

— Qu'est-ce que c'est ?

— Tu t'en souviens ? commence papa. (Mais sa voix tremble et il toussote. Maman pose la main sur sa joue et ils rient tous les deux.) Tu te souviens que quand tu étais gamine je voyageais beaucoup pour mon travail ?

— Oui, bien sûr que je m'en souviens. Tu me rapportais une clochette chaque fois. J'en avais des dizaines.

— Je détestais prendre l'avion, dit mon père.

— C'est toujours le cas.

— Ce n'est tout simplement pas naturel, affirme-t-il. Les humains sont faits pour la terre ferme.

Maman et moi éclatons de rire devant son air sérieux.

— Chaque fois que je devais monter dans un de ces affreux engins, j'étais persuadé qu'il allait s'écraser, poursuit-il.

— Papa ! m'écrié-je, surprise.

— C'est vrai, renchérit ma mère en souriant. C'était plus stressant de gérer son départ que le chagrin que vous éprouviez, tes frères, ta sœur et toi, en son absence.

— La veille de chaque vol, je vous écrivais à tous un petit mot. Au cas où l'avion s'écraserait et où je ne pourrais plus jamais vous parler. Je les laissais dans le tiroir de ma table de nuit et Elizabeth avait pour instruction de vous les donner au cas où.

Je les regarde tour à tour, surprise.

— Il ne m'en a jamais écrit, à moi, dit maman, taquine.

— Ce n'est pas la même chose que ce que Gerry a fait pour toi, pas du tout. Je n'ai jamais assimilé mes petits mots à ses lettres. Je n'utilisais jamais d'enveloppes. Mais je les ai gardés. Je voulais juste mettre en mots toutes les choses que je voulais vous dire si je n'étais pas là. Des conseils pour votre vie, en quelque sorte. (Il fait glisser une boîte dans ma direction.) Celle-ci est la tienne.

— Papa, murmuré-je en baissant les yeux vers la boîte. Il y en a combien ?

— Une quinzaine. Je suis certain de ne pas en avoir écrit pour tous les vols. J'avais moins peur sur les vols courts pour l'Angleterre. Mais chaque fois que je prenais un avion à hélice, j'écrivais de longues lettres.

Ma mère éclate de rire.

Pendant que je feuillette les lettres, papa ajoute :

— Je me suis dit qu'elles pourraient t'aider. À prendre ta décision.

La boule qui s'est formée dans ma gorge est tellement grosse que je suis incapable de parler. Je me lève pour le prendre dans mes bras mais je bascule mon poids sur le mauvais pied.

— Aïe, merde, gémis-je en me rasseyant.

— Toutes ces années, et c'est tout l'effet que ça te fait, déclare-t-il, amusé.

Penchée sur les lettres avec mon père, ma collection de clochettes que maman est allée récupérer dans le grenier à côté de moi, j'en choisis une au hasard. Papa l'ouvre et l'inspecte. Ce petit voyage dans le passé a l'air de l'enchanter.

— Voyons voir. Barcelone. Réunion des commerciaux avec Oscar Sheaby et son haleine de chacal qui avait plus de temps à consacrer aux prostituées qu'aux réunions.

Je m'esclaffe et cherche la clochette correspondante. Une petite clochette en porcelaine avec un manche noir sur lequel on voit une cathédrale et un coucher de soleil. « Barcelona » est peint à la main en blanc sur la base. Je l'agite et papa me tend la lettre. Je lis à haute voix :

Chère Holly,

Tu auras six ans cette semaine. Je serai en déplacement le jour de ton anniversaire et je déteste ça. Il y aura un clown à ta fête. J'espère qu'il n'effraiera pas Declan, il a horreur des clowns et il en a frappé un dans les

coucougnettes à l'anniversaire de Jack. Mais toi, tu les adores. Tu t'es déguisée en clown pour Halloween cette année et tu as insisté pour réciter une blague à tous les gens qui nous ont ouvert leur porte. « Quelle est la différence entre un crocodile et un alligator ? » tu as demandé à Mme Murphy. « C'est caïman la même chose. » Tu adores la raconter, celle-là.
Je suis désolé de rater ton anniversaire, ce jour si important dans ta vie, mais je penserai à toi tout le temps. Je ne voulais pas te quitter en ce jour si spécial, mais papa doit travailler. Je serai avec toi tout le temps même si tu ne me vois pas. Et n'oublie pas de me garder une part de gâteau.
Je t'aime,

Papa

— Oh, papa, dis-je en lui prenant la main. C'est tellement adorable.

Maman écoute, debout près de l'évier.

— C'était le jour où Jack a sauté du toit de l'appentis et s'est fendu deux incisives.

On la regarde, surpris.

— Et j'ai mangé tout le gâteau, ajoute-t-elle.

Après la mort de Gerry, j'ai calé. Ses lettres m'ont remise sur pied. L'année suivante, j'ai commencé à faire du vélo et depuis je pédale à toute allure. Mais je dois rester immobile à présent et apprendre de nouveau à marcher. C'est cette simple qualité de vie et de rythmique qui fonctionne presque comme une chaîne de fabrication qui m'y fait penser : je suis à la fois terrifiée par la vie et extatique d'être vivante.

Après la mort de Gerry, je pensais égoïstement que l'univers me devait quelque chose. J'avais vécu une grande tragédie à un jeune âge et je pensais que ça n'arriverait plus, j'avais traversé l'épreuve et tourné la page. Dans un monde de possibilités infinies, j'aurais dû savoir que les pertes que nous pouvons éprouver sont infinies, mais la connaissance et la maturité qui en jaillissent grâce à elles et malgré elles le sont aussi. Je pense qu'en survivant à la première, j'ai été préparée à la deuxième, à cet instant et à tout ce qui m'attend. Je ne peux pas arrêter la tragédie en plein vol, je suis impuissante face à la dextérité de la vie, mais alors que je lèche et panse mes plaies, je me dis que même si la voiture m'a jetée à bas de mon perchoir et a momentanément sapé mon assurance, m'a mise à nu et a brisé mes os, je guéris et ma peau repousse plus épaisse.

Mon esprit a envoyé un S.O.S. à mes racines. C'est ce qu'elles m'ont transmis en retour : je me suis effondrée pour mieux me réaliser. Après tout, ça s'est déjà produit une fois, pourquoi est-ce que ça ne pourrait pas se reproduire ?

Jadis, j'ai voulu mourir.

Quand Gerry est mort, je voulais mourir aussi.

Quand il est mort, une partie de moi est morte, mais une partie de moi est née.

Cependant, si au milieu de mon chagrin j'avais été confrontée avec une voiture fonçant sur moi à toute allure, j'aurais voulu vivre. Ce n'est peut-être pas la mort qui provoque notre colère ou nous effraie, mais le fait que nous ne la contrôlons pas. La vie peut nous être retirée sans notre consentement. Si on avait le temps et qu'on nous en donnait l'autorisation, nous accepterions notre destin et programmerions notre propre mort. Mais on ne le peut pas. Tout ce raisonnement me ramène encore une fois au club P.S. : I Love You.

Faire le mort pour survivre.

Jouer à être en vie quand on est mort.

Nous voulons contrôler notre mort, nos adieux au monde, et si on ne le peut pas, on peut au moins contrôler ce qu'on laisse derrière nous.

Chapitre 14

Gabriel est silencieux pendant le petit déjeuner. Je suis arrivée chez lui tard hier soir, juste au moment où il allait se coucher, et je l'ai rejoint, contente de ne plus avoir d'escalier à négocier. Chez mes parents, je montais sur les fesses comme Gretl von Trapp chantant *So Long, Farewell* dans *La Mélodie du bonheur.* Nous avons un peu discuté, mais pas du sujet qui avait provoqué notre dispute, puis je me suis endormie, mais pas Gabriel. Chaque fois que j'ouvrais les yeux, je le surprenais en train de lire sur son téléphone. Soit mon accident l'a profondément affecté, soit c'est notre dispute, ou alors je suis naïve et il a quelqu'un d'autre en tête. Il est accoudé à l'îlot central, torse nu, très concentré sur ses œufs.

— Ça va ?

Il ne répond pas.

— Gabriel ?

— Mmm ?

Il lève les yeux.

— Tout va bien ?

— Mes œufs à la coque sont mollets, m'informe-t-il en les examinant de nouveau. (Son toast est prêt. Il est brûlé. Il pousse un soupir dramatique.) Ça va être ce genre de journée, plaisante-t-il.

Je souris. Il beurre sa tartine, répandant des miettes carbonisées sur le plan de travail.

— Tu as l'intention d'aider le club, pas vrai ? demande-t-il comme s'il lisait dans mes pensées.

— Oui.

Il garde le silence. Il emporte ses œufs et son toast jusqu'au bar de la cuisine à l'extrémité de l'îlot et s'assied sur un tabouret haut. Visage calme mais esprit encombré. Il s'empare d'une des mouillettes qu'il vient de confectionner et la plonge dans l'œuf. Le pain se tord. Il ne trempe pas dans le jaune comme il l'aime, ne le fait pas dégouliner le long de la coquille, et il ne peut pas le rattraper et le lécher.

— Et merde, dit-il, furieux, avant de laisser tomber son toast.

Son emportement m'effraie, même si c'était exactement ce que je craignais de la part de mon petit ami à la tête habituellement froide.

— Il faut que j'aille m'habiller.

Il se dirige vers la chambre.

— Tu ne veux pas en parler ?

Il s'arrête à mi-chemin.

— Tu as déjà pris ta décision. Je sais comment tu es. Quand tu es silencieuse et secrète pendant des mois, c'est que tu prends tes propres décisions. Ce n'est pas grave, c'est comme ça que nous fonctionnerons toi et moi à présent.

Vivons notre vie chacun de notre côté et tenons-nous au courant après.

Il disparaît dans la chambre. J'exhale lentement mon souffle et il réapparaît sur le seuil du salon, toujours torse nu.

— Il n'y a pas si longtemps, tu as été renversée par une voiture, Holly, probablement parce que tu étais en train de penser à ce club et que tu ne faisais pas attention à la route. Tu ne devrais pas prendre de décision hâtive après un tel événement.

— Ce n'est pas hâtif. J'avais déjà pris ma décision il y a une semaine et parfois la peur nous permet de penser plus vite et plus juste. Je vois les choses avec plus de clarté que jamais. Il n'y a aucune raison pour que l'aide que je leur apporterai me fasse redevenir comme avant. Les circonstances sont complètement différentes. Je peux les aider. Et puis de toute façon, je ne suis pour rien dans cet accident, le taxi a déboîté sur moi, je n'aurais pas pu l'éviter.

— Qu'est-ce que tu m'as dit le soir où tu es rentrée de l'enregistrement du podcast ? « Si jamais il me prenait l'envie de recommencer, empêche-moi. » Tu as peut-être oublié, mais pas moi. Tu en as assez bavé. Je ne comprends pas ce qui te passe par la tête après ce qui t'est arrivé.

— Je pense que ça peut m'aider.

— Tu fais ça pour toi ? Ou pour eux ?

— Pour nous tous.

Il lève les bras, exaspéré.

— Une voiture a failli te rouler dessus !

— Elle m'a *percutée*. Je me suis cassé la cheville, pas la tête ! Mais au moins mon absence t'a permis de passer du temps avec Kate et Ava, rétorqué-je sèchement.

Ce n'est pas ainsi que je voulais évoquer le temps que Gabriel a passé avec sa fille et son ex-femme depuis mon accident. Je ne devrais pas le lui reprocher parce que je sais depuis que je l'ai rencontré qu'il n'a qu'une envie, voir davantage sa fille. Mais même si c'est moi qui ai choisi de rester chez mes parents pour la semaine, j'étais de plus en plus agacée chaque fois qu'il les voyait.

— Au cas où tu serais jalouse, sache que je ne compte pas me remettre avec Kate.

— Au cas où tu serais jaloux, sache que je ne compte pas me remettre avec Gerry.

Il se calme et sourit. Il passe une main dans ses cheveux.

— Mais *pourquoi* ? demande-t-il simplement. Pourquoi choisis-tu d'être entourée par autant de… mort ?

— Je ne vais pas fuir et prétendre que ça ne m'a pas remuée. Je le vois comme une manière positive de l'affronter. Gabriel, je n'ai pas l'intention de laisser ce club nous affecter, si c'est ça que tu crains.

— Et pourtant on est en train de se disputer. Maintenant. À propos de nous. À cause d'eux.

Mais on ne se querelle jamais pour un seul sujet. Le désaccord est une créature qui se nourrit de son hôte et je me demande quel est le véritable sujet de notre différend.

Chapitre 15

De retour au travail, je me déplace plus lentement mais je suis toujours capable de faire mon job. Et même si je ne peux plus utiliser mon vélo, je peux conduire et je suis ravie que ma voiture soit une automatique vu que mon pied gauche est plâtré. Je suis prête à reprendre le taf. Je n'ai pas eu de nouvelles du club P.S. : I Love You depuis plus d'un mois et je ressens le désir impérieux de commencer le plus tôt possible. C'est Bert qui a l'idée la plus claire de ce qu'il veut faire et je pense que c'est lui qui se fourvoie le plus. Quand il m'a expliqué ce qu'il avait en tête pour sa femme, ça m'a rappelé ce que Gerry a fait pour moi et j'ai ressenti de la colère à l'idée qu'il s'y prenait de travers. Je me dis que si je peux aider le club, Bert sera le premier sur ma liste.

J'appelle Bert et j'attends, nerveuse, de voir s'ils sont prêts à me reprendre. J'aimerais faire les cent pas mais le plâtre m'entrave, il me ralentit de toutes les manières possibles.

— Bonjour Bert, c'est Holly Kennedy.

— Holly Kennedy, siffle-t-il.

— Du podcast, j'ai rencontré votre groupe il y a quelque temps.

— Holly de P.S. : I Love You.

— Comment vous tenez le coup, Bert ?

— Couci-couça, siffle-t-il. J'ai eu... une infection au poumon... je viens juste de rentrer à la maison... pour aussi longtemps... que possible.

— Je suis désolée d'entendre ça.

— Je préfère être chez moi, murmure-t-il d'une voix rauque.

— Est-ce que vous avez écrit vos lettres ?

— Oui. On a décidé de continuer.

— Je suis désolée de vous avoir laissés tomber.

— Vous n'avez pas à être désolée.

Il tousse. Sa quinte est tellement forte et violente que je suis obligée d'éloigner le téléphone de mon oreille.

— Je me demandais si vous vouliez toujours de mon aide.

Je me rends compte en attendant sa réponse que j'espère vraiment qu'il va dire oui.

— Vous avez changé d'avis.

— Ou peut-être que j'ai enfin un cœur.

— Ne soyez pas si dure avec vous-même, me conseille-t-il, à bout de souffle.

— Je me suis mal exprimée quand on s'est rencontrés chez Joy. J'étais de mauvaise humeur et mal à l'aise. Je ne vous ai pas encouragés et je le regrette. Je pense que j'ai donné l'impression d'être sur la défensive ou que les lettres de Gerry ne m'avaient pas rendue heureuse. Or, c'est faux. Permettez-moi de me rattraper. Je pourrais peut-être jeter un coup d'œil sur vos lettres et vous donner quelques conseils ? Je pourrais les lire du point de vue de vos proches.

— Ce serait sympa, chuchote-t-il.

Soulagée, je prends confiance.

— Les lettres de Gerry étaient spéciales pour moi pour plein de raisons. J'ai fini par comprendre qu'il avait engagé une conversation entre nous. Ou, plus important, il l'a poursuivie. Même après sa mort, on a continué à avoir une relation, et un lien qui allait au-delà de nos souvenirs communs. On a fabriqué de nouveaux moments après sa disparition. C'est la magie de la chose. C'est peut-être sur ça que vous devriez vous concentrer. Vos lettres à Rita ne sont pas censées la divertir – du moins pas uniquement – et ce n'est pas non plus un test pour vérifier qu'elle vous aime. Je suis certain que ce n'est pas ce que vous voulez.

— Non.

— Est-ce que Rita aime l'histoire ?

— L'histoire ? Non.

— Est-ce que les questions que vous avez imaginées pour elle renvoient à une blague entre vous ou à un moment privé ?

J'attends.

— Non.

— D'accord. Ce que vous devriez faire, si vous voulez toujours écouter mes conseils, c'est lui poser des questions qui ne concernent que vous deux, et dont vous seuls possédez les réponses. Personnalisez votre quiz pour qu'il ait du sens pour elle, qu'il débloque un souvenir spécial et qu'il la guide vers un endroit pour le rendre encore plus intense.

Faites-la voyager, Bert, donnez-lui l'impression que vous êtes à ses côtés et que vous vous promenez ensemble.

Il garde le silence.

— Bert ? Vous êtes toujours là ?

On dirait qu'il s'étouffe à l'autre bout du fil. Je panique.

— Bert ?

Il se met à rire, des grincements sifflants.

— Je... plaisante.

Je maudis son humour.

— On dirait bien que je dois repartir de zéro.

— Je dois retourner travailler mais je peux passer chez vous dans la semaine pour vous aider, si ça vous va.

Une pause.

— Ce soir. Le temps... m'est... compté.

Je me rends chez Bert après le boulot comme promis. Son aide à domicile me fait entrer et je partage l'histoire obligatoire qui suit les questions concernant mon plâtre. Je m'assieds sur une chaise dans le couloir, comme si j'étais dans une salle d'attente pendant que la famille se réunit dans le salon. Comme pendant la maladie de Gerry, la pièce a été transformée en chambre afin que Bert ne soit pas obligé de monter et descendre l'escalier. Ça me permettait d'être tout le temps avec Gerry, même quand je préparais les repas qu'il ne mangeait jamais, et il se sentait davantage relié au monde que s'il était resté caché dans la chambre. Il préférait cependant les bains à la douche que nous avions installée en bas. La baignoire était à l'étage. Nous avions donc installé une chaise d'escalier. Gerry détestait l'utiliser mais il détestait encore plus s'appuyer sur moi et il avait donc ravalé sa fierté. Une fois dans la baignoire, il fermait les yeux et se détendait tandis que je le lavais. Le baigner, le tenir, le sécher, l'habiller ont été parmi les moments les plus intimes que nous avons vécus ensemble.

La porte de la chambre de Bert est fermée mais je devine au bruit qu'elle est pleine de monde, les jeunes enfants étant les plus bruyants. Le club est un secret pour ajouter l'élément de surprise après sa mort et j'ignore ce que Bert a raconté sur moi à sa famille, si tant est qu'il ait dit quoi que ce soit, mais l'idée du club de lecture est une bonne couverture, aussi ai-je apporté un bouquin sur le sport, comme si c'était notre prochaine recommandation.

J'entends soudain une musique magnifique et un chœur de jeunes voix chante *Fall on Your Knees*. Entendre chanter ses petits-enfants doit certainement améliorer son moral et ils ignorent certainement qu'ils sont en train de lui dire adieu. Mais leurs parents le savent. Bert aussi. Il les regarde probablement un par un pendant qu'ils chantent et il se demande ce que l'avenir leur réserve. Il espère qu'ils s'en sortiront tous bien, il tente de deviner qui deviendra quoi, il aurait aimé voir tout ça. Ou alors il s'inquiète pour ses enfants qui contemplent leurs propres enfants avec des sourires tendus et le cœur lourd et il ressent leur chagrin, leurs luttes, il sait quels obstacles ils ont surmontés et il se préoccupe de la façon dont ils tiendront le coup plus tard. Parce qu'il connaît leur caractère, même sur son lit de mort il s'inquiète pour eux, il ne peut pas s'en empêcher. Leur père, à jamais. Il songe peut-être à Rita, qui devra tout affronter seule après sa mort. J'envisage toutes les possibilités tandis que les douces voix juvéniles me parviennent de l'autre côté du mur.

La porte s'ouvre et des « Au revoir, papi », « On t'aime, papi » me parviennent. Les petits-enfants sortent de la pièce en sautillant et en bavardant joyeusement ; ils sont suivis par les enfants et leurs conjoints qui me sourient en passant devant moi et s'en vont après avoir embrassé Rita. La femme de Bert est petite, elle porte un pantalon de golf et un pull rose avec un collier de perles et un rouge à lèvres assortis. Je me lève au moment où elle referme la porte sur le dernier d'entre eux.

— Désolée pour l'attente, s'excuse-t-elle chaleureusement. Je crains que Bert ne m'ait pas prévenue de votre visite. Oh, ma pauvre, qu'est-ce qui vous est arrivé ?

Elle n'a pas l'air le moins du monde ému après la scène dont j'ai été témoin, pas comme moi, mais je me rappelle cette obligation, celle d'être toujours la personne la plus forte de la pièce, parce que si vous ne l'étiez pas, tout deviendrait impossible. Les émotions intenses, les au revoir, les discussions sur la fin deviennent la norme et l'âme construit une épaisse couche de protection pour survivre. Une fois seule, c'est une autre histoire ; une fois seule, tout s'écroule.

— Un accident de vélo, réponds-je. Mais je ne garderai pas le plâtre longtemps.

— Il vous attend, dit-elle en me conduisant dans sa chambre. Je vais mettre l'eau à chauffer. Thé ou café ?

— Un thé, s'il vous plaît. Merci.

Bert est allongé sur un lit médicalisé installé dans le salon. Les canapés ont été poussés sur le côté. Il est branché à sa bonbonne d'oxygène et quand il me voit, il me fait signe de fermer la porte et de m'asseoir près de lui. J'obéis.

— Bonsoir, Bert.

Il désigne les tubes qu'il a dans le nez en levant les yeux au ciel. L'énergie dont il faisait preuve lors de notre première rencontre dans la véranda de Joy a disparu mais il y a de la vie et une lueur dans ses yeux.

— Vous avez l'air en plus mauvaise forme que moi.

Il est obligé de reprendre son souffle entre deux mots.

— Je guérirai. On m'enlève le plâtre dans quatre semaines. Je vous ai apporté ce livre pour notre club de lecture.

Je pose le bouquin sur le petit meuble à côté de lui avec un clin d'œil.

Il glousse. Puis tousse, des quintes dévastatrices qui lui arrachent la vie. Je me lève et m'approche comme si je pouvais l'aider.

— J'ai raconté autre chose à Rita.

— Oh, bon sang, ai-je envie de savoir ?

— Mes pieds, dit-il.

Je baisse les yeux sur ses orteils qui s'agitent au bout de la couverture que ses quintes de toux ont fait remonter. Des pieds plats pleins de corne avec de longs ongles jaunes. Je ne toucherais ces pieds pour rien au monde, ni amour ni argent.

— Thérapie… par massage… des pieds.

— Bert, protesté-je en le regardant, les yeux écarquillés, on va devoir trouver une meilleure couverture.

Il pouffe de nouveau, amusé.

J'entends des tasses et des soucoupes tinter dans la cuisine où Rita prépare le thé.

— Bon, dis-je en secouant la tête, mettons-nous au boulot. Vous avez pensé aux nouvelles questions ?

— Sous mon oreiller.

Je l'aide à se pencher. Je sors les feuilles en riant de sous ses énormes oreillers et je les lui tends.

— Depuis tout gamin, j'ai toujours eu envie de planifier un casse.

— Vous avez passé beaucoup de temps à comploter.

— Rien… d'autre à faire.

Il me montre une carte avec des autocollants ronds et colorés collés à certains emplacements. À mon grand soulagement, tout est à Dublin, mais son écriture est tellement irrégulière que j'ai du mal à la déchiffrer.

— C'est mal écrit. Il faudra que vous recopiiez, dit-il.

Il s'est peut-être rendu compte de mes difficultés à déchiffrer.

J'entends un plateau cliqueter et des pas s'approcher de la porte. Je dissimule les feuilles sous ma veste et ouvre la porte à Rita.

— Et voilà, dit-elle d'un ton joyeux.

Je l'aide à faire rouler la desserte près de Bert. Une jolie théière avec des tasses et des soucoupes dépareillées et une assiette de biscuits.

— Est-ce que ça ne va pas vous déranger ? me demande-t-elle, préoccupée.

— Oh, non, pas de problème. (Je m'en veux de mentir.) Je pourrai la pousser facilement.

Une fois tout installé, elle nous laisse. Je suis certaine qu'elle est soulagée d'avoir une heure de solitude. Je me souviens que j'appréciais. Au beau milieu d'une réalité difficile, je regardais des émissions de télévision de relooking, de transformations de jardin, de cuisine, tout ce qui mettait en scène des métamorphoses et des invités larmoyants et surpris. Je me perdais dans leur chagrin puis étais enthousiasmée par leur espoir.

Bert glousse. Il adore comploter. Pas moi, mais je me demande si c'était la même chose pour Gerry, quand son corps et son esprit étaient analysés et possédés par les autres, était-il content d'avoir quelque chose qui n'appartenait qu'à lui ?

Je m'empare de nouveau de ses feuilles pour les étudier.

— Vous avez écrit des poèmes ?

— Des limericks. Rita est une fan de poésie, elle déteste les limericks, répond-il, une lueur malicieuse dans le regard.

— Bert, dis-je à voix basse. L'une des raisons pour lesquelles j'ai adoré les lettres de Gerry, c'est qu'elles étaient écrites à la main. J'avais l'impression qu'il avait laissé une partie de lui derrière lui. Ses mots, de sa main, de sa tête, de son cœur. Je pense que ce serait mieux si vous écriviez tout vous-même.

— Oh ? (Il me regarde et je ne parviens pas à me faire à l'idée que cet homme imposant avec ses mains énormes et ses épaules larges puisse perdre une bataille contre quoi que ce soit.) Rita a toujours détesté mon écriture, elle insistait pour rédiger elle-même les cartes de vœux. Elle a une calligraphie merveilleuse. Vous devriez le faire à ma place.

— D'accord. Ou je taperai à l'ordinateur. Comme ça, ça ne viendra pas de moi.

Il hausse les épaules. Tant que le message est transmis, il se fiche un peu de quelle façon. Je cille. Il faut que je tienne compte de ça : chaque personne méprisera ce qui me paraît important et attribuera au contraire une grande importance à quelque chose qui ne comptait pas pour moi. Rien ne peut être générique dans ces lettres, il faut que je prenne en compte leurs désirs et non les miens.

— Et il nous faut du joli papier. Vous en avez ? (Apparemment, non.) Je peux vous en apporter.

Il ne touche ni les biscuits ni le thé. Une assiette contenant des tranches de fruits est posée près de son lit, intacte elle aussi.

Je regarde ses notes et la carte. Je ne vois rien mais je réfléchis à toute allure. C'est trop lui demander de tout refaire, il a fait de son mieux le plus rapidement possible.

— Bert. Pour que je ne me trompe pas en recopiant, il faut que vous fassiez une chose pour moi. (Je sors mon téléphone et ouvre l'enregistreur.) Lisez-les à haute voix.

Il tend une main pour attraper ses lunettes mais l'effort est trop grand. Je m'approche de la table et les lui tends.

Il contemple la page, inspire et expire de manière saccadée. Il lit à voix basse et ses mots sont emportés par son souffle. Il cale. Ses yeux s'embuent. Puis il se met à pleurer comme un petit garçon. J'arrête l'enregistrement et serre ses mains dans les miennes. Ses larmes s'intensifient. Je le prends dans mes bras et ce vieil homme pleure sur mon épaule comme un enfant. Lorsqu'il a fini de lire et de pleurer, il est exténué.

— Bert, dis-je gentiment. Je n'ai vraiment pas envie de vous demander ça, mais avez-vous du lait pour le corps ?

Il s'essuie les yeux, perplexe.

— Si on veut conserver notre couverture, je vais devoir m'occuper de vos pieds.

Il glousse de nouveau. Et en une fraction de seconde, le chagrin peut se transformer en joie.

Chapitre 16

À LA PAPETERIE, J'EXAMINE LES ÉTAGÈRES DE PAPIERS à lettres. Il y a tellement de papiers différents : couché, non couché, vergé, bond, vélin. Brillant, de soie, mat, à motifs, ligné. Lisse ou texturé. Pastel ou vif. Quelle taille ? Mon esprit est flou. Ce n'est que du papier, quelle importance ? Mais bien sûr que c'est important. Plus que tout. Bert a rédigé six messages pour Rita. Un paquet de jolies cartes en contient quatre. Pourquoi quatre ? Pourquoi pas cinq ? J'ai donc besoin de deux paquets. Mais les deux en trop me suffiront-elles en cas d'erreur ? Je devrais peut-être en acheter trois. Les enveloppes, elles, sont vendues par sept. Pourquoi sept ? Et est-ce que je peux imprimer sur ce papier ?

Mes mains tremblent pendant que j'écume les étagères en essayant de trouver des enveloppes assorties. Adhésives ou à rabat : deux versions de moi-même. Un défi, une provocation. Ce que tu choisis te définit. Que vaut-il mieux ? Que je reste fidèle à moi-même ou que je me replie et admette la défaite ?

Gerry avait dû faire ça. Il était certainement allé acheter des petites cartes pour rédiger ses lettres, sachant que je les lirais après sa mort. Avait-il pris n'importe quel papier ou avait-il choisi avec soin ? S'était-il montré pragmatique ? Ému ? Avait-il demandé conseil ou était-il sûr de lui ? Était-il organisé ? Excité ? Triste ?

Soudain, mon esprit est envahi de questions que je ne me suis jamais posées avant. Avait-il attrapé le premier paquet de cartes qu'il avait trouvé ? Avait-il rédigé des brouillons ? Avait-il fait des erreurs et déchiré ses lettres, furieux ? Avait-il d'autres idées qui ne se sont pas retrouvées dans les dix lettres finales ? Avait-il préparé une liste ? Pendant combien de temps a-t-il planifié ça ? Un seul jour ? Était-ce une impulsion ou avait-il pris son temps ? Il n'y avait pas d'erreurs dans ses lettres, il avait dû prendre son temps ou rédiger des brouillons. Je ne les avais jamais trouvés. Il avait utilisé un stylo bleu ; avait-il expérimenté d'autres couleurs ? Le bleu avait-il une signification particulière pour lui ? Aurait-il dû évoquer quelque chose pour moi ? La couleur avait-elle réellement une importance, de même que le papier ? Se doutait-il que je tenterais d'analyser la moindre parcelle de ses cadeaux ?

S'était-il retrouvé ici, en larmes, appuyé sur sa canne comme moi sur mes béquilles, étourdi, à écumer les étagères de papiers, de simples putains de papiers, à essayer de trouver un moyen de communiquer pour s'assurer que je ne l'oublierai jamais ? Il avait peut-être eu peur que je l'oublie. Il s'était peut-être cramponné de toutes ses forces à la vie quand les traitements n'avaient pas fonctionné, terrifié à l'idée d'être oublié, en songeant que toute sa vie avait eu pour but cet instant précis : choisir du papier pour y coucher ses derniers mots pour une personne qu'il ne reverrait jamais.

— Tout va bien ? me demande l'employé.

— Oui, réponds-je, irritée, en m'essuyant brusquement les yeux. De la Super Glue. J'ai aussi besoin de Super Glue.

J'appelle Joy et m'excuse de les avoir laissés tomber. Je lui explique que j'ai changé d'avis. Elle se montre affable et reconnaissante malgré ma longue désertion même si le temps est devenu pour eux la chose la plus précieuse. J'arrive tôt pour la réunion du club chez Joy, avant tous les autres, et lui demande de me laisser organiser la véranda toute seule.

Je déballe la papeterie et étale soigneusement le papier, les cartes et les enveloppes sur la table. J'y place aussi un bouquet de fleurs fraîches et j'allume des bougies que je dispose entre les petites piles de papeterie. Je parsème le tout de pétales. La pièce sent l'avocat et le citron. Quand j'ai fini, je recule un peu. On dirait une offrande ; une lettre manuscrite adressée à la vie.

Ils arrivent tous, sauf Bert, pendant que je suis en train de tout installer et ils attendent patiemment dans la cuisine. Il me faut plus de temps que prévu. C'est plus important que ce que j'imaginais et maintenant que je m'en rends compte, je veux que ce soit le plus réussi possible. Je les appelle et ils me rejoignent derrière Joy qui ouvre la marche. Elle s'immobilise en voyant ce que j'ai fait.

— Oh, dit-elle en posant une main sur son cœur.

Paul replie les bras et sa mâchoire tressaute sous le coup de l'émotion. Il examine la table. Ginika affermit son étreinte sur Jewel.

Joy touche les pages, fait le tour de la table en laissant courir ses doigts sur le papier. Elle en choisit un, le palpe, le repose. Il y a quelque chose d'hypnotique dans ses gestes. Paul et Ginika restent immobiles de peur de la déranger. C'est important. Puis soudain, Joy éclate en sanglots. Nous nous précipitons vers elle. Paul l'atteint avant moi et elle s'affale contre lui, faible dans ses bras. Je reste en retrait, secouée. Puis Ginika s'avance à son tour et enroule son bras libre autour de Joy. Paul écarte les bras pour pouvoir les enlacer toutes les deux.

Les larmes me brûlent les yeux.

Le temps leur est compté, mais ils sont à court de temps ensemble.

Ginika s'approche de la table.

— Lequel te plaît, Jewel ?

Elle se baisse pour que le bébé puisse attraper le papier. Jewel contemple la table et toutes les jolies couleurs. Elle agite les bras et bat des pieds, excitée par la nouveauté. Elle tend les mains vers le rose et frappe la main contre la table comme si elle jouait du tambour. Puis elle s'empare du papier, le froisse et le brandit en l'air en agitant le poing de haut en bas.

Ginika sourit.

— Tu aimes celui-là ?

Jewel abaisse le papier à hauteur d'yeux et l'observe attentivement. Elle le chiffonne pour en apprécier la texture avec curiosité.

— On a choisi le nôtre, affirme Ginika avec assurance.

— Mission accomplie, commente Paul. Bravo, Jewel.

Ce n'est que du papier, mais en réalité, non. Ce ne sont que des mots, mais c'est plus que ça. Nous ne sommes que de passage et le papier vivra plus longtemps que nous, il criera, hurlera, rugira, chantera nos pensées, nos sentiments, nos frustrations et toutes les choses qu'on ne dit pas dans la vie. Le papier sera le messager qui permettra à leurs proches de les lire et de les garder ; des mots sortis d'un esprit et contrôlés par un cœur battant. Les mots, c'est la vie.

Chapitre 17

Je prépare les livres et les cahiers que j'ai achetés pour Ginika en prévision de cette première leçon d'écriture et de lecture. Je suis nerveuse. Je ne suis pas enseignante. J'ai toujours eu l'impression de prendre plus aux gens que je ne leur donne. J'ai fait des recherches sur l'alphabétisation des adultes et j'ai lu les meilleurs livres pour apprendre la lecture. Mais ces bouquins s'adressent aux débutants et j'ai compris d'après les explications de Ginika qu'elle est certainement dyslexique, ce pour quoi je suis totalement incompétente. Je ne connais pas les exercices, les astuces et les outils à lui prodiguer et je pense que le plus responsable serait de commencer par un test pour voir où elle en est. Elle a un an tout au plus pour apprendre ce que les enfants intègrent en quelques années, mais je lui ai donné ma parole.

Mon téléphone sonne et je regarde qui m'appelle. Je suppose que c'est Ginika qui annule, ce que j'espère presque. Mais c'est Gabriel.

— Merde.

Je le regarde sonner et envisage de ne pas décrocher mais ça ne ferait qu'aggraver les choses.

—Allô ?

—Salut.

Un silence.

—Ça fait une semaine. Tu me manques. Je n'aime pas me disputer, ça ne nous arrive jamais.

—Je sais. Toi aussi, tu me manques.

—Je peux venir ? demande-t-il.

—Oh. Hum. Maintenant ?

—Oui. Tu es chez toi ?

—Oui, mais… (Je ferme les yeux. Je sais pertinemment que cette conversation va mal se terminer.) J'ai très envie de te voir, mais j'attends quelqu'un qui sera là d'un instant à l'autre.

—Qui ?

—Tu ne la connais pas, elle s'appelle Ginika.

—Elle appartient au club ?

—Oui.

Un silence.

—D'accord, lance-t-il sèchement. Rappelle-moi quand tu es disponible.

Sur ce, il raccroche.

Je soupire. Un pas en avant, deux pas en arrière.

Ginika arrive à 20 heures, Jewel dans les bras et un sac à langer en bandoulière. Jewel m'adresse un sourire radieux.

—Salut, beauté, dis-je en m'emparant de ses minuscules doigts doux.

Je leur souhaite la bienvenue et les mène de l'entrée vers la salle à manger en passant par le salon où Ginika s'arrête net.

— Vous avez une belle maison, dit-elle en regardant autour d'elle.

Je me place à côté de la table et lui fais signe de s'asseoir mais elle prend son temps pour observer la pièce avec curiosité. Ses yeux se posent sur mes photos de mariage encadrées et fixées au mur.

— D'habitude, ce n'est pas aussi bien rangé, mais j'ai mis la maison en vente. J'ai tout caché : n'ouvre pas de placard ou toute ma vie risque de s'en déverser.

— C'est Gerry, constate-t-elle.

— Oui.

— Il est beau.

— Il l'était. Et il le savait. Le plus beau gosse de la classe, affirmé-je en souriant. On s'est rencontrés au collège.

— Je sais, quand vous aviez quatorze ans, dit-elle en continuant à examiner sa photo.

Son regard se pose sur la seule photo de Gabriel et moi, sur la cheminée.

— C'est qui ?

— Mon petit ami, Gabriel.

J'ai suspendu les visites pendant deux semaines, le temps de récupérer, mais elles ont repris cette semaine. D'habitude, j'enlève les cadres photos quand des acheteurs potentiels viennent chez moi. Je suis secrète de nature, même si j'ai raconté mon deuil dans un podcast, et je préfère qu'on ne fouine pas dans mes affaires. Si Ginika est aussi indiscrète en ma présence, je ne veux même pas penser à ce que font les gens en mon absence. Je prends note de cacher plus de choses et mieux.

— Il est différent, commente-t-elle en contemplant tour à tour Gabriel et Gerry.

— Aux antipodes, confirmé-je en la rejoignant dans le salon parce que j'ai compris qu'elle allait prendre son temps.

Elle examine de près Gabriel puis observe attentivement Gerry. La comparaison est naturelle, je suppose, je ne suis pas la seule à m'y livrer.

— Comment ça ?

Je ne suis pas d'humeur à analyser Gabriel.

— Gabriel est beaucoup plus grand, dis-je en souriant.

— C'est tout ?

Elle hausse un sourcil.

— Et plus vieux.

— C'est émouvant.

Elle poursuit son inspection, mécontente de ma réponse.

— Il est tard, lui fais-je remarquer en la conduisant de nouveau vers la table. Quand est-ce que Jewel dort ?

— Quand on rentrera.

— Il sera tard, dis-je préoccupée.

— On se couche toujours ensemble.

— Tu veux la poser pendant qu'on travaille ? Je peux aller chercher une couverture. Elle ne rampe pas encore, si ?

— Non. J'ai un petit matelas mais elle est bien pour l'instant.

Gabriel avait remarqué au début de notre relation que je gardais ma veste quand j'étais nerveuse. Il avait compris que je ne le quitterais pas le jour où j'ai enlevé ma veste. Je ne m'en étais jamais rendu compte, je pensais juste que j'avais froid et que mon corps avait besoin d'un moment pour s'adapter à la température du restaurant, mais il avait raison, c'était ma façon de m'ajuster à la situation. Nous avons dû travailler pour en arriver à cette première révélation, comme dans toutes les relations, je suppose ; au bout d'un moment, on se sent suffisamment en sécurité pour enlever une couche et en révéler un peu plus. Chez Ginika, c'est Jewel qui lui sert de veste, de doudou. Je ne l'ai jamais vue sans Jewel dans les bras et jamais avec une poussette.

Elle se débarrasse d'un geste expert du sac à langer sans lâcher Jewel et se dirige lentement vers la table de la salle à manger qu'elle contemple avec méfiance, comme si c'était une bombe. Je vois bien qu'elle est nerveuse et qu'elle essaie de gagner du temps.

— Tu es gauchère ou droitière ?

Je n'ai pas été capable d'en juger parce qu'elle se sert avec habileté de ses deux mains quand elle fait passer Jewel d'une hanche à l'autre.

— Droitière. On devrait peut-être essayer la main gauche. C'était peut-être ça le problème.

Elle éclate d'un rire nerveux. Je l'observe en me demandant si elle a changé depuis la dernière fois. Je m'attendais à ce qu'elle ait perdu du poids mais elle est gonflée, certainement à cause du traitement.

— Le meilleur conseil que je puisse te donner, c'est de t'aider à trouver un prof.

J'ai fait des recherches. Je ne roule pas sur l'or mais je peux lui payer une leçon par semaine si j'arrête de faire du shopping inutile en ligne.

— Ils savent ce qu'ils font et ça irait plus vite.

— Non. Je préfère apprendre avec vous. Je travaillerai super dur. Je le promets.

— Je n'ai aucun doute là-dessus mais je n'ai pas confiance en mes capacités.

— Holly, soupire-t-elle, je veux juste écrire une putain de lettre. On peut y arriver.

Elle frappe dans ses mains de manière encourageante.

Je souris, rassérénée par son enthousiasme.

Jewel l'imite et bat des mains.

— Bravo ma fille ! s'écrie Ginika en riant. Frappe des menottes !

— Tu veux la poser ?

Je devine à son expression que la réponse est non.

— Je lui ai acheté un livre à elle aussi, pour l'occuper.

Je lui tends *Mon premier livre*, un album aux pages en tissu pour bébé. Jewel s'en empare de ses mains potelées, les yeux écarquillés, immédiatement stimulée par la pomme dessinée sur la couverture.

— P… p… pomme, dis-je à Jewel.

— P… p… p…, répète-t-elle.

Ginika est stupéfaite.

— Vous voyez ? Vous pouvez le faire. J'ai toujours voulu lui lire un livre. Je me contente de regarder les images et d'inventer une histoire.

— C'est ce que veulent la plupart des enfants. Ils aiment l'improvisation.

— Vous vouliez des enfants ?

Je ne réponds pas tout de suite.

— Oui.

— Pourquoi vous n'en avez pas ?

— On allait commencer à essayer juste au moment où les médecins ont découvert la tumeur.

— Merde.

— Et toi ?

— Est-ce que je voulais des enfants ? demande-t-elle, amusée.

— Je veux dire, c'était prévu ou… ?

— Est-ce que j'avais prévu de tomber enceinte à quinze ans et d'avoir un bébé à seize ? Non, Holly, pas du tout. C'était une erreur stupide avec un plan d'un soir. Quand mes parents l'ont appris, ils n'ont plus voulu rien avoir à faire avec moi, parce que j'avais apporté la honte sur la famille.

Elle lève les yeux au ciel.

— Je suis désolée.

Elle hausse les épaules comme si ça n'avait pas d'importance.

— Les médecins ont découvert mon cancer quand j'étais enceinte. Ils n'ont pas voulu me soigner pour ne pas faire de mal au bébé.

— Mais tu as commencé le traitement après sa naissance ?

— Des rayons. Puis la chimio.

— Et le père de Jewel ? Il est là ?

— Je ne veux pas parler de lui, avoue Ginika en regardant Jewel.

Le bébé lui attrape la bouche et tire dessus. Ginika fait semblant de gober ses doigts et Jewel glousse.

J'étale correctement le tapis d'éveil sur le sol près de nous. Il est matelassé avec des miroirs, des fermetures à glissière, des étiquettes et tout un tas de trucs à presser, bref de quoi l'occuper. En voyant le tapis, Jewel commence à s'agiter.

— Je vous l'ai dit, déclare Ginika, nerveuse. Dès que je la pose, ça devient un autre bébé.

Je me demande si c'est une réaction à l'attitude de sa mère : Ginika est manifestement tendue à l'idée de s'en séparer. Aussitôt qu'elle la pose sur le tapis, le bébé beau, facile et insouciant se transforme en une bombe qui explose instantanément et hurle avec une telle férocité que même moi j'ai envie de la prendre dans les bras pour qu'elle cesse de hurler.

Je la soulève mais ses pleurs ne se calment pas ; c'est une véritable torture pour mes oreilles. Jewel se tortille et me repousse. Elle a beaucoup de force pour un bébé aussi petit, elle se cambre et se jette en arrière, manquant de m'échapper. Dès que Ginika la reprend, elle se calme et seuls subsistent des soupirs tremblants et des reniflements pour preuve de son calvaire. Elle enfouit la tête contre la poitrine de Ginika sans regarder personne dans les yeux de peur qu'on la pose de nouveau.

Je suis sidérée.

— Jewel !

Elle m'ignore. Elle sait ce qu'elle a fait.

— Je vous avais prévenue, dit Ginika en la consolant. Elle est possédée.

C'est une façon polie de voir les choses.

— Bon. (Je prends une profonde inspiration.) On va faire ça avec elle sur tes genoux, alors.

Il est presque 21 heures et Jewel est de nouveau contente mais elle gazouille, babille, essaie d'attraper le papier, les stylos, et fait tomber sur le sol tout ce qui est à sa portée. Elle arrache une page du carnet de Ginika. Mais chaque fois que sa mère la pose sur le tapis, elle se remet à hurler comme si on lui sciait les jambes et ne s'arrête pas, même quand on attend patiemment. Deux minutes, trois minutes, cinq minutes : on ne tient pas davantage et elle se montre toujours aussi têtue. Je ne suis pas Super Nanny mais même moi je sais que la poser et la récompenser par un câlin pour la faire taire ne lui envoie pas le bon message. Elle gagne à tous les coups. C'est une dure à cuire et elle est à la fois le doudou et la faiblesse de Ginika. Avec quelqu'un qui lui demande autant d'énergie, aussi bien physique qu'émotionnelle, la jeune fille ne peut pas se concentrer. J'ai du mal à penser. Quand nous finissons, à 22 heures, nous sommes très en retard sur mon programme. Je suis épuisée.

Lorsque j'ouvre la porte sur la nuit noire, j'essaie de rester positive.

— Refais tout ce qu'on a vu ce soir et répète les sons.

Ginika hoche la tête. Elle a les yeux cernés et évite mon regard. Je suis certaine qu'elle fondra en larmes dès que je fermerai la porte.

Il est tard. Il fait nuit. Et froid. L'arrêt de bus n'est pas tout près. Elle n'a pas de poussette. Je n'ai qu'une envie, prendre un bain et aller me coucher pour oublier la scène que je viens de vivre. Me rouler en boule dans mon coin. Si quelqu'un m'avait vue – Gabriel, Sharon, n'importe qui –, il m'aurait dit que je m'étais lancée dans une bataille perdue d'avance qui n'avait rien à voir avec les capacités de Ginika mais avec mon absence de compétence. Mais je ne peux pas les mettre dehors. J'attrape mes clés et lui annonce que je vais les raccompagner en voiture.

— Vous pouvez conduire avec ce truc ? demanda Ginika en regardant mon plâtre.

— Je sais tout faire avec ce truc, lui dis-je avec une grimace agacée. Sauf du vélo. Et ça me manque.

Je les raccompagne à North Circular Road. Avec le peu de circulation qu'il y a à cette heure tardive, ça me prend vingt minutes. Ginika aurait dû prendre deux bus et ne serait pas arrivée avant 23 heures. Soudain, demander aux gens de s'intégrer dans mon emploi du temps à des horaires qui m'arrangent me paraît moins angélique et plus égoïste. Je suis gênée à l'idée de lui avoir imposé cette expédition. Même si nous sommes tous responsables de nos propres vies, je ne suis pas sûre de pouvoir permettre à une adolescente de seize ans très malade et jeune maman de prendre ces décisions pour elle-même.

Je m'arrête devant une maison mitoyenne à quelques minutes de Phoenix Park et de Phibsboro village. C'est une maison d'époque mais elle a perdu son lustre il y a bien longtemps. Elle est sale et a l'air humide et le jardin est à l'abandon, avec de l'herbe si haute que la bâtisse semble en ruine. Un groupe de garçons traîne sur les marches du perron.

— Combien de personnes vivent ici ?

— J'en sais rien. Y a quatre studios et trois deux pièces. C'est le conseil municipal qui m'a trouvé ce logement. Mon appartement est celui en sous-sol.

Je pose les yeux sur les marches qui disparaissent dans l'obscurité.

— Les voisins sont sympas ? demandé-je d'un ton optimiste.

Elle ricane.

— Ta famille vit loin d'ici ?

— Non et de toute façon, ça changerait rien. Je vous l'ai dit : on ne se parle plus depuis que je leur ai annoncé que j'étais enceinte.

Jusqu'à présent, je la regardais dans le rétroviseur intérieur. Je me tourne vers elle.

— Ils savent que tu es malade ?

— Oui. Ils ont dit que comme on fait son lit, on se couche. Ma mère a affirmé que c'était ma punition pour avoir fait un bébé.

— Ginika, dis-je, profondément choquée.

— J'ai laissé tomber l'école. J'ai fréquenté des gens louches. Je suis tombée enceinte, j'ai chopé un cancer. Ils pensent que Dieu me punit. Vous savez que Ginika, ça veut dire : « Qu'est-ce qui est plus puissant que Dieu ? » (Elle lève les yeux au ciel.) Mes parents sont super croyants. Ils sont arrivés ici il y a vingt ans pour me donner toutes mes chances et ils disent que j'ai tout gâché. Je suis mieux sans eux.

Elle ouvre la portière, bataille pour s'extirper de la voiture avec le sac et le bébé tandis que je reste assise derrière le volant, abasourdie. Il me vient soudain à l'esprit que j'aurais dû l'aider mais elle se déplace plus vite que mon plâtre ne me le permet.

J'ouvre ma portière.

— Ginika, lancé-je d'un ton ferme. (Elle s'immobilise.) Ils s'occuperont de Jewel, cependant ?

— Non, réplique-t-elle, le regard éteint. Elle ne les a jamais intéressés, ça ne va pas commencer parce que je serai morte. Ils ne la méritent pas.

— Qui la prendra, alors ?

— Les services sociaux lui ont trouvé une famille d'accueil. Elle va chez eux quand je suis en traitement. Mais tout ça ne vous concerne pas. Occupez-vous juste de m'apprendre à écrire.

Je la regarde traverser le jardin en direction de l'escalier. Le gang s'écarte juste assez pour la laisser passer. Ils échangent quelques mots. Ginika a assez d'assurance pour les envoyer balader. Je leur lance un regard noir en arborant le meilleur air effrayant d'une banlieusarde de la classe moyenne tout en envisageant de les attaquer avec une béquille.

Puis je verrouille rapidement les portières.

Ce serait un mensonge de prétendre que je ne suis pas restée étendue dans mon lit à me demander si je ne devrais pas proposer à Ginika de m'occuper de Jewel et de lui promettre une vie d'amour, d'aisance, de soutien et un avenir sûr. J'aurais pu lui proposer courageusement d'être sa tutrice. Mais je ne suis pas ce genre de personne. Je ne suis pas si pure. J'y ai pensé, j'ai examiné cette idée sous tous les angles pendant au moins sept minutes dans une rêverie détaillée où j'ai analysé sous toutes les coutures toutes les versions possibles. Mais quelle que soit la façon dont je modifiais cette rêverie terriblement lucide, ma décision finale était toujours non. Je me fais du souci pour Jewel et son avenir, je me demande qui s'occupera d'elle, l'aimera, si elle sera placée entre des bras aimants et sûrs ou si sa vie sera terriblement affectée par une série de familles d'accueil et un sentiment d'être déplacée dans le monde, une perte d'identité, comme une plume poussée par le vent sans personne pour la soulever ni l'ancrer. Ces idées obsédantes tourbillonnent dans mon esprit plus longtemps et avec plus d'intensité que la rêverie où je la prends en charge.

Mais toutes ces pensées mènent immanquablement vers la même conclusion. Ce n'est pas parce que j'ai eu ma part de problèmes que je peux régler ceux des autres. Gabriel a raison sur un point : ce comportement serait malsain. Si je veux que mon engagement dans le club serve à quelque chose, je ne peux pas trop m'investir. Je dois me retenir et être réaliste. J'ai accepté d'aider les membres du club P.S. : I Love You à écrire leurs lettres, pas à gérer leurs vies.

Ma mission – mon cadeau à Jewel et Ginika – sera de permettre à Jewel de recevoir de sa mère une lettre manuscrite, qu'elle pourra garder quel que soit le monde dans lequel elle vivra.

Chapitre 18

RICHARD, MON FRÈRE AÎNÉ LE PLUS ÂGÉ ET LE PLUS serviable, arrive chez moi avec vingt minutes d'avance. Nous nous saluons, un peu gênés, comme si nous venions juste de nous rencontrer, ce qui est la seule façon qu'a mon frère de dire bonjour, lui qui a des problèmes de sociabilité. Notre demi-embrassade est malaisée en raison de la grande boîte à outils qu'il tient dans une main et qui l'alourdit mais aussi parce que je porte pour tout vêtement une serviette de toilette et que je dégouline : j'ai dû quitter en toute hâte la douche pour aller lui ouvrir parce qu'il est en avance et, à cause de mon plâtre, la douche est toujours un moment compliqué. J'ai recouvert mon plâtre avec du film alimentaire, que j'ai scellé en haut et en bas avec des élastiques pour éviter que l'eau ne s'y glisse. Ma jambe me gratte de plus en plus et je me demande si j'ai suffisamment protégé le plâtre de l'eau ces dernières semaines. Pour couronner le tout, j'ai mal au dos à cause de la pression des béquilles et je ne parviens pas à dormir correctement, même si j'ignore si ma cheville est seule fautive ou si c'est à cause de tout le reste.

Richard, qui essaie d'éviter à la fois de heurter ma jambe avec sa boîte à outils et de regarder mon corps mouillé, ne sait où poser les yeux ni où s'appuyer. Je le conduis dans le salon et commence à lui expliquer ce que j'attends de lui mais il ne parvient pas à se concentrer.

— Pourquoi tu ne… vas pas t'habiller d'abord ?

Je lève les yeux au ciel. Patience. Il est vrai qu'avec les membres de notre famille, nous retournons à des versions enfantines de nous-mêmes. Du moins, c'est mon cas. J'ai passé la plus grande partie de mon adolescence – et de ma vingtaine – à lever les yeux au ciel devant le comportement spécial de mon frère. Je gagne l'escalier à cloche-pied.

Une fois séchée et habillée, je le rejoins dans le salon et cette fois-ci, il me regarde dans les yeux.

— Je veux ôter ces cadres photos mais ils sont, je ne sais pas, vissés au mur, expliqué-je.

— « Vissés au mur », répète-t-il en les observant.

— Je ne sais pas comment on dit. Ils ne sont pas suspendus à une ficelle, ni accrochés à un clou comme les autres. Le photographe les a fixés lui-même et on dirait qu'il avait peur d'un tremblement de terre, comme si ce genre de choses arrivait par ici.

— Tu sais qu'il y en a eu un il y a douze ans, à vingt-sept kilomètres de la côte de Wicklow, dans la mer d'Irlande, avec une magnitude de trois points deux, à dix kilomètres de profondeur.

Il pose les yeux sur moi et je comprends qu'il a fini de parler. Il s'exprime surtout par des déclarations qui n'appellent que rarement la discussion. Je pense qu'il ne s'en rend pas compte ; il se demande probablement pourquoi personne ne lui répond jamais. Ses conversations fonctionnent toutes sur ce schéma: je délivre une information et tu y réponds en en délivrant une autre. Chaque fois qu'on dévie naturellement du sujet, il est perdu. Pour son esprit, toute digression du sujet de discussion initial est invalide.

— Vraiment ? J'ignorais qu'il y avait eu des tremblements de terre en Irlande.

— Personne ne s'en est plaint.

J'éclate de rire. Il me regarde, troublé, parce que pour lui ce n'était pas une blague.

— Le plus fort tremblement de terre qui a touché l'Irlande a eu lieu en 1984. C'est celui de la péninsule Llyn, qu'on a mesuré à cinq point quatre sur l'échelle de Richter. C'est le tremblement de terre terrestre le plus important depuis qu'on les mesure. Papa dit que maman et lui se sont réveillés quand leur lit a glissé sur le sol et heurté le radiateur.

Je ricane.

— Je n'arrive pas à croire qu'il ne me l'ait jamais raconté.

— Je t'ai préparé du thé, déclare-t-il tout à trac en désignant la table basse. Il doit être encore chaud.

— Merci, Richard.

Je m'assieds sur le canapé et en bois une gorgée. Il est parfait.

Il examine le mur et m'apprend quelles vis ont été utilisées et ce dont il aura besoin pour les ôter. Je l'écoute d'une oreille distraite.

— Pourquoi veux-tu les enlever ?

Je sais que ce n'est pas une question personnelle : il me le demande parce qu'il pense au mur, peut-être au cadre, à quelque chose de technique. Sa question ne concerne pas les *sentiments*. Mais je vis et je pense davantage en sentiments et moins en fonctionnalité que lui.

— Parce que des gens visitent la maison et je veux protéger mon intimité.

Même si j'ai discuté de ma vie privée devant un public et que tout le monde peut l'écouter en ligne.

— Tu as déjà eu des visites.

— Je sais.

— C'est l'agent immobilier qui t'a conseillé de les enlever ?

— Non.

Il me regarde. Il attend que je développe.

— J'ai trouvé injuste de ranger la photo de Gabriel dans un tiroir et de laisser Gerry accroché au mur. Si je cache un homme, je dois faire pareil pour l'autre.

Je sais que pour quelqu'un comme Richard, mon explication est absurde.

Il contemple la photo de Gabriel posée sur le manteau de la cheminée sans répondre. Je suppose que je m'y attendais. Nous n'avons jamais de conversations profondes et importantes.

Richard se met à percer un trou dans le mur et je repasse dans la salle à manger attenante où j'entasse ma lessive quand il n'y a aucune visite de prévue.

— J'ai bu un verre avec Gabriel hier soir, dit-il soudain en dévissant son foret pour le remplacer par un autre.

Ses gestes sont lents, méthodiques et sûrs.

— Ah bon ?

Je lève les yeux vers lui, surprise.

Je ne pense pas que Gerry et Richard aient jamais pris un verre tous les deux durant toutes les années que nous avons passées ensemble. Pas seuls, du moins. C'était Jack que Gerry appréciait. Jack était mon frère cool, facile, aimable, beau, et Gerry l'admirait quand on était adolescents. Richard, pour Gerry et moi, était le frère difficile, crispé, plutôt geek et ennuyeux.

Après la mort de Gerry, ça a changé. Richard a pris plus de place. Je me suis davantage identifiée à lui et je l'ai conseillé dans son divorce et la perte de sa prévisible vie. Jack, en comparaison, me semblait superficiel, incapable de la profondeur dont j'avais besoin ou que j'attendais. Les gens peuvent vous surprendre quand vous traversez un deuil. Ce n'est pas vrai qu'on découvre qui sont ses vrais amis, en revanche, les caractères se révèlent. Gabriel se montre toujours agréable avec Jack mais il est allergique à ses collègues élégants. Il dit qu'il ne peut pas faire confiance à un homme qui porte un parapluie. Richard sent l'herbe, la mousse et la terre, des parfums terriens qui rassurent Gabriel.

—Jack était là ?

—Non.

—Declan ?

—Uniquement Gabriel et moi, Holly.

Il se met de nouveau à percer et j'attends la suite avec impatience.

Il s'arrête et garde le silence comme s'il avait oublié.

—Vous êtes allés où ?

—Au *Gravediggers*.

—« Au *Gravediggers* » ?

— Gabriel aime la Guiness. Ils servent la meilleure de tout Dublin.

— Qui a proposé ?

— C'est moi qui ai suggéré le *Gravediggers*, mais je suppose que tu parles du rendez-vous. C'est Gabriel qui m'a appelé. Très aimable. On s'était dit à Noël qu'il fallait qu'on aille prendre un verre. C'est un homme de parole.

Il remet la perceuse en route.

— Richard ! m'écrié-je. (Il éteint l'engin.) Est-ce qu'il va bien ?

— Oui. Il a des problèmes avec sa fille.

— Oui, dis-je d'un ton distrait. C'était de ça qu'il voulait te parler ? De son divorce ?

Les enfants de Richard ne ressemblent en rien à Ava. Ils chantent dans des chorales et jouent du violoncelle et du piano. Si on leur parle de sambuca, ils demandent dans quelle clé ils doivent le jouer. Sa femme lui a brisé le cœur encore davantage en se remariant avec une de leurs connaissances, un professeur d'économie.

— Ou c'était à cause de l'accident avec la voiture ? Je pense qu'il l'a plus mal pris que moi.

J'ai envie de lui demander si ça concernait le club, ce qui serait le problème le plus évident, mais au cas où ce ne serait pas ça, je ne veux pas l'évoquer parce que je ne veux pas avoir à en discuter. Richard n'était pas chez mes parents le dimanche où on en a parlé et à ma connaissance, le sujet n'a plus jamais été abordé.

— Un peu de tout ça, répond-il. Mais il est surtout inquiet à cause du club dans lequel tu es entrée.

— Ah, je vois. Et qu'est-ce que tu lui as dit ?

— Ton tee-shirt est en feu.

— Qu'est-ce que ça veut dire ?

— Ton tee-shirt, sur la planche à repasser, insiste-t-il en le montrant du doigt.

— Oh, mercredi, dis-je en soulevant le fer à repasser.

Une trace de brûlure s'étale sur le tissu. Je fais toujours des bêtises quand je suis avec Richard et j'utilise des expressions comme « mercredi », comme si on était dans un roman d'Enid Blyton. J'ignore si c'est parce que je fais tout le temps des âneries et ne m'en rends compte que lorsque Richard est là, ou si c'est sa présence qui m'y pousse.

— Plonge-le dans l'eau froide pendant vingt-quatre heures. Puis humidifie la brûlure avec de l'eau oxygénée, mouille aussi un torchon blanc avec de l'eau oxygénée et mets-les l'un sur l'autre avant de repasser à température basse. Ça devrait effacer la brûlure.

— Merci.

Je n'ai aucune intention de faire quoi que ce soit. Ce tee-shirt va devenir un pyjama.

Il remarque que je ne bouge pas. Il soupire.

— J'ai dit à Gabriel que c'était très courageux, généreux et vaillant de ta part.

Je souris.

Il soulève le cadre et l'ôte du mur.

— Mais ça c'est ce que je lui ai dit, à lui. Je *pense* que tu devrais être prudente. Tout le monde a l'air d'avoir peur que tu te perdes, mais je crains que ce ne soit *lui* que tu perdes dans cette histoire.

Je le dévisage, surprise par cette rare démonstration d'intelligence émotionnelle, avant de me rendre compte qu'on parle de moi dans mon dos. *Tout le monde* a peur que je me perde. Et qu'est-ce qui est plus important : me trouver ou garder Gabriel ?

L'instant est passé et Richard a reporté son attention sur le mur.

Ce dernier est couvert de trous affreux et profonds à l'endroit où les vis l'ont percé et la peinture est plus sombre à l'endroit du cadre. On dirait que le photographe a essayé de percer à d'autres endroits, sans succès.

Six horribles cicatrices sur la surface.

Je pose le fer à repasser sur son support et rejoins Richard.

— C'est hideux.

— J'ai l'impression que le photographe a galéré. Il a heurté les lattes à plusieurs reprises… les lattes en bois derrière le mur.

Il reste quatre cadres à ôter ; dans notre incapacité à choisir des souvenirs de notre magnifique mariage parmi les centaines de photos, elles recouvrent l'alcôve tout entière.

— Il faut reboucher les trous, puis poncer et peindre. Il te reste de la peinture ?

— Non.

— Tu pourrais choisir une autre peinture pour le mur ?

— Du coup, il serait différent des autres. Il faudrait repeindre les deux pièces.

— Les deux alcôves, peut-être. Ou alors tu peux les recouvrir de papier peint.

Je fais une grimace. C'est trop d'effort pour une maison que je revends et que les acquéreurs modifieront de toute façon.

— Les acheteurs voudront repeindre, de toute manière. Tu as de l'enduit sur toi ?

— Non, mais je peux aller en acheter cet après-midi et revenir demain.

— J'ai une visite ce soir.

Il me laisse réfléchir.

J'observe les cicatrices sur mon mur, qui étaient cachées derrière nos visages heureux, souriants et sans rides. Je soupire.

— Tu peux le remettre en place ?

— Bien sûr. Je suggère cependant de l'accrocher avec un clou. Je n'ai pas confiance dans ces trous et je ne veux pas en faire de nouveau, déclare-t-il en passant les doigts sur les énormes balafres.

J'oublie mon repassage et regarde Richard planter un clou puis remettre la photo à sa place dans l'alcôve. Gerry et moi, tête contre tête, rayonnants. On pose sur la plage de Portmarnock en face de la maison où j'ai grandi, à côté de l'hôtel *Links* où se tenait la réception. Les yeux dans les yeux. Mes parents à nos côtés, ma mère souriante, mon père les paupières à demi fermées ; c'est la seule photo où il n'a pas les yeux clos. Les parents de Gerry sont là aussi, sa mère avec un sourire crispé et son père dans une posture gauche. Sharon et Denise, mes demoiselles d'honneur. Les photos archétypales qu'on trouve dans tous les albums de mariage du monde et pourtant, on se croyait uniques. Et on l'était.

Richard recule pour admirer son œuvre.

— Holly, si tu t'inquiètes de l'équilibre, tu peux laisser la photo de Gabriel sur la cheminée. C'est plus facile de faire ça que d'ôter toutes les photos de Gerry.

J'apprécie sa suggestion. Il se soucie de moi.

— Moi blottie contre deux hommes différents, Richard : qu'est-ce que ça dit de moi ?

Je ne m'attendais pas vraiment à une réponse. Elle était sous-entendue dans la question, mais il me surprend.

Il repousse de l'index ses lunettes sur l'arête de son nez.

— L'amour est une chose ténue et exceptionnelle. On doit lui accorder beaucoup de valeur et le chérir, l'exhiber aux yeux des autres et non pas le cacher dans un placard, ni en avoir honte. Les photos des deux hommes diront peut-être aux autres – même si, sincèrement, tu ne devrais pas te préoccuper de ce que pensent les gens – que tu as une chance inouïe d'abriter en ton cœur l'amour non pas d'un, mais de deux hommes.

Il s'agenouille devant sa boîte à outils pour ranger ses affaires.

— Je ne sais absolument pas qui vous êtes ni ce que vous avez fait de mon frère mais merci, être étrange, d'être venu nous rendre visite ici et d'avoir partagé ces paroles pleines de sagesse depuis son enveloppe charnelle. (Je lui tends une main d'une manière toute professionnelle.) S'il vous plaît, n'oubliez pas de lui rendre son caractère habituel avant de partir.

Il m'adresse un de ses rares sourires, qui plisse son visage solennel, et secoue la tête.

Plus tard ce soir-là, alors que je suis déjà couchée, j'entends un bruit de verre qui se brise. Le numéro de Gabriel tout prêt à être composé, terrifiée à l'idée d'être cambriolée, je m'empare de ma béquille pour m'en servir comme d'une arme et essaie de descendre en silence dans le noir, ce qui est un échec vu que la béquille heurte les barreaux de la rampe de l'escalier. Quand je parviens enfin en bas, je suis certaine que tout le quartier m'a entendue descendre. Le cœur battant, j'allume l'interrupteur du salon.

Le photographe savait apparemment quelque chose que nous ignorions. Sa fragile ficelle ne suffisait pas à supporter le poids du cadre et du verre. Gerry et moi sommes par terre, recouverts de verre brisé. Nous sommes tous les deux endimanchés, moi disparaissant sous des couches et des couches de maquillage, dans une pose artificielle, les membres formant des angles étranges mais significatifs. Ma main sur son cœur, l'alliance bien visible, ses yeux dans les miens, notre famille tout autour. Si c'était à refaire, je refuserais tout ça. Nous étions plus naturels que ça, mais ça n'a pas été saisi par l'objectif.

Et puis il y a Gabriel et moi, détendus, riant, les cheveux dans les yeux, plus naturels, les rides et les taches de rousseur bien visibles. Notre photo est un selfie à l'arrière-plan flou. Je l'ai encadrée parce qu'on a l'air heureux. Gabriel me sourit, rayonnant, depuis le manteau de la cheminée, et il semble m'attirer plus étroitement à lui, fier de sa victoire.

Chapitre 19

De toutes les parties de la boutique, celle que je préfère est l'étalage de bibelots. C'est une vieille commode que Ciara a dénichée, elle est trapue et démodée avec ses trois tiroirs larges et lourds. Sur le dessus, il y a un miroir décoloré tellement piqué qu'on ne peut pas s'y contempler. J'adore ce meuble et c'est moi qui ai choisi d'y ranger les colifichets. Le dessus de la commode contient des objets, le premier tiroir, légèrement ouvert, aussi, le deuxième tiroir est un peu plus ouvert et le dernier l'est entièrement. À cause du poids, il touche le sol. La propriétaire nous a expliqué que sa mère utilisait le tiroir du bas comme un berceau pour ses enfants. Les gamins adorent ce tiroir mais on n'y range rien de précieux – à notre connaissance, du moins – et les babioles qui s'y trouvent valent toutes moins de 20 euros. Mes objets préférés sont les piluliers, les poudriers, les boîtes à bijoux et les cuillères décoratives, les barrettes et les broches qu'on ne range pas dans la section des bijoux. Un nouvel objet vient d'arriver, parfait pour la commode ; c'est une boîte à bijoux emballée dans un journal, que je trouve dans un carton. Elle est en miroir, le couvercle est orné de cristaux, d'émeraudes, de rubis et de diamants en toc. Elle comporte un encart en velours avec des encoches pour y ranger les bijoux et certaines pierres qui se sont détachées du couvercle y sont confortablement rangées. Je soulève doucement l'encart en velours et je l'ôte : la boîte à bijoux se transforme alors en simple boîte.

— Qu'est-ce que tu as trouvé, ma pie ? demande Ciara, interrompant le fil de mes pensées.

Aujourd'hui, elle est vêtue comme une pin-up des années 1940, avec un rouge à lèvres rouge, une voilette noire, une robe à épaulettes dont le décolleté en V met en valeur ses seins et une ceinture à imprimé léopard qui lui fait une taille de guêpe et arrondit ses hanches. Elle porte ça avec une paire de Doc Martens fleurie.

Je lui tends la boîte. Elle l'examine et laisse ses empreintes à l'endroit que j'ai déjà nettoyé.

— Joli.

— Je vais l'acheter, dis-je rapidement avant qu'elle suggère de la garder.

— D'accord, dit-elle en me la rendant.

— Combien ?

— Tu veux bien faire des heures supplémentaires ce soir ? demande-t-elle d'un ton plein d'espoir.

Je ris.

— Je dîne avec Gabriel. Ça fait longtemps que ce n'est pas arrivé donc il est hors de question que j'annule.

— Eh bien, si tu ne peux pas travailler ce soir, tu ne peux pas avoir la boîte.

Elle me la retire et j'essaie maladroitement de la rattraper. Un élancement me parcourt la cheville.

— Aïe.

Je grimace. Elle l'agite encore plus haut, hors de ma portée.

— Je vais te dénoncer pour mauvais traitement sur tes employés.

Elle me tire la langue et me rend la boîte.

— C'est bon, je vais demander à Mathew. Bonne chance avec Gabriel. Dis-lui que je suis…

Elle s'interrompt et je lui lance un regard d'avertissement. Elle pense que Gabriel lui en veut de m'avoir forcé la main pour participer au podcast et donc, par ricochet, de mon engagement auprès du club. Je ne cesse de lui dire d'arrêter de s'excuser : il n'est pas en colère contre elle mais contre moi. Cela dit, je ne suis pas certaine que ce soit vrai. Il semble irritable avec tout le monde en ce moment.

— Lui dire que tu es quoi ?

— Rien.

— Facile. Je lui dis tout le temps que tu n'es rien, déclaré-je avec un grand sourire tout en essuyant les traces de ses empreintes sur le miroir.

Gabriel est installé en terrasse dans un de nos restaurants préférés, *Cucino*, un bistro italien près de chez lui. Il fait frais mais les braseros donnent l'illusion d'être dans une serre pendant un doux été italien.

Il m'embrasse, m'aide à m'asseoir et pose les béquilles par terre entre nous. Je parcours le menu et choisis aussitôt. Je prends toujours la même chose. Des gnocchis au beurre et à la sauge. J'attends que Gabriel ait choisi à son tour. Il est penché sur le menu, les sourcils froncés comme s'il était concentré mais ses yeux ne bougent pas. Je le regarde faire semblant de consulter la carte. Il s'empare de son verre, avale une longue rasade de vin puis repose les yeux sur le menu, exactement au même endroit. J'examine la bouteille posée sur la table. Il a déjà bu deux verres.

— Quelle est la différence entre un crocodile et un alligator ? demandé-je pour briser le silence.

Il lève les yeux vers moi.

— Mmmm ?

— Quelle est la différence entre un crocodile et un alligator ?

Il me lance un regard déconcerté.

— C'est caïman la même chose, réponds-je en souriant.

Il ne comprend pas de quoi je parle.

— Un caïman. Un crocodile.

— Holly, je ne… de quoi tu parles ?

— C'est une blague !

— Oh. D'accord.

Il sourit vaguement et reporte son attention sur le menu.

L'arrivée de la serveuse venue prendre nos commandes brise le silence qui s'est de nouveau abattu entre nous. Nous commandons, lui rendons les cartes et Gabriel se tord les mains, agité. C'est alors que je comprends. Il est nerveux. Je lui sers du vin pour lui donner le temps de se ressaisir mais son état semble empirer : il fait des petits bruits de trompette en remplissant d'air sa lèvre supérieure puis se met à pianoter sur la table sans suivre aucun rythme avant de reprendre son étrange bruit de bouche.

La serveuse nous apporte des bruschettas et des tomates émincées pour patienter. Il a l'air soulagé d'avoir de quoi s'occuper : il reporte son attention sur la nourriture et s'affaire avec le vinaigre balsamique et l'huile d'olive comme si c'était l'affaire du siècle. Il se met à jouer avec les tartines, ôte les minuscules morceaux de basilic des tomates et construit un mur de miettes entre les deux, une structure précaire qui s'élève avant de s'effondrer. Il examine la bruschetta avec un intérêt grandissant. Le basilic sur la gauche, les tomates sur la droite. Les miettes au centre.

Je me penche en avant.

— Qu'est-ce qu'il y a, Gabriel ?

Il écrase les miettes du bout du doigt : elles collent et il s'en débarrasse en se frottant les mains. Les miettes retrouvent leur place.

— Tu vas te comporter comme ça tout le temps que j'aiderai le club ? Tu ne sais même pas ce que je fais avec eux. Tu veux me poser des questions ? Tu ne connais même pas leurs noms.

— Ce n'est pas ça, lâche-t-il d'un ton ferme en abandonnant la bruschetta et en repoussant son assiette. C'est Ava. (Il se penche en avant, les coudes sur la table, il joint les mains et les doigts comme en prière et les pose sur sa bouche.) Elle veut habiter avec moi.

— « Habiter » ?

Il hoche la tête.

— Avec toi ?

Il opine de nouveau.

— Dans ta maison ?

— Oui.

Il a l'air perplexe. Où donc pourrait-elle bien habiter ?

Mon esprit carbure à toute allure. C'est *moi* qui suis censée emménager avec lui.

— Elle me l'a demandé il y a quelques semaines, dit-il en évitant mon regard.

Je comprends soudain pourquoi il est si distant depuis quelque temps. Ça n'a rien à voir avec l'accident, idiote que je suis, ni avec le club, il me l'a juste laissé croire. C'est pour ça qu'il a beaucoup vu Kate et Ava ces derniers temps.

— Waouh. Et donc, tu avais besoin de temps pour y réfléchir de ton côté avant de m'en parler ? Ça ne te rappelle rien ?

Et pourtant, je me sens aussi furieuse que lui quand il m'a accusée de faire des trucs dans son dos.

Il ignore ma remarque et reprend le fil de la discussion.

— Tu sais qu'elle a des problèmes avec Kate. Elles ne s'entendent pas.

— C'est le cas depuis que je te connais, depuis deux ans, donc.

— Ça a empiré. Beaucoup, constate-t-il en agitant la tête. C'est comme…

Il mime une explosion en agitant les mains.

Il évite toujours de croiser mon regard. Il a déjà accepté. Il le pensait vraiment quand il m'a dit qu'à partir de maintenant, on prenait chacun nos décisions de notre côté sans en discuter avant. Il se venge.

— Si Ava vit avec toi, ça veut dire que tu seras tout le temps chez toi, que tu l'obligeras à se lever le matin pour être à l'heure au lycée. Tu devras la forcer à faire ses devoirs et la surveiller.

— Elle a seize ans, Holly, pas six.

— Elle refuse de se lever le matin, elle n'irait pas au lycée si on ne l'y traînait pas tous les jours, c'est toi qui me l'as dit. Elle voudra sortir faire la fête tous les week-ends. Tu devras parler aux parents de ses amis, apprendre à connaître ses potes, aller la chercher très tard le soir ou l'attendre toute la nuit.

— Je sais tout ça, je ne suis pas idiot, je sais être un père, réplique-t-il avec assurance. Je lui ai dit qu'il fallait que je t'en parle d'abord avant de tout finaliser, mais tu as eu cet accident et depuis quelque temps tu es… occupée chaque fois que je t'appelle.

— Désolée, dis-je en soupirant.

Il y a tellement de choses que je ne lui ai pas racontées, sur Bert, sur Ginika, sur cette vie secrète à laquelle il ne participe pas parce que je la lui ai interdite. Il vaut mieux en parler avant de le mettre en colère.

— Écoute, je n'y vois pas d'inconvénient. C'est ta fille, je suis contente pour toi que ça se passe comme ça. Je sais que c'est important pour toi. Je suis d'accord pour qu'elle vienne vivre avec nous, tant que tu sais bien dans quoi tu mets les pieds.

Il finit par me regarder enfin, l'air tendre et désolé.

— Je ne t'ai pas tout dit.

La vérité se fait lentement jour dans mon esprit.

Ava va habiter chez lui *à ma place.*

— Elle a besoin de moi. (Il pose la main sur mon avant-bras et le serre fermement. J'ai envie de la transpercer avec ma fourchette.) Je ne peux pas lui tourner le dos après avoir attendu aussi longtemps qu'elle se tourne vers moi quand elle a besoin d'aide. Kate et Finbar se marient. Elle déteste Finbar. Elle déteste être chez sa mère. Elle a pété un plomb, elle fait n'importe quoi au lycée, elle a raté ses examens, elle fait la fête. J'ai peur que tout ça soit ma faute et je veux réparer mes erreurs.

Mon cœur bat à tout rompre.

Il essaie de prendre un ton plus doux et plus confus.

—Ava et moi avons besoin d'un endroit pour résoudre tout ça et trouver notre chemin ensemble. Si nous vivons tous les trois ensemble pendant cette transition, ce serait trop pour tout le monde.

—Et d'après toi, combien de temps va prendre cette *transition* ?

Il secoue la tête et son regard se perd au loin comme s'il calculait le nombre de jours dans son calendrier virtuel.

—Je n'en sais rien. Il vaudrait peut-être mieux qu'on attende qu'elle ait son bac. Je pense, ajoute-t-il rapidement avant que je puisse protester, que je dois l'aider à terminer le lycée. Quand elle se sera calmée et qu'elle entrera à la fac, toi et moi pourrons faire ce que bon nous semble. On a déjà vécu comme ça pendant deux ans, on peut continuer ainsi. Ça fonctionne pour nous, pas vrai ?

Il s'empare de mes mains et les presse entre les siennes. Je me dégage, irritée.

—« Deux ans », dis-je en le regardant, interloquée. Deux *ans* ? Je suis en train de vendre ma maison pour vivre avec *toi*. Tu as insisté pendant six mois. C'était *ton* idée !

—Je sais, je sais.

Il est évident à son expression peinée qu'il ne veut pas me faire subir ça et je ne veux pas le blâmer : il n'est pas responsable de la situation. N'importe quel père agirait de même et choisirait son enfant. Mais ça remet tous mes plans en question.

— Peut-être que deux ans, c'est trop long. Peut-être qu'une année serait plus raisonnable, concède-t-il pour essayer de me raisonner.

— « Une année » ? balbutié-je. Et si on me fait une offre pour la maison demain, où suis-je censée aller ? Je cherche une autre maison ? Est-ce que j'en ai les moyens ? Je dois l'enlever du marché ? Je veux dire, bon sang…

Je me passe les mains dans les cheveux en comprenant soudain dans quel cauchemar logistique je me trouve. Et de toutes les choses à régler, ce sont les trous dans mon mur qui me viennent : je vais devoir les boucher alors que je pensais qu'ils deviendraient le problème de quelqu'un d'autre. Il va même falloir que je répare mes propres erreurs.

— Holly, dit-il en me caressant la joue. Je ne vais nulle part. J'ai juste besoin de temps pour aider Ava à se calmer. Le reste de ma vie sera pour toi.

Je ferme les yeux. Je me dis qu'il n'est pas malade ni mourant. Les plans changent. C'est la vie. Mais je suis incapable de le digérer.

— Je pensais que tu serais soulagée.

— Et pourquoi ça ?

— À cause du club. Tu n'as pas vraiment de temps à me consacrer.

La serveuse nous interrompt.

— Vous avez terminé ?

Oh, oui. Pour moi, c'est fini.

Elle débarrasse la table dans un silence tendu tandis que nous nous dévisageons, Gabriel et moi, et s'éloigne en toute hâte.

Je me tortille sur ma chaise et me penche maladroitement pour ramasser mes béquilles. Je ne parviens pas à les atteindre. Je m'étire le plus possible et tâtonne sur le sol.

— Qu'est-ce que tu fais ?

— J'essaie de me barrer vite fait, mais je ne peux pas, putain, réponds-je, les dents serrées. (Je bataille de nouveau pour m'emparer de mes béquilles ; mes doigts les effleurent mais je les repousse par erreur.) Putain de merde !

Les clients attablés à ma droite me dévisagent. Je les ignore.

Gabriel se penche pour m'aider.

— Je ne veux pas de ton aide, marmonné-je.

Mais j'en ai besoin. Il me passe les béquilles, mais il ne les lâche pas quand je les attrape, il me maintient là et joue au tir à la corde avec elles.

— Holly, déclare-t-il avec fougue, je ne suis pas en train de rompre. Je dois juste mettre les plans plus importants en suspens pendant un moment, c'est tout.

— Et c'est quoi les plans plus importants ? demandé-je, intéressée à présent, en haussant le ton plus que nécessaire. On va se marier, Gabriel ? Faire un bébé ? Histoire que je sache sur quoi je m'assieds et ce que je dois attendre pendant deux ans.

Je vois la colère monter en lui mais il garde son calme.

— Ce délai de deux ans, comme je l'ai dit, peut être discuté. J'essaie d'être honnête avec toi. J'essaie de m'occuper de l'enfant que j'ai déjà. Je pense que ce n'est pas le moment d'avoir cette conversation.

C'est un drôle de moment pour comprendre que je veux un enfant avec lui et que j'attendais beaucoup plus de cette relation. À la pensée que je devrai patienter deux années supplémentaires, je sens mon corps et mon esprit envahis d'une panique toute nouvelle. Je viens de perdre quelque chose que j'ignorais vouloir. On l'a agité devant moi et tout d'un coup on me l'a retiré.

Je manœuvre maladroitement entre les tables; mes béquilles se prennent dans les pieds des chaises et les gens sont obligés de s'écarter pour me laisser passer. Ma sortie est tout sauf gracieuse.

Peut-être qu'il m'a rendu service, peut-être qu'il vaut mieux régler ses problèmes tout seul. Ava est de retour dans sa vie, exactement comme il le souhaitait. Et, d'une certaine manière, Gerry est revenu dans la mienne. *Ma vie est tellement pleine,* songé-je, furieuse, *qu'il n'y a peut-être plus de place pour Gabriel.*

Chapitre 20

Joy et moi sommes assises dans sa cuisine. Pour la première fois, nous sommes seules. Le soleil se répand par les portes du patio et projette ses rayons sur la table et le sol. Je suis baignée dans sa chaleur torride alors que le reste de la pièce est plongé dans la pénombre. Le chien est étalé au soleil, il profite de la chaleur, roulé en boule, les oreilles dressées, le regard vers l'extérieur. Il s'assied parfois et gronde quand un oiseau atterrit dans le jardin.

— Ginika m'a dit que vous passiez beaucoup de temps avec elle, constate Joy en agitant le sachet de thé à la menthe dans la théière.

— Nous nous sommes vues quatre fois ces deux dernières semaines. Vous a-t-elle raconté ce que nous faisions ?

Je me demande à quel point ces lettres sont censées être secrètes, si en partager le concept avec le groupe les rendra moins précieuses aux yeux de leurs proches. Bert a partagé sans réticence son « quiz » avec eux au tout début mais j'ignore si le contenu final est sacré. Je me rappelle que Joy, à l'enterrement d'Angela, est montée au pupitre pour présenter le film de son amie mais je ne sais pas bien s'ils veulent s'investir dans les gestes symboliques les uns des autres. Le groupe leur permettait de partager des idées, de s'encourager et de se remonter le moral, puis ils se séparaient pour réfléchir avant de se retrouver et de recommencer. Peut-être que mon arrivée signifie que je suis leur représentante et la gardienne de leurs secrets.

— Non, répond Joy en secouant la tête. Ginika est secrète. Elle n'est pas bavarde mais redoutable.

— C'est vrai, acquiescé-je. Elle choisit son moment et quand je m'y attends le moins, elle fait une gaffe terrible.

— C'est ça, confirme Joy en riant. C'est une fille intelligente. Et une mère merveilleuse. Je ne pense pas que j'aurais eu le cran de faire ce qu'elle fait à seize ans et seule.

— Je n'aurais pas ce cran maintenant.

Elle sourit.

— Vous avez déjà traversé tout ça, Holly.

— Rien ne me donne plus l'impression d'être un charlatan que d'être prise pour une héroïne parce que j'ai survécu à la mort de quelqu'un d'autre. C'est Gerry qui a souffert.

— Tout le monde souffre, déclare-t-elle gentiment.

Nous laissons le silence s'installer. Elle essaie d'attraper la théière et de la soulever et je vois qu'elle bataille. Je pose la main sur la sienne pour l'arrêter et m'en charger à sa place. Elle retire sa main en silence et se frotte le poignet dans un geste qui m'est à présent familier.

— Et vous, Joy, comment allez-vous ?

— Vous voulez parler de ma maladie ?

— De tout. Vous vous montrez tellement attentionnée envers tout le monde que j'en oublie que vous souffrez, vous aussi.

Elle prend le temps de réfléchir avant de répondre et je me demande si c'est pour décider de ce qu'elle peut me dire.

— Que savez-vous de la sclérose en plaques ?

— Que c'est une maladie neurologique qui agit différemment en fonction des malades.

Elle opine.

— La sclérose en plaques est une maladie dégénérative du système nerveux. Elle peut causer toute une variété de symptômes, qui peuvent rester stables ou empirer au fur et à mesure que la maladie progresse. De la fatigue, des difficultés à marcher, des modifications du fonctionnement du cerveau et de la vision, de la dépression, des changements d'humeur. Il n'y a pas de remède. Pas pour le moment. Juste des soins palliatifs qui nous préparent à ce qui nous attend au stade final de la maladie.

— Est-ce que vous souffrez ?

— Des spasmes musculaires et de la douleur nerveuse. Je prends des antidépresseurs pour les spasmes nerveux. Je déteste les médicaments, je n'ai jamais pris ne serait-ce qu'un seul cachet contre la migraine. Pour les douleurs musculaires, je fais de la kiné.

— Votre maladie a été diagnostiquée il y a neuf ans, dis-je en posant les yeux sur le chien et en me rappelant qu'il a l'âge du diagnostic.

— Oui, et vous avez raison, la sclérose en plaques est différente pour tout le monde, Holly. Certains restent stables pendant très longtemps. J'étais convaincue que j'allais bien même après le diagnostic, que c'était gérable et que ma vie ne changerait pas, mais la maladie progresse et revient plus forte. La canne m'aide pour le moment mais nous avons déjà ça de prêt.

Je jette un coup d'œil sur le fauteuil roulant près de la porte.

Je pose une main sur la sienne.

— Je suis navrée que nous ayons perdu du temps, Joy, mais je suis là à présent. Que puis-je faire pour vous? Comment vous aider?

— Oh, Holly, votre présence est un cadeau. Vous nous avez redonné de l'énergie et un but. Passer du temps avec chacun d'entre nous, nous écouter et nous guider est plus précieux que vous ne pouvez l'imaginer et vous ne seriez pas humaine si vous n'aviez pas eu besoin de temps pour y penser avant de vous engager. Je ne pense pas que nous ayons considéré à quel point ce que nous vous demandions était lourd pour vous. J'espère que nous n'avons pas bouleversé toute votre vie, s'inquiète-t-elle, les sourcils froncés.

— Tous mes problèmes sont de mon fait.

Mon sourire devient un rictus quand je songe à Gabriel.

— Angela était une femme très résistante, dit Joy. Elle était persuadée qu'elle pouvait réussir tout ce qu'elle voulait et vous faire participer à son projet était une mission qu'elle a menée avec enthousiasme. J'espère juste que je n'ai pas repris son défi de manière trop égoïste.

Je me souviens de quelle manière Angela s'était cramponnée à mon bras à la boutique, ses yeux rivés aux miens tandis qu'elle me pressait de continuer à raconter ma vie comme si la sienne en dépendait.

— La dernière chose dont vous avez besoin de vous préoccuper, c'est bien ma vie, assuré-je d'un ton joyeux. Plus important, avez-vous décidé de ce que vous voulez mettre dans vos lettres ?

— J'y pense sans arrêt mais je ne suis pas plus avancée. Mes fils iront bien, ils ont leurs femmes, leurs familles. Mon plus gros souci, c'est Joe. Je m'inquiète pour lui. Il sera perdu.

Je me souviens de lui en train de farfouiller dans la cuisine le jour où je l'ai rencontré, incapable de localiser des choses simples et se prenant un balai sur la tête en cherchant le lait. J'essaie d'imaginer sa maison sans sa femme à la barre ; même si ça fait des années qu'il vit là, ça lui paraîtra un endroit étranger rempli de mystérieux placards.

— J'ai remarqué qu'il était un peu perdu, d'un point de vue domestique, dis-je avec tout le tact possible.

Joy éclate de rire, ce qui me surprend.

— Vous l'avez déjà remarqué alors que nous nous connaissons depuis peu. Les enfants le taquinent sans arrêt mais je suis entièrement responsable de son état. Je suis sûre que vous nous trouvez terriblement démodés, dit-elle en souriant. Mes fils assument la moitié des tâches domestiques et élèvent leurs enfants à part égale avec leurs épouses. Mais Joe et moi avons toujours aimé fonctionner comme ça. C'était mon territoire pendant qu'il était au travail. Je n'ai jamais aimé partager. Je lave et repasse ses vêtements, prépare les repas, fais les courses, la cuisine et tout le reste. Je ne l'ai jamais laissé faire quoi que ce soit – il n'a pas essayé non plus, ça ne l'intéresse pas.

Depuis qu'il a pris sa retraite, il est tout le temps dans mes pattes. Il fait de son mieux, mais il lui faut une éternité pour trouver quoi que ce soit. (Elle m'attrape le bras et se penche vers moi avec des airs de conspiratrice.) Ne le lui dites pas, mais parfois, quand la douleur est trop forte et devient insupportable, je lui demande d'aller me chercher quelque chose qu'il mettra des heures à trouver, comme ça j'ai la paix et il arrête de s'agiter autour de moi. Dieu me pardonne.

Nous nous esclaffons comme deux femmes qui partagent un secret.

Elle réfléchit.

— J'ai songé à ce que vous nous avez raconté sur les lettres de Gerry, qui n'ont pas servi à vous rappeler sa mort mais à vous permettre d'avancer. Je veux donner un élan à Joe après ma disparition. Nous ne sommes pas sentimentaux. Je ne pense pas qu'il ait envie de recevoir des déclarations à l'eau de rose. J'ai essayé d'en écrire cependant… (Elle frissonne.) Ce n'est pas notre style. Il croirait que j'ai perdu la boule. Je veux qu'en lisant, il ait l'impression que je suis toujours là. Mais je ne suis pas écrivaine, Holly, achève-t-elle en secouant la tête. Je n'ai aucune imagination.

— Gerry non plus n'était pas écrivain, croyez-moi, mais il était attentionné. Il me connaissait, il me comprenait et c'est tout ce dont vous avez besoin. Je pense que vous devriez imaginer la vie de Joe de son point de vue à lui et essayer de deviner quels gestes ou quels mots de réconfort pourraient alléger sa peine. On trouvera quelque chose, n'ayez crainte, affirmé-je, l'esprit vagabondant.

Après la mort de Gerry, quand le chauffage tombait en panne ou qu'une ampoule grillait, je me sentais nulle. Je n'étais pas incapable mais nous avons tous nos devoirs dans une maison. Nous trouvons notre créneau, nous nous y tenons et souvent, dans le tourbillon de la vie quotidienne, nous ne savons pas vraiment quel rôle joue l'autre ni ce qu'il fait exactement. Dans notre cas, à Gerry et moi, j'avais toujours eu l'impression d'en faire plus que lui, je me rejouais la même dispute dans ma tête en permanence. Ce n'est qu'après sa mort que je me suis rendu compte des vides, des petites choses que je n'avais jamais accomplies et face auxquelles j'étais démunie. Les numéros de téléphone que j'ignorais, les codes, les comptes. Des petites choses normales, prosaïques, des actes quotidiens qui facilitaient la vie. Un compte Rentokil. Le mot de passe de Sky, le fournisseur d'accès à Internet. Le numéro de téléphone du plombier. Nous avions nos rôles et celui de Joy est en train de changer considérablement, ce qui aura des conséquences énormes pour Joe. Je me redresse, inspirée.

— Vous ne voulez pas rédiger de grandes déclarations d'amour : et si vos lettres étaient simples mais efficaces ? Des consignes pour Joe. Une carte de ce que contient la cuisine. Une liste de ce qu'il y a dans les placards. Où trouver la planche à repasser, comment repasser une chemise.

Son regard s'éclaire.

— Quel est son plat préféré ?

— Mon hachis Parmentier.

« Mon. » Elle contrôle sa maison. Sa maison, sa cuisine, son endroit. Il n'y a pas de place pour Joe.

— Et si vous lui laissiez la recette pour qu'il puisse le préparer lui-même ? Un album pour l'aider à s'en sortir dans cet enfer domestique sans vous.

— J'adore l'idée ! s'exclame-t-elle en battant des mains. C'est exactement ce dont il a besoin et c'est amusant, ça le fera rire tout en l'aidant. Holly, c'est parfait !

— Je pense que j'aurais tiré avantage de recevoir moins de lettres valorisantes de la part de Gerry et plus de notes terre à terre sur la façon de gérer le quotidien, dis-je en souriant. *L'Album de Joy… Les Conseils de Joy à Joe* ?

Elle réfléchit en souriant, le regard brillant, ravie.

— *Les Secrets de Joy*, finit-elle par dire.

— « *Les Secrets de Joy* », répété-je en souriant. On le tient.

On commence à élaborer une liste des idées pour son album. Joy écrit mais sa main se contracte et elle laisse tomber son stylo. Je reprends le flambeau tandis qu'elle se masse le poignet et le bras.

J'ouvre tous les placards pour photographier leur contenu et, assise face à la table, elle désigne des objets, me donne des astuces, des tuyaux, et me révèle des secrets. Elle est très territoriale avec son foyer : tout est à sa place et rien n'est dû au hasard. Si ça ne rentre pas, poubelle. Aucun désordre et tout est soigneusement étiqueté. L'idée de cet album n'est pas très excitante mais elle est faite sur mesure pour sa vie. De la même manière que chaque relation et chaque mariage a un caractère unique et individuel, l'incarnation de deux personnes emboîtées, ce service est représentatif de leur union et doit donc être sur mesure.

Alors que je prends note de tout, je me demande si Gerry a fait la même chose en songeant à ces lettres pour moi. M'a-t-il observée en essayant de comprendre ce dont j'aurais besoin ? Pensait-il sans arrêt à cette liste, appréciait-il le secret, tandis que j'ignorais totalement ce qui se passait dans sa tête ? J'aime à penser que ça l'apaisait, que, dans ses moments de souffrance et d'inconfort, ça le distrayait et lui permettait de s'échapper dans le plaisir de son plan secret.

Je me rends compte que Joy n'a rien dit depuis un petit moment et je cesse de cataloguer la cuisine pour vérifier qu'elle va bien.

— Je me demandais si je pouvais vous demander encore un service, dit-elle quand je croise son regard.

— Bien sûr.

Elle plonge une main dans la poche de son gilet et en sort une enveloppe rebondie.

— J'ai rédigé une liste de courses. L'enveloppe contient aussi de l'argent. (Ses doigts se crispent brièvement.) Je suis désolée de vous demander ça. C'est beaucoup. Mes fils, leurs femmes et nos petits-enfants. Nous avons une tradition pour Noël : Joe et moi nous tenons près du sapin et tout le monde se réunit autour de nous. Joe pioche un nom dans le chapeau du Père Noël et on distribue les cadeaux. On fait ça depuis des années, c'est notre tradition familiale. (Joy ferme les yeux comme si elle revoyait tout ça dans sa tête.) Les petits adorent ça. Je ne veux pas qu'ils manquent ça, cette année. Joe ignore ce qu'ils aiment. (Elle ouvre les yeux et me tend l'enveloppe d'une main tremblante.)

Je tire une chaise près de la sienne et m'assieds.

— Joy, Noël est dans six mois.

— Je sais. Je ne dis pas que je ne serai plus là, mais je ne sais pas dans quel état je serai. On m'a dit que mon cerveau serait tellement atteint que j'en oublierais de déglutir. (Elle lève la main jusqu'à sa gorge et la serre, comme si elle imaginait l'effet que ça faisait.) Les soins palliatifs me préparent pour la fin, mais si je dois planifier un avenir avec des perfusions pour me nourrir, je dois aussi prévoir de continuer à m'occuper de ma famille.

Je baisse les yeux sur l'enveloppe.

— Je sais que c'est beaucoup vous demander, mais si vous pouviez aussi emballer et étiqueter les cadeaux pour moi, j'aimerais les ranger dans le grenier afin que Joe les trouve en montant chercher les décorations. Ça fera partie des *Secrets de Joy*, ajoute-t-elle d'un ton trop joyeux, pour faire comme si c'était facile.

Elle essaie peut-être de dissimuler la tristesse qui l'assaille ou peut-être qu'elle est vraiment prête. Pour moi, ce souhait est nouveau mais elle a eu le temps d'y réfléchir, de le concevoir, de l'imaginer, elle a déjà certainement vécu l'instant où Joe trouve le carton avec les cadeaux d'une dizaine de manières différentes. Peut-être qu'elle reste enjouée pour moi.

— D'accord, murmuré-je. (Je m'éclaircis la voix.) Mais je veux passer un marché avec vous, Joy. Si vous êtes capable de donner ces cadeaux vous-même, on les descendra du grenier avant que Joe ne les trouve.

— Marché conclu. C'est beaucoup vous demander et je vous remercie, Holly, dit-elle en me prenant la main. J'espère que ce n'est pas trop.

Bien sûr que si. Tout est trop. Tout le temps. Et parfois, pas du tout, en fonction de la version de moi qui se réveille.

— Je peux vous demander quelque chose ? (J'attends qu'elle acquiesce avant de poursuivre.) Pourquoi faites-vous ça ?

Elle a l'air perplexe.

— Je sais pourquoi en théorie mais je veux comprendre vraiment. Vous avez peur qu'ils vous oublient ? Vous ne voulez pas vous sentir exclue ? Vous ne voulez pas leur manquer ? (Je reprends mon souffle.) Est-ce que c'est plus pour vous ou pour eux ? Je demande pour une amie.

Elle sourit, compréhensive.

— Tout ça à la fois. Tout ça et plus. Je peux me préparer à ce qui m'attend mais je ne veux pas lâcher prise avant que ça se produise. Je ne peux pas abandonner, c'est tout. Je suis mère, j'ai toujours tout anticipé pour mes enfants. Et même si à présent ils ont eux-mêmes des enfants, je ne peux pas arrêter d'anticiper. Je veux qu'ils aient l'impression que je suis encore là, et je suppose que c'est parce que je ne suis pas prête à partir. Je ne sais pas quand aura lieu le dernier jour où je me sentirai en forme ni mon dernier jour tout court, mais je vais faire en sorte d'être présente plus longtemps que mon corps ne me le permettra. Je veux vivre et j'essaie tout : médicaments, traitements, soins, et maintenant des lettres et des listes. J'ai peut-être perdu le contrôle de mon corps mais je peux contrôler ce qui se passe dans ma vie et comment sera la vie des autres après ma mort. C'est ma dernière victoire.

En rentrant chez moi, je réfléchis aux paroles de Joy.

« Ma dernière victoire. »

La mort ne peut pas l'emporter. La vie continue.

La vie possède des racines et comme un arbre en quête de survie, ces racines s'étendent et s'étirent pour trouver de l'eau, elles ont le pouvoir de soulever des fondations et dc déraciner tout ce qui est sur leur chemin. Leur portée est infinie ; leur présence même a un effet éternel sous une forme ou une autre. On peut abattre un arbre mais on ne peut pas tuer ce qu'il a commencé et toute la vie qui a jailli de lui.

Pour la plupart des gens, la mort est une ennemie, une chose à craindre. Nous ne la voyons pas comme réconfortante et compatissante. C'est le destin inévitable que nous craignons tous et que nous tentons de retarder en prenant le moins de risques possible, en suivant des règles de santé et de sécurité et en prenant tous les traitements et les médicaments qui pourraient nous sauver. Ne regarde pas la mort en face, ne la laisse pas te voir, ne lui dis pas que tu es là ; tête baissée, yeux détournés ; ne me choisis pas, pas moi. Les lois de la nature font en sorte que nous soyons programmés pour espérer que la vie triomphera.

Pendant longtemps durant la maladie de Gerry, la mort a été l'ennemie, mais comme c'est souvent le cas pour ceux dont un proche est en phase terminale, est venu le moment où mon attitude a changé et où la mort seule pouvait lui offrir la paix et soulager ses souffrances. Quand l'espoir d'une guérison a disparu et que l'inévitable se profile, il y a des moments, durant les longues nuits passées à écouter un souffle haletant, où l'on invite la mort. On l'accueille. Qu'elle fasse cesser la douleur, le guide, l'aide, qu'elle soit douce et tendre.

Même si Gerry était trop jeune pour mourir et qu'il a lutté de toutes ses forces, quand il en a eu besoin, il s'est tourné vers la mort, l'a perçue comme une amie et s'y est abandonné. Et j'ai été soulagée et reconnaissante qu'elle interrompe ses souffrances et qu'elle l'accueille. D'une manière étrange et merveilleuse, la chose qu'on a évitée, redoutée et crainte se trouve juste là devant soi, baignée de lumière. La mort devient notre sauveur.

La vie est lumière, l'agonie est ténèbres, la mort est de nouveau lumière. La boucle est bouclée.

La mort est toujours avec nous, c'est notre fidèle compagne, en partenariat avec la vie, elle nous surveille depuis la ligne de touche. Pendant que nous vivons, nous mourons aussi ; chaque seconde de notre vie nous rapproche de la fin de nos jours. L'équilibre finit inévitablement par se rompre. La mort est au bout de nos doigts tout le temps mais nous choisissons de ne pas nous y abandonner et elle choisit de ne pas nous prendre.

La mort ne nous pousse pas : elle nous rattrape quand on tombe.

Chapitre 21

— Je pense embaucher des bénévoles, déclare Ciara depuis l'autre côté de la boutique.

— Pourquoi ?

— Pour nous aider. On a peut-être besoin d'un agent de sécurité, il y a trop de vols ces derniers temps, on ne peut pas avoir l'œil partout et je n'ai pas les moyens d'engager un autre employé. Je reçois de nombreuses demandes de bénévolat, les gens savent que nous reversons une grosse partie de nos bénéfices aux œuvres caritatives. Et ça m'aiderait quand tu as rendez-vous à l'hôpital ou que Mathew et moi sommes de collecte.

Une cliente attrape un portefeuille sur le plateau des rabais contenant des objets cassés, vieux ou en trop mauvaise condition pour être vendus plus cher mais trop jolis pour être jetés. Elle l'examine.

— C'est du vrai cuir ? demande-t-elle.

— Oui, je pense.

— Pour 2 euros ?

— Oui, tout est à 2 euros sur ce plateau, réponds-je distraitement en me tournant vers ma sœur. J'ai demandé à l'hôpital de me donner rendez-vous le lundi, Ciara, mais ils persistent à me faire venir le vendredi, je suis désolée.

— Je sais, je ne t'en veux pas. Je pense juste que ça nous filerait un sacré coup de main, c'est tout. Pour surveiller le magasin, entre autres.

— Je le prends, annonce la cliente, ravie.

J'encaisse les 2 euros et lui tends le ticket de caisse. Elle quitte la boutique.

— Et tu es un peu… distraite avec tout ce qui t'arrive, le non-emménagement avec Gabriel, le fait que vous ne vous parlez plus, la non-vente de ta maison, le club et… oh là là, il faut que je m'asseye, ta vie me stresse tellement…

— Je ne suis pas distraite, Ciara, répliqué-je sèchement. Tout est sous contrôle.

— C'est un mensonge ou je ne m'y connais pas, marmonne-t-elle.

Le carillon de la porte retentit et une cliente entre. Elle se dirige à toute allure vers la caisse, agitée.

— Bonjour, j'étais là il y a environ un quart d'heure et je pense que j'ai oublié mon portefeuille près de la caisse.

J'écarquille les yeux.

Ciara me lance un regard menaçant.

— Trouve-le ! ordonne-t-elle dans sa barbe.

— Je reviens tout de suite, réponds-je d'un ton poli mais paniqué.

J'attrape mes béquilles et clopine jusqu'à la porte. Une fois sur le trottoir, je regarde à gauche puis à droite, aperçois la femme qui vient d'acheter le portefeuille et me mets à crier après elle.

Ce soir-là, Ginika est assise à la table de ma salle à manger pour sa leçon. Fidèle à sa promesse, elle s'est plongée à fond dans l'apprentissage de la lecture et de l'écriture et elle voudrait prendre une leçon par jour. Et même s'il m'est impossible d'accepter, elle ne cesse de me le demander et je trouve son énergie et son désir d'apprendre inspirants. Elle m'avoue qu'elle s'entraîne pendant que Jewel fait la sieste dans la journée, dort le soir, et quand elle est à l'hôpital pour son traitement. Elle n'a presque pas regardé la télévision depuis deux semaines et quand elle le fait, elle active les sous-titres. Je dois me montrer à la hauteur de sa détermination.

Jewel est assise sur le genou gauche de Ginika, le plus loin possible de la table. Elle mâchouille un anneau de dentition en essayant d'attraper le crayon de Ginika, l'objet qui empêche sa mère de se concentrer sur elle. Jewel méprise les papiers et les crayons et elle sait que lorsqu'elle les détruit, les deux femmes lui accordent leur attention et cessent de travailler pour la gronder.

Ginika apprend le son « ON » avec des images. J'ai vite découvert qu'elle apprenait plus vite quand les mots étaient accompagnés de dessins. Son cerveau est visuel et c'est plus facile pour elle comme ça. Il lui fallait juste une autre méthode et plus de temps. Toujours plus de temps.

Il y a quatre mots dans le manuel et elle doit identifier celui qui ne contient pas le son « ON » et l'entourer. Elle a le choix entre « Maison », « Rond », « Ongle » et « Fromage ».

Le mot « fromage » est écrit en jaune avec des trous dans les lettres et le « o » de « ongle » est comme verni. Lire le mot « maison » me met mal à l'aise. Je n'ai toujours pas appelé l'agent immobilier pour retirer la maison du marché. Après avoir autant attendu pour la mettre en vente, ça me prend autant de temps pour décider de ne pas la vendre ; il faudrait pour ça que je me concentre sur ma vie personnelle, ce que je suis incapable de faire pour le moment. Les larmes me montent aux yeux et je détourne le regard en clignant frénétiquement des paupières pour ne pas pleurer. Une fois parvenue à repousser mes émotions, je reporte mon attention sur le travail de Ginika.

Jewel et elle ont les yeux rivés sur moi.

— Bravo ! m'exclamé-je d'un ton joyeux.

Je tourne la page.

Ginika contemple de nouveau le mur nu et troué à l'endroit où était suspendue ma photo de mariage. Elle n'a encore rien demandé mais je sais qu'elle va le faire. Elle n'est pas du genre à se retenir, elle dit toujours ce qu'elle pense sans avoir l'air de se soucier de l'émotion que ça provoque chez son interlocuteur. Elle semble croire que seuls les hypocrites gardent leurs pensées pour eux, les gens « qui ne sont pas vrais ». Je lui ai expliqué que c'était de la politesse.

— Qu'est-ce qui s'est passé ? finit-elle par demander.

— Il est tombé.

Elle hausse un sourcil. Elle ne me croit pas.

— Comment est la famille d'accueil ?

Je pose la question avec hésitation en prenant le petit pied de Jewel dans la main.

Ginika soupire et s'agite sur sa chaise.

— Une femme qui s'appelle Betty s'occupe d'elle quand je suis à l'hôpital ou que je suis trop fatiguée. Elle a déjà trois enfants. Et l'accent campagnard. Je ne veux pas que Jewel ait cet accent-là.

Je souris.

— Tu n'es pas sûre de vouloir la lui laisser ?

Elle hausse les épaules.

— Je suis certaine que personne ne sera assez bien pour toi.

— Il faudra bien. Quelqu'un sera assez bien. Je ne mourrai pas tant que je n'aurai pas trouvé la bonne personne.

La sonnette retentit. Je n'attends pas de visite et mes voisins ne sont pas du genre à passer sans prévenir. J'espère que ce n'est pas Gabriel. Je n'ai pas répondu à ses appels, non pas parce que j'ai envie de jouer les hystériques mais parce que je ne sais pas bien ce que je ressens. J'ai parfois l'impression que l'esprit est une boîte de Petri d'informations accumulées et enchevêtrées : si je laisse tout mijoter assez longtemps, je découvrirai peut-être que ça ne me dérange pas du tout même si ça devrait être le contraire. J'attends que ça se produise. Mais je ne veux pas discuter avec lui maintenant et encore moins devant Ginika. Et je ne veux surtout pas entendre sa réaction s'il découvrait qu'en plus d'aider les gens à écrire leurs lettres, je leur apprends à écrire. C'est une chose de donner un coup de main, c'en est une autre de se laisser envahir. Et c'est ça qui serait sujet à débat parce que c'est bien là tout le problème.

J'ouvre la porte : c'est Denise qui tient quelque chose enveloppé dans un sac en tissu.

— Salut, chantonne-t-elle. Je voulais juste te rendre la pochette de soirée que tu m'as prêtée.

Elle me la tend et entre chez moi.

Je jette un coup d'œil dans le sac.

— L'année dernière ?

— Tu as de la chance, lance-t-elle en se dirigeant droit vers le salon. J'avais l'intention de la garder. Oh, bonsoir, dit-elle en apercevant Ginika et Jewel. Désolée, j'ignorais que tu avais de la compagnie.

— Tu n'as pas demandé. Denise, je te présente Ginika. Elle…

Je demande la permission à Ginika en silence et elle acquiesce.

— … fait partie du club P.S. : I Love You.

Denise parvient à dissimuler l'inévitable tristesse qu'elle doit éprouver en entendant ça et elle arbore un sourire gentil.

— Bonsoir Ginika. Ravie de te rencontrer. (Elle avance et s'accroupit à la hauteur de Jewel.) Et qui est cette magnifique petite fille ? Coucou ! (Elle fait plein de petits bruits de bébé et Jewel sourit et lui tend son anneau de dentition.) Oh, merci beaucoup ! (Denise s'en empare et fait semblant de le mâchonner.) Miam, miam, miam.

Jewel glousse.

— Tiens, je te le rends, dit-elle en joignant le geste à la parole.

Jewel le prend, bave dessus et le tend de nouveau à Denise. Elles répètent plusieurs fois ce petit jeu.

— C'est vous la Denise qui a dû être secourue en mer pendant les vacances à Lanzarote ?

Denise sourit en repoussant ses cheveux.

— Mais oui. J'étais seins nus avec un string léopard. Mon heure de gloire.

— Je n'ai pas mentionné ce détail dans le podcast.

— Elle oublie toujours les meilleurs moments.

Ginika sourit. C'est très rare.

— Denise…

— J'aimerais bien que vous me racontiez la soirée karaoké, poursuit Ginika. C'était aussi affreux que ce que Holly a prétendu ?

— « Affreux » ? Pire que ça parce que j'ai dû l'écouter. Holly n'a aucune oreille.

— D'accord, d'accord, interviens-je en frappant des mains pour attirer leur attention. (Seule Jewel s'intéresse à moi et elle applaudit à son tour ; c'est devenu son nouveau jeu préféré.) Je suis désolée de vous interrompre, les filles, mais on est en train de faire un truc très important, Denise. Et Ginika doit partir dans une heure.

Denise consulte sa montre.

— Pas de problème, je peux attendre. Vous voulez un thé ? Un café ? Un café pour toi, petiote ? demande-t-elle à Jewel en lui faisant des chatouilles. (Le bébé glousse de plus belle.) Tu veux que je m'en occupe pendant que vous travaillez ?

Denise considère les feuillets éparpillés sur la table.

— Oh, non, répond Ginika en étreignant plus fort la taille de Jewel. Elle ne va avec personne d'autre que moi.

— Crois-moi, renchéris-je. Elle est toute souriante et lumineuse mais dès qu'on la pose, les ténèbres apparaissent.

— Oh, je n'en crois pas un mot, proteste Denise en s'agenouillant de nouveau. Tu viens avec Denise ? Nini ? Jewel vient avec Nini ?

— « Nini » ? répété-je, amusée.

— Non, c'est bien comme ça, vraiment, déclare Ginika en éloignant Jewel.

— Tu es certaine ? dis-je à Ginika tout en lui adressant un clin d'œil complice. Denise adore les bébés.

Il n'y a qu'une façon de faire taire Denise, c'est de lui faire éprouver la pleine puissance de Jewel.

— Euh... d'accord, dit Ginika en desserrant son étreinte.

— Hourra ! s'écrie Denise en levant les bras. (Jewel rit.) Hourra pour Nini !

Jewel lève les bras à son tour. L'anneau de dentition heurte le visage de Ginika. Puis elle baisse les bras.

— Viens voir Nini.

Jewel tend les mains vers elle, mais dès qu'elle se retrouve dans ses bras, elle comprend ce qu'elle a fait. Elle lance un regard incertain à sa mère, fronce les sourcils, et ses narines frémissent, autant de signes évidents de dégoût et de répugnance pour quiconque n'est pas sa mère. Elle commence à crier, furieuse. Denise se lève. Jewel agite frénétiquement les jambes. Ses chaussettes glissent au bout de ses pieds, suspendues à ses orteils.

— Regarde maman. Maman est toujours là.

Les cris de colère et de détresse cessent mais le bébé grimace toujours autant. Elle ne comprend pas vraiment ce qui se passe mais elle est certaine de ne pas aimer ça. Peut-être.

— Coucou, maman.

Denise agite la main et encourage Jewel à l'imiter. Jewel bouge la main. Denise la promène autour de la salle à manger. Puis dans le salon. Mais aussitôt qu'elle disparaît dans la cuisine, hors de vue de Ginika, les hurlements de film d'horreur commencent. Ginika se lève.

— Laisse-la-lui un peu, dis-je. Laisse Denise se débrouiller. (Ginika est peinée mais je reste ferme.) On peut terminer cette leçon ce soir.

Les cris, les hurlements, l'hystérie violente résonnent dans la maison, entrelacés à la voix apaisante de Denise, à ses comptines et à son bavardage, et je vois bien que Ginika est incapable de se concentrer sur ce que je raconte ou sur le manuel posé devant elle. Mais je continue sans me soucier du bruit.

Je lui dicte des mots et elle les écrit.

— Vous êtes allés où pour votre lune de miel avec Gerry ? demande soudain Ginika.

— On devrait se concentrer sur la leçon, Ginika, réponds-je sèchement.

Mais elle ne le veut pas. Je lui ai pris son bébé et elle est irritée d'avoir perdu le contrôle. Je la pousse. Elle résiste.

— Vous avez dit dans le podcast que Gerry vous a envoyée avec vos amies à Lanzarote parce que vous deviez aller y passer votre lune de miel.

— Oui.

Elle pose son crayon.

— Pourquoi vous n'y êtes pas allés ? Vous êtes allés où à la place ?

— Ailleurs, réponds-je en lui tendant le stylo.

Elle me fixe d'un regard étrange, mécontente de ma réponse. Elle est à vif et vulnérable et je refuse de répondre à ses questions. Je soupire et m'apprête à tout lui expliquer lorsqu'elle lève une main pour m'interrompre, l'oreille tendue.

— Qu'est-ce qu'il y a ?

— Je n'entends plus rien.

Il me faut un moment pour me rendre compte que Jewel a cessé de pleurer et qu'elle est silencieuse depuis plusieurs minutes. Ginika se lève d'un bond.

— Tout va bien, Ginika, je suis sûre qu'il n'y a aucun problème, affirmé-je en tendant un bras vers elle.

Mais elle se déplace à toute allure, s'éloigne de la table, traverse la cuisine et gagne l'escalier.

Je la suis en me cramponnant à la rampe, en boitillant le plus vite possible. Ginika ne m'attend pas, elle grimpe les marches quatre à quatre. Je la trouve dans l'embrasure de ma petite chambre d'amis d'où elle m'empêche de voir l'intérieur de la pièce. À bout de souffle, je jette un coup d'œil par l'encadrement. Denise est assise sur le lit, adossée à la tête de lit, les jambes étendues devant elle. Elle regarde par la fenêtre, Jewel endormie contre sa poitrine, enveloppée dans une couverture. La chambre est sombre, uniquement éclairée par la lueur des réverbères municipaux. Denise lève les yeux vers nous, perplexe.

— Désolée, murmure-t-elle. Elle n'était pas censée dormir ? Il est tard et elle avait l'air fatiguée.

Elle nous regarde tour à tour, Ginika et moi, inquiète à l'idée d'avoir contrarié la mère.

— Non, c'est génial, réponds-je avec un grand sourire. Parfait, Denise, bien joué.

J'entraîne Ginika avec moi mais elle ne bouge pas. Elle n'a pas l'air contente.

— On doit y aller, dit-elle très fort.

Jewel s'agite.

— Quoi ? Mais pourquoi ? chuchoté-je. On peut travailler tranquillement à présent.

— Non, rétorque Ginika, bouleversée en se dirigeant vers le bébé. On doit s'en aller tout de suite.

Elle prend Jewel des bras de Denise et quitte la pièce.

Chapitre 22

Malgré le malaise suscité par la réaction de Ginika, Denise lui propose de la raccompagner chez elle et la jeune femme accepte. Deux raisons possibles : soit elle veut achever de montrer que c'est elle la mère, soit elle se sent coupable de m'avoir énervée. Une fois seule, la tête en vrac, je m'assieds sur le canapé. La question de Ginika concernant ma lune de miel agite mes pensées.

— Je veux aller dans un endroit reposant, Gerry, dis-je en me massant les tempes tandis qu'il ouvre un énième magazine d'aventures. Après toute la préparation du mariage et la grosse journée en elle-même, je n'aurai qu'une envie, me retrouver sur une plage et passer mes journées à boire des cocktails.

Il me lance un regard agacé.

— Je ne veux pas passer mes journées sur la plage, Holly. On peut faire ça pendant quelques jours mais pas tout le séjour. Je veux visiter. Je veux voir le monde.

— Regarde, on est en train de voir le monde, là, constaté-je en feuilletant le magazine. Bonjour l'Islande, l'Argentine, le Brésil, la Thaïlande. Oh, tiens, salut l'Everest, je ne crois pas qu'il y ait une plage par là-bas.

— Je n'ai jamais dit que je voulais escalader l'Everest.

Il referme la brochure sur mon doigt.

— Aïe.

Il se lève et s'éloigne de la table. Mais il n'y a pas d'autre endroit où aller, nous sommes dans notre premier appartement, un deux pièces avec un petit salon. « Appartement » est un bien grand mot, c'est plus un grand studio. Le mur qui sépare notre chambre du salon ne monte pas jusqu'au plafond. Gerry fait les cent pas comme un lion en cage dans l'espace étroit entre le canapé et le téléviseur. Je vois bien qu'il est sur le point d'exploser.

— Pourquoi est-ce que tu es toujours aussi paresseuse, Holly ?

— Pardon ?

— Tu es paresseuse, répète-t-il, un ton plus haut.

— Des vacances à la plage, ce n'est pas de la paresse. Ça repose. Quelque chose que tu ne sais pas faire.

— On a déjà passé cinq vacances comme ça. Cinq hôtels différents sur cinq îles différentes qui se ressemblaient toutes. Aucune culture.

J'éclate de rire, ce qui accroît sa colère. Je devrais laisser tomber mais…

— Je suis désolée de ne pas être aussi cultivée que toi, Gerry. (J'ouvre une brochure.) D'accord, allons en Éthiopie mener une vie de nomades dans le désert au sein d'une tribu locale.

— Ferme-la ! rugit-il.

J'attends que la veine ait cessé de battre dans son cou.

— Écoute, dis-je calmement. Il y a un chouette endroit à Lanzarote. C'est une station balnéaire mais ils proposent aussi des croisières en bateau pour admirer les dauphins et les baleines. Il y a même un volcan et on peut y aller en autocar.

Je brandis la plaquette.

— J'y suis allé quand j'avais dix ans, marmonne-t-il d'un ton moins agressif. Si tu veux voir des dauphins et des baleines, je vais te montrer un endroit où il y en a plein.

Il bondit par-dessus le canapé et fouille parmi les magazines posés sur la table de la cuisine. Il attrape celui consacré à l'Alaska.

— Je m'en fiche, des dauphins et des baleines, gémis-je. Je disais ça pour toi. Il n'y a pas de plages en Alaska.

Il lance brutalement la brochure sur la table. Je sursaute, effrayée. Puis il la ramasse et cette fois-ci, il la jette violemment sur le lino brûlé et taché par les expériences culinaires des précédents locataires. Le magazine heurte le sol à grand bruit.

— Gerry.

— Faisons la liste de tout ce que tu ne veux pas faire, histoire d'éliminer ces destinations-là, d'accord ?

Il envoie balader un autre magazine par terre, plus fort cette fois.

— L'Islande. C'est chiant, pas vrai ? Les glaciers et les sources chaudes, c'est de la merde. Y a pas de plage. Le Pérou, poursuit-il en balançant une autre brochure sur le lino. Qui a envie de voir les ruines incas et le plus haut lac du monde ? Pas toi. Cuba, quel trou à rats.

La brochure rejoint les autres. Chaque fois qu'une plaquette heurte le sol, je pense au couple du dessous.

Il en jette plusieurs d'un coup. Le bruit est encore plus fort. Les vibrations du sol font cliqueter la gazinière.

— Nous y voilà. (Il brandit une brochure comme un trophée.) Deux semaines à se bourrer la gueule et à cramer au soleil au milieu des enterrements de vie de garçon et de jeune fille, entourés de gens qui parlent anglais et qui bouffent des burgers et des frites. *Ça*, c'est une aventure.

La plaquette atterrit sur la table.

Je la regarde, éberluée, le cœur battant à tout rompre.

— Je veux faire quelque chose de différent, Holly. Tu dois quitter ta zone de confort. Sois plus courageuse, plus enthousiaste ! Ouvre ton esprit !

Je suis tellement furax contre tout – la préparation du mariage, les invitations, les réponses, les acomptes, cet appartement de merde, Gerry, l'emprunt pour la nouvelle maison – que je ne fais aucun effort pour tenir ma langue. Et pourquoi le ferais-je, alors que mon futur époux vient de me dire que j'étais feignante et ennuyeuse ?

— Je quitte ma zone de confort, Gerry. J'ai accepté de t'épouser, espèce de dingue.

— Sympa, répond-il en se redressant.

Sur ce, il quitte l'appartement et disparaît pendant deux jours.

Je suis toujours en train de rêvasser sur le canapé quand mon téléphone sonne et que la photo de Denise, les yeux écarquillés, une profiterole au chocolat dans la bouche, apparaît sur l'écran.

— Le colis est livré, annonce-t-elle d'un air mystérieux.

— Merci, Nini, j'apprécie. J'espère que Ginika a été cool avec toi. Elle n'aime pas laisser les gens s'approcher de Jewel. Elle en est au tout début avec la famille d'accueil et c'est dur pour elle.

— Oh là là, ça me brise le cœur. Mais elle est super contente des leçons.

— Ah bon ? Tant mieux mais je ne sais pas si on avance bien, vu que je ne sais pas ce que je fais. Je suis les manuels mais je préférerais qu'elle prenne un vrai prof.

— Pourquoi tu n'écris pas la lettre sous sa dictée ? Pourquoi tu lui apprends tout du début ?

— C'est ce qu'elle veut. Elle refuse que d'autres qu'elle lisent sa lettre et elle veut le faire toute seule.

— L'apprentissage est aussi important que la lettre elle-même. Elle contrôle quelque chose dans sa vie, pour une fois. Et si, le moment venu, elle ne peut pas l'écrire seule, tu pourras toujours l'aider. Je n'ai pas l'impression que ce soit le seul but en jeu.

— Je suis d'accord.

Un silence, uniquement rompu par son clignotant.

— Denise ?

— Oui ?

— Est-ce que tu sais pourquoi Gerry nous a envoyées à Lanzarote ?

— Waouh. Ton cerveau est parti loin ce soir.

— Ginika m'a posé une question qui m'a fait réfléchir.

— Voyons voir…

Elle s'éclaircit la voix.

C'était la lettre de juillet. La cinquième. « Bonnes vacances ! P.S. : I love you… » avec l'ordre de me rendre chez un agent de voyages bien précis. Il avait réservé un séjour pour Sharon, Denise et moi le 28 novembre, à une époque où il n'aurait pas dû quitter son lit. Il avait demandé au taxi de l'attendre devant l'agence de voyages. Barbara, l'employée, m'a raconté l'histoire sous la contrainte plus de vingt fois.

— Tu ne nous avais pas dit que c'était là que vous deviez passer votre lune de miel ? Que c'était comme une deuxième lune de miel ? Je me trompe ?

— C'est là que je voulais aller pour notre lune de miel.

— Oui. C'est sympa.

Un silence.

— Et les dauphins. La lettre suivante parlait des dauphins.

Celle d'août. Il m'avait conduite à un endroit d'où on les apercevait de la plage.

— Je ne me souviens plus de la raison pour celle-là, en revanche. Tu voulais voir les dauphins ?

— Non. C'est ça le problème. Je ne voulais pas voir les dauphins, mais lui, si.

— Tu ne voulais pas faire de karaoké non plus, si je me rappelle bien.

— Non.

— Je suppose que le but de certaines de ses lettres était de t'obliger à sortir de ta zone de confort.

Sa phrase me secoue.

« Tu dois quitter ta zone de confort, Holly. Sois plus courageuse, plus enthousiaste ! Ouvre ton esprit ! »

Je rumine des préoccupations que je n'ai jamais partagées avec personne et des inquiétudes que j'ai toujours réussi à repousser jusqu'à ces derniers mois, quand j'ai été obligée de réexaminer les lettres de Gerry pour aider le club. Ce processus me fait voir ses lettres sous un autre jour et je suis très mal à l'aise.

— Est-ce que tu crois que cette lettre et ce voyage signifiaient en réalité « va te faire foutre » ?

Pourquoi les dauphins ?

— Comment ça ?

— Et si c'était une façon de me dire : « Tu te souviens de la fois où tu n'as pas voulu faire ce dont j'avais envie ? »

— Holly, tu es allée en Afrique du Sud pour lui. Vous avez dormi dans un hôtel avec des girafes. Tu l'as laissé voir plein de trucs. Il a eu exactement la lune de miel qu'il voulait, à la fin.

— À la fin.

Un silence.

— Non, je ne pense pas qu'il te disait « va te faire foutre ». Ce n'était pas son genre. Pas le genre du Gerry que je connaissais. Et c'était bien un endroit où tu voulais aller, non ? Je le vois comme un cadeau. Pourquoi tu crois ça après tout ce temps ?

Nous gardons toutes les deux le silence. Je me rends compte que son moteur a cessé de tourner et que je n'entends rien d'autre que sa voix. Je me lève pour gagner la fenêtre : Denise est assise dans sa voiture dans mon allée. La lumière de l'habitacle est allumée et je la vois parfaitement.

— Je pense, poursuit-elle après une longue pause, qu'il savait que c'était un compromis. Il s'est peut-être rendu compte qu'il avait exigé quelque chose que tu ne voulais pas faire et il se sentait coupable. Ou alors il ne se sentait pas coupable du tout mais c'était une deuxième chance.

Je pose le front sur la vitre froide.

— Denise, pourquoi tu es garée devant chez moi ?

Elle lève les yeux et m'aperçoit à la fenêtre.

— Tu me fous la chair de poule, détective.

— Je vais bien, tu sais. Tu n'as pas besoin de t'inquiéter pour moi.

— Je sais, Holly, mais doit-on toujours te rappeler que tout ne tourne pas autour de ton nombril ? (Elle descend de voiture, un sac de voyage à la main. Elle remonte l'allée et continue à parler dans le téléphone tout en me regardant.) J'ai quitté Tom. Je peux dormir chez toi, ce soir ?

Je me précipite pour ouvrir la porte. Elle a les yeux pleins de larmes. Je la prends dans mes bras.

— D'un autre côté, dit-elle, d'une voix assourdie, la vie est étrange. Gerry avait peut-être un côté sombre dont on ignorait tout et il s'est foutu de toi outre-tombe.

Je la serre étroitement contre moi.

Gerry et moi n'avancions pas au même rythme. J'étais lente et incohérente, éparpillée, un pas en avant, un pas en arrière ; lui était solide, rapide, impatient, curieux, concentré. J'avais envie qu'il ralentisse pour profiter de l'instant au lieu de tout traverser avec une telle énergie. Il me trouvait paresseuse et pensait que je perdais mon temps. Nous étions l'équivalent du feu et de la glace, une impossibilité, un casse-tête.

Je me demande si son corps savait depuis toujours ce qu'il ignorait : que son temps était plus compté que celui des autres, qu'il en avait moins que moi. Son rythme était en phase avec le temps qui lui restait. Il avait besoin de vivre des aventures parce qu'il ne franchirait pas la trentaine. Mon corps avait davantage de temps devant lui et il se préparait lentement à devenir curieux et audacieux. Mais quand ça m'est enfin arrivé, Gerry était mort. C'est peut-être son décès qui m'a transformée.

Je me demande s'il était frustré d'être condamné à l'immobilisme avec moi quand son horloge interne le poussait en avant. L'ai-je retenu ? S'il avait rencontré quelqu'un d'autre, aurait-il mené une vie plus chouette, plus excitante, plus épanouissante ? Je me pose toutes ces questions éprouvantes comme pour me punir mais mon cœur y répond toujours. Il y répond avec assurance, sûr de lui : nous avions beau avoir des rythmes différents, nous étions toujours synchronisés.

Chapitre 23

La bouteille de vin est ouverte. Denise et moi sommes installées sur le canapé, les jambes repliées sous nos fesses, face à face. Denise porte d'une main tremblante son verre à ses lèvres.

— Raconte du début sans rien omettre. Pourquoi tu as quitté Tom ?

Les mots me paraissent étrangers dans ma bouche.

La digue se rompt et Denise éclate en sanglots, perdant tout sang-froid. Je la regarde pleurer, je suis trop impatiente pour attendre son récit.

— Il a une maîtresse ?

— Non, répond-elle en riant à moitié tout en s'essuyant les yeux.

— Il t'a frappée ? Il t'a fait du mal ?

— Non, non, rien de tout ça.

— Et toi ?

— Non !

Je cherche en vain une boîte de mouchoirs et finis par aller chercher un rouleau de papier toilette. Elle s'est un peu calmée mais sa voix est si tremblante et brisée que je dois me concentrer pour distinguer ce qu'elle dit.

— Il veut vraiment un bébé. Cinq ans, Holly. Ça fait cinq ans qu'on essaie. On a dépensé toutes nos économies, on n'a plus rien et je ne peux toujours pas lui donner d'enfant.

— Il faut deux personnes pour faire un bébé, ce n'est pas que ta faute.

— Si.

Nous n'en avons jamais discuté auparavant. Je n'ai jamais demandé, ça ne regarde qu'eux.

— Si je le quitte, il pourra rencontrer une autre femme et mener la vie qu'il a toujours voulu avoir. Je l'empêche de réaliser son rêve.

Je la dévisage, bouche bée.

— C'est la remarque la plus ridicule que j'aie entendue de ma vie.

— Non, répond-elle en détournant le visage et en croisant les jambes. (Elle adresse son explication à la cheminée.) Tu n'as pas vécu ce qu'on a vécu. Tous les mois, il espérait tellement. Tu ne peux pas savoir ce que ça fait. Déception après déception. Et puis chaque rendez-vous, chaque fois qu'on commençait une nouvelle FIV, il croyait chaque fois que c'était la bonne, et ça ne l'était pas. Et ça ne le sera jamais.

— Ça pourrait toujours arriver, dis-je gentiment.

— Non, réplique-t-elle d'un ton ferme. Parce que je ne veux plus essayer. Je suis épuisée. (Elle s'essuie les yeux, le regard inflexible.) Je sais que Tom m'aime mais je sais aussi ce qu'il veut et il ne peut pas l'avoir avec moi.

— Donc, en lui brisant le cœur et en le quittant, tu lui facilites les choses ?

Elle se contente de renifler pour toute réponse.

— C'est toi qu'il veut, Denise.

— Je sais qu'il m'aime mais parfois ça ne suffit pas. Ces sept dernières années, depuis notre mariage, on a été obsédés par l'idée de faire un enfant. On ne parle que de ça. On fait des économies et on programme, on programme et on fait des économies, tout ça pour avoir un bébé. Il n'y a eu rien d'autre pendant sept ans. Et maintenant, il n'y a pas d'enfant. Qu'est-ce que ça fait de nous ? Si on tourne la page, je sais ce que je ne serai pas. Je ne serai pas l'épouse incapable d'avoir un enfant et il ne sera pas le mari fidèle qui accepte faute de mieux. Tu comprends ?

— Oui, finis-je par acquiescer. Mais c'est nul.

Nous buvons en silence. Je cherche quelque chose d'avisé à dire pour la faire changer d'avis. Denise avale une rasade de vin.

— On t'a fait une offre pour la maison ? demande-t-elle pour changer de sujet avant de finir son verre.

— Non.

— Je ne comprends pas pourquoi tu ne t'installes pas tout de suite chez Gabriel.

— Je n'emménagerai pas avec lui.

Denise me regarde, surprise.

— Tu as changé d'avis ?

— Sa fille va vivre chez lui et il veut qu'on attende qu'elle se soit adaptée avant de passer à l'étape suivante. Et avant que tu poses la question, il pense que la *transition* peut prendre jusqu'à deux ans.

— Putain ! crache-t-elle en postillonnant son vin dans mon œil. Pardon, dit-elle tandis que je m'essuie. (Elle me dévisage, atterrée.) Il essaie de rompre ?

— Il prétend le contraire mais l'avenir me paraît peu réjouissant.

J'avale une gorgée de vin.

— Mais c'est lui qui voulait que tu vives avec lui.

— Je sais.

— Il a insisté pendant des mois.

— Je sais.

— Tout ça est absurde !

— Je sais.

Elle plisse les yeux, soupçonneuse.

— Ça a quelque chose à voir avec le club P.S. : I Love You ?

Je soupire.

— Oui. Non. Peut-être. Ça n'a probablement pas aidé, tout ce qui s'est passé en même temps.

Je me frotte le visage, fatiguée.

— Tu devrais peut-être faire une pause loin du club, c'est peut-être malsain pour toi.

— Je ne peux pas, Denise. Ils comptent sur moi. Tu as rencontré Ginika. Que ferait-elle sans moi ?

— Mais tout allait tellement bien avant que tu t'investisses dans ce club.

— Peut-être qu'il m'a aidée à voir les choses sous un autre angle.

— Je ne sais pas, Holly…

— Je pense que je vais quand même vendre la maison, dis-je en jetant un coup d'œil autour de moi. J'en ai fini avec cet endroit. J'ai la sensation que Gerry l'a quitté il y a longtemps. Il n'est plus là, admets-je tristement.

Puis, aussi soudainement qu'elle est arrivée, la tristesse disparaît, et une décharge d'adrénaline me parcourt. Je peux le faire. Gabriel fait ses plans et vit sa vie : pourquoi devrais-je l'attendre ?

— Ça te dit d'emménager avec moi ? demande Denise.

— Non, merci.

Elle s'esclaffe.

— D'accord.

— Tu vas rentrer chez toi et dire à Tom exactement tout ce que tu m'as dit. Vous allez en discuter comme des adultes. Ce n'est qu'une pause.

— Je pense que c'est plus que ça.

C'est vrai. C'est un mauvais conseil. J'en ai assez de freiner des quatre fers. Le changement se nourrit d'action. Je vide mon verre.

— Bon, soupire-t-elle. Je vais me coucher. Je peux dormir dans ta chambre d'amis ?

— Oui, mais ne m'empêche pas de dormir en pleurant toute la nuit.

Elle sourit, attristée.

— Je pense que tu fais une grosse bêtise, dis-je gentiment. Change d'avis demain matin, s'il te plaît.

— Si on en est à échanger des conseils, je sais que je suis mal placée pour parler mais tu aimes Gabriel. Ce club t'a fait quelque chose, que tu l'admettes ou pas. Il a ramené Gerry, ce qui devrait être chouette mais à mon avis ne l'est pas. Gerry est mort mais Gabriel est ici, bien vivant. Je t'en prie, ne laisse pas le fantôme de Gerry chasser Gabriel.

Chapitre 24

— Paul, si votre femme rentre…
— Elle ne rentrera pas.
— Mais dans le cas contraire…
— Non. Ils sont partis pour l'après-midi.
— Paul, dis-je d'un ton ferme. Si, pour une raison ou pour une autre, elle revenait, on ne peut pas lui mentir. Je refuse de la tromper, je ne suis pas là pour ça. Je ne veux pas qu'elle me prenne pour une méchante femme. Je me fais déjà passer pour la réflexologue plantaire de Bert, et ça me perturbe beaucoup.

Il éclate de rire, ce qui brise la tension.

— Je ne vous demanderai pas de mentir pour moi. Je sais que c'est difficile pour vous et je tiens à dire que j'apprécie vraiment ce que vous faites pour moi et vos sacrifices après tout ce que vous avez traversé.

D'un coup, je me sens super mal. Mes sacrifices ne sont rien comparés aux siens.

— Quel est le plan pour aujourd'hui ? Que voulez-vous que je fasse ?

— On a beaucoup de travail, répond-il, plein d'entrain.

Cet homme est une boule d'énergie et d'idées, il me rappelle Gerry. Ils ne se ressemblent pas. Il a dix ans de plus. Il est encore très jeune et il a pourtant dix années de plus que mon mari ; l'avide monstre comparateur de temps a encore frappé.

— Je ne veux écrire qu'une lettre, une lettre pour eux tous leur expliquant ce que je fais ; le reste, si vous n'y voyez pas d'inconvénient, est visuel.

— Une lettre, c'est visuel, répliqué-je, un peu sur la défensive.

— Je veux donner aux enfants une idée de qui je suis, de mon humour, du son de ma voix…

— Si vous écrivez bien vos lettres…, commencé-je.

— Oui, vous êtes *le défenseur de toutes les lettres jamais écrites*, me taquine-t-il, mais mes enfants ne savent pas lire. Je veux faire quelque chose de plus moderne, de plus en phase avec ce que les enfants aiment, et ils adorent la télé.

Je suis étonnamment déçue mais je laisse tomber. Tout le monde ne chérit pas les lettres autant que moi et je suppose que Paul a raison, ses jeunes enfants appartiennent à une autre génération et préféreront certainement voir leur père. Encore une bonne leçon qui me rappelle que ce processus doit être façonné exactement selon les souhaits des personnes pour les gens qu'elles aiment ; des messages sur mesure de la part des défunts à destination de ceux qui restent.

— Commençons par le commencement. (Il me guide vers la véranda à travers la cuisine.) Une leçon de piano.

La véranda donne sur le jardin de derrière. Une cabane pour enfants, deux balançoires, une cage de football de guingois, des vélos, des jouets éparpillés. Une poupée abandonnée sur la terre, la tête d'un bonhomme Lego coincée dans une fissure du patio. Le barbecue est recouvert, inutilisé depuis l'hiver, les meubles de jardin ont besoin d'être poncés et repeints. Des nichoirs colorés sont fixés à la clôture. Une petite porte pour les fées se dresse au pied d'un arbre. Le décor décrit leur vie quotidienne. J'imagine l'activité, le désordre, les rires et les cris. La véranda a l'air d'appartenir à une autre maison. Aucun jouet, rien qui puisse la lier au reste. C'est une oasis. Le sol est carrelé de marbre gris clair. Des murs de la même couleur et un tapis en peau de mouton. Un lustre est suspendu au centre du plafond, bas, juste au-dessus du piano. Et c'est tout, pas d'autre meuble.

Paul tend une main vers le piano avec fierté.

—Ceci, annonce-t-il en souriant, était mon premier bébé avant la naissance des monstres. Je l'ai placé ici à cause de l'acoustique. Vous jouez ?

Je secoue la tête.

—J'ai commencé quand j'avais cinq ans. Je faisais mes gammes tous les matins de 8 heures à 8 h 30, l'heure de partir pour l'école. Ça a été un vrai cauchemar jusqu'à la fac ; là, j'ai découvert que c'était un véritable aimant à filles.

Nous éclatons de rire.

—Ou, du moins, le centre de tout divertissement.

Il commence à jouer. Du jazz. Libre. Léger.

—*I've Got the World on a String*, explique-t-il sans cesser de jouer.

Il se perd dans son monde, tête penchée, épaules relevées. Pas de désespoir, juste de la joie. Il cesse soudain et le silence s'abat sur nous.

Je m'approche rapidement de lui.

— Ça va ?

Il ne répond pas.

— Paul, ça va ?

Je plonge mon regard dans le sien. Les migraines, la nausée, les vomissements, la vision dédoublée, les convulsions. Je sais ce qu'il subit. Mais ça ne peut pas être ça ; la tumeur est partie. Il est en rémission, il a gagné. Son traitement est préventif. De tous les gens avec qui je passe du temps, Paul est celui qui a le plus de raisons d'être optimiste.

— Elle est de retour, dit-il d'une voix étranglée.

— Quoi ?

Je sais très exactement de quoi il parle mais mon cerveau ne parvient pas à traiter l'information.

— J'ai eu des convulsions pendant cinq heures. D'après les médecins, elle a récidivé, plus agressive que jamais.

— Oh, Paul, je suis tellement… désolée. (C'est trop faible, les mots ne suffisent pas.) Merde.

Il sourit tristement.

— Ouais. Merde. (Il se frotte le visage, fatigué, et je lui laisse un instant, l'esprit tourbillonnant à toute allure.) Qu'est-ce que vous en pensez ? demande-t-il en plongeant son regard dans le mien. De la leçon de piano ?

Ce que j'en pense ? Je *pense* que je ne sais pas si je dois le pousser. Je *pense* que j'ai peur que quelque chose lui arrive en ma présence : que dirais-je à sa femme ? Je *pense* qu'au lieu de passer du temps avec moi, il devrait être avec sa femme et ses enfants et fabriquer des souvenirs maintenant, pas pour l'avenir.

— Je pense… que vous avez raison. C'est beaucoup plus pratique avec une caméra qu'avec du papier.

Il m'adresse un sourire soulagé.

Je pose une main sur son épaule et la presse, encourageante.

— Montrons à vos enfants exactement qui vous êtes.

Je brandis mon téléphone portable et commence à enregistrer. Il regarde droit vers la caméra, toute son énergie lui revient et une lueur espiègle brille dans son regard.

— Casper, Eva, c'est moi, papa ! Et aujourd'hui, je vais vous apprendre comment jouer du piano.

Je souris en le regardant et zoome sur ses doigts tandis qu'il leur montre les gammes. J'essaie de ne pas rire à ses plaisanteries et à ses erreurs délibérées. Je ne suis pas dans la pièce. Je ne suis pas ici. C'est un homme qui parle à ses enfants depuis sa tombe.

Après quelques gammes faciles et *Brille, brille, petite étoile*, nous gagnons la cuisine.

Il ouvre le frigo et en sort deux gâteaux. Un au chocolat pour Casper et l'autre recouvert d'un glaçage rose pour Eva. Il fouille dans un sac et en retire une bougie rose portant le numéro trois.

— Pour Eva, dit-il en la plaçant au centre du gâteau.

Il la contemple un instant ; impossible d'imaginer dans quel abîme se perdent ses pensées. Peut-être fait-il son propre vœu. Puis il l'allume.

Je lance la vidéo et zoome sur son visage à moitié caché par le gâteau qu'il tient entre ses mains. Il se met à chanter

Joyeux anniversaire. Il ferme les yeux, fait un vœu puis souffle la bougie. Lorsqu'il rouvre les paupières, ses yeux sont humides.

— P.S. : *I love you*, ma chérie.

J'appuie sur stop.

— Magnifique, déclaré-je à voix basse pour ne pas le troubler.

Il me prend le portable des mains et regarde la vidéo. J'en profite pour jeter un coup d'œil dans le sac.

— Paul ? Il y a combien de bougies là-dedans ?

— Bon, constate-t-il quand il a fini de visionner le film. Il faudrait peut-être zoomer davantage sur le gâteau et sur moi, je ne veux pas qu'on voie trop l'arrière-plan.

Il lève les yeux, voit la tête que je fais et pose le regard sur le contenu du sac que j'ai déversé sur le plan de travail. Des bougies roses et bleues occupent tout l'espace. Je vois un 4, un 5, un 6 – et tout ce qui suit jusqu'à 10. Un 18, un 21, un 30. Toutes les années qu'il se prépare à manquer. Il se dandine d'un pied sur l'autre, gêné.

— C'est trop bizarre ?

— Non. (Je me ressaisis.) Pas du tout. Mais on va avoir besoin de beaucoup plus de temps que prévu. Et il va falloir se livrer à quelques ajustements. Vous ne pouvez pas porter la même chemise chaque année. Est-ce que vous pouvez prendre des hauts différents ? Et un déguisement. Je suis sûre que vous en avez plein, rendons ça amusant.

Il me sourit, reconnaissant.

Malgré la bataille qu'il est en train de livrer et qu'il a déjà menée, le temps que je passe avec Paul me paraît productif. Avec Gerry, je me sentais complètement impuissante, nous étions à la merci des décisions des médecins, nous suivions les rendez-vous, les emplois du temps et les traitements à la lettre et nous n'étions pas suffisamment informés pour prendre nos propres décisions ou choisir d'autres options. Je me sentais impuissante. Et même si je ne peux évidemment rien contre la tumeur de Paul, je peux faire quelque chose pour lui. Nous avons un but et nous avançons. C'est peut-être ce que ressentait Gerry en écrivant les lettres pour moi. Alors que tout le reste était incertain ou hors de son contrôle, il pouvait maîtriser une chose. Et pendant que je me battais pour qu'il vive, il planifiait ce qui se passerait après sa mort. Je me demande quand ça a commencé, à quel moment il a admis qu'il allait mourir, ou s'il a fait ça « au cas où », comme Paul.

Passer du temps avec Paul est le remède idéal à la toile de confusion dans laquelle je suis engluée parce que je peux discuter avec lui. Il veut savoir, il veut entendre. Le club a besoin de moi et quand je leur raconte des histoires sur Gerry et que je rabâche le contenu de ses lettres, je n'ai pas besoin de me reprendre au beau milieu d'une phrase ni de m'excuser ou de m'interrompre comme je le fais avec ma famille et mes amis si j'ai l'impression de radoter, d'être prisonnière d'une faille temporelle ou de régresser. Les membres du club veulent que je leur parle de Gerry et de ses lettres, ils veulent savoir comment était la vie avec lui, ils me demandent s'il me manque et comment je me souviens de lui. Et tandis qu'ils écoutent, ils le remplacent peut-être en imagination par leur propre image et moi par celle de leurs proches et ils envisagent la vie après leur disparition.

C'est un havre dans lequel je peux parler de lui et le ramener à la vie.

Et je m'immerge avec joie dans ce monde-là.

Chapitre 25

Après avoir attendu deux heures, ce qui me donne un autre aperçu des vies des membres du club P.S. : I Love You et de la façon dont les visites à l'hôpital, l'attente, les examens médicaux et les résultats rythment leur vie, je m'étends sur une table d'examen et regarde l'infirmière dessiner une ligne au marqueur sur mon plâtre. Après six semaines d'immobilisation, les médecins sont satisfaits des résultats de la dernière radio. Elle positionne la lame, appuie doucement et coupe le plâtre en suivant la ligne. Elle l'ôte ensuite lentement, dévoilant ma peau pâle, rouge et blessée aux endroits où elle a fait une réaction. Elle m'arrache un peu de peau au passage: certains endroits sont à vif, comme brûlés.

Je grimace.

L'infirmière me regarde, navrée.

— Pardon.

Ma cheville et mon mollet ont sale allure, ma peau est un mélange de brûlures rouge vif et de plaques blêmes, et ils sont plus maigres que ceux de mon autre jambe. Ils ont subi un traumatisme et ils sont plus fragiles que le reste de mon corps. Ils se remettront. Je suis soulagée.

J'ai l'impression d'être un oignon et d'avoir perdu encore une couche. Je pique, je suis à vif mais je me sens libérée et intacte.

— Y a quelqu'un ? dis-je en pénétrant dans l'étroit vestibule.

Les murs sont recouverts de tableaux et un long tapis est posé sur le parquet. J'avance lentement, le pied prisonnier d'une botte de marche qui m'aide à répartir le poids sur ma cheville fragilisée. Même si je ne suis pas encore complètement libre, je suis reconnaissante d'être débarrassée du plâtre et des béquilles. Je respire l'air de la maison que j'avais presque considérée comme la mienne. Gabriel, qui vient de rentrer du travail, toujours en pantalon de treillis et en blouson d'aviateur, est en train de pianoter sur son téléphone, assis sur un fauteuil. Il lève les yeux vers moi, surpris.

— Holly. (Il se lève.) Je viens juste de t'envoyer un texto. Comment ça s'est passé ?

Il baisse les yeux vers mon pied.

— Je dois encore porter ça pendant quelques semaines, puis je serai comme neuve.

Il s'approche et me prend dans ses bras. Mon portable vibre dans ma poche.

— C'est mon message, constate-t-il.

— Est-ce qu'Ava est là ?

Je m'écarte et jette un coup d'œil autour de moi.

— Non, pas encore, elle emménage vendredi soir après les cours.

Il pousse un soupir.

— Tout va bien se passer.

— Je l'espère.

— On peut parler ? demandé-je en me dirigeant vers le canapé.

Il me lance un regard nerveux puis se rassied.

Mon cœur bat à tout rompre.

Je déglutis violemment.

— Je ne t'en veux pas d'avoir pris cette décision concernant Ava – depuis que je te connais, tu me dis que tu veux qu'elle fasse davantage partie de ta vie – mais je ne peux pas continuer comme ça.

Ma voix tremble et je m'interromps pour l'examiner et voir comment il le prend. Il est profondément choqué, il me dévisage, son regard plongé dans le mien. Je ne comprends pas pourquoi il n'a rien vu venir et je suis obligée de détourner les yeux pour continuer. Je contemple mes doigts : je les presse tellement que mes phalanges sont blanches.

— Il y a quelque temps, j'ai passé un marché avec moi-même pour arrêter d'attendre que la vie décide tout à ma place. Je ne veux plus rien retarder, je veux vivre dans l'instant. Nous sommes au bout de notre chemin, Gabriel. Je pense que c'est fini entre nous.

Ma voix vacille mais je suis certaine de ce que je dis, j'ai répété ces paroles un nombre incalculable de fois. C'est la chose à faire. Nous nous sommes perdus. Certaines personnes se battent pour se retrouver, mais pas nous. Nous avons servi notre dessein.

— Holly, murmure-t-il, je ne veux pas rompre avec toi. Je te l'ai expliqué.

— Oui, mais tu nous as mis en pause et… (mon esprit faiblit mais je repousse les idées tenaces qui me soufflent d'arranger les choses et je m'en tiens à ma décision) tu as d'autres engagements. Je sais que c'est important pour toi d'être un bon père, tu ne parles que de ça depuis que je t'ai rencontré. Tu vas en avoir l'occasion. Mais pendant ce temps, je ne peux pas attendre. Je veux faire des choses qui ne te plaisent pas et je ne peux pas agir si je dois passer mon temps à m'excuser ou faire comme si de rien n'était.

Il enfouit le visage entre ses mains et se détourne.

Je ne m'attendais pas à ce qu'il pleure. Je pose une main sur son dos et me penche en avant pour observer son visage.

Il lève les yeux, esquisse un sourire forcé et essuie ses larmes.

— Excuse-moi, je suis juste… je suis surpris… Tu es sûre ? Tu as mûrement réfléchi ? C'est ce que tu veux ?

Je hoche la tête.

— Est-ce que je devrais essayer de te faire changer d'avis… Est-ce que je pourrais te convaincre ?

Je secoue la tête. Je refoule les larmes qui ne demandent qu'à couler et ravale la boule dans ma gorge qui cherche à transpercer ma peau.

Je déteste les adieux, mais ce n'est pas une raison pour rester.

Chapitre 26

Une fois chez moi, je me douche, soulagée de pouvoir enfin savonner mon corps tout entier. Je pousse un petit cri lorsque l'eau atteint ma peau abîmée. Je commence ce qui deviendra un rituel quotidien : me masser la peau avec des huiles et des crèmes, faire doucement bouger ma cheville, l'étirer et la plier pour essayer de me réhabituer à la liberté de mouvement. Je me sens toujours invalide sans le plâtre, je n'ai pas confiance en ma jambe pour supporter mon poids sans la botte de marche. Je serai douce et patiente jusqu'à ce que mes muscles regagnent leur tonicité et j'essaierai d'être aussi bienveillante envers moi qu'envers les autres. Et quand mon cœur se serre à l'idée d'avoir perdu et blessé Gabriel, je songe à ce qu'il a gagné et à Ava. Et je pense aussi à ce que j'ai acquis cette année : mes nouveaux amis du club et toutes les choses et les personnes qu'ils m'ont apportées.

Je n'ai jamais pensé que Gabriel et moi ce serait pour la vie. J'ai rencontré Gerry très jeune et je croyais, peut-être naïvement, que nous étions des âmes sœurs et que c'était *le bon.* Quand il est mort, j'ai cessé de penser ça. J'en suis venue à la conclusion qu'à différents moments de notre vie, nous sommes attirés par certaines personnes pour des raisons variées, surtout parce que cette version de nous-mêmes est liée à cette version d'eux en cet instant précis. Si on s'y tient, si on y travaille, on peut grandir ensemble. Parfois, on s'éloigne, mais je suis persuadée qu'il y a une personne, *la bonne*, pour toutes les versions de soi-même. Gabriel et moi vivions au jour le jour. Gerry et moi étions faits pour durer. Nous avons eu une fraction d'éternité. Et un présent agréable et une fraction d'éternité valent toujours mieux que rien du tout.

Une fois sortie de la douche, je découvre un appel manqué de Joy. La santé de Bert a décliné et il a perdu connaissance. « Ses lettres sont-elles prêtes et en place ? » demande-t-elle, paniquée.

Je choisis comme police de caractères « Edwardian script », pour donner aux mots de Bert un effet plus grandiose avant de me demander si ce n'est pas trop majestueux et si je ne devrais pas rester simple, si le fond n'a pas plus d'importance que la forme. Les autres polices me paraissent froides, sans âme, voire évoquent les demandes de rançon d'un fou furieux. Une fois cette pensée ancrée en moi, je suis incapable de la chasser. Je fais quelques essais puis reviens à « Edwardian script » parce que je pense que c'est le genre de calligraphie que Bert aurait voulu imiter sans y parvenir. J'imprime les six messages de Bert sur des étiquettes dorées que je colle sur les cartes bleu nuit. Je décore la bordure avec des autocollants. Le thème résonne en moi, le slogan de Gerry : « Vise la Lune car même en cas d'échec, tu atterriras dans les étoiles », même si je suis consciente que Rita ne comprendra jamais ce lien. C'est juste moi qui me sens connectée, qui ai l'impression d'estampiller l'identité de Gerry là-dessus, que son essence est partout, vu que c'est lui qui a planté cette graine. J'espère que Rita aime les étoiles et qu'elle n'aura pas l'impression que ça a été exécuté par un élève de maternelle. J'ai choisi du matériel élégant et luxueux. Je glisse les lettres de Bert dans les enveloppes dorées, puis j'imprime les chiffres en essayant plusieurs polices différentes. Je pose la page avec les numéros contre mon ordinateur pour les étudier en espérant que l'un me parlera. Mon esprit privé de sommeil et épuisé tourbillonne à toute allure.

Alors que je suis assise là à écrire les mots d'un homme en train de mourir, je me dis que je suis peut-être en train de rédiger les lettres de Bert à l'endroit même où Gerry a écrit les siennes. Je veille toute la nuit jusqu'à ce que le jour se lève et répande l'espoir sur le monde. Au petit matin, les lettres sont terminées et j'espère que Bert a survécu à la nuit.

Je suis fière d'avoir accompli ça. Ça ne me déprime pas, contrairement à ce que tout le monde – moi compris – pensait. Regarder en arrière, retracer son chemin n'est pas faire preuve de faiblesse. Les blessures ne se rouvrent pas. Ça demande de la force et du courage. Il faut être plus sûr de soi pour jeter un regard clairvoyant et impartial sur la personne qu'on a été. Je sais sans l'ombre d'un doute que revenir sur mon passé m'encouragera, de même que tous ceux qui font partie de mon voyage, à m'envoler.

— Tu n'as pas dormi de la nuit, constate Denise dans mon dos, sur le seuil de la cuisine, les yeux bouffis et les cheveux en désordre.

Elle examine la table.

— Tu vis toujours ici, à ce que je vois, répliqué-je d'un ton plat.

— On en discutera une autre fois, négocie-t-elle. À qui sont ces lettres ?

— Bert. Son état a empiré hier soir. Il faut que ses lettres soient prêtes.

— Mince, dit-elle doucement en s'asseyant. Tu veux un coup de main ?

— Eh bien, oui, accepté-je en me frottant les yeux.

La fatigue martèle mes tempes. Denise me considère un moment ; elle pense quelque chose qu'elle ne partage pas, ce dont je lui suis reconnaissante, puis elle passe à l'action et glisse les dernières cartes dans les enveloppes correspondantes.

Elle attrape la première et la lit.

— Il a écrit des poèmes ?

— Des limericks. C'est une chasse au trésor. Il lui donne un indice, sa femme se rend sur place, trouve la lettre suivante et ainsi de suite.

— C'est mignon. (Elle finit de lire la note en souriant avant de la ranger dans son enveloppe.) Tu dois les placer aujourd'hui ?

— Ça fait partie de mes services. Bert ne peut pas le faire.

— Je vais t'aider.

— Tu as du boulot.

— Je peux prendre ma journée. On a assez d'employées à l'atelier et j'ai vraiment besoin de me changer les idées.

— Merci, mon amie, dis-je en posant la tête sur son épaule.

— Comment va-t-il ? demande Denise en me voyant vérifier mes textos.

Sa famille est avec lui. Ses petits-enfants ont chanté leurs hymnes. Tout le monde lui a dit adieu.

Je lis le SMS de Joy à haute voix.

— « La fin est proche. »

Je suis en train de verrouiller ma porte d'entrée lorsque j'entends le fracas d'une portière derrière moi, suivi par des pas décidés dans notre direction. Ces pieds ont une mission à accomplir.

— Oh, oh, commente Denise, nerveuse.

— Je le savais ! s'exclame Sharon.

— Où sont les enfants ? demande Denise.

— Chez ma mère. J'ai une échographie aujourd'hui.

— Mais tu t'es dit que tu allais d'abord jouer les détectives ? s'enquiert Denise.

— J'ai téléphoné chez toi. Tom m'a dit que tu étais ici pour le moment. C'est vrai ?

— Denise a des doutes, expliqué-je.

— Pourquoi tu n'es pas venue me trouver ?

— Parce que tu juges tout le monde et que tu es super critique. Et en plus, tu n'as pas de chambre d'amis.

— J'aurais pu mettre Alex dans la chambre de Gerard, c'est toujours ce que je fais quand on reçoit du monde.

— Oui, mais j'aurais dû partager ma salle de bains et je déteste ça.

— Holly n'a qu'une salle de bains à l'étage.

— Oui, mais elle a une douche dans la salle d'eau du rez-de-chaussée.

Je regarde tour à tour Sharon et Denise pour vérifier qu'elles sont sérieusement en train d'avoir une conversation sur la salle de bains. C'est le cas.

— Si vous voulez continuer à discuter, vous pouvez entrer chez moi, mais moi je dois y aller.

— Tu ne travailles pas le lundi, s'étonne Sharon en me lançant un regard soupçonneux. La boutique est fermée. Vous allez où toutes les deux ?

— Distribuer du courrier, chantonne Denise d'un ton joyeux.

Sharon écarquille les yeux.

— Celui du club P.S. : I Love You ?

— Oui ! s'écrie Denise en ouvrant la portière côté passager et en s'installant dans la voiture.

— Pourquoi tu la cherches tout le temps ? demandé-je en fermant ma portière.

— Parce qu'elle marche à tous les coups.

Je démarre le moteur, baisse ma vitre et regarde Sharon qui nous dévisage bouche bée. Elle a l'air épuisée. Elle aurait bien besoin d'une aventure.

— Tu veux nous accompagner ? proposé-je.

Elle sourit et s'installe sur la banquette arrière.

— C'est comme au bon vieux temps, constaté-je.

— Je peux voir les lettres ? demande Sharon.

Denise les lui passe.

— Tu es dans le coup, toi aussi ?

— Je me suis occupée d'un bébé pendant que Holly donnait une leçon de lecture et d'écriture à sa mère, explique Denise.

— Tu apprends à quelqu'un à lire et à écrire ? s'étonne Sharon.

— J'essaie, rectifié-je en faisant marche arrière.

J'attends une remarque acerbe, du style : « Les gens sont vraiment désespérés quand ils sont à l'article de la mort, pas vrai ? » Quelque chose, n'importe quoi, pour dénigrer ce que je fais, mais rien ne vient.

— Jolie présentation, commente Sharon en sortant le premier limerick de son enveloppe pour le lire à haute voix.

Il y avait jadis un garçon au Chrysanthemum
Qui s'était arrêté pour écouter l'hymne national
Il vit surgir une apparition tout de bleu vêtue
C'était toi, toujours toi,
Jusqu'à ce que mon cœur cesse de battre, je revivrai ce souvenir.

— C'est super mignon, constate Sharon. Où mène-t-il ?

— *Le Chrysanthemum* était un dancing. Ils se sont rencontrés dans les années 1960 et le groupe qui jouait ce soir-là s'appelait The Dawnbreakers. Mais il est trop tôt, l'endroit est encore fermé, alors on va commencer par le deuxième lieu.

Sharon ouvre l'enveloppe suivante.

Il y avait jadis un homme qui avait rendez-vous
Et qui se servit de l'amour d'une femme pour la poésie comme appât
Ils s'assirent sur un banc
Il se désaltéra à ses lèvres
Et le baiser scella le destin du jeune amoureux fou.

— Leur premier baiser ?

— Bingo.

Le premier baiser de Bert et de Rita, en 1968, a eu lieu sur le banc Patrick Kavanagh[1] sur la rive nord du Grand Canal de Mespil Road, où se dresse une statue grandeur nature de Kavanagh assis à l'extrémité du banc, invitant un étranger à s'asseoir à ses côtés. Debout à côté du banc, j'imagine Bert et Rita toutes ces années auparavant, partageant leur premier baiser, et je suis émue. Je regarde mes amies, les larmes aux yeux, et je me rends compte que Sharon ne partage absolument pas mon émotion.

— Ce n'est pas là qu'on laisse la deuxième enveloppe.

— Si.

— Non. Le premier limerick mène au dancing, où tu laisseras la deuxième enveloppe, qui la mènera ici. Du coup, ici il faut cacher la troisième enveloppe.

Denise et moi nous regardons, confuses. Comment avons-nous pu faire une erreur aussi grossière ? Ce n'est pourtant pas sorcier.

— Je parie que tu es bien contente de m'avoir embarquée avec vous, constate-t-elle, l'air satisfait, en s'asseyant à

1. Poète et romancier irlandais (1904-1967). (*NdT*)

côté de la statue de Patrick Kavanagh. Où tu comptes laisser l'enveloppe ? demande-t-elle, toujours narquoise. Et pourquoi ce bon vieux Paddy ? (Elle se tourne vers la statue.) Paddy, je crains que notre amie n'ait pas vraiment réfléchi, son plan génial est en train de tomber à l'eau.

Denise éclate d'un rire moqueur, ce qui m'irrite. Je les fusille du regard et elles se taisent aussitôt.

J'examine le banc. J'envisage d'emballer la troisième enveloppe dans du plastique et de la scotcher sous l'assise mais je sais que ce n'est pas réaliste. J'ignore combien de temps il reste à Bert, ça peut être des heures comme des jours. Voire des semaines. On a connu plus étrange. Si les gens peuvent être fauchés par la mort plus tôt que prévu, certains vivent parfois plus longtemps qu'on ne s'y attend. Je ne sais pas non plus quand Rita décidera de se lancer dans le voyage planifié par Bert. Ça peut lui prendre des jours, des semaines, des mois. Un paquet douteux dans un endroit très touristique le jour et fréquenté par Dieu sait qui la nuit ne fera pas long feu.

— J'ai l'impression qu'elle réfléchit, dis donc, constate Denise.

— Tu dis ça parce qu'elle fait les yeux ronds, acquiesce Sharon.

Elles pouffent, fières de leurs rimes.

— Dans ses yeux une lueur rougeoie, commence Sharon.

— Mais on ne sait pourquoi, achève Denise.

Je les ignore. Je n'ai pas de temps à perdre. J'ai quatre lettres à livrer, Bert est en train de mourir, là, maintenant, alors que nous sommes dans un endroit qui a beaucoup compté pour lui. Je relis l'inscription et je remarque soudain quelque chose d'horrible. Un truc terrible qui me donne des sueurs froides.

— Attendez une minute. Bert dit qu'ils ont échangé leur premier baiser sur ce banc en 1968.

Je pose les yeux sur mes copines. Elles se sont blotties autour de la statue pour prendre des selfies. Signes de paix et *duck faces*.

— Ce banc a été construit en 1991.

Elles cessent de prendre des photos, sentant que l'atmosphère a changé, et elles se lèvent pour prendre connaissance de la plaque à leur tour. Le silence s'abat.

Je fronce les sourcils. Mon téléphone vibre dans ma poche. Je lis le texto.

— Tu peux peut-être vérifier auprès de Bert s'il ne s'est pas trompé, propose Sharon.

— Trop tard, réponds-je, les yeux humides.

Le SMS est de Joy.

Notre cher Bert est mort.

Chapitre 27

Je me laisse tomber sur le banc et enfouis la tête entre les mains.

— Je suis une idiote.

— Non, répond simplement Denise.

— Je fais tout de travers, me réprimandé-je. Des gens sont en train de mourir. Je leur ai fait des promesses et j'ai l'impression d'être une totale amatrice. Et j'ai rompu avec Gabriel.

— Quoi ? explose Denise.

— Pourquoi ? demande Sharon.

— Il veut qu'Ava emménage chez lui à la place de Holly, explique Denise.

— Quoi ? s'exclame Sharon.

— C'était… en train de se désagréger entre nous. On était suspendus à pas grand-chose. J'ai coupé le fil.

— En réalité, intervient Denise en se tournant vers Sharon, c'est Holly qui était suspendue. Elle ne voulait pas avoir à répondre à quelqu'un qui ne voyait pas d'un bon œil son investissement dans le club parce qu'il est évident que ce club la rend dingue et Gabriel avait probablement peur de la perdre, ce qui est de toute façon arrivé parce qu'il ne l'a pas soutenue et elle ne voulait pas être obligée d'entendre la vérité et d'admettre qu'il a raison, du coup elle l'a viré de sa vie comme elle a l'habitude de le faire avec les gens qui n'approuvent pas sa façon de vivre, ce qui est certainement la raison pour laquelle elle ne t'a pas téléphoné depuis des semaines. Exactement comme quand Gerry est mort, tu t'en souviens ?

Après que Denise a balancé tout ça, sans reprendre son souffle, Sharon hoche la tête et me lance un regard nerveux avant de reporter son attention sur Denise.

— Quand elle ferme la porte et qu'elle ne laisse personne entrer ?

— C'est ça. Sauf que cette fois, elle s'est enfermée avec un fantôme et a chassé l'homme réel qui l'aime et qui, je te l'accorde, a parfois mal réagi, mais il ne la connaît pas comme nous et puis il est humain et personne n'est parfait, alors peut-on lui en vouloir ?

— Denise, la prévient Sharon d'une voix égale.

Je la dévisage, abasourdie. Non, bouleversée.

— Désolée, répond Denise, qui ne l'est absolument pas. Mais il fallait bien que quelqu'un le lui dise.

On reste assises en silence.

— Chienne de vie, commente Sharon. J'aimerais bien qu'on soit de retour à Lanzarote, sur un matelas pneumatique en train de dériver vers l'Afrique. Tout était plus simple à l'époque, conclut-elle pour alléger l'atmosphère.

Je ne peux pas rire. Je suis incapable d'effacer ce que Denise vient de dire. Ses paroles tintent dans mes oreilles, mon cœur bat trop vite, paniqué à l'idée qu'elle ait raison. Et si je m'étais trompée ?

Sharon nous considère tour à tour.

— Vous voulez bien vous excuser toutes les deux, histoire qu'on passe à autre chose ?

— De quoi est-ce que je dois m'excuser ? demandé-je.

Denise a l'air sur le point de me balancer de nouveau mes quatre vérités à la figure mais elle se contient.

— J'ai déjà dit que j'étais désolée, mais je le redis. Je te demande pardon, Holly, vraiment, je suis… (elle secoue la tête) stressée. J'ai peut-être fait une connerie en quittant Tom et ça m'énerve de te voir faire la même chose.

— Tu penses vraiment ce que tu as dit ? demandé-je.

— Oui, affirme-t-elle d'un air sombre. Je ne retire pas un mot.

— Oh, mais c'est pas vrai, nous interrompt Sharon. Ce ne sont pas des excuses, ça. Sincèrement, les filles, vous me laissez sans nouvelles pendant des semaines et vous larguez toutes les deux vos mecs ?

— Fais attention, c'est contagieux, dis-je en esquissant un faible sourire.

— John peut toujours rêver, marmonne-t-elle. Bon, un problème à la fois. Il doit y avoir un autre banc ailleurs. Bert n'a pas inventé. (Elle fait une recherche sur Google.) Ah ah ! Tu n'es pas idiote. Il y a un autre banc, construit par les amis de Patrick Kavanagh quelques semaines après sa mort et officiellement inauguré le jour de la Saint-Patrick en 1968. C'est forcément celui-là.

J'essaie de me concentrer mais j'ai l'impression que tout m'échappe. Je m'en veux toujours de ne pas avoir aidé Bert à mieux planifier tout ça, mais comment l'aurais-je pu si je ne suis même pas capable de mener cette simple mission à bien ? Comment ai-je pu imaginer un seul instant pouvoir laisser une enveloppe sur un banc ?

Nous descendons le canal, moi appuyée sur une unique béquille pour soulager ma cheville fragilisée, longeons l'allée d'arbres, dépassons la banlieue touffue de Raglan Road et suivons le joli canal plein de cygnes. Quand nous parvenons sur la rive sud, à Lock Gates près de Baggot Bridge, en face de l'hôtel *Mespil*, nous tombons sur un banc en bois et en granit tout simple. Nous l'admirons dans un silence respectueux. L'étourdissement provoqué par la modernité de l'autre banc a disparu, cet endroit me paraît aussitôt plus adéquat, un simple vieux banc sur lequel Bert et Rita se sont embrassés il y a des années le jour de la Saint-Patrick, le 17 mars 1968, quand ils sont allés admirer ce tout nouveau banc en hommage au poète préféré de Rita. Une autre époque. Bert est mort mais le banc est toujours là, de pierre et de bois ; il a absorbé les vies de ceux qui sont passés et il continue à observer les saisons qui défilent et le canal qui s'écoule. Mais le problème reste le même. Où cacher l'enveloppe ?

L'hôtel *Mespil* est juste de l'autre côté de la rue.

— À quoi tu penses ?

Je traverse la rue d'un pas résolu. Je pénètre dans l'hôtel et gagne aussitôt la réception avec l'air de savoir ce que je veux et je demande à parler au gérant.

— Un instant, je vous prie.

La réceptionniste disparaît derrière une porte dissimulée dans le mur. Une autre femme sort de la pièce secrète.

— Bonjour, dit-elle en me tendant la main. Je suis la gérante. En quoi puis-je vous être utile ?

Sa main est chaude et en cette époque de paperasse et de bureaucratie, j'espère que son cœur l'est tout autant.

Elle me guide vers un canapé et je m'assieds.

— Merci infiniment de m'accorder votre temps. Je m'appelle Holly Kennedy et je dirige une entreprise appelée P.S. : I Love You, qui aide les patients en phase terminale à écrire des lettres à leurs proches. J'ai été envoyée ici par un de mes clients, Bert Andrews, qui est malheureusement décédé il y a quelques instants… Et j'ai besoin de votre aide.

Et c'est là que je laisse la troisième enveloppe. Quand Rita arrivera à l'hôtel, après que je le lui aurai subtilement suggéré, elle pourra lire la lettre dans un salon privé où on lui offrira un thé.

Notre deuxième arrêt se passe beaucoup mieux que le premier. Nous visitons le dancing où Bert a vu Rita pour la première fois. Le *Chrysanthemum* était un dancing très célèbre à l'époque des orchestres, c'était la Mecque de la danse. Les filles d'un côté, les garçons de l'autre. Si un garçon vous demandait si vous vouliez un verre d'eau, ça voulait dire qu'il était intéressé, si une fille acceptait de danser avec un garçon, ça signifiait qu'elle était intéressée. C'était une époque de toute évidence plus simple quand l'Église catholique dominait le pays. Des milliers de gens ont rencontré leur partenaire sur les pistes de danse des dancings irlandais.

Un vigile nous laisse entrer dans le bâtiment vide qui est en train d'être préparé pour les examens scolaires. Il nous permet de jeter un coup d'œil. La piste de danse et les miroirs ont été remplacés par des rangées de bureaux et de chaises, mais malgré ça, j'ai quand même l'impression de faire un bond dans le passé. J'imagine la salle, surchauffée et transpirante, pleine de jeunes gens en train de danser le jive.

Comme si elle lisait dans mes pensées, Denise dit soudain :

— Si ces murs pouvaient parler…

J'explique ma mission au vigile avec plus d'assurance et d'aisance en insistant sur le fait que tous ceux impliqués rendent un immense service à l'humanité. Il accepte de garder l'enveloppe dans un endroit sûr pour que Rita puisse la récupérer et se diriger ensuite vers l'endroit où elle a échangé son premier baiser avec Bert. Et, grâce à la petite note que j'ai ajoutée en bas du limerick de Bert, en face du banc qui a scellé leur avenir, Rita trouvera la troisième lettre, qui nous mène au troisième lieu, où Bert l'a demandée en mariage.

Il y avait jadis un homme tremblant
Incapable de formuler ce qu'il voulait dire
À genoux
Il fit sa demande
Dans un lieu qui lui est toujours cher

— J'adore ! s'exclame Sharon. Dis-moi quand tu referas ça, j'aimerais t'aider. Où va-t-on à présent ?

— Tu as combien de temps devant toi ? Je croyais que tu avais une échographie aujourd'hui.

Elle prend l'air coupable.

— C'est un mensonge. J'ai dit ça à ma mère pour avoir quelques heures de tranquillité. Je suis tellement fatiguée, explique-t-elle, les yeux brillants de larmes.

Je la prends dans mes bras.

— C'est un jour parfait. Tu sais, Holly, j'avais des réserves mais je te soutiens à fond à présent. Il n'y a rien de *mal* à faire tout ça et si tu as besoin que je le dise à Gabriel, je suis prête à le faire.

Je cesse immédiatement de sourire en l'entendant mentionner Gabriel et je me souviens tout d'un coup que je l'ai perdu. Je l'ai abandonné.

— C'est trop tard pour ça, assuré-je en mettant le contact.

Nous allons jusqu'au phare de Howth et la tour Martello, bâtis en 1817, où Bert a demandé Rita en mariage en mangeant un *fish and chips*. Le gardien du phare émerge de la petite maison victorienne attachée au phare, écoute mon histoire et me fait l'honneur d'accepter la lettre pour Rita. Comme avec la gérante de l'hôtel et le vigile du dancing, je découvre que l'histoire de Bert, une histoire d'être humain, intéresse ces gens occupés. Ils ne me repoussent pas et ne m'ignorent pas non plus. Je n'ai aucune doléance, je n'essaie pas de leur extorquer quoi que ce soit. Je leur demande juste de m'écouter et de jouer un petit rôle dans les dernières volontés d'un mourant. La gentillesse de ces étrangers me donne de l'espoir, une foi en l'humanité ; même si on a parfois l'impression que les gens se murent loin des autres, dénués de toute compassion et de toute empathie, nous savons quand même reconnaître un sentiment véritable. Nous ne sommes pas totalement insensibles et sans cœur.

Le gardien prend l'enveloppe qui contient le limerick suivant :

Il y avait jadis un idiot qui s'est perdu
Il était avide et il en a ignoré le prix
Je suis désolé, mon amour
D'en dessous et d'au-dessus
C'est là que j'ai senti ta haine s'épuiser

— Je me demande ce qu'il a fait, dit Sharon tandis que nous remontons la jetée jusqu'au parking en mangeant nous aussi un *fish and chips.*

— Comme si c'était difficile à deviner, lance Denise d'un ton cynique.

— Je ne comprends pas pourquoi tu es en colère comme ça. Tu as un mari parfait qui t'adore et qui t'a soutenue tout du long, rétorque sèchement Sharon.

Je n'ai pas l'énergie d'approuver, pas après ce que Denise m'a balancé ce matin.

— Je le sais très bien, marmonne Denise. C'est bien pour ça qu'il mérite mieux.

Nous nous dirigeons vers la destination suivante en silence. Sharon réfléchit à l'arrivée d'un nouveau bébé dans sa vie déjà chaotique, Denise à la fin de son mariage et à son avenir qui ne s'annonce pas comme prévu. Quant à moi, eh bien… je songe à tout.

Je me gare et nous descendons en regardant le bâtiment vers lequel nous a conduites Bert.

— C'est donc là que Rita lui a pardonné, constaté-je en levant les yeux.

Notre silence est rompu par un rire. Nous sommes devant une boutique de cannabis/studio de tatouage.

— On ne sait pas, peut-être qu'ils ont fumé et qu'ils se sont fait faire des tatouages assortis, suggère Denise.

— Qu'est-ce qu'on fait ?

— On suit le protocole, déclare Sharon en tendant la main pour me laisser ouvrir la marche.

Je m'esclaffe, prends une profonde inspiration et entre.

Les employés sont les plus aimables et faciles à convaincre de la matinée. Ils sont émus par l'histoire de Bert et enthousiastes à l'idée de jouer un rôle. Ils proposent même d'offrir le tatouage de son choix à Rita. La journée a été longue et nous sommes toutes les trois silencieuses, impatientes d'en finir. La destination finale est une maison de Glasvenin.

Sharon lit le poème.

Il y avait jadis une femme nommée Regret
Qui avait une jumelle qui l'irritait
Il est temps de dire bonjour
Et au revoir à la colère
En ce lieu où elles se sont rencontrées pour la première fois.

— « Une femme nommée Regret », répète Sharon. Vous croyez que ça sera nous trois dans quelques mois ?

— Tout ça concerne Rita, répliqué-je en chassant l'horrible crainte que Denise m'a instillée. La maison appartient à la sœur jumelle de Rita, c'est là qu'elles sont nées toutes les deux et qu'elles ont grandi. Elles se sont fâchées à la mort de leur mère à cause de l'héritage. Sa sœur a tout pris et elles ne se sont plus jamais parlé, et leurs familles non plus.

— L'argent rend les gens dingues, conclut Denise.

— Je pense qu'il vaut mieux que tu y ailles toute seule, dit Sharon.

Je suis d'accord.

Je clopine le long de l'allée qui traverse un jardin coloré et soigné entretenu avec amour. Je sonne. J'attends un bon moment que quelqu'un ouvre et même si je n'ai rencontré Rita que quelques fois, je trouve que sa sœur lui ressemble énormément, elle a juste l'air plus dur. Elle me lance un regard soupçonneux derrière la porte vitrée et je comprends qu'elle n'a pas l'intention de m'ouvrir.

— C'est Bert qui m'envoie.

Elle déverrouille la porte.

— Qu'est-ce qu'ils veulent, cette fois ? Mon sang ? grommelle-t-elle en laissant la porte entrouverte avant de s'éloigner dans la maison.

J'entre et la suis dans le salon. Un journal télé est ouvert sur la table basse et certains programmes ont été entourés au stylo. Elle s'assied lentement dans un fauteuil élimé en s'appuyant sur une canne, le visage grimaçant de souffrance. Je m'approche d'elle.

— Je peux vous aider ?

— Non, répond-elle sèchement.

Il lui faut un moment pour reprendre son souffle et ramener les pans de son gilet sur sa poitrine.

— On m'a remplacé la hanche, explique-t-elle en posant les yeux sur ma botte de marche. Qu'est-ce qui vous est arrivé ?

— Un taxi m'a renversée à vélo.

— Ils pensent que la route leur appartient. Vous êtes avocate ? aboie-t-elle.

— Non, pas du tout.

— Quoi alors ? Qu'est-ce qu'ils me veulent ?

Je sors la lettre de mon sac et la lui tends.

— Bert voulait que je vous remette ça. Mais ce n'est pas pour vous. Il voudrait que vous la gardiez et que vous la donniez à Rita quand elle viendra la chercher.

Elle pose sur l'enveloppe un regard circonspect, comme si c'était une bombe, et refuse de la prendre.

— Dites-lui qu'il peut la garder. Je n'ai pas vu Rita depuis des années. Bert le sait très bien. Je ne sais pas à quoi il joue. Ces jeux tordus. Ils sont pervers, ma sœur et mon beau-frère.

— Bert est mort ce matin.

La colère disparaît aussitôt de son visage et sa bouche forme un « oh » silencieux.

— J'avais entendu dire qu'il était hospitalisé. Qu'est-ce qui s'est passé ?

— Un emphysème.

Elle secoue la tête.

— Il fumait deux paquets par jour. Je lui avais dit : « Bert, ces enfoirées te tueront », mais il n'écoutait jamais, déclare-t-elle rageusement. Que Dieu ait son âme, ajoute-t-elle à voix basse en se signant.

— J'ai passé du temps avec lui avant sa mort. Il voulait laisser des lettres à Rita à des endroits importants.

— Il essaie de se racheter, pas vrai ? Si c'est pas mignon comme tout maintenant qu'il est mort. Il n'a pas besoin de le faire lui-même. Elle ne viendra pas ici, poursuit-elle, de nouveau en colère. On ne s'est pas parlé depuis sept ans. Pas sans passer par un avocat ou une lettre horrible de sa part. Je les ai toutes gardées, vous pouvez les lire si vous voulez, elles vous montreront le monstre qu'est ma sœur.

— Je ne suis pas ici pour prendre parti, réponds-je gentiment. J'ignore ce qui s'est passé et je ne juge pas. Il m'a demandé de vous donner ça et je lui ai promis de le faire.

— Eh bien, moi, je vais vous dire ce qui s'est passé. Et contrairement à eux, je vais vous dire la vérité. J'ai accompagné maman pendant toute sa maladie, je l'ai amenée à ses rendez-vous à l'hôpital, je l'ai baignée, soignée, j'ai aménagé avec elle pour m'occuper d'elle et eux, ils ont dit que je faisais ça pour hériter de la maison. (Elle hausse la voix comme si c'était moi qui l'accusais.) Quel genre de tordus penserait une chose pareille ? Des gens qui voulaient la maison pour eux. L'argent, il n'y avait que l'argent qui comptait. Je suis venue vivre ici parce que l'aide-soignante que Rita avait engagée volait des choses à maman. Elle lui volait jusqu'au papier toilette ! Vous avez déjà entendu un truc pareil ? On vous paie pour soigner une vieille femme et vous lui piquez son PQ ?! Je lui ai fait économiser un paquet de pognon en faisant tout moi-même et c'est *moi* la voleuse ? (Elle agite l'index dans ma direction pour appuyer son propos.) Ils m'ont fait passer pour un escroc, une voleuse. Ils ont répandu de sales rumeurs sur mon compte et tout le monde les a reprises. Vous imaginez ? Je n'ai jamais demandé à maman de modifier son testament. Jamais. C'est elle qui a décidé toute seule. Je ne lui ai pas tenu la main pour la forcer à écrire. Rita et Bert n'avaient pas de problèmes d'argent et maman savait que j'avais besoin de la maison. C'est pour ça qu'elle me l'a laissée. Je ne pouvais rien y changer. (Elle se carre dans son fauteuil pour reprendre des forces avant l'éclat suivant.) Et quand ils l'ont découvert ? Ça a été la Troisième Guerre mondiale. Tout d'un coup, je suis devenue un monstre. Ils ont essayé de m'obliger à vendre la maison. Ils pensaient qu'ils méritaient la moitié de la somme. Ils m'ont envoyé des courriers d'avocats et ont essayé de me faire peur par tous les moyens. Et pour quoi ? Pour qu'ils puissent se payer encore plus de vacances ? S'acheter une nouvelle voiture ? Payer une fac privée à leur junkie de fils qui a raté tous ses examens ? Tout le monde voyait bien l'arrogance de ce gamin, mais pas Rita, non, elle le trouvait parfait, bien meilleur que les autres. Elle a toujours été comme ça. (Son regard devient flou et elle grince des dents sous l'effet de la colère.) Maman m'a légué cette maison et ce n'est pas moi qui lui ai mis cette idée en tête.

—Je n'en doute pas, assuré-je en me demandant comment m'extirper de ce bourbier.

—Ils m'ont tous tourné le dos. Même les enfants, mes propres nièces et neveux, pensent que je suis le diable incarné. Ils ne parlent plus à mes enfants non plus. Des cousins qui s'adoraient, constate-t-elle en secouant la tête, hors d'elle. Bert et Rita ont détruit la famille. Je ne leur pardonnerai jamais. Maman voulait que j'hérite. Elle avait toute sa tête quand elle a changé son testament. On ne peut pas blâmer les morts. Le souhait d'un mourant est le souhait d'un mourant.

C'est le bon moment. Je pose l'enveloppe sur le programme télé d'où on ne peut pas la rater.

— Et voici celui de Bert.

Je monte dans la voiture en poussant un long soupir, soulagée d'être enfin sortie de là. Ses paroles résonnent dans mes oreilles. *« On ne peut pas blâmer les morts. »*

— Qu'est-ce qui t'a pris autant de temps ? demande Denise.

— Je suis éreintée. Il y a une sacrée rancune entre eux.

— Tu crois que la lettre de Bert va marcher ?

— Je n'en ai aucune idée, dis-je en me frottant les yeux, fatiguée. Je l'espère.

Il est 18 heures et la journée a été longue, fructueuse mais épuisante. Remonter le fil de l'histoire de quelqu'un d'autre nous a renvoyées aux nôtres et nous a rendues contemplatives, nous a poussées à réfléchir à nous-mêmes.

— Je suppose qu'elle ne me permettra pas d'utiliser ses toilettes, dit Sharon.

J'éclate de rire.

— Je te mets au défi d'essayer.

— J'attendrai, déclare-t-elle en s'agitant inconfortablement sur la banquette arrière. Il reste une enveloppe, la première.

— Oui, confirmé-je, préoccupée.

J'ignore comment m'y prendre pour la donner à Rita.

— Tu comptes la donner directement à Rita ? demande Sharon.

— Oui, en quelque sorte, dis-je en haussant les épaules.

— Donc, pas exactement, poursuit Sharon qui ne lâche pas l'affaire. Où vas-tu déposer la première lettre, Holly ?

Je m'éclaircis la voix, nerveuse.

— Bert voulait que Rita trouve la première lettre entre ses mains.

— Dans son cercueil ? demande Sharon, stupéfaite.

Denise explose de rire avec une telle violence qu'elle se plie en deux.

— Comment tu vas réussir ça ? demande Sharon.

— Qu'est-ce que tu vas faire ? s'enquiert Denise en essuyant ses larmes de rire. Ouvrir le cercueil au pied de biche pendant l'enterrement ?

— Je ne sais pas, on n'avait pas mis le plan au point avec Bert. Je vais aller aux pompes funèbres, comme ça il l'aura dans les mains quand ils ramèneront le corps pour la veillée.

— Ils ne te laisseront pas t'approcher, tu n'es pas un membre de la famille ! affirme Sharon.

Denise continue à rire jusqu'à ce que son visage devienne écarlate.

— Je leur expliquerai que c'étaient ses instructions. C'est ce que Bert voulait.

— À moins que tu aies des ordres écrits par Bert ou sa famille, ils n'accepteront jamais qu'une parfaite étrangère glisse une lettre entre les mains d'un mort. Holly, sincèrement, il faut que tu mettes au point quelques règles de base avant de continuer.

— Je sais, lâché-je à voix basse en me rongeant les ongles. Il va y avoir une veillée. Il sera chez lui pendant quelques jours. Je demanderai à rester seule avec lui et je la placerai entre ses mains.

— Tu as eu de la chance avec le vigile, l'hôtel et le studio de tatouage mais je ne pense pas que les pompes funèbres te laisseront déposer une lettre dont elles ignorent le contenu entre les mains d'un mort.

— C'est bon, Sharon ! J'ai compris !

Les filles ne disent plus rien. Je pense qu'elles ont accepté mon plan, mais Sharon ricane soudain sans prévenir et elles s'esclaffent de plus belle.

Je lève les yeux au ciel, irritée. Je ne vois pas ce que ça a de drôle.

J'aimerais bien rire avec elles, mais je n'y parviens pas. Tout ça est très sérieux pour moi.

Sept ans plus tôt, Gerry m'a poussée vers de nouvelles aventures et sept ans plus tard ses actions continuent à m'encourager sur ce chemin.

La vie possède des racines et la mort les fait pousser aussi.

Chapitre 28

— Oh, pardon ! m'exclamé-je, surprise, en gagnant la porte de la réserve à reculons avant de pénétrer de nouveau dans la boutique. Ciara, sifflé-je, une fois que je l'ai trouvée en train de nettoyer le miroir de la cabine d'essayage. Il y a un homme à genoux dans la réserve.

— Tu es toujours à genoux dans la réserve.

— Pas pour prier.

— C'est Fazeel, notre nouveau bénévole – il a commencé aujourd'hui. Il se chargera de la sécurité. Il doit prier cinq fois par jour, donc ne sois pas là à l'aube, à midi, dans l'après-midi, au coucher du soleil et pendant la nuit.

— Trois de ces moments de la journée ne me posent pas de problème, mais ce n'est ni l'aube ni midi, constaté-je en jetant un coup d'œil à ma montre.

— Il dit qu'il a fait la grasse matinée ce matin, m'explique-t-elle en haussant les épaules. Ça ne lui prend que quelques minutes chaque fois. Sa femme a un cancer, il veut nous apporter son aide. (Elle lance un regard au vélo que je m'apprêtais à ranger dans la réserve.) Tu es venue en vélo ?

— Non, je me suis dit que c'était un accessoire sympa.

— Tu n'es pas censée faire du vélo.

— Ils m'ont dit que je pouvais faire du sport avec la botte de marche. Et ça m'a vraiment manqué. (Je fais semblant de pleurer.) C'est chouette que nous ayons un nouveau bénévole parce que j'ai besoin de prendre quelques heures aujourd'hui.

Je grimace en attendant qu'elle m'engueule.

— Encore ?

— Je sais. Je suis désolée, je t'en ai beaucoup demandé ces dernières semaines.

— Ces derniers mois, me corrige-t-elle. Et ce n'est pas grave, parce que je suis ta sœur et que je peux supporter ta petite crise de la quarantaine, mais sérieusement Holly, c'est quoi le problème cette fois-ci ?

— Bert, un membre du club P.S. : I Love You, vient de mourir et je dois aller assister à la veillée. Il faut que je distribue la dernière lettre. Ou plutôt, techniquement, la première.

Elle écarquille les yeux.

— Pourquoi tu ne m'as rien dit ?

— Je te le dis maintenant.

— J'aurais dû me douter que quelque chose clochait, tu t'es montrée très silencieuse ces derniers jours.

— En fait, c'est parce que Gabriel et moi avons rompu.

Je ferme les yeux pour me préparer au choc. Ciara s'affale sur le fauteuil à côté de la cabine, les larmes aux yeux.

— Je savais que ça arriverait. C'est ma faute. C'est à cause du club, n'est-ce pas ? C'était trop pour lui ? Tout ça à cause du podcast. Je n'aurais jamais dû insister pour que tu y participes. Ta vie se portait comme un charme jusqu'à ce que j'ouvre la boîte de Pandore.

— Ciara, dis-je en souriant tout en m'agenouillant devant elle. (C'est typique de ma sœur, ça : c'est moi qui romps et c'est elle que je console.) On ne s'est pas quittés à cause du podcast. Ça n'a rien à voir. On avait d'autres problèmes et le podcast les a mis en lumière, c'est tout. C'était ma décision. Quant au club, tu as permis à quelque chose de merveilleux de se produire. J'aide les gens comme on m'a aidée. C'est un cadeau. Accompagne-moi aujourd'hui et tu verras. Pour être honnête, j'aurais bien besoin d'une complice parce que j'ai une tâche difficile à accomplir.

— Mathew ! s'écrie Ciara. (Son mari apparaît.) Holly et moi devons nous absenter quelques heures, est-ce que tu peux t'occuper de la boutique ?

Elle se dirige vers lui et l'embrasse passionnément.

— Je croyais que tu venais juste d'embaucher quelqu'un, fait-il remarquer en s'essuyant la bouche.

— Oui, mais il est en train de prier.

Mathew nous regarde partir, perplexe, et je lui lance un regard confus.

Joy, Paul et Ginika m'attendent chez Bert. Je les présente à Ciara, qui les salue comme si c'étaient des membres de la famille royale, et ils me dévisagent tous, l'air anxieux.

— Rita n'a pas trouvé la lettre, murmure Joy.

— Je sais. Je n'ai pas pu la lui donner.

— Oh, bon sang, réplique Joy en s'agitant, inquiète.

— Bonjour, dit Rita en sortant de la cuisine pour accueillir un nouveau visiteur. C'est très gentil de votre part d'être venue.

Elle porte une robe trapèze noire avec un gilet noir sur lequel est fixée une croix de sainte Brigitte. Elle me serre la main.

— Je suis désolée, j'ai oublié votre prénom. Je vois tant de monde aujourd'hui.

— Holly, et voici ma sœur, Ciara. Toutes mes condoléances, Rita.

— Merci. Voici les amis du club de lecture de Bert. (Elle me présente Joy, Ginika et Paul.) Holly est, était, pardon, la réflexologue plantaire de Bert.

Ginika écarquille les yeux et un de ses rares sourires illumine sa figure. Elle est obligée de se détourner et d'enfouir la tête dans les cheveux duveteux de Jewel pour le dissimuler.

— Comme c'est intéressant, dit Paul, dont le visage s'éclaire. Où se trouve votre cabinet ?

Je lui lance un regard d'avertissement et il sourit. Tous trois se délectent. Leur petit secret.

— J'ai été envoyée par l'hôpital.

— « L'hôpital » ? Quel hôpital ? demande Paul.

Rita m'entraîne vers le salon et Paul m'emboîte le pas. Ciara le suit.

— L'hôpital de Bert, réponds-je en lui lançant un regard noir par-dessus mon épaule.

Il glousse.

— En fait, Rita, j'espérais pouvoir rester seule avec Bert, si ça ne vous ennuie pas, demandé-je, gênée.

Si elle est désarçonnée par la requête de la podologue, elle ne le montre pas. Elle ouvre la porte et je me retrouve face à trente personnes entassées dans la petite pièce, toutes autour d'un cercueil ouvert posé en plein milieu du salon. Tous les regards se tournent vers Ciara et moi.

Ciara, tout de noir vêtue comme une veuve noire, avec une voilette qui cache la moitié de son visage, esquisse un sourire contraint.

— Toutes mes condoléances, dit-elle avant de reculer et de s'adosser au mur, me laissant seule.

J'aperçois les visages anxieux de Paul, Joy et Ginika avant que Rita ne quitte la pièce et ne referme doucement la porte sous mon nez, empêchant toute fuite. Je contemple la porte close, le cœur battant devant la tâche impossible qui m'attend.

— Qu'est-ce qu'elle fait, maman ? demande un enfant à haute voix.

Quelqu'un le fait taire, Ciara me presse en avant et je pivote lentement pour faire face à l'assemblée. Tout le monde me dévisage. Je souris poliment.

— Bonjour, chuchoté-je. Mes plus sincères condoléances.

Des enfants jouent en silence par terre. Tout le monde est en noir, une tasse de café ou de thé à la main, et des poings serrés froissent des mouchoirs pleins de larmes. Ce sont des membres de la famille, des amis, et ils se demandent tous qui je suis et ce que je fais là.

Même si je n'ai qu'une envie, tourner les talons et m'enfuir, je ne le peux pas. Je suis recroquevillée du bout des oreilles aux orteils. J'avance de quelques pas et la plupart d'entre eux ont la décence de se détourner ou de baisser les yeux pour me permettre de me recueillir un instant. Les murmures reprennent et la tension initiale qui m'a accueillie s'évanouit. J'ai l'impression d'être une intruse sur le point de dérober un objet précieux. Je me rappelle que je suis là pour Bert. Il m'a demandé d'accomplir une tâche importante. Je ravalerai ma peur et ma fierté et je mènerai cette mission à bien. Il faut juste que je me concentre sur la dernière requête de Bert.

Inveniam viam. Je trouverai un moyen ou j'en fabriquerai un.

Je m'approche timidement du cercueil. Je pose les yeux sur Bert, si élégant dans son plus beau costume bleu marine avec une chemise d'un blanc immaculé et une cravate bleu roi portant le blason de son club de cricket. Ses yeux sont fermés, son visage détendu : les pompes funèbres ont fait du bon travail. Je connaissais mal Bert mais je sais des choses intimes sur lui. Les quelques fois où nous nous sommes vus, il avait du mal à respirer mais à présent il est calme et serein.

Les larmes me montent aux yeux. Je regarde ses mains, étonnée. Il tient une bible. Ça ne faisait pas partie du plan. Bert m'a clairement ordonné de glisser l'enveloppe dans ses mains. Il n'a jamais mentionné la moindre bible.

Je jette un coup d'œil autour de moi pour vérifier que personne ne me surveille ; ils sont tous en train de bavarder à voix basse pour me permettre de me recueillir. Je profite de leur distraction pour poser la main sur celle de Bert et tirer un peu sur la bible pour voir si elle bouge.

— La dame vole quelque chose à papi, crie une petite voix.

Je sursaute, surprise. Un petit garçon se tient près de moi et me désigne du doigt.

Le silence s'abat de nouveau sur la pièce.

— Oh, elle tient la main de papi, explique tranquillement Ciara en souriant tout en se plaçant à mes côtés.

— Thomas, viens ici, ordonne sa mère.

L'enfant me jette un regard soupçonneux avant de s'éloigner. Tous les regards sont de nouveau rivés sur moi. Ils sont moins confiants à présent. Peut-être que l'accusation de Thomas est fondée. Je commence à transpirer ; ils ne peuvent pas cesser de me dévisager ? Je plonge une main dans mon sac.

La porte s'ouvre et l'arrivée de nouveaux parents détourne leur attention. Je saisis cette occasion pour sortir l'enveloppe de mon sac et la poser sur les mains de Bert mais je tremble tellement que je m'y prends mal. La lettre reste un instant en équilibre sur la bible avant de glisser sur l'un des côtés du cercueil où personne ne la verra jamais.

— Bon sang, Holly, me murmure Ciara à l'oreille.

Je la repêche et la repose de nouveau sur la bible, mais elle glisse une deuxième fois. J'ouvre le livre pour la coincer entre deux pages en m'assurant qu'elle dépasse suffisamment pour être vue, mais je ne suis pas convaincue. Bert voulait que la lettre soit dans *ses mains.*

— Elle a fait quelque chose à papi ! hurle Thomas en se levant, l'index tendu dans ma direction.

Thomas n'est décidément pas mon ami.

Abasourdie et mortifiée, je pivote en direction de tous les visages qui m'observent. Ils s'approchent tous pour jeter un coup d'œil dans le cercueil.

— Qui est-ce ? demande une femme.

Elle a beau s'exprimer à voix basse, je l'entends très bien.

— Holly, répond Rita dans mon dos. La réflexologue de Bert.

Je ferme les yeux.

Chapitre 29

Tout le monde me regarde. Je prends une profonde inspiration.

— Je m'appelle Holly, dis-je en m'adressant à l'assemblée. Mais je n'étais *pas* la réflexologue de Bert.

Un petit cri général. Mais nous ne sommes pas dans un feuilleton télévisé, c'est la vraie vie malgré la situation ridicule dans laquelle je me suis fourrée. Ciara s'éloigne immédiatement pour retourner se caler contre le mur.

— Je suis désolée, Rita. (Je me tourne vers elle.) Bert a inventé ce mensonge tout seul – rien à voir avec moi, je peux vous l'assurer. Il m'a demandé de l'aider à vous préparer une surprise en signe de l'amour qu'il a pour vous. Je suis navrée d'avoir chuté sur le dernier obstacle et de ne pas être parvenue à exaucer ses vœux de la manière sophistiquée qu'il avait en tête. Mais l'enveloppe que j'ai placée entre ses mains est pour vous, rédigée par Bert et tapée par moi parce qu'il disait qu'il écrivait comme un cochon.

Un petit rire aigu de surprise lui échappe et elle pose les mains sur sa bouche. C'est comme si la remarque sur son écriture était un mot de passe qui déverrouille sa confiance et l'acceptation de Rita pousse tout le monde à reculer.

— Qu'est-ce qu'il a fait ? Je savais qu'il manigançait quelque chose ! Oh, Bert !

Elle se tourne vers lui en souriant, les yeux pleins de larmes. Puis elle se décompose.

— Lis la lettre, maman, suggère sa fille.

Elle s'approche d'elle et enroule un bras autour de ses épaules. C'est la fille de Bert et de Rita et la mère de Thomas le curieux.

Je me tords les mains, fébrile. Tout le monde me regarde de nouveau. Je m'éloigne de Rita et de sa fille et me fraie un chemin vers Ciara. Elle me prend la main et la serre pour m'empêcher de partir. Joy, Paul et Ginika forment un rempart devant la porte, coupant toute possibilité de fuite. Je pivote lentement vers le cercueil, spectatrice de la nouvelle aventure qui attend Rita.

Cette dernière s'empare de l'enveloppe glissée entre la bible et les mains de Bert et caresse le papier doré.

Je suis aussitôt transportée en arrière à l'instant où j'ai lu la première lettre de Gerry, je me revois en train de tracer les lettres du bout des doigts, courbes et déliés, mes doigts revivant ses mots pour essayer de le ressusciter.

La première phrase de Gerry me revient en mémoire. *« Ma Holly chérie, je ne sais pas exactement où ni quand tu liras ça… »*

Rita décachète l'enveloppe et en sort la carte.

— « Ma Rita chérie », lit-elle à haute voix.

— Oh, papa, s'écrie une voix féminine.

Je suis paralysée. Figée dans le temps. Prisonnière d'un souvenir. *« Tu m'as chuchoté il n'y a pas si longtemps que tu ne pourrais pas continuer toute seule... »*

Rita poursuit sa lecture.

— « Notre aventure à tous les deux n'est pas terminée. Accorde-moi une dernière danse, mon amour. Prends ma main et voyage avec moi. Je t'ai écrit six limericks. » Des limericks ! s'exclame-t-elle en levant les yeux. Je déteste ça ! (Elle éclate de rire et continue à lire.) « Je sais que tu détestes les limericks », poursuit-elle et tout le monde s'esclaffe.

« Je ne suis qu'un chapitre de ta vie, il y en aura beaucoup plus. »

— « Chaque limerick est un indice. Chaque indice te mènera à un endroit. Chaque endroit est un souvenir cher à nos cœurs qui te fournira un autre indice. »

« Merci de m'avoir fait l'honneur d'être ma femme. Je te suis éternellement reconnaissant pour tout. »

Un frisson me parcourt soudain. Un sentiment chaleureux qui commence dans ma poitrine, s'étend à mon ventre, se répand sur mes jambes, mes orteils, ma tête. Une vague de quelque chose d'étrange *me submerge.* Ce n'est pas un étourdissement mais une clarté. Ça n'a rien à voir avec ce qui est en train de se passer dans cette pièce, c'est une lucidité qui m'entraîne ailleurs et me soulève. Je ne pense qu'à Gerry. Je le sens. Il est en moi. Il emplit toutes les parties de mon âme. Il est là. Il est là. Il est dans cette pièce.

Tremblante, je n'entends plus les paroles de Rita. Elle lit le limerick. Toute l'attention est concentrée sur elle, tout le monde m'a oubliée. Ils sourient. C'est en train de se produire : le souhait de Bert est exaucé mais je tremble, mon corps tout entier est secoué de frissons. Joy, Ginika et Paul se sont approchés de Rita. Tout le monde s'est avancé, le cercle s'est resserré. Les yeux et les nez coulent. Des sourires ornent tous les visages. Je presse la main de Ciara, m'écarte et ouvre la porte en silence.

Je tremble tellement que je suis obligée de garder les yeux rivés sur le sol. Une bouffée d'adrénaline m'a envahie, comme si j'avais bu plusieurs cafés d'affilée. Tout en moi est en alerte et mes sens affûtés me relient à autre chose.

Je sens un bras puissant autour de ma taille.

— Ça va ? murmure une voix dans mon oreille.

Je ferme les yeux. C'est Gerry, je le sens de nouveau.

Soudain, j'ai l'impression d'être en train de flotter loin de la pièce, à travers le couloir puis la porte d'entrée. Le bras de Gerry est solide autour de ma taille et je sens son souffle sur mon crâne. Il me prend la main.

Gerry. C'est Gerry. Il est là.

Il ouvre la porte d'entrée : le soleil m'aveugle et l'air frais emplit mes poumons. Je le bois.

Je me rends compte que je tiens toujours sa main et je lève les yeux vers lui.

Ce n'est pas Gerry.

C'est Ciara, bien sûr que c'est elle, mais elle fait la même chose que moi. Elle inspire profondément. De plus petites goulées.

— Ça va ? demande-t-elle.

— Oui, murmuré-je. C'était… étrange.

— Oui, acquiesce-t-elle, l'air bouleversé. Il s'est passé quelque chose ?

J'y réfléchis. Ce qui a empli mon corps, mon âme et mon esprit a disparu mais je plane encore.

— Oui.

— Je t'observais. Ton visage a changé. J'ai cru que tu allais t'évanouir. On aurait dit que tu avais vu un fantôme.

C'est comme si elle savait que Gerry était dans la pièce.

— Alors ?

— Alors, quoi ?

— Tu as vu un fantôme ?

Elle ne rit pas, ne se moque pas.

— Non.

Elle a l'air déçu.

— Tu en as vu un, toi ?

— J'ai eu l'impression que Gerry était là, chuchote-t-elle. J'ai eu ce... sentiment. (Elle me lâche la main pour se frotter le bras : elle a la chair de poule.) Tu penses que je suis folle ?

— Non, réponds-je en secouant la tête. Je l'ai senti, moi aussi.

— Waouh. (Ses yeux se remplissent de larmes. Elle passe un bras autour de mes épaules.) Merci, Holly, tu avais raison. C'est le plus merveilleux des cadeaux.

Je la serre contre moi et ferme les yeux pour savourer cette expérience dans les moindres détails et m'en souvenir. Il était là.

Je plane. Je flotte sur un nuage d'amour, d'adrénaline et de nouvelles énergies très particulières comme si j'étais possédée. Pas par Gerry – ce sentiment s'est évanoui – mais par le lien persistant avec lui. Ciara nous ramène à la boutique et m'ordonne de prendre le reste de la journée ; elle est très secouée elle aussi. Sur le trajet, je reçois un coup de fil de l'agent immobilier. Une offre a été faite pour la maison, pas tout à fait au prix demandé mais elle pense que je n'obtiendrai pas mieux. Dans le magasin de Ciara, au-dessus d'un Bouddha radieux, un panneau affirme : « On ne peut perdre que ce à quoi on s'accroche. » Je peux me cramponner farouchement à mon passé et à mes possessions ou je peux les lâcher et les conserver dans mon cœur.

Après en avoir rapidement discuté avec Ciara, je rappelle l'agent immobilier et j'accepte l'offre avec joie. Je n'ai pas besoin de la maison pour sentir l'esprit de Gerry. J'étais dans une maison dans laquelle il n'avait jamais mis les pieds, entourée de gens sans aucun lien physique ni émotionnel avec lui et il était pourtant bien là. Cette maison était une corde autour de mon cou et la lâcher me donne du pouvoir. Je peux recréer la beauté de notre couple ailleurs, partout dans le monde, je peux le prendre avec moi tandis que je fabrique quelque chose de nouveau. Il est temps pour moi de partir. J'ai déjà dit adieu à cet endroit. Je n'étais pas censée y rester aussi longtemps. C'était un premier achat pour Gerry et moi mais c'est devenu la maison où tout s'est achevé.

J'enfourche mon vélo et pédale à toute allure. Je devrais me concentrer sur la circulation mais j'en suis incapable. Je ne devrais pas faire du vélo avec une cheville à peine guérie et pas aussi vite mais je ne peux pas m'arrêter. J'ai l'impression d'avoir des ailes. Je vole. En approchant de chez moi, je suis incapable de me souvenir du trajet que je viens de parcourir. J'ai envie d'appeler quelqu'un, de danser, de hurler sur les toits que la vie est merveilleuse. Je me sens ivre.

Je remonte l'allée qui mène chez moi. La voiture de Denise n'est plus là, elle doit être au travail ou alors elle est partie pour de bon. J'espère que c'est la deuxième solution. Je descends de vélo et sens une douleur atroce dans la cheville. J'ai trop tiré sur la corde. Je me suis crue invincible. Je me sens lourde en appuyant le vélo contre le mur. La descente est violente et ma tête se met à battre comme sous l'effet d'une gueule de bois. Je pénètre dans la maison silencieuse. Je m'adosse à la porte et regarde autour de moi.

Rien.

L'immobilité.

Le silence.

Les derniers mots de la lettre de Gerry.

P.S. : I love you.

Je m'effondre sur le sol.

J'en ai trop demandé à ma cheville. Elle est gonflée et douloureuse. Je la surélève à l'aide d'un coussin et pose un sachet de petits pois surgelés dessus. Étendue sur mon lit, je ne bouge pas de la soirée, pas même lorsque mon estomac se met à gronder, vide et creux, qu'il se met à se dévorer lui-même et que j'ai tellement faim que j'en ai la nausée. J'ai besoin de manger mais je ne dois pas peser sur ma cheville. Je contemple les nuages qui passent, bleu et blanc, comme de grandes plumes suivies par d'autres, et je vois le jour se transformer en obscurité. Je ne me lève pas, je ne *peux pas* me lever pour tirer les rideaux. Je suis engourdie, immobile, paralysée. Je ne peux pas bouger, je ne veux pas bouger. J'ai mal à la cheville, à la tête, je suis en pleine descente après cette montée vertigineuse.

Je commence à penser et je pense trop. À avant, à il y a longtemps, au tout début, aux temps anciens. Aux premières fois.

La sonnette de la porte d'entrée retentit et dans ma chambre, j'ôte une autre robe, frustrée, et la jette à terre. Ma tête est tellement chaude que mon maquillage fond, tachant tous les vêtements qui se collent à ma peau. Même si ces fringues avaient pu être une option, je ne peux plus les porter à présent qu'elles sont sales. Le sol de ma chambre disparaît sous les tenues que j'y ai éparpillées sous l'effet de la panique et de la colère. Je n'ai rien à me mettre. Je gémis et en entendant à quel point j'ai l'air faible, je pousse un grognement. Je m'examine dans la psyché, j'étudie mon corps dans mes nouveaux sous-vêtements sous tous les angles, j'observe ce que Gerry verra.

J'entends la voix de Gerry au rez-de-chaussée et le rire de Jack. Les taquineries ont certainement déjà commencé. « T'as intérêt à prendre soin de ma sœur », qui a déjà été dit à de nombreuses reprises lors de l'année qui vient de s'écouler, depuis qu'on a commencé à sortir ensemble pour de bon, officiellement, au lieu de voler des moments avant de partir pour le lycée, pendant le déjeuner et durant le trajet de retour du soir. Deux années ensemble dont une à plein-temps, Gerry est devenu un membre de la famille sur lequel mes parents gardent un œil vigilant.

Mon père dit toujours à propos de son frère Michael : « C'est un gentleman mais il triche toujours au Monopoly. » Il pense la même chose à propos de Gerry.

— Gerry ne triche pas au Monopoly, répliqué-je toujours en levant les yeux au ciel. On n'y joue jamais.

— Vous devriez.

Mais je comprends ce que papa entend par là.

Ce soir, j'espère que Gerry trichera au Monopoly et, en tant que banque autodésignée, je suis prête à être sa complice. Je glousse en silence face à mon hilarité, étourdie par l'excitation et l'anticipation, mais un coup frappé à la porte me réduit au silence. Même si la porte est verrouillée, j'attrape une robe pour me couvrir.

— Holly, ma chérie, Gerry est là.

— Je sais ! crié-je à l'intention de ma mère. J'ai entendu la sonnette.

— D'accord, dit-elle, blessée.

Je sais que si je ne me montre pas prudente, cette nuit pourrait m'être arrachée avant même de commencer. J'ai dû user de tous mes talents de persuasion pour convaincre mes parents de m'autoriser à aller à cette fête. C'est le premier anniversaire auquel je me rends sans mes parents et ils m'ont autorisée à boire un verre. Il est tacitement entendu que c'est un ordre irréaliste, surtout pour une adolescente de seize ans accompagnée de son petit ami de dix-sept ans qui a le droit de boire. Deux verres seront donc acceptables. J'ai décidé de m'arrêter à quatre. Je trouve que c'est un bon compromis.

Ce sont les vingt et un ans du cousin de Gerry, Eddie : il a organisé une fête à Erin's Isle, le club de foot gaélique dans lequel il joue. Et même si toute la famille de Gerry est invitée, tous les adultes s'en iront à 23 heures quand le DJ arrivera. C'est la règle qu'Eddie a instaurée – à vingt et un ans, il ne se considère pas comme un adulte, ce qui en dit long sur son caractère. Gerry idolâtre Eddie. Il a quatre ans de plus que lui et ça a toujours été son cousin préféré : il joue dans l'équipe dublinoise des moins de vingt et un ans et devrait passer dans l'équipe senior. Eddie est cool et sûr de lui. Je le trouve intimidant, c'est le genre à vous tomber dessus dans une foule pour plaisanter, vous poser une question et faire une remarque taquine, parfois à vos dépens s'il trouve ça encore plus drôle. Gerry appelle ça « la déconne », ils parlent tous comme ça, mais Eddie plus fort que les autres. Tout le monde rit de ses blagues – il est marrant, c'est un comédien-né – mais en tant qu'introvertie, même si je ne suis pas vraiment timide, la compagnie de gens imprévisibles dans son genre me rend nerveuse. Il m'arrive d'être agacée par le culte que lui voue Gerry, j'ai l'impression qu'il préfère parfois sa compagnie à la mienne, ce qui est le cas. Les parents de Gerry sont moins stricts que les miens. À dix-sept ans, Gerry conduit la voiture de son père et il va en boîte avec son cousin chaque fois que ce dernier le lui propose. Il le suit partout comme un bon petit chien, comme la plupart des gens qui aiment fréquenter Eddie. Mais Eddie me fait quand même beaucoup rire, il ne s'est jamais montré méchant avec moi, il se contente de braquer un projecteur sur moi quand je ne veux pas être en pleine lumière. Mais je suis jalouse du temps que Gerry lui consacre et je trouve débile sa façon de se comporter en sa présence, comme un petit toutou super nase, du coup j'en veux à Eddie.

Je passe en revue la zone sinistrée qu'est ma chambre en associant mentalement des vêtements, je localise, je mélange, je rejette, je réarrange les piles bancales.

Un autre coup frappé à la porte.

— J'ai dit que j'en avais pour une minute, crié-je.

— C'est moi, Miss Capricieuse, m'informe ma petite sœur, Ciara.

À onze ans, c'est la reine du sarcasme et elle est capable d'acheter et de revendre tout le monde, y compris mes parents. Comme on partage la même chambre, je suis obligée de lui ouvrir.

Elle entre, examine l'état de la pièce et me voit en sous-vêtements au beau milieu du désastre.

— C'est une affaire qui roule.

Elle enjambe les piles de fringues et se fraie un chemin sur la pointe des pieds jusqu'à son lit. Elle tient un pot de Häagen-Dazs et une cuillère à soupe. Elle s'assied en tailleur sur son lit et me dévisage.

— On n'a pas le droit de toucher la glace. Elle est à papa.

— Je lui ai dit que j'avais mes règles, explique-t-elle en suçant une cuillère bien pleine.

Mon père déteste ce genre de conversation.

— Avec plein de caillots.

Je fais une grimace.

— Bon sang, Ciara.

— Je sais, il m'aurait donné n'importe quoi pour me faire taire. Tu devrais essayer.

— Non, merci.

Elle lève les yeux au ciel.

— Si tu continues comme ça, il va t'emmener à l'hôpital. Ça ne fait pas trois semaines que tu es censée avoir tes règles ?

Elle ouvre de grands yeux innocents.

— Je sais, reprend-elle, c'est pour ça que j'avais vraiment besoin de la glace *cookie dough*. (Elle glousse.) C'est quoi le truc, tu vas coucher avec Mister Gerry ce soir ?

— Chut, tais-toi.

Elle sourit de toutes ses dents.

— C'est donc un oui. Youhou. Trop hot.

Je ferme les yeux.

— Ciara, quand j'avais onze ans, je ne parlais pas comme ça.

— J'en ai presque douze et moi, je parle comme ça. Bon, quelles sont les options ?

— Tout ça. Rien de tout ça. (Je soupire et ramasse quelques fringues.) Ça. Ou ça. J'ai acheté ça pour la fête.

Je brandis une jupe en jean et un top. Mais je me rends compte à présent que les deux ne vont pas ensemble.

Même si elle n'a que onze ans, j'ai confiance dans l'opinion de Ciara. Elle a du style mais je manque d'assurance pour porter ce qu'elle me conseille.

Elle repose le pot de crème glacée et s'allonge à plat ventre au bord du lit pour fouiller dans le tas de vêtements.

— Vous allez le faire où ?

— Je t'ai dit de te taire.

— Dans le club gaélique, à côté de la coupe Sam Maguire ? Ou est-ce que tu comptes mettre ton cul *dans* la coupe ?

Je l'ignore royalement.

— Dans les toilettes, à côté d'un groupe de vieux types avec des casquettes en tweed en train de manger leurs sandwichs à l'œuf ? Dans la salle de repos au milieu des paquets de chips ?

J'éclate de rire. Le truc le plus drôle avec Ciara, c'est qu'elle ne se trouve pas marrante. Elle ne rit jamais, même quand elle dit les choses les plus hilarantes, et elle ne cesse jamais de plaisanter. Elle enchaîne les vannes comme si le meilleur était toujours à venir, comme si elle allait crescendo, qu'elle s'entraînait pour essayer de s'améliorer.

Je ne réponds pas à ses suppositions mais je la regarde trier mes vêtements en songeant à notre vrai plan, qui est de se rendre chez Gerry. Ses parents, de même que ses oncles, tantes et autres membres de la famille qui ne veulent pas perdre l'usage de l'ouïe en écoutant de la musique qu'ils détestent, quitteront la fête pour poursuivre les festivités chez les parents d'Eddie – ils sont célèbres pour leurs fêtes qui durent jusqu'à l'aube. La maison de Gerry sera donc vide.

Ma mère m'a toujours dit qu'en grandissant dans une petite maison et dans une fratrie de huit enfants, ses frères et sœurs et elle avaient été amenés tout naturellement à trouver leurs cachettes personnelles. Dans un endroit envahi de personnalités et d'individualités, c'était un impératif, une stratégie de survie, de se créer un endroit dans le monde qui n'appartenait qu'à eux afin de se perdre dans leur imagination, de jouer, de lire, d'être seuls, d'être eux-mêmes, de trouver la solitude et le calme au milieu du chaos. Pour elle, c'était le creux derrière le canapé, à l'endroit où les pieds ne touchaient pas le mur. Les enfants qui ne trouvent pas leur propre espace sont et restent un peu moins bien ancrés en eux-mêmes. C'est aussi valable pour mes amies. Nous sommes toujours en quête de notre bulle pour y recevoir nos petits amis et une maison libre est un véritable cadeau. Mais même là, c'est une course-poursuite pour trouver sa parcelle, un bout de canapé, un coin sombre ou une pièce vide. Ce soir, Gerry et moi aurons enfin notre endroit rien qu'à nous, notre propre temps pour être ensemble loin des regards inquisiteurs et des intrus, pour créer notre chaos personnel au milieu du calme. Nous avons attendu un an, ce qui est suffisamment long. Gerry et moi sommes presque des moines comparés à nos amis. C'est moi qui ai eu l'idée pour ce soir et je l'ai gentiment persuadé. Ça n'a pas été bien difficile. *« Je suis prête, et toi ? »* lui ai-je demandé.

Gerry est certes un peu fou et drôle, mais il sait utiliser son cerveau. Il réfléchit toujours avant de faire des conneries, même s'il les fait quand même.

Un autre coup à la porte. Je suis sur le point d'exploser.

— Gerry t'attend, dit mon père, en toute logique envoyé par ma mère qui n'a pas envie d'être rembarrée de nouveau.

— Rome ne s'est pas faite en un jour, répond Ciara.

— Je suis sûr qu'elle a été construite en moins de temps qu'il n'en faut à Holly pour s'habiller, rétorque-t-il.

Ciara éclate d'un rire sarcastique et on entend les pas de papa décroître dans le couloir.

— Tu es tellement méchante avec lui, constaté-je en riant.

J'ai pitié de mon père.

— Juste quand je lui parle. (Elle surgit d'une pile de fringues une robe à la main.) Celle-là.

— C'est la première que j'ai essayée.

Je la tiens devant moi et me regarde dans le miroir.

— C'est mieux vu de devant, déclare Ciara dans mon dos en contemplant ma culotte.

C'est une petite robe en satin noir à fines bretelles, vraiment très courte.

— Le sang ne se verra pas sur le noir, affirme Ciara.

— Ciara, tu es ignoble, répliqué-je en secouant la tête.

Elle hausse les épaules, récupère son pot de crème glacée et quitte la pièce.

Je descends au rez-de-chaussée. Maman sort de la cuisine pour m'observer. Elle m'adresse un regard à la fois fier, inquiet et de mise en garde. Je reconnais et comprends les trois expressions. Tout ce que font et disent mes parents a plusieurs significations. Comme lorsqu'ils me disent « amuse-toi bien » mais que leur ton suggère que j'ai intérêt à m'amuser comme ils l'entendent et que si je m'amuse comme j'en ai l'intention, il y aura des répercussions et des conséquences.

Papa, Declan et Ciara regardent *Beadle's About* à la télévision et Declan hurle de rire. Jack et Gerry sont dans le salon en train de jouer à Sonic sur la nouvelle Sega Mega Drive de Jack. Après Eddie, Jack et la Mega Drive sont la deuxième addiction qui éloigne Gerry de moi. J'ai passé un nombre incalculable de soirées et de week-ends dans cette pièce avec eux. L'habituelle odeur de chaussettes sales et de pieds a été remplacée par celle de l'after-shave.

Gerry a les yeux collés sur l'écran.

Jack me jette un coup d'œil et me siffle, railleur. J'attends sur le seuil que Gerry ait terminé et qu'il me remarque, et que Jack se livre à des remarques moqueuses que je me ferai un plaisir d'ignorer. Je sais qu'il apprécie Gerry mais qu'il m'échangerait contre lui sans problème. Je sais aussi qu'il fait des commentaires désobligeants parce qu'il est gêné et qu'il pense que c'est son devoir d'aîné.

Gerry est super concentré, il a les lèvres pincées et les sourcils froncés. Il porte un jean bleu et une chemise blanche. Il a mis du gel dans ses cheveux. Ses yeux bleus pétillent. Il a mis assez de parfum CK One pour le partager avec tous les hommes invités à la fête. Je souris en le regardant. Comme s'il sentait mon désir, il finit par détourner les yeux de son jeu. Il me déshabille du regard de haut en bas, rapidement au début puis lentement. J'ai des papillons dans le ventre. J'aimerais rater la fête.

— Ah, non ! s'exclame Jack en levant les mains en l'air, ce qui nous fait sursauter tous les deux.

— Quoi ?

Gerry le regarde.

— Tu es mort.

— Je m'en fous, assure Gerry en souriant tout en balançant sa manette sur les genoux de Jack. Je me barre.

— Ne pose pas tes sales pattes sur ma sœur.

Gerry s'approche de moi avec un sourire radieux. Nos regards se croisent. Il lève les mains, certain que Jack ne peut pas le voir, ouvre les paumes, déploie ses doigts et presse l'air comme s'il s'apprêtait à saisir mes seins. La porte s'ouvre derrière moi.

C'est Ciara.

Elle le regarde baisser les bras en rougissant.
— Sympa. Ce sont les préliminaires ?

La fête à Erin's Isle est exactement comme je l'avais imaginée sauf que cette fois-ci, j'y participe. C'est plus facile. Une salle emplie des cousins, des oncles et des tantes de Gerry, des conversations sans fin par-dessus des plateaux de sandwichs, des ailes de poulet et des saucisses cocktail. J'ai fini mon verre d'alcool autorisé à 22 heures et mon deuxième verre tacitement permis vers 23 heures. Les invités les plus âgés s'en vont à 23 heures comme prévu ; Eddie entame une conga pour leur faire faire le tour de la salle avant de les conduire à l'extérieur vers leurs voitures et leurs taxis. C'est à ce moment-là que le DJ prend la relève et la musique est tellement forte qu'on ne peut plus du tout bavarder. Je descends un troisième verre en me disant que j'aurai le temps d'en boire un quatrième et en commençant à songer que notre fuite va être sabordée par l'attention qu'Eddie porte à Gerry depuis le début de la soirée. Lorsque Eddie prend d'assaut la piste de danse pour faire étalage de ses talents de *break dancer* comique, je suis certaine que je ferais mieux de commander un autre verre parce que Gerry est généralement son *sidekick* dans ce genre de spectacle. Mais je me trompe. Cette fois-ci, Gerry me choisit, moi.

Il se penche pour murmurer quelque chose à l'oreille d'Eddie qui lui sourit de toutes ses dents en lui flanquant une tape dans le dos. Je suis mortifiée. J'espère que Gerry ne lui a pas expliqué en détail ce qu'on s'apprête à faire mais notre départ précipité nous trahit. Eddie traîne Gerry à travers la piste dans ma direction puis il me serre contre lui si fort que je ne peux plus respirer. Gerry est tellement content de cette rencontre au sommet entre les deux personnes qu'il aime le plus au monde qu'il ne fait rien pour l'arrêter.

Eddie, en nage et ivre, nous attire tous deux à lui.

— Vous deux, dit-il en nous pressant. Tu sais que j'adore ce mec.

Un postillon atterrit sur mes lèvres mais je suis trop polie pour l'essuyer. La sueur qui macule son front le rend glissant contre le mien. Je songe à mon maquillage ruiné.

— J'aime vraiment ce mec, poursuit Eddie en embrassant brutalement le crâne de Gerry. Et il t'aime.

Il nous serre de nouveau contre lui. Même si je sais qu'il est plein de bonnes intentions et que c'est un moment important pour lui, c'est aussi douloureux. Ce type qui percute des hommes sur un terrain de foot ne connaît pas sa force. Sa chaussure pointue m'écrase cruellement l'orteil. J'essaie de me faire le plus petite possible tandis qu'il continue.

— Il t'aime, répète-t-il. Et toi aussi, tu l'aimes, pas vrai ?

Je regarde Gerry. Contrairement à moi, il paraît ému par cet étalage viril et incohérent d'amour et d'intimité. Il n'a pas l'air le moins du monde ennuyé d'être pressé ni qu'on lui transpire et postillonne dessus. Ni dérangé par le fait qu'Eddie est en train de forcer sa petite amie à avouer qu'elle l'aime.

— Oui, acquiescé-je.

Gerry me dévisage avec tendresse. Ses pupilles sont dilatées : il est bourré mais ce n'est pas grave, je suis un peu partie moi aussi. Son sourire est tellement idiot que j'éclate de rire.

—Allez, barrez-vous tous les deux, nous ordonne Eddie en nous libérant enfin.

Il ébouriffe les cheveux de Gerry avec un baiser violent puis il regagne la piste pour une *battle* de danse avec un coéquipier.

Nous nous rendons chez Gerry le plus vite possible, bien résolus à ne pas perdre une seule seconde du temps magique qui nous est alloué. Gerry est un amour, Gerry est prévenant. Nous le sommes tous les deux. Nous pensons l'un à l'autre, ce qui rend les choses encore meilleures pour nous. Il allume une bougie et met de la musique. À seize et dix-sept ans nous sommes les deux derniers de notre groupe d'amis à faire l'amour pour la première fois alors que nous sommes ensemble depuis le plus longtemps. Je suis suffisamment arrogante pour croire que Gerry et moi ce sera différent et nous sommes assez arrogants pour attendre d'être sûrs que c'est exactement ce que nous voulons. Je déteste le mot « arrogant » mais c'est comme ça que les autres nous voient. Nous avons assez d'assurance pour faire notre truc à nous, ne jamais suivre les autres, danser et non pas marcher, au rythme de notre propre tambour. Ça agace les autres, ça nous coupe parfois de nos amis, mais nous sommes ensemble et c'est tout ce qui compte.

Nous faisons l'amour et c'est tendre et profond. Il trouve sa cachette en moi, et moi mon refuge quand je m'enroule autour de lui. Nous créons notre endroit dans le monde ensemble. Plus tard, il m'embrasse gentiment, le regard plongé dans le mien pour deviner comment je me sens, toujours attentif à ce qui se passe dans ma tête.

— Le câlin d'Eddie était plus brutal, commenté-ie.

Il éclate de rire.

J'aimerais passer la nuit avec lui et me réveiller dans ses bras au petit matin mais c'est impossible, nous n'en avons pas le droit. Notre amour est limité et décidé par les autres et nous n'aurons le simple mais insaisissable plaisir de nous réveiller ensemble que quand « ils » nous le permettront. Je dois être rentrée pour 2 heures et il est déjà presque l'heure quand je dis au revoir à Gerry depuis le taxi.

Je viens à peine de m'endormir quand ma mère me réveille et je crains qu'on ait découvert ce que nous avons fait mais le coup de fil matinal n'a rien à voir avec nous. Gerry pleure au bout du fil.

— Holly, sanglote-t-il. (Je panique.) Eddie est mort.

Une fois sa fête finie à Erin's Isle, Eddie et son groupe d'amis sont allés dans une boîte de Leeson Street. Eddie était complètement ivre et en essayant de héler un taxi pour rentrer chez lui, il s'est retrouvé séparé de ses amis. On l'a retrouvé inconscient sur la chaussée. Un délit de fuite. Il est mort avant d'arriver à l'hôpital.

La mort d'Eddie brise Gerry. Nous savons tous les deux qu'il ne sera plus jamais comme avant. Je ne le perds pas, bien au contraire. Toutes les parties idiotes de sa personnalité disparaissent et celles que j'aime deviennent plus raffinées.

Je ne saurai jamais si c'est parce que nous avons fait l'amour pour la première fois au moment où Eddie vivait ses dernières heures, quand nous avons fondu nos anciens moi pour les mouler dans quelque chose de nouveau, ou si c'est à cause de la mort d'Eddie. Je suis certaine que c'est à cause des deux. La mort d'Eddie est un événement tellement monstrueux dans nos vies ; qui sait quel événement a changé quoi ? Ce que je remarque, c'est que les deux faits nous rapprochent et ce que j'apprends à ce moment-là sur Gerry et moi, c'est que plus le monde se disloque autour de nous, plus nous sommes proches.

Il y a l'enterrement.

Et quelque chose de nouveau.

Nous sommes assis avec les parents d'Eddie, son frère et sa sœur dans le salon, et tout le monde est choqué. Gerry est désolé de ne pas avoir été là quand Eddie est rentré chez lui ; il sait que s'il avait été présent, il ne l'aurait pas laissé rentrer seul, il lui aurait trouvé un taxi et l'aurait ramené. Mais nous avons tous les deux conscience qu'Eddie savait que nous étions amoureux et que ça lui plaisait, il nous a attirés à lui, serrés contre lui et mis dehors. Nous n'avons pas à éprouver de culpabilité, juste le regret que Gerry n'aurait pas pu lui sauver la vie.

— Si je regrette de ne pas l'avoir accompagné en boîte ce soir-là, alors je regrette ce qui s'est passé entre nous cette nuit, raisonne Gerry quand nous sommes seuls. Or je n'en regrette pas une seconde.

La mère d'Eddie nous conduit à l'étage pour nous montrer les cadeaux encore emballés et les cartes d'anniversaire. Une pile de présents pour ses vingt et un ans qu'Eddie n'ouvrira jamais. Ses parents les ont rapportés dans un sac-poubelle ce soir-là.

— Je ne sais pas quoi faire de tout ça, dit-elle.

— Tu veux qu'on t'aide à les ouvrir ? demande Gerry.
— Et qu'est-ce que je vais en faire ?
Nous examinons la chambre d'Eddie. Elle est remplie de ses affaires. Des choses qu'il a touchées, aimées, qui portent son parfum, son énergie, qui ont une signification et une histoire. Des trophées, des maillots de foot, des affiches, des ours en peluche, des jeux vidéo, des manuels de fac ; des objets qui contiennent son essence. Les cadeaux non ouverts devant nous n'ont rien de lui, ils n'ont pas eu la possibilité d'absorber sa vie.
— Vous voulez qu'on les rende ? demandé-je.
Gerry me regarde, atterré, comme si j'avais dit ce qu'il ne fallait pas, et pendant un instant j'ai peur d'avoir mal compris.
— Vous le feriez ? demande la mère d'Eddie.
Je m'agenouille et ouvre une petite carte scotchée à un présent emballé dans un papier cadeau bleu orné de ballons de foot.
— Paul B., lis-je.
— Paul Byrne, dit Gerry. Coéquipier.
— Tu les connais tous, Gerry, commente sa tante.
— Ils portent tous des cartes. On peut le faire. (Je lève les yeux sur Gerry, qui semble hésitant.) Un cadeau d'Eddie à ses amis.
J'ignore pourquoi je dis ça. Certainement parce que j'essaie de convaincre Gerry et que je sais que c'est ce que sa tante veut, mais au bout d'un moment, je commence à y croire.
— Un dernier présent d'Eddie, où qu'il soit, conclus-je.
Et Gerry s'accroche à ça. Pendant les semaines qui suivent nous nous donnons pour mission de rendre les

cadeaux offerts à Eddie. Identifier l'expéditeur, le localiser et le lui rapporter. Chaque cadeau raconte une histoire sur Eddie. Et la personne qui l'a choisi la partage avec nous, elle veut que nous sachions. Pourquoi ce cadeau, l'anecdote qu'il cache, et chaque raison maintient Eddie en vie. Et même s'ils récupèrent leur cadeau, ils emportent avec lui un petit morceau d'Eddie. Et ils le gardent. C'était le cadeau d'Eddie et le conserver le maintient en vie, que ce soit un maillot de foot, un caleçon idiot ou une boussole de la part de son oncle pour son neveu boy-scout afin qu'il ne perde jamais son chemin. Quoi que ce soit, petit ou gros, sentimental ou débile, c'est une marque de leur amitié et Gerry et moi le leur rapportons cet été-là, pendant les vacances. Nous travaillons tous les deux à mi-temps mais nous passons notre temps libre à livrer les cadeaux dans la voiture du père de Gerry – Gerry a eu son permis probatoire – juste tous les deux, on se livre à cette tâche importante et adulte avec une liberté nouvelle.

Nous nous sommes remodelés ensemble. Je l'ai vu se produire, je l'ai senti se produire. Il était dans mes bras. Il était en moi.

Le sexe, la mort, l'amour, la vie.

J'ai seize ans. Gerry dix-sept. Tout ce qui se brise autour de nous nous soude encore plus étroitement parce que tout le monde doit trouver sa cachette, même chaotique, sinon on ne s'entend plus penser. Notre cachette est en l'autre.

Nous créons notre espace et nous vivons dedans.

Chapitre 30

Le sachet de petits pois surgelés a décongelé pendant la nuit et laissé une tache humide au pied du lit. Cette humidité envahit mes rêves ; chaque fois que mes pieds l'effleurent, je rêve que j'ai les pieds dans l'eau. C'est d'abord une balade tranquille sur une plage, le sable est lisse et spongieux et l'eau va et vient, puis une piscine et j'agite librement les jambes sous sa surface bleue. Plus tard, dans un sommeil plus profond et plus sombre, je suis retenue par la cheville, une étreinte puissante à l'endroit où j'ai mal, et on me plonge la tête la première dans l'eau comme Achille. Ce geste est supposé me rendre plus forte mais la personne qui me tient est distraite et me garde suspendue trop longtemps. Je ne peux plus respirer.

Je me réveille en sursaut, à bout de souffle. L'été a amené avec lui un matin lumineux empli de chants d'oiseaux et un rayon de soleil torride traverse la fenêtre pour se déverser sur mon visage comme si un géant s'était accroupi au-dessus de moi en tenant une loupe. Je pose un bras sur mes yeux et tente de remplir ma bouche desséchée avec de la salive.

Le ciel est bleu, une alarme de voiture retentit non loin et le gazouillis d'un oiseau lui fait écho. Une tourterelle lui répond, un enfant rit, un bébé pleure, un ballon de foot martèle le mur d'un jardin.

La nuit n'a pas été reposante. Bouleversée par l'enterrement de Bert et la présence de Gerry, je suis de nouveau écrasée par la perte.

C'est le problème quand on aime puis qu'on perd, qu'on se cramponne puis qu'on lâche prise, qu'on est aimée puis abandonnée, reliée puis déconnectée. Il y a toujours un revers de médaille, il n'y a pas de juste milieu. Je dois pourtant le trouver. Je ne peux pas me perdre de nouveau. Je dois raisonner, me trouver, m'ancrer, tout mettre en perspective. Je ne dois pas tout ramener à moi, à mes sentiments, à mes besoins, à mes désirs, à mes deuils. Je dois cesser d'éprouver des sentiments aussi profonds sans pour autant être insensible ; tourner la page sans pour autant oublier ; être heureuse mais ne pas rejeter la tristesse ; étreindre sans me cramponner ; gérer mais ne pas ruminer ; affronter sans pour autant attaquer ; éliminer mais ne pas annihiler ; être gentille avec moi-même tout en restant forte. Comment mon esprit pourrait-il être un quand mon cœur est deux ? Tant de choses à être et ne pas être ; je ne suis rien et pourtant je suis tout, et cependant je dois, je dois, je dois.

Je peux faire plus, je dois faire plus. Les lettres ne suffisent pas. Il faut que j'apprenne de Bert, je dois accomplir davantage pour Ginika et je le dois à Jewel. Je vais commencer par là et cette douleur qui pulse de ma tête à mes pieds finira par disparaître. Elle le doit et il faut que je m'y emploie. Je suis immobilisée mais pas impuissante. Bouge, Holly, bouge.

Denise frappe doucement à la porte. Je m'enroule dans la couette et fais semblant de dormir en espérant qu'elle s'en ira. La porte s'ouvre lentement et elle entre sur la pointe des pieds. Je la sens près de moi qui vérifie que je vais bien. J'entends un bruit de vaisselle quand elle pose quelque chose sur ma table de nuit. Une odeur de café et de toast beurré me chatouille les narines.

— Merci, dis-je dans un croassement.

— Ça va ?

— Oui. J'ai eu une révélation.

— Oh, c'est sympa.

Je souris.

— J'ai parlé à Ciara, qui m'a dit que tout s'est bien passé à la veillée de Bert hier.

Je finis par ouvrir les yeux pour l'observer et voir si elle réprime un rire mais ce n'est pas le cas. Elle est empathique, compatissante et prévenante, ma Denise.

— J'aurais pu mieux m'en tirer, déclaré-je en m'asseyant. Mais ça été bien reçu, ce qui est le principal.

Je jette un coup d'œil sur ma table de chevet : je ne me suis pas trompée pour la nourriture. Des œufs brouillés crémeux sont posés sur une tranche de pain complet et mon estomac me rappelle que je n'ai rien mangé depuis la veille au matin.

— Merci pour ça.

— Il faut bien que je paie mon loyer.

Elle sourit tristement.

— Il s'est passé quelque chose ?

Elle joue avec sa cuticule.

— Je suis allée voir Tom hier. Je lui ai dit que j'étais désolée. Que j'avais commis une erreur parce que j'avais paniqué.

— Et ?

— Il m'a répondu d'aller me faire foutre.

Je grimace.

— Tom est en colère, il a le droit de péter un plomb, mais il va se calmer.

— Je l'espère. Je dois le reconquérir. Mais je ne sais pas vraiment comment faire. Je peux l'acheter avec des cadeaux. Tu as des idées ?

Mais mon esprit a vagabondé dans une autre direction.

— Tu as déjà pensé à l'adoption ?

— Tu penses que si j'adopte un bébé, il reviendra ?

— Quoi ? Non. Je pensais à l'adoption, à être famille d'accueil. Je sais que ce n'est pas la même chose, que ce ne sera pas un bébé de Tom et toi et que c'est ce que tu désirais profondément, mais regarde comment tu t'en es sortie avec Jewel, à quel point tu as été aimante, attentionnée et merveilleuse. Imagine combien de bébés ont besoin de l'amour que tu es prête à donner. (Je m'interromps tandis qu'une nouvelle idée s'enracine dans mon cerveau.) Denise, dis-je, les yeux écarquillés.

— Arrête, dit-elle. Je sais à quoi tu penses. Je me suis déjà renseignée.

— Ah bon ?

— Il faut dix-huit mois pour que le dossier soit examiné et il faudrait un miracle pour que je puisse bouleverser la vie de Jewel et la traumatiser en l'arrachant au foyer dans lequel elle se trouverait depuis dix-huit mois. Il y a de fortes chances pour que ça ne produise pas. On ne peut pas choisir son enfant. Ce sont les services sociaux qui décident.

— Mais si tu *pouvais* être la tutrice de Jewel, est-ce que Tom serait d'accord ? demandé-je, le cerveau carburant à toute allure.

— Il faudrait déjà qu'il me *parle* avant qu'on puisse entamer une discussion aussi importante. Qu'il me regarde dans les yeux serait déjà un début. Et puis de toute façon, tout ça est complètement hypothétique. C'est à Ginika de prendre la décision. Je ne peux pas le lui demander, ce ne serait pas bien.

— Elle serait peut-être d'accord. Est-ce que ça ne vaudrait pas au moins la peine d'essayer ? Elle cherche un foyer dans lequel sa fille pourra grandir en toute sécurité. Tu as été aimante et gentille avec toutes les deux. Tu le *désires* tellement fort.

Denise me regarde.

— Et sans vouloir te mettre la pression, Tom est obligé de te reprendre parce que, hier, j'ai accepté une offre pour la maison. Dans trois mois, on est à la rue.

— Quoi ? Vraiment ? (Denise essaie de se montrer enthousiaste mais je devine le raz-de-marée intérieur que ça doit être.) Félicitations. Où vas-tu vivre ?

— Je n'en ai aucune idée.

— Bon sang, Holly, je ne suis pas en position de te juger, mais qu'est-ce qu'il t'arrive ? En peu de temps, depuis le podcast, tout déraille dans ta vie.

Je me laisse tomber sur le lit en gémissant.

— Ne me dis plus de choses blessantes, je ne le supporterai pas.

Je remarque soudain la tasse qu'elle a posée à côté de moi. Elle boit son café dans le mug *Star Wars* de Gerry. Celui que j'ai cassé.

— Tu as réparé ce mug ?

— Non. Il était sur le plan de travail quand je suis rentrée du boulot.

Hier. Je suis passée dans la cuisine prendre les petits pois surgelés dans le congélateur mais je n'ai pas fait attention avant de monter m'effondrer dans mon lit. Je me penche en avant pour examiner le mug. Je cherche les fissures autour de l'anse et du rebord.

— Attends une seconde.

Je repousse les couvertures, me lève et me dépêche de descendre à la cuisine, Denise sur les talons.

J'ouvre le placard. Le mug cassé a disparu.

— Il était là à côté de ce trousseau de clés, explique Denise en tendant le doigt vers le grille-pain.

Je comprends ce qui s'est passé.

C'est le trousseau de Gabriel.

Il a réparé le mug de Gerry.

Le samedi matin, je sors de chez moi mais je ne prends ni la voiture ni le vélo ; je me décide pour le bus et plus spécifiquement la ligne 66A. Ginika m'en a parlé, elle a râlé et grommelé pendant ses moments d'irritation. Son père, le chauffeur de bus, le diable aux commandes du 66 menant ses ouailles à Chapelizod tout en la rendant folle de loin.

Il n'est pas dans le bus de 9 h 35. Je reste assise sur les marches d'un immeuble de l'époque georgienne de Merrion

Square, mon café à emporter à la main, le visage levé vers le soleil dans l'espoir que son énergie me nourrira. À 10 h 30, je sais que c'est lui. Il ressemble à Ginika. Les mêmes grands yeux et des pommettes rondes en forme de prunes.

Il ouvre les portes et je rejoins la queue. Je l'examine attentivement pendant que les gens lui tendent leur monnaie ou insèrent leur carte de voyageur. Il hoche la tête en silence quand on le salue, il a une présence silencieuse et réservée. Il ne ressemble pas au portrait que sa fille en a fait. Ce n'est pas le capitaine arrogant de son navire, juste un professionnel fatigué avec les yeux injectés de sang. Je choisis un siège d'où je peux le surveiller et je ne le quitte pas des yeux durant tout le trajet. De Merrion Square à O'Connell Street, il manœuvre dans et hors de sa voie, levant une main par la vitre pour remercier ceux qui lui cèdent le passage. Patient, calme, prudent, habile au milieu de la circulation dense du samedi matin au centre-ville. Huit minutes de plus pour atteindre Parkgate Street, dix minutes pour Chapelizod. J'observe tour à tour le joli village et le père de Ginika, les trouvant tous les deux intéressants. Sept minutes jusqu'au centre commercial de Liffey Valley où descend la majorité des voyageurs. Dix minutes jusqu'au Lucan Village, puis encore douze jusqu'à River Forest où je me retrouve toute seule dans le bus.

Il me jette un coup d'œil par-dessus son épaule.

— C'est le terminus.

— Oh. (Je regarde autour de moi.) Vous revenez au centre-ville ?

— Pas avant vingt minutes.

Je me lève et m'approche de lui. D'après son badge, il s'appelle Bayowa Adebayo. Des photos et des bibelots décorent son tableau de bord. Des crucifix et des médailles religieuses. Des photos de quatre enfants. L'un d'entre eux est Ginika. C'est un cliché scolaire, elle porte un uniforme gris et une cravate rouge, un sourire radieux découvre ses dents de travers, ses yeux noisette ont un éclat vif et malicieux et une fossette creuse sa joue.

Je souris en la voyant.

— Vous avez raté votre arrêt ? demande-t-il.

— Non. Euh… Je profitais juste du voyage.

Il m'observe avec une curiosité discrète. Il me trouve peut-être bizarre mais ça ne le choque pas plus que ça.

— D'accord. Bon, je repars dans vingt minutes.

Il tire sur un levier et la porte s'ouvre.

— Oh.

Je descends du bus et regarde autour de moi. Les portes se referment aussitôt dans mon dos. Je franchis les quelques pas qui me séparent du terminus et m'assieds sur le banc. Il quitte son siège et se dirige vers l'arrière du bus, un sac plastique à la main. Il s'assied pour manger un sandwich et boire quelque chose dans sa Thermos. Il me remarque, toujours assise sur le banc, et reporte son attention sur son repas.

Vingt minutes plus tard, il remonte l'allée, ouvre les portes, descend, les ferme de l'extérieur, froisse son sachet et le jette dans la poubelle. Il s'étire, ce qui fait remonter son pantalon sur sa petite bedaine, et rouvre les portes. Il remonte et les referme en s'installant derrière le volant. Une fois prêt, il les rouvre et je monte dans le bus. Il m'adresse un signe de tête, pas de question, pas de conversation, il se moque de ce que je fais et il n'est pas curieux ou du moins, il ne le montre pas. Je m'installe au même endroit qu'à l'aller. Une fois parvenus au terminus, à Merrion Square, je me lève et laisse tout le monde descendre avant moi. Je m'approche de la vitre qui sépare le chauffeur de l'allée.

— Vous repartez ? demande-t-il, une lueur amusée dans ses yeux fatigués, un petit sourire aux lèvres.

— Non, réponds-je parce que cette fois je suis prête. Je suis une amie de votre fille, Ginika.

Il ne cesse pas de sourire mais la façon dont ses traits se figent en dit long.

— Elle est incroyable et très courageuse. Elle m'a beaucoup inspirée et appris. Vous devriez être très fier d'elle.

Je n'ai pas le courage d'en dire plus. Peut-être n'en ai-je pas envie. Il a le droit de savoir. Non, plus que ça : il *devrait* savoir. Il vaut mieux qu'il apprenne, alors que sa fille est encore en vie et respire le même air que lui, qu'elle est incroyable, courageuse et inspirante. Ça ne suffit pas de le découvrir après ou de s'en rendre compte trop tard. Je descends rapidement du bus avant qu'il ne me crie dessus, ou ne me parle et que je me retrouve impliquée plus que nécessaire. Ça suffit, je pense. Je l'espère.

Il est l'heure de déjeuner et, requinquée par ma brève rencontre avec le père de Ginika, j'ai le pas léger et je ne pense qu'à la prochaine tâche que j'ai promis d'accomplir. Une enveloppe pleine d'argent est soigneusement rangée dans mon sac à main, accompagnée d'une liste de courses minutieusement rédigée, et je ressens un grand désir de continuer à repousser les coins obscurs de mon esprit fragile. Je ne dois pas permettre aux nuages d'assombrir l'avenir, ils doivent s'éloigner, exactement comme les nuages que j'ai regardés par la fenêtre hier. C'est le premier samedi de juin et je dois faire les courses de Noël pour Joy.

Joy a trois fils : Conor, Robert et Jeremy. Conor a épousé Elaine et ils ont deux enfants, Ella et Luke. Robert est marié avec Grainne et ils ont quatre enfants en bas âge, les jumeaux, Nathan et Ethan, Lily-Sue et Noah. Jeremy a un garçon, Max, avec Sophie et sa deuxième femme, Isabella, est enceinte.

Joy a trois sœurs et un frère : Olivia, Charlotte, Emily et Patrick. Trois sont mariés, un divorcé, mais Joy est proche de ses beaux-frères et de sa belle-sœur. À eux tous, ils ont onze enfants et cinq d'entre eux sont parents. Joy a aussi deux belles-sœurs et un beau-frère du côté de son mari, qui ont tous des enfants : elle a huit neveux et nièces de ce côté-là. Quatre d'entre eux ont sept enfants au total. Et puis il y a Joe, son roc, son pilier, et ses deux meilleures amies, Annalise et Marie.

Tous ces noms figurent sur la liste de Noël de Joy, avec un cadeau spécifique pour chacun d'entre eux. Elle m'a demandé de m'en charger, moi, son agent du club P.S. : I Love You, pas à ses enfants ni à ses belles-filles ni à ses amies, parce qu'elle veut que tout continue comme avant, que rien ne sorte de l'ordinaire même quand la vie a pris un tour qui ne plaît à personne. Elle veut que personne ne se sente exclu ; tous ceux qui lui sont chers recevront son cadeau d'adieu.

Distribuer les lettres de Bert, acheter les cadeaux de Noël de Joy, la regarder faire des gâteaux et cuisiner les plats préférés de Joe, ajouter des notes à son album de secrets, être invitée dans le foyer et le monde de Paul pour filmer ses messages personnels, avoir un aperçu de ses pensées et de ses souvenirs : ces gens m'ont intimement accueillie dans leurs univers précieux et privés. Je me sens investie d'un dessein, d'une responsabilité envers ceux qui m'ont confié d'importantes tâches. Et même si ça m'a indubitablement détournée de ma vie personnelle, ça m'a permis d'oublier un peu mes malheurs. Je me perds dans cette mission. Suivre la liste de Joy, acheter les présents en fonction du budget alloué puis cocher ce que je viens de faire est extraordinairement gratifiant. Ça m'occupe. J'ai un but, un but important, j'accomplis les souhaits de Joy.

Une fois de retour chez moi, je m'assieds sur le sol de mon salon et étale les cadeaux pour les emballer. D'ordinaire, je déteste ça et à Noël, je le fais faire en boutique. Mais ce n'est pas Noël et c'est mon devoir. À l'aide de papier coloré et de ficelle, je prends un soin inhabituel à faire des paquets soignés aux coins nets et au scotch double face soigneusement caché.

Denise rentre à 19 heures, accompagnée de Sharon. Je suis un peu agacée de voir ma solitude prendre fin et irritée que Sharon ne m'ait pas demandé la permission de venir. Je suis habituée à avoir mon espace personnel et j'aime être seule. Même si Gabriel et moi vivions presque ensemble, avoir chacun sa maison nous permettait de respirer et même si nous étions un couple, nous nous sentions bien quand nous étions seuls.

— Tu emballes des cadeaux de Noël ? demande Sharon depuis le seuil.

— Oui, pour Joy.

Je me prépare à encaisser une remarque sarcastique.

— D'accord. Je ne te dérange pas, je vais à la cuisine avec Denise.

Elle s'éloigne d'un pas vif, compréhensive. Quelques instants plus tard, j'entends de la musique. Un instrument à cordes introduit la voix douce et apaisante de Nat King Cole chantant *The Christmas Song* depuis le téléphone de Sharon. Elle pose devant moi un verre de vin rouge et un bol de chips, me fait un clin d'œil et referme la porte derrière elle, me laissant seule.

Chaque paquet possède sa carte : « Pour Conor », « Pour Robert », « Pour Jeremy »... pour tous ceux dont les noms figurent sur la liste, signée « *P.S. : I love you* ». Je les range dans trois cartons ordinaires sur lesquels j'écris « Guirlandes de Noël », vu que le plan c'est de les ranger dans le grenier pour que Joe les trouve quand il décorera la maison pour Noël.

J'ai affirmé à Gabriel que ma vie reprendrait son cours normal et que je disparaîtrais de la vie de ces gens une fois mes obligations remplies. Mais il avait raison : j'en suis incapable. En revanche, il s'est trompé en pensant que c'était négatif. Je n'ai pas envie de l'éviter, *c'est ma vie* à présent. Et cette vie me redonne vie. Hier, je me suis effondrée, mais je suis différente à présent. J'ai appris de mes erreurs et aujourd'hui, je me suis ressaisie.

Chapitre 31

Comme je ne peux plus prendre de congés et que je me sens toujours aussi régénérée et enthousiaste une semaine après ma grande révélation, je décide de commencer mes journées plus tôt. Il est 7 heures ce samedi matin et je me sens optimiste concernant la prochaine mission que je dois accomplir pour Paul. J'attends dans le grand parking désert d'un centre commercial dont il m'a donné l'adresse. J'ignore pourquoi je suis là. Je ne contrôle pas les idées de Paul, je me contente de tenir la caméra et d'obéir à ses ordres. Je me demande si je ne devrais pas en faire plus et s'il me le permettrait.

Un véhicule finit par arriver et je ne peux m'empêcher de rire. C'est une Morris Minor vert bouteille, pas la voiture habituelle de Paul. Je filme son arrivée en réprimant mon rire et en essayant de ne pas trembler. Je ne suis pas censée être vue ni entendue. Il se gare à côté de moi et baisse sa vitre, ce qui lui prend pas mal de temps vu qu'elle est manuelle, mais ça ajoute à la drôlerie de la chose.

— Salut, Casper, dit-il à la caméra. Tu as seize ans. Tu es beau. Je suis sûr que les filles t'adorent. Voici la voiture dans laquelle mon père, papi Charlie, m'a appris à conduire. Elle n'était pas cool à l'époque et elle n'est toujours pas cool aujourd'hui mais je t'emmène quand même pour te donner ta première leçon de conduite. Monte, ordonne-t-il avec un clin d'œil.

— Qu'est-ce qui ne va pas ?

Il me lance un regard incertain. On vient juste de finir de filmer la leçon de conduite.

— Ce n'était pas bon ? Vous n'êtes pas convaincue, c'est ça ?

— C'était super !

Je plaque un sourire sur mes lèvres mais je suis préoccupée. Il a fait plusieurs remarques qui, à mon avis, ne seront pas pertinentes dans seize ans et je ne pense pas qu'il ait songé à tout. Il fait comme si cette leçon allait avoir lieu demain pour son fils de deux ans, il a mentionné des amis qu'il a maintenant et a évoqué des choses d'aujourd'hui et d'autres qu'on ne peut pas prédire quinze ans à l'avance. Je ne dis rien parce que je ne veux pas gâcher sa bonne humeur. Ses souhaits sont des ordres et c'est exaltant d'être avec lui quand il est si joyeux. Préparer les lettres et les vidéos ne nous entraîne pas dans les ténèbres contrairement à ce qu'on pourrait imaginer et à ce que craignait Gabriel ; c'est positif, drôle et visionnaire. J'aimerais qu'il puisse me voir maintenant ; je ris, je souris, j'apprécie de passer du temps avec quelqu'un qui ne me déprime pas du tout, au contraire.

— C'est toujours bon pour la vidéo d'Eva demain ? demande-t-il, dynamique et anxieux comme si je m'apprêtais à dire non.

— Tout est prêt.

— Super. Alors on a presque fini. Il faut que tout soit terminé d'ici à la semaine prochaine.

Une fois que ce sera bouclé avec Paul, il ne restera plus qu'une personne. Que ferai-je ensuite ?

— Pourquoi la semaine prochaine ?

— La craniotomie est programmée.

La chirurgie du cerveau est sans l'ombre d'un doute la plus dangereuse de toutes. La craniotomie est la façon la plus courante d'enlever une tumeur au cerveau ; le chirurgien découpe une partie de la calotte crânienne pour atteindre le cerveau. Il est souvent impossible d'ôter toute la tumeur et le chirurgien en enlève le plus possible : on appelle ça le dégonflage. Les risques sont multiples : infection, hémorragie, saignements du cerveau, caillots de sang, gonflement du cerveau, convulsions, parfois infarctus à cause de la tension basse.

— Mon mari en a eu une.

— Ce sera ma troisième. Le chirurgien m'a dit que je pourrais être paralysé du côté gauche.

— Ils sont obligés de vous exposer le pire scénario possible.

— Je sais. Mais je veux que tous les messages soient prêts, au cas où. J'ai écrit la lettre pour Claire et nous avons des dizaines de vidéos. Elles sont prêtes, n'est-ce pas ?

Il agite nerveusement les jambes sous le volant.

— Je les ai toutes envoyées à l'adresse mail que nous avons créée pour Casper et Eva, assuré-je d'un ton calme en espérant que ça va l'apaiser.

— La lettre explique à Claire ce qu'elle doit faire pour les enfants, dit-il.

J'acquiesce. J'espère que Claire trouvera que c'est une bonne idée, sinon elle sera accablée pour le restant de ses jours avec des mails à donner à ses enfants grandissants. Je me demande si je ne devrais pas évoquer le problème avec lui, mais au lieu de ça, je dis :

— Paul, vous pensez que c'est raisonnable de conduire ?

Ma question l'irrite.

— Je suis juste inquiète pour vous, c'est tout.

Pendant presque quatre ans, ma vie a tourné autour de ce que vit Paul. Je sais tout de la vision dédoublée, des convulsions, de l'immobilisation. Le permis de Gerry lui avait été retiré.

— À partir de la semaine prochaine, je ne conduirai plus. Je ne ferai plus grand-chose, à vrai dire. Merci pour votre aide, Holly.

C'est direct. Il est temps pour moi de descendre de voiture.

Un coup sur la vitre me fait sursauter.

Paul lève les yeux et jure.

Une jeune femme d'environ mon âge, un tapis de yoga sur les épaules, nous fusille du regard.

— Merde, chuchoté-je. (Paul est blanc comme un linge.) C'est Claire ?

Il arbore un grand sourire et ouvre sa portière.

— Paul, sifflé-je, le cœur battant à tout rompre.

— Entrez dans mon jeu.

Il me sourit, les dents serrées.

Claire s'écarte de ma vitre.

— Salut, chérie, l'entends-je dire, dégoulinant de charme et de mensonge.

— Putain, putain, putain, marmonné-je à voix basse avant de prendre une profonde inspiration et de descendre à mon tour.

Claire n'embrasse pas son mari, son langage corporel est froid.

— Qu'est-ce que vous fichez tous les deux ? (Elle se tourne vers moi.) Qui êtes-vous ? Qu'est-ce que vous faites avec mon mari ?

— Je te présente Holly, chérie, répond-il d'un ton d'avertissement. Regarde-moi. C'est Holly. C'est une amie de Joy, un membre du club de lecture.

Claire m'examine des pieds à la tête. Je suis incapable de croiser son regard. La situation est atroce, c'est exactement ce que je craignais. Je me déteste. Si j'avais trouvé Gerry assis dans une voiture avec une autre femme une semaine avant une opération importante, après avoir consacré ma vie à le soigner, j'aurais eu envie de les étrangler tous les deux. Ça craint.

— Tu as dit que tu allais acheter des jouets aux enfants chez *Smyths*, dit Claire. Tu n'es pas censé conduire mais je t'ai laissé partir. Je me faisais tellement de souci que je t'ai appelé. J'ai un cours de yoga et j'ai dû téléphoner à ma mère pour qu'elle vienne garder les enfants. Bon sang, Paul, qu'est-ce que tu fais ? Et pourquoi tu as pris la vieille voiture de ton père ?

La frustration la fait bouillir. Je suis de son côté.

— Je suis désolé, j'ai oublié que tu avais yoga. Je vais rentrer tout de suite et m'occuper des enfants, ta mère pourra rentrer chez elle. Et tu as raison, je n'aurais pas dû conduire. J'ai croisé Holly chez *Smyths*, je ne me sentais pas bien et je lui ai demandé si elle pouvait me conduire à la maison. Rien de grave, juste une migraine et un peu de vertige, mais je ne me sentais pas de reprendre le volant et j'étais en train de lui montrer comment la conduire, c'est tout.

Il parle très vite ; ça le rend à la fois difficile à croire mais aussi impossible à interrompre. Claire me dévisage. Je fais un pas en arrière, prête à partir.

— Elle m'a aidé, c'est tout. (Paul me regarde.) Elle m'a rendu un fier service. N'est-ce pas ?

— Oui.

Paul est loin d'être sorti d'affaire mais je refuse de rester. Je ne veux pas qu'on me prenne pour une menteuse ou une femme adultère.

— J'ai été ravie de vous rencontrer, Claire, dis-je, confuse, gênée par mon ton, mes mots, mon expression, mon attitude. Rentrez bien, Paul, dis-je froidement.

J'ai signé pour l'aider, pas pour mentir ni pour jouer le rôle de punching-ball. Même si ça l'aide, chaque coup me marque.

Ma journée de travail terminée, lorsque je m'assieds à côté de Ginika, je suis épuisée. Nous assemblons les lettres pour en faire des mots. J'ai installé un parasol pour qu'on puisse s'asseoir dehors au milieu des abeilles qui festoient bruyamment sur les plates-bandes colorées que Richard a plantées. Il a épousseté, poncé et verni les meubles de jardin à temps pour profiter des deux semaines de canicule qui s'annoncent. Denise est assise sur une couverture avec Jewel : elle chante, rit et désigne les oiseaux, les abeilles et les fleurs tandis que Jewel tend son petit index grassouillet vers tout.

Son mot préféré est « waouh » et pour l'instant, le monde entier est waouh.

— Regarde, Jewel, un avion ! s'exclame Denise, allongée sur le dos, en tendant un doigt vers le ciel en direction de l'avion solitaire qui traverse le bleu du ciel en traçant un sillage blanc derrière lui.

— Waouh, répond Jewel en tendant l'index.

Tandis que Denise ouvre les yeux de Jewel au monde qui l'entoure, je suis ravie que Ginika soit aussi attentive et qu'elle tienne sérieusement sa part du marché. Elle a peut-être arrêté l'école très tôt, mais à présent c'est une élève sérieuse. Investie, ponctuelle, préparée, elle déverse son cœur et son âme dans l'apprentissage de la lecture et de l'écriture comme si sa vie en dépendait.

— M-e...

— Ces deux lettres vont ensemble, il faut les prononcer ensemble.

Je pose un doigt sur ma bouche pour lui donner un indice.

— Me, reprend-elle et je souris avec fierté. Me-r-d-e. (Elle les articule séparément. Elle fronce les sourcils et répète.) Merde, dit-elle soudain, comprenant ce qu'elle vient de lire. Merde.

Je souris, radieuse.

— J'aurais bien aimé que ça soit comme ça à l'école, constate-t-elle en riant.

— Le mot suivant.
— M-a-l. Mal.
— Le suivant.
— Pu-t-ain. Putain ! s'esclaffe-t-elle.
— Oui ! (Je brandis le poing en signe de victoire.) A, I et N vont ensemble, tu ne les as pas séparés.

Je lève la main pour un *high five*. Elle lève les yeux au ciel et frappe mollement ma paume, embarrassée par les louanges.

— Vous êtes trop bête. Merde, Mal et Putain, lit-elle. C'est quoi cette humeur de merde ?

— Certains mots s'épèlent de manière irrégulière et on ne peut pas les lire en ajoutant les sons les uns aux autres, poursuis-je en ignorant sa question.

Ginika émet un petit bruit de désapprobation.

— Je sais, dès qu'on croit que tout s'arrange, il y a toujours un obstacle sur la route.

— Comme un cancer.
— Ginika !

Elle éclate d'un rire sardonique.

— Malheureusement, la plupart de ces mots sont très courants et on les appelle les mots *difficiles*.

Ginika lève de nouveau les yeux au ciel et remonte ses manches.

— Bon. Voyons voir ces enfoirés.

Je souris.

— Par exemple. Ce mot, dis-je en écrivant. On devrait le lire…

— C-o-r-p-s, articule Ginika en prononçant le p et le s. Qu'est-ce que ça veut dire ?

— Parfait, dis-je en souriant.

— Je l'ai bien lu ?

— Tu l'as à la fois bien et mal lu. C'est un mot difficile, et on le prononce corps. Le p et le s ne se prononcent pas.

— Ah, bordel mais si on ne les prononce pas, pourquoi on les écrit ?

Elle lance son crayon en l'air et il retombe sur la table. Le bout pointu entaille le vernis frais. Je fais semblant de n'avoir rien vu ; ce n'est certainement pas la première fois que je la vois s'énerver.

— Ginika, intervient Denise. Désolée de vous interrompre, les filles. (Son ton est bizarre, nerveux.) Une amie a donné des affaires pour bébé – ses enfants sont plus grands et elle s'est débarrassée d'une poussette. Je l'ai prise en me disant que ce serait bien pour Jewel. Tu n'es pas obligée de l'utiliser si tu n'en as pas envie…

— Elle déteste la poussette, vous le savez. Elle n'aime que les bras, rétorque Ginika d'un ton sec sans lever les yeux de sa page.

— Bien sûr, c'est toi sa maman, tu sais ce qui est mieux pour elle. Mais je me suis dit qu'il valait mieux que je la prenne plutôt qu'elle la jette. Je vais te la montrer.

Elle se précipite à l'intérieur, laissant Jewel sous notre garde. Le bébé est allongé à plat ventre, concentrée sur un brin d'herbe. Elle tend un doigt, le caresse doucement, puis… l'attrape et tire dessus. Denise revient dans le jardin avec la poussette.

Elle n'a pas l'air du tout usagée. Elle est flambant neuve.

Je jette un coup d'œil à la dérobée à Ginika, qui considère la poussette d'un œil vide, un million de pensées tourbillonnant dans son esprit.

— Je pourrais aller la promener pas loin, propose Denise d'un ton léger et désinvolte. Pour la changer un peu d'air.

Je ne m'en mêle pas. Tête baissée, je continue à préparer la suite.

Ginika garde le silence. Quand on la pousse, elle a tendance à exploser, surtout quand ça concerne sa fille. Sa réponse, quand elle finit par la formuler, nous surprend toutes les deux.

— D'accord.

Jewel donne pas mal de coups de pied quand Denise l'installe dans la poussette, mais son attention est vite accaparée par les jouets – neufs eux aussi – que Denise place sur la barre de sécurité. Elle attache aussi l'album préféré de Jewel et cette dernière est toute contente.

Après leur départ, Ginika reste silencieuse. Elle détourne le regard des manuels et le pose sur la couverture vide étendue sur le gazon. Elle a l'air fatigué. Elle l'est. Ses yeux sont cernés et elle a perdu beaucoup de poids : le cancer a gagné son foie, ses intestins et son aine. Elle se penche vers son sac mais c'est trop d'effort pour elle et je le ramasse à sa place. Elle fouille dans un sachet et en sort une sucette mais je sais que ce n'est pas un bonbon. C'est une sucette de Fentanyl pour les accès soudains de douleur intense.

— Faisons une pause, dis-je. Tu veux rentrer ? Il fait peut-être trop chaud.

— Je ne veux pas faire de pause, rétorque-t-elle sèchement.

— D'accord. Je peux t'apporter quelque chose ?

— Non.

Un silence.

—Merci, ajoute-t-elle d'un ton moins hargneux.

Pour lui laisser un peu de temps, j'éloigne ma chaise de l'ombre et je me détends enfin, calée au fond de mon siège, les yeux fermés, le visage tourné vers le ciel. J'écoute les oiseaux chanter avec délectation et les abeilles bourdonner. J'enfonce les orteils dans l'herbe chaude. Ma journée de merde prend un tour meilleur.

—Votre mari en prenait aussi ? demande-t-elle.

J'ouvre les paupières : elle agite la sucette.

—Non. Il était sous morphine. En intraveineuse.

—C'est plus fort, dit-elle en suçant son médicament. La morphine me rendait malade.

Les changements qui se sont opérés en elle depuis qu'on se connaît sont saisissants mais pas évidents. Certes, son corps s'est transformé, mais son esprit aussi. Son corps est plus mince mais son esprit plus large. Elle se dévoile davantage quand elle n'est pas concentrée sur le mur qu'elle a érigé autour d'elle et nous avons de vraies conversations. Elle est plus assurée, plus confiante, elle sait ce qu'elle veut. Elle l'a toujours su, en vérité, mais elle exprime différemment ses opinions et ses émotions. Elle a avoué avoir éprouvé de la joie quand elle a réussi à lire la notice du sirop pour la toux de Jewel. Elle lui lit une histoire tous les soirs. Savoir lire l'a rendue plus sûre d'elle et beaucoup moins perdue et perturbée par le monde.

—Je pense que votre maison est hantée. Les photos n'arrêtent pas de bouger.

Je suis son regard, à travers les portes ouvertes de la véranda jusqu'à la salle à manger et au salon. Je suppose qu'elle parle de la cheminée : la photo de Gabriel et moi a disparu, remplacée par la photo de mon mariage qui s'était décrochée et que j'ai mise dans un cadre plus petit. J'avais bien vu qu'elle avait remarqué le changement en arrivant et j'attendais qu'elle m'interroge mais à ma grande surprise, elle a attendu.

— Gabriel et moi avons rompu.

Elle me lance un regard surpris.

— Pourquoi ? Il vous a trompée ?

— Non. Il a une fille qui a besoin de lui et elle est passée en premier.

L'immédiate culpabilité que je ressens en faisant passer Gabriel pour le méchant me révèle qu'Ava n'est pas la vraie raison de notre rupture. La potion de déni ne fait plus effet.

— Elle a quel âge ?

— Le même que toi.

C'est la première fois que je fais le lien. Ginika paraît plus vieille.

— Pourquoi elle a besoin de lui ? Elle est malade ?

— Non, elle est perturbée. Elle a des problèmes au lycée, elle fait des conneries. Elle boit, elle fume, elle fait la fête. Elle ne s'entend pas avec sa mère et son beau-père. Gabriel a décidé qu'il valait mieux qu'elle aille vivre avec lui.

— À votre place ?

— En gros, soupiré-je. Oui.

— Donc, parce que sa fille est une sale morveuse, il vous a larguée ?

— Elle a besoin de stabilité. (J'essaie de dissimuler mon cynisme.) Et il ne m'a pas larguée. C'est moi qui ai rompu.

Je suis fatiguée de lui répondre par bribes, c'est exactement comme ça qu'elle s'y prend avec moi et si je continue on n'arrivera jamais nulle part. Je me penche en avant, les coudes sur la table, le visage dans l'ombre du parasol.

— J'en ai eu marre de l'attendre, Ginika. Et il n'appréciait pas du tout ce que je faisais avec le club.

— C'est de la jalousie, acquiesce-t-elle d'un air entendu en contemplant la couverture vide où sont posés les jouets de Jewel.

— Non. (Je fronce les sourcils, perplexe.) Pourquoi dis-tu ça ?

— C'est évident. Votre mari a fait quelque chose d'incroyable que d'autres personnes essaient d'imiter. Il a lancé un truc assez fou. Votre mec ne peut pas rivaliser avec un mari mort, n'est-ce pas ? Même s'il est super bon pour abattre les arbres ou je ne sais quoi. Alors il se dit : si elle compte passer du temps avec son mari mort, ben moi je vais vivre avec ma fille. Comme ça elle verra bien l'effet que ça fait.

Je regarde Ginika, surprise. C'est un point de vue que je n'avais pas envisagé, peut-être naïvement.

Gabriel pourrait-il être jaloux de Gerry ? Ce serait logique vu que c'est exactement ce que j'ai ressenti envers sa fille.

— Ginika, tu es l'une des personnes les plus sages que je connaisse.

— Je ne sais même pas épeler « sage », marmonne-t-elle, gênée par le compliment.

— Être sage n'a rien à voir avec la maîtrise de l'orthographe.

— Avec quoi, alors ?

— Je n'en sais rien, réponds-je avec un sourire en coin.

— Cinq minutes avec moi et je remettrais sa fille dans le droit chemin, affirme Ginika en prenant ma défense. Je n'ai peut-être plus l'énergie de lui flanquer une bonne raclée mais je pourrais lui foutre cette sucette dans le cul.

— Merci, Ginika, c'est très touchant, mais arrête de vouloir être le chouchou du prof.

Elle m'adresse un clin d'œil.

— Je suis de votre côté, *maîtresse.*

— Et c'est très gentil de ta part. Ça lui ferait mal *et* ça me ferait du bien.

Elle éclate de rire, un vrai rire qui vient du ventre, et son visage s'éclaire.

— Je peux te poser une question sur le père de Jewel ? dis-je en sentant que nous sommes proches.

— Je veux juste écrire une lettre.

— Désolée.

J'attrape le manuel.

— Ce n'est pas ce que je veux dire, explique-t-elle en posant une main sur le livre pour m'empêcher de l'ouvrir. Je veux que Jewel ait sa lettre de moi. Je n'ai pas besoin que vous me réconciliiez avec qui que ce soit, comme vous avez fait pour la femme de Bert et sa sœur.

— D'accord.

On dirait qu'elle a lu en moi. Sait-elle ? Est-elle en train de me tester ? Son père l'a-t-il contactée ? Je ne peux pas mentir.

— Ah, à ce propos, Ginika, dis-je, nerveuse. J'ai vu ton père ce week-end.

Elle plisse les yeux et je sens son regard me transpercer.

—Vous avez quoi ?

—J'avais l'impression de ne pas en faire assez, de…

—Qu'est-ce que vous lui avez dit ? Vous l'avez vu où ?

—J'ai pris le bus. Le 66A. Tu m'avais dit que c'était son trajet. Je me suis assise et j'ai fait l'aller-retour, lui expliqué-je. Puis, au moment de descendre, je lui ai dit que je te connaissais, que tu étais extraordinaire, très courageuse et l'une des personnes les plus inspirantes que j'avais jamais rencontrées et qu'il devrait être immensément fier de toi.

Elle fronce les sourcils en se demandant si je lui raconte la vérité.

—Et puis ?

—Et puis rien. C'est tout, je te promets. Je veux juste que tes parents sachent que tu es incroyable.

—Qu'est-ce qu'il a dit ?

—Rien. Je ne lui ai pas laissé le temps de parler. Je suis descendue du bus.

Elle se détourne pour digérer tout ça et j'espère que je n'ai pas tout gâché et mis en danger notre relation, qui, je m'en rends compte soudain, est de l'amitié, une amitié que je ne veux pas perdre. J'ai outrepassé les limites et j'espère qu'elle me le pardonnera. Parfois je n'en fais pas assez, comme avec Paul. Et parfois j'en fais trop, comme avec Ginika. Il faut que je trouve le juste milieu.

—Vous l'avez vu quand ?

—Samedi matin. Le bus de 10 h 30.

—Il était comment ? demande-t-elle à voix basse.

—Silencieux. Affairé, il travaillait. Concentré. Il…

Je hausse les épaules. Elle m'examine attentivement.

— Ça va ?

— Non. Je suis en train de me chier dessus à l'idée que tu m'étripes.

Elle sourit.

— Possible. Mais en fait, non. Vous êtes complètement timbrée, non ? Vous avez passé le samedi matin dans un bus avec mon père pour quoi ? Pour moi ?

Je hoche la tête.

— Bon sang.

— Je suis désolée.

Elle garde le silence un instant.

— Merci de lui avoir dit ça. Je pense que personne ne lui avait jamais parlé de moi en ces termes avant. (Elle se redresse, fière.) Vous avez vu ma mère aussi ?

— Non. (Je lève les mains en signe de défense.) Tu ne m'as pas dit où elle travaillait.

— Encore heureux, putain.

On sourit.

— Il a une photo de toi sur son tableau de bord. Une photo scolaire. Uniforme gris, cravate rouge, sourire espiègle.

— Oui, dit-elle, le regard au loin. Il la préfère, elle.

— Et toi ? Quelle version de toi tu préfères ?

— Quoi ? demande-t-elle, perplexe.

— J'ai songé cette année que Gerry ne connaît pas la personne que je suis devenue, il ne l'a jamais vue. Je préfère cette version de moi, mais je suis devenue qui je suis parce que je l'ai perdu. Et si j'avais le pouvoir de tout défaire, je ne voudrais pas redevenir celle que j'étais avant.

Elle réfléchit.

— Je comprends ce que vous dites. Je m'aime mieux maintenant.

Et tout ce qu'elle a dû traverser pour atteindre cette version d'elle-même.

— Je te demande pardon. Je n'aurais pas dû faire ça. Je te promets de ne plus jamais contacter ton père.

— Vous n'auriez pas dû, acquiesce-t-elle en suçant sa sucette. Mais c'était super gentil même si ça ne servira strictement à rien.

Je poursuis avant qu'elle ait le temps de remettre le mur en place.

— Je pensais à Jewel, à son avenir, où elle vivra et qui s'occupera d'elle. Je sais que tu as une famille d'accueil, mais peut-être qu'elle pourrait avoir des tuteurs pour l'élever. C'est toi qui décides, tu sais, il faudrait juste que tu l'ajoutes sur ton…

— Mon quoi ?

— Ton testament.

Elle plisse les yeux.

— Vous avez quelqu'un en tête.

— Eh bien, je…

Je renâcle. Elle est vulnérable et je ne veux pas être accusée de la manipuler, pas sur un sujet aussi important. Je dévie.

— Son père, par exemple. Il sait ce qui se passe ? Pour Jewel ? Que tu es malade ?

Elle me fusille du regard.

— Pardon. (Je fais machine arrière.) Je croyais qu'on se parlait à cœur ouvert.

— Vous êtes tombée sur la tête. Reprenons le boulot. On ouvre les manuels à l'endroit où on s'est arrêtées.

— Ça vous arrive de souhaiter que votre mari vous ait écrit des lettres différentes ? demande-t-elle soudain alors qu'elle est en train d'écrire le mot « amour » en boucle.

Je choisis des mots dont elle aura besoin dans sa lettre pour Jewel.

Je me raidis.

— Comment ça ?

— Vous avez très bien compris, réplique-t-elle sans ambages.

— Non.

— Menteuse.

Irritée, j'ignore sa remarque.

— Est-ce que tu sais ce que tu vas écrire à Jewel ?

— J'y travaille, répond-elle, tête baissée, concentrée sur sa ligne d'écriture. (Pour l'instant c'est : « chère, chère, chère, chère, chère, chère ».) Ce que je sais, c'est que je ne veux absolument pas faire comme Paul, ajoute-t-elle une fois sa ligne terminée.

— Pourquoi ? demandé-je, surprise.

— Vous êtes sérieuse ? (Elle me fixe de nouveau.) Paul a toute la vie de ses gosses bien en main d'après ce que j'ai compris. Leurs anniversaires, leurs leçons de conduite, leurs mariages, leurs premiers jours d'école, la première fois qu'ils se torcheront le cul tout seuls. C'est comme s'il voyait exactement ce qu'ils allaient devenir. Et si ça ne se passe pas comme ça ? Je connais Jewel mieux que n'importe qui mais je ne sais pas ce qu'elle fera dans cinq minutes, encore moins demain. Ça va être bizarre pour eux, non ?

(Elle frissonne en imaginant leur avenir.) C'est pour ça que je vous ai demandé pour les lettres de votre mari. Il s'est peut-être trompé et a peut-être écrit quelque chose qui ne vous correspondait plus.

Elle me dévisage de nouveau. Ses paroles m'ont bouleversée et mon esprit carbure à toute allure.

— Parce ce que s'il y a une lettre que vous n'avez pas aimée, vous devriez le raconter à Paul – même si à mon avis il n'écoutera rien, M. Je-Peux-Tout-Faire-Tout-Seul. C'est quoi leur problème à ces mecs ? Bert et lui. S'ils voulaient juste qu'on poste leurs lettres, ils n'avaient qu'à payer un coursier. Moi ? J'ai vraiment besoin de votre aide.

— Je ne sais pas, Ginika. (Je soupire. J'ai l'impression que tout s'effiloche de nouveau.) Je me demande parfois de nous deux qui est le prof et qui est l'élève.

Chapitre 32

Le lendemain, j'ai une autre séance avec Paul, la dernière avant son opération. Je ne suis pas particulièrement de bonne humeur, surtout après la façon dont la leçon de conduite s'est terminée la veille. Je rate le déjeuner dominical chez mes parents et je lui en veux un peu pour ça même si je suis soulagée de ne pas avoir à répondre à leurs questions sur ma rupture avec Gabriel, mon implication dans le club et la façon dont je suis en train de gâcher le mariage de Paul au lieu de le nourrir. Je ne peux qu'imaginer ce que Ciara leur raconte. J'ai choisi d'être là mais j'ai quand même l'impression de rater quelque chose, comme si Paul devait comprendre ce que je sacrifie pour lui.

Il se montre penaud quand il arrive.

—Je vous demande pardon pour hier. Claire m'a cru, si ça vous rassure.

—Pas du tout, aboie-je. Je ne voulais même pas venir aujourd'hui.

—C'est ce que je craignais.

— Ce qui s'est passé hier va à l'encontre de tout ce que j'essaie d'accomplir. Je ne veux pas mentir à votre femme. Je ne veux pas qu'elle me haïsse. Je ne veux rien gâcher : l'objectif, c'est de lui faire un cadeau, pas de la plonger en plein cauchemar. Je suis censée être invisible et pas provoquer des histoires.

— Holly, je vous promets que ça ne se produira plus. Je ne mentirai pas ; s'il le faut, je lui avouerai la vérité.

— Si vous ne le faites pas, c'est moi qui le ferai, affirmé-je.

— Compris.

J'exhale un souffle. Je me sens un peu mieux.

— Bon, finissons-en.

« L'initiative P.S. : I Love You », comme je l'ai formulé dans mes messages, est parvenue à un accord amiable avec Donard Castle, un château du XVe siècle qui appartenait à une famille privée jusqu'à il y a cinquante ans et qui est à présent un lieu que l'on peut louer pour y organiser des événements. Aujourd'hui, un mariage s'y déroule et tandis que le couple est en train d'échanger ses vœux dans la chapelle, Paul et moi avons la permission d'utiliser la salle de réception entièrement meublée et décorée pour enregistrer la vidéo pour Eva.

Il veut filmer le discours du père de la mariée.

Lorsqu'il a partagé cette idée avec moi il y a quelque temps, j'étais émue, mais maintenant que j'assiste à ce faux mariage, je suis agitée. Après les remarques très avisées de Ginika hier, je n'ai pas pu chasser la question sur les lettres de Gerry. M'ont-elles toutes aidée ? S'est-il trompé ? Des alarmes retentissent. Suis-je en train de me fourvoyer ? Je ne suis pas juste là pour tenir la caméra et filmer ; j'ai été placée dans cette position par les membres du club à cause de mon expérience personnelle. Je peux offrir davantage à Paul, or je ne l'ai pas fait.

Pendant une maladie, surtout la sienne, il y a quelques moments de lumière et je ne voulais pas les gâcher. Je ne l'ai pas interrompu ni n'ai interféré dans ses plans enthousiastes parce que je ne voulais pas saboter sa vision. Mais en gardant le silence, j'ai fait passer sa famille en dernier. Comme je l'ai fait avec la mienne. Je consulte ma montre. Ils sont certainement attablés pour déjeuner. J'ignore totalement ce que font Gabriel et Ava. Ils sont peut-être en train de manger avec Kate et Finbar et l'idée qu'ils jouent à la joyeuse famille recomposée sans moi m'attriste.

— Qu'est-ce que vous en pensez ? demande-t-il en ajustant son smoking noir. Mon nom est Murphy. Paul Murphy.

Je souris en redressant son nœud papillon.

— Je n'ai jamais vu un père aussi juvénile marier sa fille.

Il examine la salle de réception, impressionné.

— Holly, constate-t-il avec un sourire radieux, vous vous êtes surpassée.

Les mariés ont choisi un thème rose et argent, et des pivoines roses ornent tous les centres de tables rondes de dix couverts. Les nappes sont blanches et les chaises recouvertes de tissu blanc avec des nœuds alternativement rose et argent. La table d'honneur est longue et dressée à la manière d'un banquet, face à la salle, devant une estrade sur laquelle l'orchestre vient juste de finir ses réglages avant de sortir, nous laissant seuls une demi-heure. Je n'ai pas pu négocier plus de temps gratuitement.

— Vous êtes prêt ?

Ma question sort Paul de sa rêverie. Il était en train d'admirer le décor imaginaire du futur mariage de sa fille et de l'enregistrer, comme s'il était là.

— Euh… oui, répond-il, peut-être surpris par la brusquerie de mon ton.

— La table d'honneur est là-bas.

Il me suit en marchant lentement le long de la table. Il lit les noms écrits sur les étiquettes en imaginant peut-être qui sera présent au mariage d'Eva.

— Le père de la mariée est ici, dis-je, interrompant ses pensées. Je vous ai apporté une bouteille de champagne. Sans alcool, parce que je sais que votre traitement vous interdit de boire.

Je sors la bouteille de mon sac, la débouche d'un geste sûr, emplis un verre que j'ai aussi apporté et le lui tends.

Il me regarde en silence.

— C'est pour votre toast.

— Est-ce que tout va bien, Holly ? Vous avez l'air un peu…

— Quoi ?

— Rien, répond-il en faisant machine arrière. Si c'est à cause d'hier, je vous demande pardon. Encore une fois.

— Merci. Nous n'avons que vingt minutes devant nous avant que les mariés et leurs invités n'arrivent.

— D'accord.

Il s'installe à la place du père de la mariée.

— Vous voulez que je filme quelle partie de la table ? Si je zoome trop, on pourrait être n'importe où et alors ce n'était pas la peine d'emprunter cette salle. Mais si le plan est trop large, on verra bien que vous êtes tout seul.

Il cille. Il a l'air perdu.

Je prends la décision toute seule.

— Je vais mettre des fleurs ici. À un, deux…

Je lui fais signe de commencer.

Il lève son verre de champagne en souriant.

— Bonjour, Gueule de Singe. Mon Eva chérie. Je suis honoré d'être là avec toi en ce jour si spécial. Tu es très belle. Et cet homme…

J'ai dû grimacer parce qu'il s'arrête.

— J'ai dit quelque chose ?

Je cesse de filmer.

— Non. Pourquoi ?

— Vous avez grimacé.

Je hausse les épaules.

— Ignorez mon visage. Concentrez-vous sur votre discours. Recommencez.

— Ma petite Gueule de Singe chérie, mon Eva. Je suis honoré d'être là…

— Bon. (J'ai certainement grimacé, vu que la même chose m'a ennuyée pour la deuxième fois. Je baisse mon portable.) Eva a un an et je comprends que vous la surnommiez Gueule de Singe mais est-ce que vous pensez que vous l'appelleriez comme ça le jour de son mariage ?

Il y réfléchit.

— C'est drôle, non ?

— Elle pourrait très bien ne pas se souvenir que vous l'aviez surnommée comme ça. Tout ça se produira au moins dans vingt ans.

— D'accord. (Il s'éclaircit la voix.) Mon Eva chérie, je suis tellement heureux d'être présent en ce jour unique pour toi. Tu es tellement belle dans ta robe…

— Et si elle n'en porte pas ?
— Toutes les mariées portent une robe.
— C'était le cas, en 1952.
Il me regarde, perplexe.
— Elle pourrait porter un bikini sur une plage ou un costume d'Elvis à Las Vegas. Vous ignorez ce qu'elle portera. Vous apparaîtrez certainement sur un écran. Les gens seront bouleversés. Émus. Perdus. Essayez d'imaginer les sentiments d'Eva. Il suffit que vous partagiez les vôtres sans être trop spécifique parce que si vous vous trompez, ça sera… bizarre.
— D'accord. Oui. Vous avez raison.
Il recommence.
— Bonjour mon Eva chérie. Je suis ravi d'être là en ce jour unique pour toi et même si je ne suis pas présent en personne je lève mon verre depuis le meilleur siège. Je voudrais féliciter le marié. J'espère que cet homme sait la chance qu'il… (Son sourire s'évanouit. Il est irrité.) Quoi encore ?
Je cesse de nouveau de filmer.
— Et si elle n'épouse pas un homme ?
Il lève les yeux au ciel.
— Pensez-y. Elle a un an et elle vous paraît peut-être totalement hétérosexuelle, dis-je, sarcastique, mais elle changera. Si elle épouse une femme, vous allez gâcher tout le mariage.
Je l'énerve mais il se ressaisit et recommence.
Tout va bien jusqu'à ce qu'il dise :
— En tant que père de la mariée, au nom de Claire et moi-même.

J'arrête l'enregistrement.

— Paul, dis-je gentiment.

— Quoi ? rétorque-t-il brusquement.

Je m'approche de lui. Le temps nous est compté. Il est temps que je lui dise ce que je pense.

— Permettez-moi de m'exprimer librement.

— Bon sang, ce n'est pas déjà ce que vous faites ? Les invités ne vont pas tarder à arriver et nous n'avons rien ! J'aurais dû vous faire lire mon discours avant.

De la sueur macule sa lèvre supérieure et goutte sur son front.

— Je vous l'ai proposé et vous avez refusé. Vous vouliez faire les choses tout seul. Écoutez-moi à présent.

Il se calme.

— Je n'ai pas été honnête avec vous. Depuis le début, j'abonde dans votre sens, emportée par votre enthousiasme et votre mission, mais je vous desservirais si je ne vous arrêtais pas.

Un coup de poignard dans le cœur. Il se prépare à pire.

— Vos idées sont merveilleuses. Excitantes. Émouvantes. Pleines d'amour… mais elles ne concernent que vous. (Je m'interromps pour vérifier comment il le prend et ça ne se présente pas bien. Je poursuis.) Vous voulez vous sentir inclus dans tous ces moments. Vous souhaitez qu'ils sentent votre présence, mais vous serez déjà dans leurs esprits. Si vous ne faites rien de tout ça, vous ne disparaîtrez pas pour autant.

Il baisse les yeux. L'émotion bouillonne dans sa mâchoire.

— Et si Casper ne veut pas apprendre à conduire ? Et si Claire a envie de lui apprendre ? Et si Eva ne se marie jamais ? Et si elle épouse une femme et que Claire veut prononcer le discours ? Vous ne pouvez pas décider de leur avenir à leur place.

— J'entends bien ce que vous dites, dit-il d'une voix tremblante. Mais je ne veux pas qu'ils aient l'impression qu'il leur manque quelque chose. Qu'ils se sentent vides en grandissant, qu'ils croient qu'il y a un trou dans tout ce qu'ils vivent. Un siège vide à l'endroit où devrait se tenir leur père.

Je me demande si je dois le lui dire ou pas. Même Gerry avait songé à ce que Paul refuse d'envisager et sa dernière lettre ouvrait la voie pour que je remplisse le vide qu'il avait laissé.

— Et si le siège n'est pas vide ?

— Oh, waouh. Holly, c'est juste… bon sang. Vous avez attendu le bon moment pour me balancer ça, déclare-t-il, furieux. C'est des conneries. J'arrête. J'enregistrerai mon message tout seul.

Il se rue hors de la pièce.

Je lui cours après, effrayée. Mon but était de redonner de l'espoir aux membres du club et voilà que j'ai brisé le cœur d'un homme sur le point de mourir. Bien joué, Holly. Je traverse en courant la salle de conférences, le bar, passe devant la cabine photo et la boîte de déguisements idiots qui attend les festivités et sors par la porte du bar. Paul est assis dehors à une table de pique-nique décorée de ballons roses et argent. Il admire la vue. Je suis certaine qu'il préférerait que je le laisse tranquille mais je n'en ai pas terminé. Pas tant qu'il n'aura pas compris. Je m'approche de lui et mes talons crissent sur le gravier. Il pivote et quand il voit que c'est moi, il se retourne de nouveau.

—Allez-vous-en, Holly. Je ne veux plus vous voir.

Je m'assieds quand même en face de lui. Il détourne les yeux. Il m'ignore mais au moins il ne m'agresse pas. Vu les circonstances, je prends ça pour un encouragement.

J'inspire profondément.

—À la moitié des lettres de mon mari, j'aurais aimé qu'il arrête.

J'ai capté son attention.

—Vous êtes enfin honnête. Vous ne croyez pas que vous auriez pu nous dire ça il y a des mois ? demande-t-il.

Mais toute colère a disparu de sa voix.

—Quand Gerry est mort, je me suis retrouvée dans un précipice sombre et sans fond dont je ne parvenais pas à m'extirper. C'est comme ça. Horrible. J'étais en colère, désespérée et je trouvais que tout était injuste. Pourquoi et comment le monde continuait-il à tourner sans lui ? Pauvre moi, c'était vraiment ce que je pensais. Je n'étais pas forte. Ni sage. Je le supportais mal. J'avais baissé les bras. Ses lettres m'ont donné un but. De la compagnie. Plus de *lui*, ce qui était ce que je désirais plus que tout au monde. Elles m'ont obligée à me lever et à sortir. Il m'a mise en mouvement et je me suis remise à vivre. Et puis soudain, j'ai eu l'impression qu'attendre chaque mois la lettre suivante me retenait. Chaque lettre me rappelait qu'il était mort et que tout le monde autour de moi avançait. Mes amies se fiançaient, tombaient enceintes, et moi j'attendais encore ses lettres, des instructions de la part de mon mari mort, je craignais de prendre une décision de peur qu'elle soit en contradiction avec la mission suivante. J'aimais ses lettres mais je leur en voulais aussi. Au bout d'un an, elles ont cessé et j'ai compris que c'était la fin. La page était tournée. Une bonne lettre peut être une bénédiction ; une mauvaise peut se révéler dangereuse. Elle peut produire un contretemps et vous emprisonner dans un espace dangereux, un entre-deux. Les lettres de mon mari étaient bonnes parce qu'il me connaissait et qu'il a pensé à moi. S'il avait continué toute ma vie… ça n'aurait pas fonctionné, parce qu'il ne me connaissait pas telle que je suis à présent. Si nous avions eu des enfants, il n'aurait pas su qu'un autre homme allait peut-être m'aider à les élever, les aimer, qu'ils l'appelleraient peut-être papa et qu'il les conduirait à l'autel. On ne peut pas remplacer les gens, Paul, vous ne serez *jamais* remplacé, mais on peut remplacer les rôles. En écrivant vos lettres ou en enregistrant vos vidéos, vous ne pouvez pas écrire la vie de ceux qui vont rester. Je sais que vous ne pouvez pas prédire l'avenir, personne ne vous demande d'être parfait, mais si votre souhait est d'être présent pour votre famille – pour Claire, Casper et Eva –, alors vous ne pouvez pas décider de leur futur à leur place. Vous ne ferez plus partie de leur quotidien. Mais votre souvenir, lui, si. (Je songe à la façon dont l'énergie de Gerry s'est emparée de moi pendant la veillée de Bert.) Et peut-être que vous serez présent autrement, qu'ils vous sentiront d'une manière que vous ne pouvez ni planifier ni imaginer. J'y crois fermement.

Je cesse de parler et contemple les champs qui entourent le château. J'attends qu'il se lève et s'en aille mais il ne bouge pas. Je lui jette un coup d'œil à la dérobée et je le vois essuyer les larmes qui coulent sur ses joues.

Je me précipite vers lui, m'assieds à ses côtés et enroule un bras autour de ses épaules.

— Je suis désolée, Paul.

— Ne le soyez pas, assure-t-il d'une voix tremblante. C'est le meilleur conseil qu'on m'ait jamais donné.

Je souris, soulagée, mais je sens sa tristesse douloureuse. J'ai un poids sur la poitrine.

— J'aurais dû vous le dire il y a longtemps. À tous.

— Je n'aurais probablement pas écouté. (Il s'essuie les yeux.) Je suis en train de mourir. J'essaie juste de leur donner plus de moi.

— Je sais, mais vous devez leur laisser de la place pour qu'ils se souviennent de vous tout seuls. (Une pensée me foudroie soudain, claire, nette et qui me concerne directement.) Ils ne peuvent pas permettre à votre fantôme de prendre la place de quelqu'un d'autre.

Après cette discussion avec Paul, j'abandonne l'idée de rejoindre ma famille et je rentre chez moi. Je prends les lettres de Gerry dans le tiroir de ma table de nuit – elles n'ont jamais été loin de moi ces dernières années – et j'ouvre celle que je dois examiner d'un œil nouveau.

La quatrième lettre de Gerry faisait partie de celles que je chérissais. Il m'y encourageait à me débarrasser de ses affaires – pas tout, bien sûr, mais il me guidait dans ce que je devais garder et ce que je devais jeter, ce que je devais donner et à qui. Il m'y disait que je n'avais pas besoin de ses possessions pour sentir sa présence, qu'il serait toujours là pour m'enlacer et me guider. Gerry avait tort. À cette époque, j'avais besoin de ses affaires. Je sentais ses tee-shirts que je refusais de laver et me blottissais dans ses sweat-shirts pour me faire croire qu'il me serrait dans ses bras. Cette lettre était ma préférée parce qu'elle m'avait occupée pendant un mois. Il m'avait fallu des semaines pour rassembler ses affaires, évoquer mes souvenirs et les tenir contre mon cœur avant de les distribuer.

J'aurais dû prendre plus de temps pour suivre ses instructions. J'aurais dû réfléchir davantage à ma vie et à ce dont j'aurais besoin. Ses consignes étaient fondées sur la femme que j'étais avant et pas celle que j'étais devenue après sa mort. J'ai donné des objets que j'aurais aimé garder et, plus important, j'ai gardé des choses précieuses parce qu'il me l'a ordonné mais je sais que je n'aurais pas dû lui obéir. Je les ai conservées parce qu'il le souhaitait et je me suis servie de lui comme d'une excuse pour justifier mes propres besoins et ma vénalité.

L'entrevue avec la sœur de Rita ne cesse de repasser dans mon esprit. *« On ne peut pas blâmer les morts »*, a explosé Rachel après avoir respecté les derniers vœux de sa mère, comme si les décisions de ceux qui vont mourir étaient justes, sacrées et au-dessus de tout reproche. Je partageais son opinion jadis, mais nous avons peut-être tort. Peut-être que ceux qui nous abandonnent ne voient pas le tableau dans son ensemble mais le placent entre nos mains en espérant que nous prendrons de meilleures décisions.

J'entre dans le village de Malahide, tourne à gauche après l'église, descends Old Street en direction du port et de l'entreprise de réparation de bateaux dans laquelle le père de Gerry travaille toujours. Après sa mort, je voyais ses parents plusieurs fois par an ; je les considérais toujours comme ma famille et j'étais toujours leur belle-fille, mais au fil du temps, comme celui qui faisait le lien entre nous était mort, notre relation a suivi le même chemin. La conversation était parfois forcée, parfois embarrassée, difficile et épuisante parce que, même si nous étions unis par l'amour, il était impossible d'oublier que nous l'étions aussi par le deuil. Le temps n'est l'ami de personne et dans mes efforts pour tourner la page, lâcher prise et embrasser la lumière, je me suis débarrassée de cette partie de ma vie. Au début je distribuais en personne les cartes de vœux et les cadeaux d'anniversaire, puis je les ai envoyés par la Poste et nous nous sommes éloignés.

Le père de Gerry ne m'attend pas ; même quand Gerry et moi étions mariés, je ne mettais jamais les pieds à son travail, mais je dois le faire et le faire aujourd'hui. Mon implication dans le club P.S. : I Love You m'a permis de voir les motivations de Gerry sous un autre jour et j'ai compris qu'il n'avait pas toujours eu raison et que j'avais eu tort de lui obéir à la lettre.

J'arrive devant le chantier ; les grilles en fer sont évidemment closes. Derrière, les ouvriers sont occupés à nettoyer, réparer, entretenir des bateaux de toutes tailles posés sur des pieds en acier. Je finis par réussir à attirer l'attention d'un homme torse nu qui transpire au soleil et j'agite le bras dans sa direction.

— Je cherche Harold, crié-je. Harry ?

Il m'ouvre la grille et je le suis. Harry est entièrement vêtu, heureusement, occupé à réparer l'hélice d'un énorme vaisseau.

— Harry ! hurle mon guide.

Le père de Gerry lève les yeux.

— Holly ! s'écrie-t-il, surpris. Qu'est-ce qui t'amène ?

Il pose son outil et se dirige vers moi, les bras ouverts.

— Ça me fait plaisir de vous voir, Harry, dis-je d'un ton joyeux en le dévisageant, à la recherche d'une trace de son fils, le Gerry que j'ai connu et un aperçu du vieux Gerry qu'il n'est pas devenu. Désolée de débarquer sans prévenir.

— Je suis ravi de te voir. Tu viens prendre une tasse de thé dans le bureau ?

Il pose une main au creux de mes reins et me pousse en avant.

— Non, merci. Je ne reste pas longtemps.

Je sens une émotion monter, comme chaque fois que quelqu'un me rappelle physiquement Gerry. Son père le ramène à la vie, sa vie souligne sa mort et chaque fois, ça m'anéantit.

— Qu'est-ce qui se passe ?

— J'ai entamé un nouveau projet, cette année. Quelque chose que m'a inspiré Gerry.

— Quoi donc ? me presse-t-il, captivé.

— J'aide des gens en phase terminale à écrire des lettres à leurs proches. Tous forment un club qui s'appelle P.S. : I Love You.

Contrairement à la majorité des membres de ma famille, qui a détesté l'idée, il sourit aussitôt, les yeux humides.

— C'est une idée merveilleuse, Holly. Et un charmant hommage à Gerry.

— Je suis contente que vous approuviez. Du coup, j'ai réfléchi à ses lettres, à ce qui était juste et ce qui ne l'était pas.

Le club s'est révélé être un coffre à trésors contenant de précieuses leçons. J'ai conservé l'expérience des lettres pendant six ans, mais dès que j'en ai parlé dans le podcast, des trous sont apparus et des questions ont surgi. Ses lettres étaient-elles pour moi, comme je le supposais, ou pour lui ? Avais-je eu toujours envie qu'elles continuent ? Ne s'était-il jamais trompé ? Aurais-je aimé que certaines d'entre elles soient différentes ? Pour aider les membres du club à rédiger les leurs, je devais être sincère. Certaines fonctionnaient, d'autres non, et ça ne voulait pas dire pour autant que je me montrais déloyale envers Gerry, comme je le craignais.

— Bref.

Je plonge une main dans mon sac pour y pêcher une boîte que Harry reconnaît immédiatement. Il pousse un gémissement peiné. Il me la prend des mains et l'ouvre. C'est la montre qu'il a offerte à Gerry pour son vingt et unième anniversaire ; elle est précieuse et Gerry la portait tous les jours.

— Gerard a décidé de te la laisser, dit-il d'une voix qui se brise.

— Il n'a pas pris la bonne décision. C'était le cadeau d'un père à son fils. Le père devrait la récupérer.

Il réfléchit puis accepte d'un hochement de tête, les yeux pleins de larmes, l'esprit perdu je ne sais où, peut-être dans le souvenir du jour où il la lui a offerte, ce grand moment, et dans tous les autres où ils en ont parlé, l'ont admirée. C'était le lien qui les reliait.

Gerry me l'a léguée parce qu'elle valait cher mais elle a plus de prix pour son père.

Harry la sort de son écrin, qu'il me rend, puis il la passe à son poignet et attache le bracelet. Il essuie ses larmes.

Je me souviens du jour où la montre s'est arrêtée, deux jours après la mort de Gerry. Elle était posée sur la table de chevet et j'étais cachée sous la couette, dans un monde de ténèbres, les yeux tournés vers l'autre monde dont je ne voulais pas faire partie mais que je surveillais du coin de l'œil quand même. J'écoutais le tic-tac de sa montre, je regardais les aiguilles tourner, cet objet que j'avais vu au poignet de mon mari tous les jours de notre vie. Et puis soudain, elle s'était arrêtée.

Harry tourne la molette à plusieurs reprises et elle se remet à fonctionner.

Chapitre 33

—Arrêtez-vous ici, ordonne soudain Ginika d'un ton paniqué alors que je la raccompagne chez elle après la leçon.

Je mets aussitôt le clignotant et tourne brutalement à droite sur Drumcondra Road ; je pense qu'elle est malade et qu'elle est sur le point de vomir ou de s'évanouir.

Je coupe le moteur.

—Ça va ? Tiens, bois de l'eau.

—Je vais bien, réplique-t-elle d'un ton distrait. Prenez la ruelle.

Je n'avais pas prêté attention à l'endroit où nous nous trouvons, je ne pensais pas que c'était important, mais tandis que je reprends ma route, je me rends compte que nous sommes devant HomeFarm FC, un club de football. Perplexe, je manœuvre pour emprunter la ruelle qu'elle désigne du doigt, devant le terrain de foot sur lequel une équipe s'entraîne. Je la regarde, dans l'attente d'une explication, mais rien ne vient. Elle observe les garçons en train de jouer. Comprenant qu'elle a besoin de temps, je me renfonce dans mon siège et la laisse tranquille.

— Je jouais ici, dit-elle.

— Ah bon ? lancé-je, ravie de la voir se confier. Je n'aurais jamais cru que tu jouais au foot.

— J'étais attaquante, explique-t-elle sans quitter les garçons des yeux.

— Pourquoi ça ne m'étonne pas ?

Ma remarque la fait sourire.

Jewel pousse un cri dans le siège arrière. Je pivote pour ramasser la galette de riz qu'elle a fait tomber. Elle me la prend des mains avec un petit « ta ta », la porte de nouveau à sa bouche pour la sucer. Elle a une main sur le gâteau et l'autre sur son gros orteil, qu'elle porte à sa bouche, histoire de décider lequel elle préfère.

— Ce mec là-bas, dit soudain Ginika en désignant l'assistant du coach, un jeune homme grand et beau. C'est le père de Jewel.

— Quoi ? (Je m'exclame tellement fort que je fais peur à Jewel.) Pardon, bébé, pardon.

Je lui caresse le pied pour la calmer. Sa lèvre inférieure tremble un instant puis elle reporte son attention sur la galette de riz.

— Vous voulez bien vous taire, bon sang ? Il va vous entendre !

Ginika me frappe la cuisse.

— Désolée. Je n'en reviens juste pas que... tu me le dises. C'est lui. (Je me penche sur le volant pour l'étudier.) Il est canon.

— Ouais. Il s'appelle Conor. Vous n'arrêtiez pas de me poser des questions sur lui, donc voilà.

Je ne l'ai pas interrogée tant de fois que ça ; elle est en train de changer, de réfléchir, de planifier la fin. C'est sa transition. Mon cœur se serre.

— On peut y aller.

Elle fait un geste du menton en direction du volant pour m'enjoindre de me hâter ; elle a peut-être peur que je fasse une scène.

— Non, attends. On ne va nulle part.

Je continue à l'observer, ce mystérieux personnage que j'ai envie de connaître depuis si longtemps.

— Il est hors de question de descendre de la voiture.

— Je sais. D'accord. On ne bouge pas. Mais… (Je le regarde courir avec les enfants plus jeunes.) Quel âge a-t-il ?

Elle réfléchit un instant.

— Dix-huit ans maintenant.

J'examine alternativement Jewel et Conor. Elle est si près de son père. Elle n'en a certainement jamais été aussi près.

— Non, me prévient Ginika. Je savais que c'était une erreur.

— Non, je ne ferai rien du tout, affirmé-je. Est-ce qu'il sait ? Pour Jewel ?

Elle secoue la tête.

— Je ne pouvais pas le lui dire, je ne voulais pas lui causer des ennuis. Foutre sa vie en l'air. Conor est sympa, vous savez. J'ai découvert que j'étais enceinte puis tout de suite après que j'étais malade. Je ne pouvais pas le lui avouer.

— Je comprends, Ginika.

— Vraiment ? demande-t-elle, surprise. (Et soulagée.) Je croyais que vous me jugeriez.

— Qui suis-je pour juger les autres ?
— Eh bien, vous êtes, vous savez…
— Quoi ?
— Votre maison, votre vie, vous êtes tellement parfaite.
— Ginika, m'exclamé-je, surprise, je suis loin d'être parfaite.
— Pas de mon point de vue.
— C'est gentil, merci, mais… j'ai beaucoup merdé.
Elle éclate de rire. Je l'imite. Nous partageons ce moment, émues et délirantes.
— Qu'est-ce qu'on fait là, alors ? demandé-je gentiment. Qu'est-ce que tu attends de moi ?
— Je n'en sais rien, dit-elle en haussant les épaules. Peut-être qu'après, quand je serai… vous savez… bref. Peut-être qu'à ce moment-là il pourra savoir. Il voudra peut-être être au courant, peut-être pas. Mais je ne serai plus là et il adviendra ce qu'il adviendra. (Elle se tourne vers moi.) Personne ne sait qui est son père. Je me suis dit qu'il fallait que je le dise à quelqu'un. J'ai confiance en vous.
— Putain.
Elle me lance un regard surpris et s'esclaffe de nouveau.
— Je ne vous ai jamais entendue jurer et là ça fait deux fois.
— D'accord, dis-je en essayant de prendre le contrôle de la situation. Réfléchissons. Vu qu'on a entamé cette conversation, est-ce qu'on peut la mener à bien pour de bon ?
Elle se raidit.
— Oui, mais on peut s'en aller d'ici d'abord ?

Nous nous installons dans l'appartement en sous-sol de Ginika et j'examine discrètement la chambre et la cuisine, le lit une place et le berceau. Une lampe rose est posée à côté du lit, les coussins et la housse de couette sont roses aussi et une guirlande lumineuse rose est enroulée sur la tête de lit. Je n'aurais jamais cru que Ginika aimait le rose. C'est jeune et féminin et ça rend la situation de Ginika et de Jewel encore plus triste. Je jette un coup d'œil à travers les rideaux tirés et aperçois un long jardin dont la pelouse n'a pas vu la tondeuse depuis des années. C'est l'endroit idéal pour cacher le matelas détrempé et déchiré, le vieux four, le vélo cassé et rouillé et les pièces détachées de voiture que les précédents locataires, ou peut-être les propriétaires eux-mêmes, ont jeté là.

— Ce n'est pas vraiment un palace, dit Ginika, gênée, en me voyant observer les lieux.

Ce n'est pas la faute de Ginika, elle fait ce qu'elle peut. L'appartement n'est pas entretenu : il tombe en ruine, est envahi par la moisissure et sent l'humidité. Il y a plus de choses à sa fille qu'à elle, encore un indice sur sa personnalité. Tous les sacrifices, elle les accomplit pour sa fille. Ginika installe Jewel dans une chaise haute et attrape un des nombreux petits pots pour bébé rangés sur une étagère.

— Je peux lui donner à manger ? demandé-je.

— Pas de problème, mais faites attention, elle va vouloir attraper la cuillère.

Comme prévu, Jewel tend une main vers la cuillère pleine de nourriture. Nous luttons ; la petite main potelée de Jewel est plus forte que je ne m'y attendais et elle en met partout. Je finis par gagner. J'irai plus vite la prochaine fois.

— Alors ? dit Ginika d'un ton anxieux en se tordant les mains.

Elle attend que je reprenne la conversation où nous l'avons laissée.

Je suis tellement concentrée sur ma tâche – bien qu'elle ait déjà avalé trois galettes de riz, la fougueuse Jewel mange plus vite que je ne remplis la cuillère – que j'en avais presque oublié ce que je faisais là.

— J'ai évité cette discussion pendant longtemps, probablement trop longtemps d'ailleurs, parce que je pensais que ça ne me regardait pas. Mais les choses sont différentes à présent. En tant qu'amie – et je me considère comme ton amie, Ginika –, ce ne serait pas cool de ma part de ne pas te donner mon avis ou au moins écouter ce que tu en penses. Je ne veux pas te mettre des idées en tête, ni perturber ta réflexion, ni…

— Bon sang, pas la peine de prendre autant de gants, j'ai compris, m'interrompt-elle en levant les yeux au ciel. Crachez le morceau. Vous pensez que Conor devrait avoir la garde de Jewel.

— Pas du tout, dis-je, surprise. J'y ai pensé mais j'ai autre chose en tête. *Quelqu'un* d'autre. Je me demandais si tu avais envisagé de la confier à Denise.

— « Denise » ! s'exclame-t-elle, troublée. (Elle garde le silence, pensive.) Denise, répète-t-elle à voix basse. Tu aimes Nini, pas vrai, bébé ?

La bouche grande ouverte, Jewel se penche vers la cuillère pleine que je tiens en l'air ; je me suis arrêtée en parlant. Je souris, la nourris et lui en donne aussitôt une deuxième pour laisser à Ginika le temps de réfléchir.

— C'est Denise et Tom, en fait.

— Ils ne se sont pas séparés ?

— Ça ne durera pas. (Je me demande ce que je peux lui raconter et ce que Denise lui a déjà dit.) Ils veulent à tout prix un bébé mais ils n'y arrivent pas. À concevoir.

— Oh.

Elle a l'air intéressée et concentrée.

— Je ne devrais probablement pas t'en dire davantage, à toi de voir si tu veux en discuter avec eux. Et avec ton assistante sociale, et ta famille d'accueil et tous ceux avec qui tu dois en parler. Je veux juste que tu saches que c'est une possibilité et que ça vaut le coup de l'envisager. Et Denise n'a pas d'accent campagnard, ajouté-je en souriant.

— C'est vrai, dit-elle avec sérieux. Et son mec ?

J'éclate de rire tout en continuant de nourrir Jewel.

— Il faut d'abord que je le rencontre.

— Bien sûr.

— Je croyais que vous alliez me dire que vous vouliez Jewel.

— Moi ?

Elle comprend à la brusquerie de ma réponse qu'elle s'est complètement fourvoyée.

— J'adore Jewel, mais… (C'est terrible de discuter comme ça devant le bébé, je suis certaine que cette sage petite personne comprend déjà tout.) Je ne suis pas… Je ne saurais pas… Je ne sais pas comment…

— Vous feriez une super mère, affirme-t-elle doucement.

Je ne sais pas quoi répondre à ça. Je donne une autre cuillerée à Jewel, embarrassée.

— Vous avez à peu près le même âge que ma mère. Et regardez comme vous savez y faire avec moi. Je ne dis pas que je vous prends pour ma mère, hein, mais bon, vous avez compris. Vous avez été là pour moi et vous m'aidez comme le ferait une mère. Je parie que vous vous y preniez super bien avec la fille de votre mec.

Non. J'aurais dû. Je me rends compte que je le pourrais.

— Bon sang, vous pleurez ?

— J'ai de la nourriture dans l'œil, lui expliqué-je en refoulant mes larmes.

— Venez ici, espèce de chochotte, ordonne-t-elle.

Et on s'étreint.

Pendant que j'avais le dos tourné, Jewel a attrapé le petit pot et la cuillère et elle les a secoués tous les deux de haut en bas avec enthousiasme : il y a de la nourriture étalée sur son visage et partout sur la table.

— En réalité, ajoute Ginika de son habituel ton sec, vous êtes un peu nulle.

Je ris.

— Qu'est-ce que vous ferez quand on ne sera plus là ? demande-t-elle en ôtant de la nourriture des cheveux de Jewel.

— Ginika, dis-je gentiment en secouant la tête. Je ne veux pas en parler. Tu es là maintenant.

— Je ne parle pas de moi, je parle de vous. Qu'est-ce que vous ferez quand on sera morts tous les trois ?

Je hausse les épaules.

— Je continuerai à bosser au magasin. Je vendrai ma maison. Je trouverai un autre endroit pour vivre.

— Vous emménagerez avec votre mec.

— Non. C'est fini. Je te l'ai dit.

Elle m'examine.

— Non, dit-elle en me donnant un petit coup de coude. Ce n'est pas fini. Il est canon. Dites-lui, ajoute-t-elle en riant, dites-lui de penser à vous comme à un arbre. Il répare les arbres brisés, pas vrai ?

— En quelque sorte.

— Dites-lui de grimper à vos branches mais au lieu de vous élaguer, dites-lui de vous réparer. (Elle glousse.) Je regarde *Dr Phil* tous les matins, j'ai l'impression que je commence à parler comme lui. (Elle pose les yeux sur moi.) Il raconte des conneries la plupart du temps. Mais parfois il y a des *noyaux* de savoir, affirme-t-elle d'un ton théâtral en agitant la cuillère. Appelez-le, espèce d'idiote.

J'éclate de rire.

— On verra, Ginika.

Pendant le trajet de retour, la question de Ginika me peine : j'ai du mal à imaginer un monde sans elle, sans Paul, sans Joy, sans avoir à penser à eux tout le temps. Je me dis que j'ai le temps d'y songer. Mais la maladie de Ginika choisit son rythme et à peine deux semaines après cette conversation dans sa cuisine, nos rires, nos plaisanteries et notre discussion sur l'avenir, le sien décide de la mener plus vite que prévu vers la fin.

Je suis assise à son chevet à l'hôpital. Si elle était jadis un brasier, elle n'est plus que braise, mais elle continue de briller et d'exhaler de la chaleur, preuve de feu, symbole de vie.

— J'ai écrit ma lettre hier soir, dit-elle.

Ses yeux sont cerclés de noir.

— Vraiment ?

Je lui prends une main.

— C'était tellement calme ici. Les infirmières étaient là, mais c'était tranquille. J'ai appelé Paul en FaceTime. Vous l'avez vu ?

Je hoche la tête en signe d'assentiment.

— Il a une sale gueule. Il est tout gonflé. Il dit qu'il n'y voit plus de l'œil gauche. Je n'ai pas pu dormir après, je pensais à lui, à tout. Les phrases me sont venues et je n'arrivais pas à m'en débarrasser, alors j'ai commencé à écrire.

— Tu veux que je la relise ?

Elle secoue la tête.

— Votre travail est terminé. Merci, *maîtresse*, essaie-t-elle de plaisanter mais sans énergie.

Les larmes me montent aux yeux et se mettent à couler et, cette fois-ci, elle ne me dit pas d'arrêter. Elle ne me traite pas d'idiote ni de chochotte parce qu'elle pleure elle aussi.

— J'ai peur, murmure-t-elle d'un ton si bas que je distingue à peine ce qu'elle dit.

J'enroule mes bras autour d'elle.

— Je sais. Je suis là. Joy aussi. Et Paul. Et Denise. On est tous là. Tu n'es pas seule.

— Est-ce que votre mari avait peur, à la fin ? demande-t-elle en pleurant.

Ses larmes mouillent mon cou.

— Oui, chuchoté-je. Il a voulu que je lui tienne la main jusqu'au bout. Et puis il s'est passé quelque chose, il s'est éteint. C'était calme. Tranquille.

— « Paisible » ?

Je hoche la tête en pleurant.

— Oui, parviens-je à dire. Très très paisible, Ginika.

— D'accord, dit-elle en s'écartant. Merci.

J'attrape les mouchoirs posés à côté de son lit ; je lui en tends un et j'en garde un.

— Ginika Adebayo, tu es une femme incroyable et précieuse et j'éprouve pour toi respect et amour.

— Ah, merci, Holly. Je ressens la même chose pour vous, dit-elle. (Et, à ma grande surprise, elle s'empare de ma main pour la serrer.) Merci pour tout. Vous en avez fait plus qu'on ne vous l'avait demandé. (Elle jette un coup d'œil en direction de la porte et son expression change. Elle me lâche la main.) Merde, ils sont là et je ne ressemble à rien.

— Ce n'est pas vrai.

À l'aide d'un autre mouchoir, je lui essuie le visage. Elle rajuste son turban, lisse les draps et lentement, difficilement, elle se redresse. Elle tend une main vers le tiroir du petit meuble derrière elle et en sort une enveloppe. Je reconnais celle que Jewel a choisie le jour où j'ai apporté la papeterie chez Joy. Mes yeux se remplissent de nouveau de larmes, je suis incapable de contrôler mes émotions. Elle me la tend et nos regards se croisent.

— Vous devez partir, maintenant. Allez, sortez, au revoir, dit-elle en me faisant signe de quitter la pièce.

— Bonne chance, murmuré-je.

Je dois me souvenir que pour chaque au revoir il y a eu un bonjour. Et qu'il n'y a rien de plus merveilleux qu'un bonjour. Le son de la voix de Gerry chaque fois qu'il décrochait le téléphone. Quand il ouvrait les yeux le matin. Quand je rentrais du travail. Quand il me regardait approcher et qu'il me donnait l'impression que j'étais tout pour lui. Tant de bonjours magnifiques et un seul véritable au revoir.

Ginika est occupée aujourd'hui, à réparer ce qu'elle peut, à préparer le monde pour le vide qu'elle va laisser, elle s'apprête à dire adieu à la personne qui compte le plus pour elle.

La mère d'accueil de Jewel est arrivée avec le bébé et Ginika a demandé à Denise et Tom d'être présents. Ils attendent devant la chambre avec leur avocat. Ginika doit rédiger son testament et y écrire le nom des tuteurs de sa fille. Le règlement ne permet pas plus de deux visiteurs à la fois mais vu les circonstances, l'hôpital a permis à toutes les personnes concernées d'être présentes en même temps. Pour respecter leur intimité, je sors de la pièce dès qu'ils arrivent mais je traîne un peu. Je reste en retrait pour voir Ginika épuiser ce qu'il lui reste d'énergie pour prendre Jewel des bras de Betty et la déposer dans ceux de Tom. Un grand bonjour.

Si seulement Gerry savait ce qu'il a lancé.

Bien sûr, je ne saurai jamais à quoi pensait Gerry en écrivant ses dix lettres pour moi, mais je suis en train d'apprendre une chose. Ce n'était pas pour moi, comme je le croyais à l'époque, c'était sa façon d'essayer de continuer à vivre quand la vie avait épuisé toutes ses possibilités et que la mort se rapprochait pour le rattraper dans sa chute. C'était sa façon de dire, à moi et au monde : « Souvenez-vous de moi. » Parce que, finalement, c'est ce que nous voulons tous. Ne pas être perdu, abandonné, oublié, faire toujours partie de tous ces moments qu'on ratera. Laisser son empreinte. Et être commémoré.

Chapitre 34

— On ne fait pas d'omelette sans casser d'œufs, dis-je à haute voix en considérant le désastre qu'est ma chambre.

Je suis en train de faire les cartons en vue du déménagement.

— Les œufs me filent la chiasse, crie Ciara de plus loin que je ne le pensais.

Elle est dans la chambre d'amis.

— Ciara ! l'avertis-je.

Elle surgit sur le seuil de ma chambre, habillée de tous les vêtements que j'ai emballés pour la boutique. Elle les porte tous en même temps et tout est évidemment dépareillé.

— Tu es censée m'aider à remplir les sacs et pas les vider pour te déguiser.

— Mais si je faisais ça, je ne ressemblerais pas à *ça*. (Elle s'alanguit de manière provocante contre le chambranle de la porte.) Je pense mettre cette tenue vendredi soir.

— Laquelle ? Tu en portes au moins trois.

Ranger dix ans de bazar dans des sacs-poubelle ou les emballer pour créer encore plus de désordre dans mon nouveau chez-moi me prend plus de temps que prévu parce que toutes les lettres, toutes les factures, toutes les poches de tous les jeans et de tous les manteaux *racontent une histoire* et m'aspirent dans un tourbillon de souvenirs. J'ai l'habitude de trier avec efficacité au travail mais là, parce que c'est personnel, le moindre objet est un trou noir qui m'attire à une autre époque de ma vie. Et même si j'ai l'impression que le temps suspend son vol, une heure se transforme en deux heures et le jour devient nuit. Je suis plus impitoyable avec les vêtements, les chaussures, les sacs à main et les livres qui ne recèlent aucune valeur sentimentale. Tout ce que je n'ai pas porté depuis un an ou tout ce dont la présence me paraît aberrante dans mon placard va directement dans les sacs destinés au magasin.

Au début, c'est stressant. Tout est éparpillé en piles autour de moi et je crée plus de désordre qu'il n'y en avait en sortant toutes mes possessions de leurs cachettes pour en révéler l'inutilité.

Ciara appelle ça le « triage », comme dans les hôpitaux.

—Je me demande comment les objets parviennent sur les étagères de la boutique.

—C'est pour ça que c'est ton job de vider les sacs et les cartons. J'ai la manie de vouloir récupérer ce dont les gens se débarrassent, explique-t-elle d'un ton joyeux. Mathew prétend que c'est une malédiction mais moi je sais que c'est un cadeau du ciel parce que c'est pour ça que je l'ai épousé et je ne me suis pas privée pour le lui dire.

J'éclate de rire. Je m'assieds par terre, le dos contre le mur. Il est temps de faire une pause.

—Je suis très contente que tu fasses ça, dit-elle en s'affalant sur le sol et en allongeant les jambes. (Elle a mis des chaussettes sur ses collants. Elle ajoute une paire de sandales à brides par-dessus.) Je suis fière de toi. Tout le monde l'est.

—Vous devez tous avoir de bien basses attentes s'il suffit que je vende la maison pour vous remplir de fierté.

—C'est plus que ça et tu le sais.

Oui.

—Et si je te disais que je la vends, non pas parce que j'ai décidé de mûrir émotionnellement mais parce qu'il faut refaire la cuisine, remplacer les fenêtres, réparer le chauffage, et que le sol du salon se soulève, ce que j'ai caché aux visiteurs avec un tapis ?

—Je te répondrais que je suis fière que tu ne sombres pas avec le bateau. (Elle sourit et essaie de faire bonne figure mais son sourire flanche.) J'ai eu tellement peur pour toi ces derniers mois.

—Je vais bien.

—Il ne te reste plus qu'à trouver un logement, constate Ciara en chantonnant tout en faisant tournoyer un foulard en tulle comme si elle se livrait à un exercice de GRS.

—Tous les apparts que j'ai visités étaient moches. Le dernier avait une salle de bains au carrelage couleur avocat tout droit sorti des années 1970.

—Le rétro, c'est cool.

—Quarante ans sans les microbes intestinaux d'autres personnes, c'est encore plus cool.

Elle glousse.

— Ce sont des excuses, tout ça. Tu sais très bien où tu veux vivre.

Je sens la partie déchirée de mon cœur me signifier qu'elle est toujours là et qu'elle ne va nulle part. J'ai beau essayer de me concentrer sur tout le reste, elle n'a pas l'intention de guérir sans moi. Je contemple la chambre.

— Les souvenirs me manqueront.

— Ce que c'est gnangnan, réplique-t-elle, taquine.

— Je ne veux pas tout oublier, je voudrais même ne *rien* oublier, mais je veux… (Je ferme les yeux.) Je veux me coucher dans une chambre où je ne me languis pas douloureusement de la présence de quelqu'un qui est parti et qui ne reviendra jamais. Et je veux me réveiller dans une chambre dans laquelle je n'ai pas fait de cauchemars.

Ciara ne répond pas. J'ouvre les yeux. Elle est en train de fouiller dans un autre sac.

— Ciara ! Je suis en train de mettre mon âme à nu, là.

— Pardon, s'excuse-t-elle en agitant une vieille culotte, mais je commence à me faire une idée des souvenirs douloureux que tu dois oublier. Quel âge a cette culotte ? Et, s'il te plaît, dis-moi que personne ne l'a jamais vue.

J'éclate de rire en essayant de la lui arracher des mains.

— Ce sac est destiné à la poubelle.

— Je ne sais pas, on pourrait peut-être en faire un chapeau.

Elle l'enfile sur sa tête et prend la pose. Je la lui enlève.

— Des racines et des ailes, dit-elle, soudain sérieuse. Je tiens à dire que je t'écoutais. Mathew et moi sommes allés récupérer des affaires chez une femme qui vendait la maison de son enfance. Sa mère venait de mourir et c'était difficile pour elle de vendre. Elle m'a demandé si je pensais qu'il était possible que les choses aient à la fois des racines et des ailes. Garder cette maison lui permettrait de garder tous les souvenirs liés à sa mère, la vendre lui donnerait une sécurité financière et lui ouvrirait d'autres possibilités. Des racines et des ailes.

—Des racines et des ailes, répété-je. (Ça me plaît.) Je déteste les adieux, dis-je en soupirant.

Puis j'ajoute, comme un mantra pour moi-même:

—Mais détester les adieux n'est pas une raison pour rester.

—Ni une raison pour partir la première, conclut Ciara.

Je lui lance un regard surpris.

Elle hausse les épaules.

—Je dis ça comme ça.

Tandis que nous transportons les sacs dans la camionnette, mon téléphone sonne dans la maison. Je cours répondre mais je rate un appel de Denise qui me tord le ventre de crainte. Je prends le temps de me ressaisir et la rappelle. Elle décroche aussitôt.

—Tu devrais venir tout de suite.

—D'accord.

J'ai la gorge serrée.

—Ses parents viennent de partir. Elle est inconsciente mais je pense qu'elle a senti leur présence.

—J'arrive le plus vite possible.

La maison de Denise est calme. Les plafonniers sont éteints et des lampes et des bougies illuminent les couloirs et les pièces. Tout est calme et feutré, aucun sentiment d'urgence ni d'immédiateté. Nous parlons tous à voix basse. Depuis quatre semaines que Denise et Tom sont les tuteurs officiels de Jewel, Ginika et le bébé vivent chez eux et ils s'occupent d'elles deux. C'était bien pour Ginika, même dans son état, d'être dans la maison dans laquelle sa fille grandira et de respirer le même air qu'elle. Se cramponner et lâcher prise. Tom me conduit jusqu'à la chambre de Ginika : Denise est là, elle lui tient la main.

Son souffle est lent, presque inaudible. Elle est inconsciente depuis plusieurs jours.

Je m'assieds à son chevet et lui prends l'autre main, la droite, celle avec laquelle elle écrit. Je l'embrasse.

— Salut, beauté.

Une mère, une fille, une attaquante, une combattante. Une jeune femme inspirante qui n'a eu qu'une fraction du tout mais nous a tant donné, à moi et aux autres. Ça paraît injuste, parce que ça l'est. J'ai tenu la main de Gerry quand il a quitté ce monde et me voilà de nouveau en train de dire au revoir à quelqu'un que j'aime, et *j'aime* cette fille, elle est entrée dans mon cœur. Être témoin de cette transition, dire adieu ne devient jamais facile mais m'y préparer et l'avoir aidée à faire de même a allégé la souffrance, la colère, la rage qui bouillonnent quand on se trouve confronté à la brutalité de la réalité. On dit « sitôt venu sitôt parti », mais ce n'est pas si simple. La venue au monde est un marathon pour la mère et l'enfant, et le départ de ce monde est une lutte pour rester.

Denise et moi demeurons au chevet de Ginika pendant les heures qui lui restent, un départ apaisé du monde tel qu'elle le connaît. Après s'être cramponnée à son souffle pendant si longtemps, elle inspire une dernière fois et sa poitrine s'immobilise : la vie la quitte et la mort la rattrape. Même si sa maladie a été douloureuse, sa mort est aussi paisible que je le lui avais promis et, alors qu'elle est étendue sur le lit, les paupières fixes, la poitrine immobile, sans vie, j'imagine, j'espère, je souhaite que l'âme pleine d'enthousiasme qui a habité ce corps possède à présent la liberté de planer, de danser, de tourbillonner et de s'élancer vers le ciel. Tu es poussière et tu redeviendras poussière, mais mon Dieu, *vole*, Ginika, *vole*.

Un moment comme ça, pour tragique et bouleversant qu'il soit, est un honneur et, peut-être qu'égoïstement, je me sentirai mieux de l'avoir accompagnée jusqu'au bout. Je n'oublierai jamais notre rencontre, et je n'oublierai jamais notre séparation.

Comme si elle le savait, comme si elle avait senti cette terrible perte, Jewel s'éveille en criant dans la pièce voisine.

Les yeux rouges, épuisés, Tom, Denise et moi nous réunissons autour de la table de la cuisine. Je sors une boîte à souvenirs de mon sac et la pose devant nous.

La lettre de Ginika.

— C'est pour toi, Jewel. De la part de maman.

— « Maman », répète-t-elle avec un grand sourire.

Elle attrape ses pieds potelés et tire dessus.

— Oui, maman. (J'essuie une larme en essayant de sourire.) Maman t'aime très fort. (Je me tourne vers Denise.) C'est ta responsabilité à présent.

Elle soulève le coffret et caresse le couvercle.

— Magnifique boîte.

C'est la boîte à bijoux recouverte d'un miroir que j'ai trouvée à la boutique. J'ai recollé les cristaux sur le couvercle et ôté l'intérieur afin de la transformer en boîte à souvenirs, dans laquelle j'ai glissé l'enveloppe, la première paire de chaussettes, le premier pyjama et les premiers gants de Jewel, et une boucle de cheveux, ceux de Jewel et de Ginika tressés ensemble.

— Elle a écrit la lettre toute seule, expliqué-je. Je ne l'ai pas lue et elle ne m'a pas dit ce qu'elle contenait. Je ne l'ai pas aidée.

— Quelle fille courageuse, commente Denise à voix basse.

— Ouvre-la, l'encourage Tom.

— Maintenant ? demande Denise en nous regardant tour à tour.

— Je suis certain que Jewel aimerait l'entendre, pas vrai ? dit-il en embrassant le sommet de son crâne.

Denise ouvre la boîte et en sort la lettre. Elle la déplie. La vue de son écriture, de tout son labeur et de ses efforts me fait de nouveau pleurer.

Chère Jewel,

Tu as treize mois.
Tu aimes la patate douce et la compote de pommes.
Ton album préféré est la chenille qui faisait des trous et tu as mâchouillé les coans.
La chanson de la carte de Dora l'Eksploratiss te faire rire plus que tout.

Tu aimes faire des bulles de savon.
Ta peluche préféré est Bop Bop le lapin.
Eternuer te fait rire.
Le papier kon déchire te fait pleurer.
Tu aimes les chiens.
Tu montres les nuages du doigt.
Tu as le hocket quand tu bois trop vite.
Tu aimes la chanson ABC des Jackson 5.
Un jour, tu as mis un escargo dans ta bouche et tu l'as aspiré. Beurk. Tu n'aimes pas les escargos.
Tu adores t'asseoir sur mes genoux et tu n'aimes pas qu'on te pose. Je pense que tu as peure d'être toute seule.
Tu n'es jamais seule. Tu ne le seras jamais.
Tu ne peux pas voir le vent mais tu tends les mains pour l'atraper. Ça te perturbe.
Tu m'appelles mama. C'est mon bruit préféré.
On danse tous les jours. On chante la chanson de l'araigné sur le planché dans le bain.
J'aimerais te voir grandir. J'aimerais être à tes côtés tout le temps pour toujours. Je t'aime plus que tout au monde. Sois gentille. Sois intelligente. Sois courageuse. Sois heureuse. Sois prudente. Sois forte. N'aie pas peur d'avoir peur. Parfoi on a tous peur.
Je t'aime pour toujours.
J'espère que tu te souviendras de moi pour toujours.
Tu es la meilleure chose que j'ai faite.
Je t'aime Jewel.

Mama

Chapitre 35

J'APPUIE MON VÉLO CONTRE LE MUR EN BRIQUES rouges et je franchis les quelques pas qui me séparent de la porte d'entrée, les jambes lourdes. J'ai l'impression que mes baskets sont en plomb. Le trajet a été suffisamment long pour m'éclaircir les idées mais je me souviens à peine de la route que j'ai empruntée. Je sonne.

Gabriel ouvre la porte et me regarde, surpris.

— Bonjour, dis-je timidement.

— Bonjour. Entre.

Je pénètre à l'intérieur et le suis dans l'étroit corridor qui mène à la pièce principale : les odeurs familières accroissent mon angoisse. Il se retourne pour voir si je suis toujours là au cas où j'aurais changé d'avis et aurais disparu, ou peut-être craint-il que je ne sois pas réelle. Un morceau jazzy tourne sur la platine et il y a un énorme écran plat fixé au mur.

— Tu es guérie, constate-t-il en remarquant l'absence de la botte de marche.

— Tu as une télé, dis-je. Elle est gigantesque.

— Je l'ai achetée pour toi. Elle est restée dans l'appentis pendant des mois, m'explique-t-il, un peu embarrassé. Je voulais te faire la surprise quand tu aurais emménagé. Surprise ! s'exclame-t-il faiblement. (Je ris.) Thé ? Café ?

— Un café, s'il te plaît.

J'ai passé toute la nuit debout avec Denise et Tom : on a pleuré, partagé des anecdotes sur Ginika, discuté des dispositions à prendre pour son enterrement et on s'est demandé quand ce serait le meilleur moment pour Jewel pour contacter son père biologique. Les sujets importants et les détails anodins doucement mêlés. Tous les « si » et les « mais ». Nous étions tous épuisés mais incapables de dormir. Je ne leur envie pas la journée qui les attend à s'occuper de Jewel, mais je sais qu'ils chériront chaque seconde du cadeau que leur a fait Ginika.

Les vapeurs du café emplissent la pièce lorsque Gabriel verse de l'eau chaude sur les grains moulus. Je gagne la véranda, attirée par la lumière matinale. Aucun changement radical, sauf le bureau dans le coin, qui se trouvait dans la chambre d'amis qui est celle d'Ava à présent. Je ne l'aurais pas cru, mais ça paraît étonnamment adéquat : les bâtiments se plient sans effort aux désirs de leurs propriétaires. Je devrais m'en inspirer. Je contemple le cerisier dans le jardin : ses feuilles vertes sont en train de tourner à l'or. Je me souviens de l'année dernière ; j'avais attendu impatiemment qu'il fleurisse au printemps mais ses pétales avaient été arrachés en une nuit par une tempête et avaient recouvert les cailloux d'un somptueux tapis rose avant de se transformer en soupe glissante. Comme j'aimerais le voir fleurir de nouveau.

Gabriel me rejoint et me tend une tasse de café. Nos doigts s'effleurent.

—Merci d'avoir réparé mon mug, dis-je.

Il ne s'assied pas et reste debout, un mug dans une main, l'autre enfoncée dans la poche de son jean.

Il hausse les épaules, peut-être gêné de l'avoir fait.

—Tu veux dire le mug de Gerry. Je sais que tu n'es pas une fan de *Star Wars.* Tu avais dit que tu le jetterais mais tu as tendance à garder les objets cassés. J'aurais peut-être dû le laisser en état. Tu voulais peut-être le réparer toi-même. J'ai peut-être suranalysé le mug.

Je souris. Il a raison. Je garde les choses cassées mais je ne les répare jamais. Je les range dans le placard pour m'autopunir et me rappeler ce que j'avais et que j'ai perdu. Je devrais arrêter de me cramponner aux objets et m'agripper plutôt aux gens.

—Tu es toujours impliquée dans le club ? demande-t-il.

Je hoche la tête.

—Comment tu vas ?

Ses yeux bleus fouillent mon regard comme s'il lisait directement dans mon âme.

Et soudain, j'ai envie de pleurer. Il s'en rend compte, pose son mug, s'approche, s'agenouille devant moi et me serre étroitement contre lui tout en me caressant les cheveux. Je lâche prise. L'épuisement me submerge et les mois de travail, d'inquiétude, de hauts et de bas se déversent dans mes larmes.

—J'avais tellement peur que ça se produise, Holly, chuchote-t-il dans mes cheveux.

—Ça a été l'une des meilleures expériences de ma vie, assuré-je d'une voix trop aiguë à travers mes sanglots.

Il recule un peu pour m'observer sans cesser de passer les doigts dans mes cheveux de manière hypnotique.

— Vraiment ?

J'opine avec emphase même si je sais que c'est difficile à croire vu l'état dans lequel je suis.

— J'ai perdu une amie, hier. Ginika. Elle avait dix-sept ans. Sa fille a un an. Denise et Tom sont ses tuteurs. J'ai appris à Ginika à lire et à écrire.

— Waouh, Holly, déclare-t-il en essuyant mes larmes. Tu as fait ça ?

J'acquiesce de la tête. Bert est mort. Ginika aussi. J'ai achevé ma tâche avec Paul, qui est très diminué, et je traîne avec Joy alors que son album pour Joe est terminé.

— Je ne veux pas que ça se finisse.

Il réfléchit à ce que je viens de dire, m'étudie et lève gentiment mon menton pour me regarder dans les yeux. Nous sommes si proches.

— Eh bien, fais en sorte que ça ne s'arrête pas.

— Comment ça ?

J'essuie mes joues humides.

— Trouve d'autres personnes. Continue.

Je lui lance un regard surpris.

— Mais tu disais que c'était une erreur de m'investir là-dedans.

— Et j'avais tort. Je me suis pas mal trompé, tu sais. Si tu dis que c'est la meilleure expérience de ta vie…

— Une des meilleures, le corrigé-je en souriant.

— J'essayais juste de te protéger. Tu m'as demandé de t'empêcher d'en faire plus et je pensais vraiment que j'avais raison. Je n'ai même pas attendu de voir comment ça tournait.

— Je sais et tu avais raison. Un peu. Je ne peux pas te blâmer, Gabriel. Je me suis vraiment perdue. J'ai fait passer le club avant toi.

— Je ne t'ai pas vraiment laissé le choix, réplique-t-il d'un ton ironique. Nous nous sommes trompés tous les deux. Nous avons choisi une partie de notre vie au détriment de notre couple. Tu me manques tellement.

— Toi aussi, tu me manques.

Nous sourions. Il me jette un regard plein d'espoir mais je ne suis pas encore prête. Je m'empare de mon café et en sirote une gorgée pour me ressaisir.

— Comment ça se passe avec Ava ?

— Bien.

Il attire une chaise à lui et s'installe de manière à me faire face ; nos jambes se touchent et il pose une main sur ma cuisse. Tout ça est très familier.

— Elle s'est beaucoup calmée. On essaie d'avancer. Mais j'ai pris une très mauvaise décision, Holly, c'était une grosse erreur de te perdre.

— Ma réaction était disproportionnée, admets-je.

— Je ne t'ai pas soutenue. Tu veux bien nous donner une deuxième chance ? Et emménager ici ? Avec Ava et moi ?

Je le regarde en réfléchissant mais j'en ai marre de penser, je sais juste ce qui est bien et le pardon est un cadeau. Je suis tellement soulagée qu'il m'offre une seconde chance.

— On a une télé, ajoute-t-il faiblement.

Je souris et pose la tête au creux de son épaule. Il m'embrasse tendrement.

Je voudrais raconter à Ginika ce qui s'est passé et lui dire qu'elle avait raison, comme d'habitude. Mes larmes se remettent à couler. Des larmes douces-amères.

Chapitre 36

J'ACCROCHE MON VÉLO AU STATIONNEMENT CYCLABLE d'Eccles Street ; je suis venue directement en sortant du travail en ce lumineux vendredi soir, j'ai respiré le soleil et le doux air estival. Le trottoir est encombré de gens se rendant à l'hôpital Mater Misericordiae. Je me rends à l'autre bout de la rue ; une rangée de magnifiques immeubles de l'époque georgienne, qui étaient jadis des hôtels particuliers transformés ensuite en appartements – c'est là qu'habite Leopold Bloom dans *Ulysse* – et qui sont à présent des bureaux de consultants, des cliniques et des centres de traitement ambulatoire. Une atmosphère optimiste plane sur la ville le vendredi, la promesse du week-end se mêle à une humeur de liesse : nous avons tous survécu à cette semaine chargée. La météo annonce de la chaleur pour les jours à venir, c'est notre été indien, on va pouvoir organiser des barbecues. Les côtes de bœuf et les saucisses seront prises d'assaut dans les supermarchés, les routes menant à la mer seront embouteillées par des voitures décapotables déversant de la musique à fond, des camionnettes de marchands de glaces à la mélodie lancinante rôderont dans les lotissements pour attirer les clients, on ira promener les chiens et les parcs seront envahis par un étalage de chair humaine et d'ivrognes déshydratés. Les regrets et les congés maladie seront peut-être pléthore lundi matin mais aujourd'hui et maintenant, vendredi à 18 heures, l'air crépite d'impatience et d'intrigues et un monde de possibilités s'ouvre pour tout le monde.

— Bonsoir, Holly.

Maria Costas m'accueille dans son bureau avec un grand sourire tout professionnel et me serre fermement la main. Elle referme la porte derrière nous et m'entraîne vers deux fauteuils installés près de la fenêtre georgienne. La pièce est silencieuse et lumineuse : c'est un endroit où on peut mettre son âme à nu en toute sécurité. Si ces murs pouvaient parler… ils devraient une fortune à la psy, Maria. Un cactus est posé sur la table qui se tient au centre de la pièce.

Elle suit mon regard.

— C'est Olivia. Un cadeau de ma sœur, explique-t-elle. J'ai découvert que si je baptisais les plantes, j'étais moins encline à les tuer. C'est un peu ce que font les gens avec les enfants.

J'éclate de rire.

— J'ai possédé une plante jadis, qui s'appelait Gepetto et qui est morte. Il s'est avéré qu'elle avait davantage besoin d'eau que d'un nom.

Elle glousse.

— En quoi puis-je vous être utile, Holly ?

— Merci de me recevoir. Comme je l'ai expliqué à votre assistante, ce n'est pas une visite personnelle.

Elle hoche la tête.

— Je reconnais votre nom. J'ai écouté votre podcast et je le recommande à certains de mes patients, ceux qui sont en deuil et ceux qui sont en phase terminale.

— J'ai travaillé avec certains de vos patients : Joy Robinson, Paul Murphy, Bert Andrews et (je déglutis violemment parce que j'ai toujours autant de chagrin) Ginika Adebayo. J'ai découvert récemment qu'ils avaient eu connaissance de mon histoire lors d'une séance de thérapie de groupe avec vous. Mon expérience les a incités à écrire des lettres à leurs proches et ils sont venus me demander mon aide.

— Je suis désolée qu'ils vous aient importunée, dit Maria en fronçant les sourcils. Joy a réagi de manière très positive à votre partage d'expérience et elle a tenu à en discuter avec le groupe. La conversation qui a suivi a été très intéressante, ils se sont demandé comment se préparer au mieux à quitter leur famille et leurs amis. Je les ai encouragés à garder le contact entre eux et à partager leur expérience ; certains l'ont fait, d'autre pas. Je n'ai appris l'existence des lettres que lors de la veillée de Bert et j'ai cru que lui seul en avait rédigé jusqu'à ce que j'en parle récemment avec Joy.

— Vous étiez à la veillée de Bert ? demandé-je, horrifiée.

— Oui, répond-elle en souriant. Ce petit garçon ne vous a pas facilité la tâche.

Je sens mes joues s'enflammer.

— C'était du travail bâclé.

— C'était beaucoup vous demander de placer l'enveloppe dans ses mains froides mais ça ne m'a pas surprise de la part de Bert.

Nous nous esclaffons toutes deux. Une fois notre hilarité passée, elle poursuit :

— Le décès de Ginika m'a attristée. C'était une jeune femme très énergique. J'aimais beaucoup écouter ses opinions, elle était très pertinente. Le monde mériterait plus de Ginika.

— L'originale suffirait, dis-je en souriant tristement.

— Et sa petite fille ?

— Elle est dans les bras aimants de ses tuteurs. Des amis à moi, d'ailleurs. Je l'ai vue hier soir.

— Vraiment ? (Elle m'observe attentivement.) Est-ce que cette histoire de lettres continue ?

— C'est pour ça que je suis là. Cette histoire de lettres a un nom. (Je souris.) Sa fondatrice, Angela Carberry, l'a baptisée le club P.S. : I Love You et je veux les honorer, elle et les quatre membres originels, en continuant leur œuvre. Je voudrais assister et guider des personnes en phase terminale pour écrire leurs lettres et j'espérais que vous pourriez me présenter d'autres patients à aider.

Aiguillonnée par le soutien de Gabriel et ses encouragements à poursuivre, j'ai découvert l'existence de Maria Costas grâce à Joy. Comme c'est le médecin à l'origine de tout, j'ai trouvé naturel de m'adresser à elle pour développer le club.

— Ce club vous rapporte-t-il de l'argent ?

— Bien sûr que non, répliqué-je, insultée. J'ai un job à plein-temps et je fais tout ça sur mon temps libre. Je ne cherche pas à gagner de l'argent, je veux juste aider les gens. (Comme j'ai l'impression d'avoir été mal comprise, je poursuis mon plaidoyer passionné.) Je sais que ce concept de lettres ne concerne pas tout le monde mais j'ai découvert que certains se sentent obligés de laisser quelque chose derrière eux. Mon mari était de ceux-là. Au début, il y a sept ans, j'ai cru que ses lettres ne concernaient que moi, mais en aidant les membres du club, j'ai compris qu'il avait fait ça aussi pour lui. Se préparer pour la fin du voyage fait partie du processus d'adieu. C'est à la fois la volonté de tenir la maison et celle de ne pas être oublié. Je ne suis aucun schéma préétabli : les lettres doivent être individuelles et pour comprendre comment elles peuvent aider leurs proches, je dois passer du temps avec eux et observer leurs relations. Je voyais Ginika trois fois par semaine, parfois davantage. Si vous vous questionnez sur mes motivations, je tiens à dire qu'elles sont parfaitement sincères et bien intentionnées.

— Eh bien, lâche-t-elle jovialement, vous êtes sincère et passionnée. Vous n'avez pas besoin de me convaincre, c'est moi qui ai encouragé Joy à en discuter avec le groupe. Comment vivre quand on sait que le temps qui nous reste est limité : c'est la phase des patients en fin de vie dont vous vous préoccupez et je pense que c'est un passage obligé de leur voyage. Vous vous intéressez aux besoins des patients et de leurs proches et même si le secret médical m'empêche de partager avec vous la liste de mes patients concernés, je ne vois aucun problème à recommander votre podcast.

— Mais ?

— Mais les patients en phase terminale sont vulnérables face à la menace de la mort imminente. Leur état d'esprit est dysfonctionnel. Ils sont sensibles et doivent être traités avec délicatesse.

— J'ai passé ces six derniers mois à traiter avec délicatesse des patients en phase terminale et je sais très bien dans quel état d'esprit ils se trouvent. Si vous saviez ce que j'ai traversé avec eux, sans parler de mon expérience avec mon mari dont je me suis occupée pendant sa longue maladie...

— Holly, dit-elle gentiment. Je ne vous critique pas.

J'inspire et j'expire lentement.

— Pardon. Je ne veux juste pas que ça se termine.

— Je comprends très bien. Mais pour pérenniser une telle entreprise, vous devez mettre en place une stratégie plus claire. Trouvez une structure pour votre club ; vous avez besoin de règles et de règlement. Pour vous-même et pour eux. Vous devez contrôler la façon dont vous aidez ces gens, affirme-t-elle. Pas juste pour eux, mais aussi pour vous. Je ne peux pas imaginer ce que vous avez subi cette année à aider quatre personnes toute seule. Ça a dû être bouleversant.

Mes défenses tombent.

— C'est vrai.

Elle se renfonce dans son fauteuil en souriant.

— Avant d'aider d'autres personnes, assurez-vous que vous allez bien vous-même.

Je quitte son bureau avec l'impression d'avoir été écrasée. Je suis abattue mais aussi songeuse ; ai-je commis des erreurs avec Paul, Bert, Joy et Ginika ? Les ai-je mal conseillés ? Leur ai-je fait du mal, à eux et à leurs proches ? Le voyage n'a certes pas été parfait mais j'ai l'impression de m'en être très bien sortie. Mes motivations n'auraient pas pu être plus sincères. Je ne cherche pas à gagner un centime. Je le fais pour ceux qui en tireront avantage mais aussi, sans l'ombre d'un doute, pour moi.

Une voiture klaxonne bruyamment quand je déboîte de la piste cyclable, me causant une telle frayeur que je me range et m'arrête. Je pose mon vélo sur le sol et je m'éloigne comme si mon cœur battant à tout rompre était une bombe. Je n'étais pas concentrée et j'ai failli être renversée de nouveau.

— Ça va ? demande une femme qui attend le bus et qui a assisté à la scène.

— Oui, merci, j'ai juste besoin de reprendre mon souffle, réponds-je en m'asseyant à la terrasse d'un café, bouleversée.

Je peux être sur la défensive quant à mon rôle dans le club cette année, ne jamais rien changer et nous mener, le club et moi, droit dans le mur, ou je peux me montrer réaliste et accepter les conseils. Maria Costas a raison. Ma vie personnelle en est sortie abîmée et blessée et je ne peux pas revivre ça.

Le retour du fantôme de Gerry dans ma vie ou le Gabriel en chair et en os ?

Je choisis Gabriel.

Chapitre 37

— ICI ! S'ÉCRIE GABRIEL QUAND JE RENTRE CHEZ NOUS. Notre chambre est la première à droite dans le couloir quand on pénètre dans la maison, celle d'Ava est à gauche et les deux donnent sur le minuscule jardin pavé sans aucune plante qui surplombe la rue bruyante. Je me demande si Richard pourrait s'occuper de ce jardin pour le rendre vivant. La porte de la chambre est grande ouverte et Gabriel est étendu sur le lit.

— Qu'est-ce que tu fais là ?

— Le son de la télé est trop fort, explique-t-il. J'ai déplacé ma chaîne ici mais je ne sais pas où la mettre à cause des fringues, des chaussures, du maquillage, du parfum, des soutifs et des tampons qui ont emménagé. (Il fait semblant de pleurer.) J'ai l'impression de ne plus savoir qui je suis.

— Pauvre Gabriel, dis-je en riant tout en escaladant le lit et en m'étendant sur lui.

— Je m'en remettrai, assure-t-il en m'embrassant. Comment ça s'est passé avec la psy ? Il y a des sables mouvants là-dedans, poursuit-il en vrillant l'index sur ma tempe. Elle est restée coincée ? (Il se penche vers moi.) Maria ? Vous êtes là ? chuchote-t-il. Faut-il aller chercher les secours ?

Je roule sur lc côté.

— Elle n'est pas partante.

— Ce n'est pas grave, tu trouveras autre chose, dit-il, optimiste. Contacte les associations de lutte contre le cancer. Explique-leur que tu offres un service qui profite aux malades.

— Oui, acquiescé-je d'un ton morne. Ou alors je peux aussi laisser tomber. Je ne suis pas obligée de continuer.

— Holly, reprends-toi. Tu n'as pas eu besoin de cette psy pour commencer, tu n'as pas besoin d'elle pour poursuivre. Tu sais, en des moments pareils, je pense que ça t'aiderait de rester immobile, de fermer les yeux et de te demander… (Il clôt les paupières et un sourire menace d'étirer ses lèvres.) Que ferait Gerry ?

J'éclate de rire.

— Je le fais parfois, poursuit-il, moqueur. Tu devrais essayer.

Il ferme les yeux et murmure :

— Que ferait Gerry ? Que ferait Gerry ?

Il rouvre brusquement les paupières.

— Eh bien ? Ça a marché ? gloussé-je.

Sa bonne humeur me fait du bien.

— Oui, merci, répond-il en saluant le ciel. Il a dit que je devrais faire… (il me renverse sur le dos et se plaque sur moi) ça.

Je pousse un petit cri de surprise qui se transforme en rire. Je souris en lui caressant le visage.

— Tu devrais juste faire ce que ferait Gabriel. C'est ça que je veux.

— Ah oui ?

Je l'observe. Même si son ton est espiègle, peut-être que Ginika avait raison et qu'il est jaloux de Gerry.

— Tu n'es pas en compétition avec lui, affirmé-je.

— Je l'étais mais on ne peut pas gagner contre un fantôme. Du coup on a eu une petite discussion tous les deux et je lui ai dit qu'avec tout le respect que je lui devais, nous avions un but commun, t'aimer, et qu'il devait donc s'éloigner et me faire confiance. Tu sais ce qu'on dit : « Trop de cuisiniers gâtent la sauce. »

— C'est un peu bizarre mais adorable.

Il éclate de rire et m'embrasse tendrement.

— Beurk, commente Ava.

On cesse aussitôt : Ava nous regarde depuis le seuil de la pièce, l'air dégoûté. Elle ferme notre porte et le son du téléviseur augmente encore dans la pièce voisine.

Gabriel s'écarte et fait de nouveau semblant de pleurer.

Le rendez-vous avec Maria Costas était important. Je m'y suis rendue pour trouver de nouveaux membres pour le club mais j'en suis repartie avec une idée plus grande et une perspective plus vaste. Elle a raison : je dois établir des limites pour moi-même afin de ne pas permettre aux histoires des malades de s'incruster dans mon cœur et d'affecter ma vie. Je ne peux pas recevoir tous les membres chez moi trois fois par semaine et je ne peux pas passer mes journées à parcourir la ville pour organiser des chasses au trésor. Je ne peux pas rater les déjeuners familiaux ni manquer le travail. L'année du craquage, comme Ciara l'appelle, est terminée.

Je suis dans la réserve de la boutique. L'un des murs est entièrement recouvert d'étagères pleines à craquer et il y a un portant de vêtements attendant d'être lavés et repassés. Un panier d'habits et un carton contenant des objets que nous ne vendrons pas et qui doivent être donnés à des associations. Une machine à coudre, un sèche-linge, un fer à vapeur. C'est la salle de contrôle bondée mais bien organisée du magasin. Je tire alors une chaise jusqu'au fond, face à la porte. Je m'assieds et imagine un bureau devant moi, un fauteuil de l'autre côté. Un canapé, peut-être à côté de la machine à laver et du sèche-linge. Je ferme les yeux. Je vois tout ça.

Un petit coup à la porte. Je rouvre les paupières. Fazeel entre, son tapis de prière roulé sous le bras.

—Il est midi, déclare-t-il en souriant.

Je lui adresse un grand sourire et bondis à bas de ma chaise.

—Des bénévoles ! Oui ! C'est ça !

Je me précipite vers lui et le prends dans mes bras.

—Eh bien, tu es bien joyeuse aujourd'hui, lance-t-il en riant tout en me rendant mon étreinte.

—Ciara ! m'écrié-je. Ciara, où es-tu ?

Je pénètre dans la boutique.

—Oui, oui, oui, dit-elle.

Elle est allongée sous un mannequin, la tête cachée sous la jupe. Assis sur un tabouret, les bras croisés, Mathew la regarde.

—Qu'est-ce que tu trafiques ?

—Elle a perdu sa jambe, explique Ciara d'une voix étouffée.

—Je trouve ça excitant, déclare Mathew. Est-ce que ça veut dire que je suis un pervers ?

J'éclate de dire.

—Ciara, lève-toi, lève-toi, j'ai quelque chose à te dire. J'ai une idée !

—Et donc, expliqué-je, tout excitée, à ma famille, installée autour de la table de mes parents pour le déjeuner dominical. (Gabriel et Ava sont là aussi et Ava n'a pas cessé de rire aux pitreries puériles de Declan et de Jack, auxquelles ils se sont livrés pour son seul bénéfice.) Je vais transformer la réserve de *La Pie collectionneuse* en bureau pour le club P.S. : I Love You.

—Oui ! renchérit Ciara d'un ton triomphant et haut perché en agitant le poing. Mais bon, peut-être pas toute la réserve ! ajoute-t-elle sur le même ton, un sourire figé aux lèvres.

—C'est là que je rencontrerai les gens. Des *clients*.

—Oui !

—Et puis, parce que je suis toute seule mais que beaucoup de gens réclameront mes services, du moins je l'espère, j'emploierai des *bénévoles* pour m'aider à accomplir les tâches concrètes, et voilà, un club tout neuf !

—Oui ! couine Ciara en applaudissant avec enthousiasme.

Ava rit.

—Attends un instant, dit Mathew, coupant court à l'enthousiasme de Ciara. Tu étais farouchement opposée à cette idée en début d'année ; pourquoi tout d'un coup tu brailles « oui » ?

Il imite son ton aigu.

— Parce que, répond-elle avec un regard entendu pour tous les membres de la famille (sauf moi, comme si je ne pouvais ni la voir ni l'entendre), personne ne voulait qu'elle le fasse la dernière fois mais elle l'a fait quand même et elle a traversé une sacrée crise, alors soutenons-la.

— Oh, allons, tu trouves que c'est une mauvaise idée ? demandé-je.

— C'est merveilleux, affirme ma mère.

— Bravo ! s'exclame mon père, la bouche pleine de purée.

— J'aimerais être bénévole, déclare soudain Ava. (Gabriel lui jette un regard surpris.) Tu as dit qu'il fallait que je trouve un taf. Ça a l'air cool.

— Mais je ne pourrai pas te payer, ma chérie, dis-je tristement, très honorée par sa proposition.

— Si tu trouves des sponsors, si, intervient Richard. Si tu enregistres le club P.S. : I Love You en tant que fondation ou association caritative, tu auras le droit de collecter des fonds. Tu devrais aussi embaucher une équipe : il te faut un comptable, un conseiller en entreprise pour t'aider à remplir les formulaires administratifs et gérer les obligations légales. En leur demandant de te donner de leur temps sur la base du volontariat.

— Vraiment ? Vous croyez que je dois le faire ?

Je les considère tous.

— Je peux gérer les comptes, propose Richard.

Avant d'être paysagiste, il était comptable.

— Ce serait un plaisir d'aider à collecter des fonds, affirme Abbey.

— Que tous ceux qui sont d'accord lèvent la main, déclare Ciara.

Toutes les mains se lèvent. Sauf celle de Gabriel.

— C'est un gros projet, constate-t-il.

— Elle peut le faire, papa, proteste Ava en lui donnant un coup de coude.

— Oui, papa, renchérit Jack en imitant Ava.

— Oui, papa, clament-ils tous en chœur avant d'éclater de rire.

Tandis que la conversation se transforme en l'habituel chahut, Gabriel enroule un bras autour de mes épaules et se penche vers moi.

— Je sais que tu le peux, murmure-t-il avant de m'embrasser tendrement.

L'excitation bouillonne en moi. Pendant tout ce temps, j'y ai pensé comme à un club, mais ça peut être plus que ça. Avec la logistique adéquate, on pourrait aider davantage de personnes. Je pourrais consacrer plus de temps aux gens qui ont besoin de moi pour étudier correctement leur vie et les aider à rédiger et distribuer leurs lettres. Le club P.S. : I Love You pourrait devenir une fondation nationale ou une association caritative pour aider les malades en phase terminale à s'approprier leurs adieux. Et tout ça grâce à Gerry.

Mon téléphone sonne. Je ne reconnais pas le numéro.

— Allô ?

— Bonjour, est-ce bien Holly Kennedy ? demande une jeune voix masculine.

— Oui. Elle-même.

— Euh, c'est, hum, Maria qui m'a donné votre numéro. Maria Costas. Elle m'a parlé de votre club.

— Oui, c'est bien le club P.S. : I Love You, dis-je en me levant pour quitter la pièce tandis que tout le monde se tait autour de la table.

— Chut, dit Jack, puéril, à Declan.

— Chut, répond ce dernier.

— Chut, poursuit Mathew en donnant un coup de coude à Ciara, qui ne dit rien du tout.

Un doigt dans l'oreille, je quitte la pièce.

Quand je raccroche, Gabriel est debout sur le seuil, il me regarde.

— J'ai un client, dis-je d'un ton joyeux avant de cesser de sourire. (Ma joie est injuste face au malheur de Philip.) Mais ne leur dis rien, tu sais comment ils sont.

— Motus et bouche cousue, murmure-t-il d'un air de conspirateur.

Dès que nous sommes de retour à table, il s'empare de ma main et la lève.

— Elle a un client !

Tout le monde rugit de joie.

— Bonjour, Holly, me salue Maria Costas en m'accueillant à l'entrée principale de l'unité de soins palliatifs de Ste Mary. Merci d'être venue aussi vite.

— De rien. Je suis contente que Philip m'ait appelée.

— Il m'a dit qu'il souhaitait laisser quelque chose à ses amis mais qu'il ne savait pas quoi. Je lui ai parlé de vous et de votre club. Je n'étais pas certaine que vous continueriez après notre discussion.

— Vous m'avez fait beaucoup réfléchir, mais j'avais déjà décidé de développer le club, pas de le fermer. Depuis notre conversation, j'ai mis en œuvre un plan dans ce sens, avec une structure et une équipe. Si vous avez un peu de temps après, on pourrait peut-être en discuter ?

— Avec plaisir. (Elle s'immobilise soudain.) Voici la chambre de Philip.

— Parlez-moi un peu de lui.

— Il a dix-sept ans et on lui a diagnostiqué un ostéosarcome, qui est une forme de cancer des os. Il en a beaucoup bavé, on lui a remplacé le fémur gauche et il a subi trois chimiothérapies, mais le cancer est agressif.

Nous pénétrons dans la chambre de Philip, qui fait plus jeune que ses dix-sept ans. Il est grand et baraqué mais recroquevillé dans son propre corps et sa peau a une teinte jaunâtre. Son regard marron est profond et ses yeux sont trop grands pour ses orbites creuses.

— Salut, Philip, dit Maria d'un ton décontracté en levant la main pour le saluer d'un *high five*.

— Salut, Maria, déesse grecque.

Maria éclate de rire.

— Je suis chypriote et aucun sang royal ne coule dans mes veines, à moins que l'huile d'olive maison de mon grand-père ne compte. Je t'ai apporté un cadeau. Holly, je vous présente Philip, Philip, voici Holly.

— Je préfère un check, dis-je en brandissant le poing en avant.

— Oh, c'est une checkeuse, commente Maria en souriant tandis que Philip et moi cognons nos poings l'un contre l'autre.

Je m'assieds à son chevet et je remarque tout de suite que son casier est couvert de photos de ses amis. Des garçons de son âge, chahutant, riant, posant en tenue de rugby. Une équipe de rugby. Un groupe exhibant un trophée. Je reconnais aussitôt Philip, adolescent musclé et large d'épaules avant que le cancer ne s'empare de lui.

Après une heure de brainstorming avec Philip, Maria et moi le laissons seul.

— Alors ?

J'ai eu l'impression que je passais un entretien d'embauche pour elle.

— Pour que votre club fonctionne, vous avez besoin d'un psy qui garde en tête les besoins psychologiques de vos clients. Il vous faut quelqu'un qui comprenne le cours naturel et le traitement de la maladie et qui ait une approche souple en accord avec le statut médical du patient.

— Et où vais-je bien pouvoir trouver ce genre de psy ? songé-je à haute voix.

Elle considère Philip par la fenêtre de sa chambre et réfléchit un instant.

— Je suis partante, dit-elle.

Chapitre 38

DEUX MOIS PLUS TARD, JE SUIS ASSISE SUR L'ESTRADE avec les enseignants de Belvedere College, un lycée de Dublin, et j'écoute le proviseur discourir à l'intention des élèves qui quitteront le lycée après les examens qui auront lieu cet été. Il les incite à étudier davantage, à croire en eux et à se surpasser parce que c'est important. C'est leur avenir. Je scrute les visages des jeunes gens de dix-sept et dix-huit ans et j'y lis de l'espoir et de la détermination mais je remarque aussi des bâillements étouffés et des *private jokes* malicieuses. Il y a de tout.

—Mais nous sommes réunis ici aujourd'hui pour une autre raison.

Un silence intrigué s'abat sur l'assemblée. Des murmures s'élèvent. Ils essaient de deviner ce qui va suivre mais ils n'y parviendront pas.

—Aujourd'hui, c'est le dix-huitième anniversaire de Philip O'Donnell. Nous voulons nous souvenir de celui qui était notre élève et notre ami et que nous avons hélas perdu il y a quelques semaines.

Des acclamations s'élèvent, plus nourries au milieu de la salle. Les amis de Philip.

—Pour cela, nous recevons une invitée spéciale, Holly Kennedy, qui va se présenter et vous expliquer pourquoi elle est là. Merci de l'accueillir.

Des applaudissements polis.

—Bonjour, tout le monde. Je suis désolée de vous faire manquer un cours. Je suis certaine que vous avez envie de retourner en classe le plus vite possible, aussi serai-je brève.

Ils rient, ravis de ne pas être en cours.

—Comme vient de le dire monsieur Hanley, je m'appelle Holly et je travaille pour une fondation qui s'appelle P.S. : I Love You. L'une de nos tâches est d'aider les malades en phase terminale à écrire des lettres à leurs proches et de les distribuer après leur mort. C'est quelque chose que j'ai moi-même vécu et j'ai appris qu'il était très important et très précieux pour les mourants de s'assurer que les gens qu'ils laissent derrière eux sachent qu'ils ne sont pas tout seuls, qu'ils seront guidés, tout en veillant à ce que ces derniers ne les oublient pas. Je remercie monsieur le proviseur d'avoir permis que le vœu de Philip soit exaucé en vous réunissant ici aujourd'hui. J'ai une lettre que je souhaite lire à haute voix pour ses meilleurs amis, Conor alias Con-Man, David alias Big D et Michael alias Tricky Mickey.

Malgré le contexte émouvant, le public hue les surnoms.

—Philip m'a demandé de vous prier de vous lever tous les trois.

Je contemple cette mer de visages, tous se sont tournés vers les trois jeunes gens. Lentement, les meilleurs amis de

Philip se mettent debout et l'un d'entre eux pleure déjà. Ils se prennent tous les trois par les épaules pour se soutenir, comme s'ils étaient sur le terrain de rugby en train d'écouter l'hymne national. Ces trois adolescents ont aidé à porter le cercueil pendant l'enterrement et ils se tiennent de nouveau côte à côte. Je prends une profonde inspiration. Je dois tenir le coup.

— « Chers Con-Man, Big-D et Tricky Mickey, lis-je à haute voix. Je ne serai pas morbide. Je suis certain que vous êtes déjà assez mortifiés comme ça d'être debout devant tout le monde. »

Quelqu'un siffle.

— « Tout le monde dans cette salle sait que vous êtes mes trois meilleurs amis. Vous allez me manquer. La seule chose que je ne regrette pas dans tout ça, c'est de ne pas passer les exams cette année. Au moins, j'échappe à ça. »

Une acclamation. Les autres l'applaudissent.

— « Aujourd'hui, c'est mon dix-huitième anniversaire, je suis le plus jeune, comme vous ne manquez jamais de me le rappeler. "Respecte tes aînés", comme tu disais toujours, Tricky Mickey. C'est ce que je fais. J'aimerais vous accompagner mais vous pourrez terminer ce que j'ai commencé. Le 24 décembre, le soir du réveillon, vous ferez la tournée des douze pubs de Noël. »

Une éruption d'acclamations et d'applaudissements. J'attends que le chahut cesse avec l'aide du proviseur.

— « Douze pubs. Douze pintes. C'est ma tournée, les mecs. Et n'oubliez pas le seau à vomi pour Big D. »

Des imitations de vomissements circulent dans la salle et l'adolescent au milieu du trio a droit à des moqueries de la part des élèves assis derrière lui. J'ai localisé Big D.

— « Vous commencerez chez *O'Donoghue's*, où une pinte vous attendra de ma part. Quand vous l'aurez bue, le barman vous donnera une enveloppe, qui contiendra la destination suivante. Comme je sais que Hanley écoute et qu'il n'aurait pas accepté sinon, j'ajoute que vous devrez accompagner toutes les pintes d'un verre d'eau. »

Le public pousse des cris en entendant le nom du proviseur et je me tourne vers lui juste à temps pour le voir s'essuyer les yeux.

— « Amusez-vous bien et buvez une pinte à ma santé. Si je le peux, je vous regarderai. P.S. : *I love you*, les mecs. »

Les trois amis se rapprochent pour s'étreindre tandis que le reste de l'auditorium applaudit respectueusement et se lève en scandant le nom de Philip. Deux des trois adolescents pleurent, Big D au centre, et le troisième lutte pour garder son sang-froid, il prend sur lui, c'est le plus sérieux des trois, le ciment du trio.

On ne peut jamais rien prévoir mais je me demande, si Philip avait survécu, s'ils n'auraient pas fini par se perdre de vue. Mais le décès de Philip les a liés pour la vie. La mort sépare les gens mais elle a aussi une manière bien à elle de lier ceux qui restent.

Je pousse le portail d'un jardin aux charnières grinçantes et emprunte le chemin qui mène au cottage. Je sonne et quand j'entends des pas s'approcher, je fais signe à Mathew, qui se tient près des portières arrière de sa camionnette. À mon signal, il les ouvre et en sort deux bouquets de six ballons rouges. Au moment où la porte du cottage s'entrebâille, il me tend les ballons et se hâte d'aller chercher les autres.

La femme n'est guère plus âgée que moi.

— Bonjour, dit-elle en souriant, perplexe.

— De la part de Peter, dis-je en lui tendant une carte sur laquelle est écrit :

Joyeux anniversaire, Alice.
Les ballons rouges passent.
Baisers,

Peter

P.S. : I love you

Elle s'en empare, bouleversée.

J'appuie sur le bouton de mon iPhone et la chanson *99 Red Balloons* de Nena commence : c'est la première chanson sur laquelle ils ont dansé. Elle s'écarte et contemple la procession de quatre-vingt-dix-neuf ballons entrer chez elle.

Je suis assise à la table de la cuisine d'une veuve en larmes qui tient dans la main son cadeau, un bracelet à breloques.

— Chaque breloque a une histoire, expliqué-je en lui tendant les huit enveloppes contenant les huit messages de sa femme. Elle les a choisies spécialement pour vous.

Je suis avec un père et ses trois jeunes enfants chez eux. Ils me regardent, éberlués.

— Mam a fait ça ?

— Elle a ouvert sa chaîne YouTube, répété-je. C'est cool, non ?

— Trop cool ! s'exclame celui qui a huit ans en frappant l'air du poing.

— Mais mam *détestait* qu'on regarde YouTube, constate l'ado, abasourdi.

— Plus maintenant, dis-je en souriant.

J'ouvre l'ordinateur portable de leur mère et tourne l'écran dans leur direction. Ils se rassemblent autour en jouant des coudes.

La musique commence et la voix de leur mère s'élève, sur un ton qu'elle a emprunté aux YouTubers que ses enfants idolâtrent.

— Hé, les enfants, c'est moi, Sandra alias Bam-C'est-Mam ! Bienvenue sur ma chaîne YouTube ! J'ai plein de trucs super cool à vous montrer et j'espère que vous vous amuserez bien à les regarder. P.S. : I love you *tellement*, les enfants. Et c'est parti ! Aujourd'hui, on va faire du slime !

— « Du slime » ! couinent les enfants, tandis que leur père se renfonce sur sa chaise et porte une main à sa bouche pour réprimer son trop-plein d'émotions.

Ses yeux se remplissent de larmes mais les enfants sont trop absorbés par la vidéo de leur mère pour s'en rendre compte.

Je me réveille en sursaut. Je dois faire quelque chose d'urgent. Je voulais le faire hier soir avant de me coucher mais il était trop tard. Je m'assieds et m'empare de mon téléphone posé sur la table de nuit.

— Allô ? répond Joy.

— On est le 8 décembre.

Le début officieux de Noël. C'est un jour saint, apparemment : la fête de l'Immaculée Conception. Jadis, des gens de tout le pays avaient l'habitude de se rendre à Dublin pour faire leurs courses de Noël. C'était avant que leurs villes ne deviennent plus importantes, que les déplacements ne soient facilités et que la société et la culture ne changent. Ce sont de vieilles croyances que plus personne ne respecte mais une chose est demeurée la même : le 8 décembre, la plupart des gens décorent leurs maisons pour Noël.

— Holly, c'est vous ?

— Oui, réponds-je en riant. Joy, on est le 8 décembre.

— Oui, j'avais bien entendu la première fois, mais je ne comprends pas.

— Est-ce que Joe va aller acheter un sapin aujourd'hui ? Va-t-il décorer la maison ?

— Oh, saisit-elle. (Elle baisse la voix.) Oui.

— Il ne faut pas qu'il monte au grenier, dis-je en me levant rapidement et en cherchant mes vêtements, nue.

— Oh, que vais-je faire ? Je ne peux pas accéder au grenier.

— Bien sûr que non. C'est pour ça que j'appelle : je les ai montés, et maintenant je vais les descendre. (Je m'interromps, souriante.) Joy. Vous avez réussi.

— Oui, murmure-t-elle. J'ai réussi.

Chapitre 39

LE NOTAIRE DE FAMILLE QUI S'ÉTAIT CHARGÉ DE l'achat de notre maison dix ans plus tôt a pris sa retraite et a transféré tout mon dossier à une nouvelle firme à laquelle je n'ai jamais eu affaire. Je me rends dans leurs bureaux pour finaliser la vente de la maison.

— Je suis ravie de vous voir aujourd'hui, Holly. J'ai passé du temps à me familiariser avec votre propriété et les actes notariés. Je suis tombée sur quelque chose d'inhabituel et j'ai contacté Tony pour en savoir plus. Il m'a répondu que tout était en ordre.

— Je vous en prie, ne me dites pas que quelque chose cloche. Il a déjà fallu un temps fou pour qu'on en arrive là. Je veux juste signer les papiers, déclaré-je, épuisée par l'expérience.

— Rien ne cloche. Une lettre personnelle était attachée au dossier. Elle a été adressée à Tony Daly avec un petit mot disant que ce courrier devait vous être remis « au cas où Holly Kennedy vendrait la maison ».

J'ai des palpitations. Et un espoir fou, mais je sais que c'est idiot après tout ce temps. Gerry est mort depuis huit ans et j'ai lu sa dernière lettre il y a sept ans. Il m'a envoyé dix lettres, je les ai toutes lues. Ce serait cupide de ma part d'espérer davantage.

Elle ouvre le dossier et en sort une enveloppe.

— Oh, mon Dieu, dis-je en portant les mains à ma bouche. C'est l'écriture de mon mari défunt.

Elle me la tend mais je ne la prends pas. Je me contente de la regarder, dans sa main. C'est son écriture. Elle finit par la poser sur le bureau devant moi.

— Je vais vous laisser seule un instant, dit-elle. Voulez-vous un verre d'eau ?

Je ne réponds pas.

— Je vais vous en chercher un.

Seule face à l'enveloppe, je lis ce qui est écrit dessus.

Une dernière pour la route.

Il est tard ce samedi soir, on est déjà dimanche. Les gens quittent le pub, malmenés par les videurs qui leur crient dessus. Les lampes sont toutes allumées et ça pue la Javel dont se servent les employés pour pousser les clients à partir. Les autres rentrent ou vont en boîte. Sharon et John s'embrassent à bouche que veux-tu : ils ont passé la soirée à ça mais ce qui semblait juste peu ragoûtant dans le noir est beaucoup plus répugnant sous les lumières vives.

— Un dernier pour la route ? me demande Gerry, le regard un peu vitreux mais un sourire charmant aux lèvres.

Ses yeux sourient tout le temps, pleins de malice et de vie.

— Ils nous fichent dehors.

— Denise, appelle Gerry. Fais quelque chose, tu veux ?

— C'est comme si c'était fait.

Denise lui adresse un petit salut militaire et se dirige vers le jeune vigile canon.

— Arrête de prostituer mes copines, lancé-je à Gerry.

— Elle adore ça, rétorque-t-il avec un grand sourire.

Denise pivote vers nous avec un clin d'œil ; elle est déjà parvenue à nous obtenir une dernière tournée.

— Toujours un de plus, dis-je en l'embrassant.

— Toujours, chuchote-t-il.

Mon réveil sonne. Il est 7 heures. Je roule sur le côté pour l'éteindre. Il faut que je me lève, rentre chez moi me doucher et aille bosser. Je sens Gerry s'étirer près de moi. Il tend une main, chaud comme une fournaise. Il bouge et se serre contre moi, pressant. Ses lèvres effleurent ma nuque. Ses doigts se posent juste à l'endroit qu'il faut pour me convaincre de rester. J'arque mon dos contre lui en réponse.

— Un dernier pour la route, murmure-t-il d'un ton ensommeillé.

Je sens ses mots contre ma peau. J'entends le sourire dans sa voix. Je ne vais nulle part, uniquement dans ses bras.

— Toujours un de plus, chuchoté-je.

— Toujours.

Je contemple l'enveloppe posée sur le bureau devant moi, bouleversée. Comment ai-je pu ne pas envisager cette éventualité durant tous les calculs et les analyses auxquels je me suis livrée depuis sa mort ? « Un dernier pour la route », disait-il tout le temps. Il y en a toujours un de plus. Toujours. Dix lettres auraient dû suffire mais sept ans après que j'ai lu la dixième, voici la dernière pour la route.

Chère Holly,

Il y en a toujours une de plus. Mais cette fois-ci, c'est la dernière.

Cinq minutes se sont écoulées pour moi, mais pour toi, j'ignore combien de temps a passé. Peut-être que tu ne liras jamais cette lettre, que tu ne vendras jamais la maison, ou qu'elle se perdra, ou que quelqu'un d'autre est en train de la lire à ta place. Ta magnifique fille ou ton splendide fils. Qui sait ? Mais j'écris cette lettre dans l'intention qu'elle te parvienne.

Je suis peut-être mort hier ou il y a des décennies. Tu mets peut-être ton dentier dans un verre d'eau avant de te coucher. Je suis désolé de ne pas avoir vieilli à tes côtés. J'ignore qui tu es dans ton monde mais dans le mien, au moment où j'écris ces lignes, je suis toujours moi, tu es toujours toi et nous sommes toujours nous.

Laisse-moi t'y ramener.

Je suis certain que tu es toujours belle. Toujours chaleureuse.

Tu seras toujours aimée, d'ici et d'ailleurs, de près et de loin.

Je sais t'aimer de loin, tu t'en souviens ? Il m'a fallu un an pour te demander de sortir avec moi.

J'ignore de quoi sera fait l'avenir, tout ce que je sais, c'est que plus la vie me quitte, plus je t'aime, comme

si l'amour remplissait les vides. Quand je serai mort, je pense que je serai uniquement rempli d'amour, je ne serai plus qu'amour pour toi.
Mais au cas où je rencontrerais quelqu'un d'autre de l'autre côté, ne m'en veux pas, je la larguerai dès que tu seras là. À condition que tu ne cherches pas ou n'attendes pas quelqu'un d'autre.
Bonne chance pour ta nouvelle aventure, quelle qu'elle soit.
Je t'aime, beauté, et je suis toujours content que tu aies dit oui.

Gerry

P.S. : On se voit plus tard ?

À l'intérieur de l'enveloppe, il y a un feuillet froissé et abîmé. Je le sors et le lisse et, en voyant l'écriture, je comprends que c'est la première lettre que Gerry m'a écrite quand on avait quatorze ans.

Ses mots me ramènent en arrière et me projettent en avant avec un espoir renouvelé dans mon avenir ; ils m'ancrent dans la terre, dans la réalité, tout en me soulevant, et j'ai l'impression de flotter.

Sa lettre me donne des racines et des ailes.

Mardi matin. Je hais le mardi, C'est pire que le lundi. J'ai déjà survécu au lundi et on n'est même pas à la moitié de la semaine. Ma journée de cours commence avec deux heures de maths avec M. Murphy, qui me déteste autant que je déteste les maths et ça fait beaucoup de haine dans une seule pièce pour un mardi. Il m'a mise au premier rang, juste devant son bureau pour me surveiller. Je suis silencieuse comme une souris mais je ne comprends rien au cours.

Il pleut des cordes dehors et mes chaussettes sont encore trempées du trajet entre l'arrêt de bus et le collège. Je suis frigorifiée et, pour couronner le tout, M. Murphy a ouvert toutes les fenêtres pour nous réveiller, tout ça parce qu'un élève a bâillé. Les garçons ont de la chance, ils portent des pantalons, eux. Mes jambes sont recouvertes de chair de poule et je sens mes poils se dresser. Je me suis rasée jusqu'aux genoux mais je me suis coupée au mollet et ça me pique sous mes chaussettes en laine grise. Je n'aurais probablement pas dû utiliser le rasoir de Richard mais la dernière fois que j'ai demandé à en avoir un à moi, maman a répondu que j'étais trop jeune pour me raser les jambes et je n'ai pas envie de le lui demander une deuxième fois, c'est trop humiliant.

Je hais le mardi. Je hais le collège. Je hais les maths. Je hais les poils sur les jambes.

La sonnerie retentit pour marquer la fin de la première heure de cours et je devrais être soulagée tandis que les couloirs s'emplissent d'élèves qui se rendent au cours suivant mais je sais que je dois subir encore une heure. Sharon est malade et le siège à côté de moi est vide. Je déteste quand elle n'est pas là parce que du coup, je ne peux pas copier sur elle. J'aperçois le couloir derrière la porte vitrée. Denise attend que M. Murphy ait le dos tourné pour presser sa figure contre la vitre, la bouche ouverte, le nez écrasé comme un groin de cochon. Je souris et détourne les yeux.

Quelques élèves rient mais le temps que M. Murphy lève les yeux, elle a disparu.

M. Murphy quitte la salle pendant dix minutes. On est censés finir le problème qu'il nous a donné. Je sais que je n'y parviendrai pas parce que je ne comprends pas la question. X et Y peuvent aller se faire foutre. Lorsque M. Murphy reviendra, il sentira la cigarette, comme d'habitude, s'assiéra devant moi avec une banane et un couteau et nous regardera comme s'il se prenait pour un dur à cuire menaçant. Quelqu'un se glisse à côté de moi. John. Je me sens rougir sous l'effet de la gêne. Perplexe, je lance un coup d'œil par-dessus mon épaule droite en direction du mur près duquel il est assis normalement à côté de Gerry. Ce dernier tourne la tête et baisse les yeux sur son manuel.

— Qu'est-ce que tu fais ? chuchoté-je même si tout le monde bavarde, le travail probablement terminé.

Et même s'ils n'ont pas fini, ça n'a aucune importance, c'est moi que M. Murphy interrogera.

— Mon pote veut savoir si tu veux bien sortir avec lui, dit John.

Mon cœur bat à tout rompre et j'ai la bouche sèche.

— Quel pote ?

— Gerry. Qui d'autre ?

— C'est une blague ? demandé-je, à la fois irritée et mortifiée.

— Je suis sérieux. Oui ou non ?

Je lève les yeux au ciel. Gerry est le plus beau mec de la classe – correction, de tous les Troisièmes. Il peut avoir qui il veut, c'est donc certainement une plaisanterie.

— John, ce n'est pas marrant.

— Je suis sérieux !

J'ai peur de me retourner pour regarder de nouveau Gerry. Je suis écarlate. J'aimais mieux être assise au fond, parce que de là je pouvais mater Gerry tout mon soûl. Tout le monde l'apprécie, il est canon, même dans son nouveau survêtement, et il sent toujours super bon. Bien sûr que Gerry me plaît, comme à la plupart des filles – et Peter. Mais moi et Gerry ? Je pensais qu'il ne savait même pas que j'existais.

— Holly, je suis sérieux, insiste John. Schtroumpf sera de retour dans une minute. Oui ou non ?

Je déglutis violemment. Si je dis oui et que c'est une blague, alors je serai mortifiée. Mais si je dis non et que c'est sérieux, je ne me le pardonnerai jamais.

— Oui, réponds-je d'une voix bizarre.

— Cool.

John sourit et se dépêche de regagner sa place.

Je m'attends à ce que toute la classe se mette à me huer en riant. Je m'attends à être humiliée, j'ai peur de me retourner, certaine que tout le monde se moque de moi dans mon dos. La porte s'ouvre à la volée et je sursaute, effrayée. M. Murphy est de retour, avec sa banane et son couteau, et il pue la clope.

Tout le monde se tait.

— Tout le monde a fini ?

Un chœur de « oui » lui répond.

Il me regarde.

— Holly ?

— Non.

— Alors, vas-y.

Je suis tellement embarrassée par tous les regards posés sur moi que je peux à peine penser. Gerry doit me prendre pour une grosse débile.

— Bon, prends la première partie, ordonne M. Murphy en pelant sa banane avant d'en couper le bout.

Il ne le mange jamais, il déteste la partie noire. Il tranche un petit morceau du fruit qu'il avale à même la pointe du couteau.

— John a trente-deux barres de chocolat, dit-il lentement, méprisant. (Quelques élèves rient.) Il en mange vingt-huit. Qu'est-ce qu'il a à présent ?

— Du diabète, monsieur ! s'exclame Gerry.

Tout le monde explose de rire.

Même M. Murphy.

— Merci, Gerry, c'était drôle.

— De rien, monsieur.

— Puisque tu te crois si malin, finis le problème pour nous.

Et il obéit. Aussi simple que ça. Je suis sauvée. Reconnaissante mais trop gênée pour me retourner. Quelque chose heurte ma jambe et tombe à mes pieds. Je baisse les yeux et vois une boulette de papier. Je fais semblant de prendre quelque chose dans mon sac et tandis que M. Murphy a le dos tourné pour écrire au tableau, je défroisse le morceau de papier et le lisse sur mes genoux.

Ce n'était pas une blague. Juré. Ça fait une éternité que je veux te le demander.
Content que tu aies dit oui.

Gerry

P.S. : On se voit plus tard ?

Je souris, radieuse, le cœur battant, le ventre plein de papillons. Je fourre la lettre dans mon sac et ce faisant, je jette un coup d'œil derrière moi. Gerry me regarde avec ses grands yeux bleus et il a l'air nerveux. Je lui souris et il me sourit. Comme une *private joke* que nous sommes seuls à connaître.

Épilogue

Je suis à la boutique, dans la zone que je préfère, celle avec les babioles dans la commode, en train de nettoyer et de trier, un peu comme si je jouais, lorsque Ciara interrompt le cours de mes pensées.

—J'ai envie de baptiser les mannequins. Plus je passe de temps avec elles, plus je suis certaine qu'elles ont toutes une personnalité différente.

J'éclate de rire.

—Si je les écoute, je peux les exploiter au mieux. Et peut-être vendre davantage. Par exemple, celle-ci, c'est Naomi. (Elle fait pivoter le mannequin et agite sa main dans ma direction.) C'est un mannequin de vitrine. Elle aime être le centre de l'attention. Sur scène. Contrairement à… Mags, là-bas, qui déteste ça. (Elle saute à bas de l'estrade et se dirige vers le mannequin qui se trouve au rayon accessoires.) Mags aime se cacher. Elle aime les perruques, les lunettes de soleil, les chapeaux, les gants, les sacs, les foulards et *tutti quanti*.

— C'est parce que Mags est une fugitive, dis-je.

— Oui ! s'exclame Ciara qui étudie le mannequin de plus près. Tu n'es pas timide du tout, pas vrai ? Tu es *en cavale*.

Le carillon retentit et la porte s'ouvre.

— Qui fuis-tu, Mags ? Tu as vu ou tu as fait quelque chose ? Laisse-moi te regarder dans les yeux. (Ciara abaisse ses lunettes de soleil et la dévisage. Elle pousse un petit cri.) Qu'est-ce que tu as fait, espèce de vilaine ?

Le client s'éclaircit la voix et nous reportons notre attention sur la porte devant laquelle se tient un jeune homme, un sac-poubelle noir à moitié plein à la main.

Mon cœur se met à battre la chamade. Je m'agrippe à la commode. Ciara me jette un regard surpris puis se tourne de nouveau vers l'homme. Je devine à sa réaction qu'elle voit la même chose que moi : c'est le portrait vivant de Gerry.

— Bonjour, dit Ciara. Excusez-nous… vous nous avez surprises en train de… on était en train de parler à… bon sang, vous ressemblez trait pour trait à quelqu'un qu'on connaît. Connaissait. Connaît.

Elle penche la tête pour mieux l'examiner.

— Que puis-je faire pour vous ?

— Je cherche Holly Kennedy. Du club P.S. : I Love You.

— Je m'appelle Ciara. Voici Mags. En réalité, ce n'est pas son vrai nom, dit-elle en souriant. Elle a un sombre passé. Oh, et voilà Holly.

J'essaie de me ressaisir. Ce n'est pas Gerry. Définitivement pas. Juste un jeune homme canon qui lui ressemble énormément, tellement que ma sœur et moi en avons eu le souffle coupé. Brun, yeux bleus, c'est indéniablement un air irlandais assez commun, mais c'est son portrait tout craché.

— C'est moi, Holly.

— Bonjour. Je m'appelle Jack.

— Ravie de vous rencontrer, Jack, déclaré-je en lui serrant la main. (Il est très jeune, environ dix ans de moins que moi, je dirais, l'âge que Gerry avait à la fin.) Suivez-moi.

Je le conduis dans la réserve que j'ai rénovée pour y inclure un espace pour le club et nous nous asseyons sur le canapé. Il regarde autour de lui. J'ai accroché au mur des photos encadrées des membres fondateurs du club : Angela, Joy, Bert, Paul et Ginika. J'ai ajouté Gerry, j'ai trouvé ça normal, vu que sans lui rien ne serait jamais arrivé. Je me demande s'il remarque la ressemblance entre eux. Je lui tends une bouteille d'eau. Il en boit la moitié d'un coup.

— En quoi puis-je vous être utile ?

— J'ai lu un article sur le club P.S. : I Love You dans un magazine – alors que j'attendais à l'hôpital, ironiquement.

Je sais de quel article il est question ; nous sommes une toute nouvelle fondation, peu de monde a parlé de nous. C'était dans un journal consacré à la santé, avec une photo de Gerry et moi. C'est peut-être Gerry qui l'a attiré ici.

— J'ai un cancer, dit-il, les yeux pleins de larmes. (Il toussote et baisse les yeux.) Je veux faire quelque chose pour ma femme. On s'est mariés l'année dernière. J'ai lu votre histoire. Je veux réaliser quelque chose de sympa pour elle, tous les mois pendant un an, comme votre mari l'a fait avec vous.

Je souris.

— Je serais très honorée de vous aider.

— Est-ce que vous… est-ce qu'il… est-ce que c'était… (Il a du mal à trouver les mots. Il soupire.) Vous pensez manifestement que c'est une bonne idée, sinon vous n'auriez pas fondé ce club. Est-ce que ça lui plaira ? finit-il par demander.

Cette expérience se vit et s'explique à tant de niveaux différents. Sa femme éprouvera une infinité de sentiments en recevant ces lettres, et les missions que son mari aura concoctées la surprendront tellement que je peine à trouver les mots pour lui répondre. Elle ressentira la perte et le chagrin mais aussi le lien et l'amour, l'esprit et les ténèbres, l'obscurité et la colère, la lumière et l'espoir, le rire et la peur. Et tout le reste. Un kaléidoscope d'émotions qui brille et vacille d'une seconde à l'autre.

— Jack, ce qui va arriver changera sa vie à jamais, finis-je par dire. Ces lettres, correctement planifiées, vous permettront de l'accompagner pas à pas sur ce chemin. Est-ce que c'est ce qu'elle voudrait ?

— Oui. Absolument. (Il sourit, convaincu.) Bon. Au travail, alors. Mais je lui ai dit que j'en avais pour une minute, que je déposais de vieilles affaires pour ma mère. (Il jette un coup d'œil au sac-poubelle posé par terre.) Ce ne sont que de vieux journaux, désolé.

— Il vaut mieux ne pas la faire attendre. (Je me lève et le raccompagne dans la boutique.) On peut se revoir rapidement et vous me parlerez d'elle. Comment s'appelle-t-elle ?

— Molly, répond-il en souriant.

— Molly.

— Au revoir, Jack, le salue Ciara.

— Au revoir Ciara, au revoir Mags, déclare-t-il en souriant.

La porte se referme et Ciara me regarde comme si elle avait vu un fantôme. Je me précipite vers la vitrine pour le voir monter en voiture à côté d'une jolie jeune femme. Molly. Ils bavardent pendant qu'il sort ses clés.

Molly m'aperçoit et me sourit. Dans ce rapide échange de regards, elle me ramène en arrière, à un temps si lointain que j'ai l'impression de traverser un trou noir. Mon cœur peine à supporter le voyage. J'ai envie de la protéger comme une sœur ou une amie. Je veux m'occuper d'elle, la toucher, l'embrasser. Je veux lui dire de le serrer dans ses bras, de le tenir étroitement enlacé, de le respirer, de chérir chaque seconde. Je veux la laisser tranquille et lui donner l'espace dont elle a besoin, la laisser ériger un mur autour d'elle tout en l'écoutant patiemment depuis l'autre côté. Je veux l'aider à bâtir ce rempart et à le détruire. Je veux la mettre en garde et lui donner de l'espoir. Je veux lui ordonner d'aller de l'avant et lui dire de tourner les talons et de revenir sur ses pas. J'ai l'impression de la connaître par cœur. Je sais qui elle est et où elle est maintenant, le voyage qui l'attend et la distance qu'elle va parcourir. Et pourtant, je sais que je dois rester à ma place et la laisser atteindre sa destination toute seule.

Je l'envie un peu en cet instant, c'est vrai, quand je les vois tous les deux ensemble, mais je ne jalouse pas ce qui la guette. J'ai accompli ce voyage et j'ai réussi ; je la soutiendrai et je l'attendrai de l'autre côté.

Je lui rends son sourire.

Et je les regarde s'éloigner.

Remerciements

Merci Lynne Drew, Martha Ashby, Karen Kostolynik, Kate Elton, Charlie Redmayne, Elizabeth Dawson, Anna Derkacz, Hannah O'Brien, Abbie Salter, Damon Greeney, Claire Ward, Holly MacDonald, Eoin McHugh, Mary Byrne, Tony Purdue, Ciara Swift, Jacq Murphy et les équipes merveilleusement novatrices de HarperCollins UK et Grand Central Publishing US. Andy Dodds, Chris Maher, Dee Delaney, Howie Sanders, Willie Ryan, Sarah Kelly. Merci à tout Park and Fine Literary and Media, surtout Theresa Park, Abigail Koons, Emily Sweet, Andrea Mai, Ema Barnes et Marie Michels. Merci aux libraires de partout. Aux imprimeurs. Aux lecteurs. À mes sources d'inspiration : le divin et le quotidien. Et à mes parents, ma sœur, ma famille, mes amis, mon David, mon Robin, mon Sonny.

Achevé d'imprimer en octobre 2019
Par CPI Brodard & Taupin à La Flèche
N° d'impression : 3035331
Dépôt légal : novembre 2019
Imprimé en France
81122868-1